O COLECIONADOR

DANIEL Silva

O COLECIONADOR

Tradução
Laura Folgueira

Rio de Janeiro, 2024

Copyright © 2023 por Daniel Silva.
Copyright da tradução © 2024 por Casa dos Livros Editora LTDA. Todos os direitos reservados.
Título original: *The Collector*

Todos os direitos desta publicação são reservados à Casa dos Livros Editora LTDA.
Nenhuma parte desta obra pode ser apropriada e estocada em sistema de banco de dados
ou processo similar, em qualquer forma ou meio, seja eletrônico, de fotocópia, gravação
etc., sem a permissão do detentor do copyright.

Publisher: *Samuel Coto*
Editora-executiva: *Alice Mello*
Editora: *Paula Carvalho*
Assistente editorial: *Lui Navarro*
Estagiária Editorial: *Lívia Senatori*
Copidesque: *Bárbara Waida*
Revisão: *Laila Guilherme e Jacob Paes*
Design de capa: *David Litman*
Adaptação de capa: *Beatriz Cardeal*
Diagramação de miolo: *Abreu's System*
Imagem de capa: © *Liubomir Paut-Fluerasu/Alamy Stock Photo*

Dados Internacionais de Catalogação na Publicação (CIP)
(Câmara Brasileira do Livro, SP, Brasil)

Silva, Daniel
   O Colecionador / Daniel Silva ; tradução Laura Folgueira. – Rio
de Janeiro : HarperCollins Brasil, 2024.

   Título original: The Collector
   ISBN 978-65-6005-158-4

   1. Ficção norte-americana I. Título.

23-187858   CDD-813

Índices para catálogo sistemático:
1. Ficção : Literatura norte-americana   813
Eliane de Freitas Leite – Bibliotecária – CRB 8/8415

Os pontos de vista desta obra são de responsabilidade de seu autor, não refletindo necessariamente
a posição da HarperCollins Brasil, da HarperCollins Publishers ou de sua equipe editorial.

HarperCollins Brasil é uma marca licenciada à Casa dos Livros Editora LTDA.
Todos os direitos reservados à Casa dos Livros Editora LTDA.
Rua da Quitanda, 86, sala 218 – Centro
Rio de Janeiro, RJ – CEP 20091-005
Tel.: (21) 3175-1030
www.harpercollins.com.br

Como sempre, para minha esposa, Jamie,
e meus filhos, Lily e Nicholas

Todos nós queremos coisas que não podemos ter. Para que nos consideremos seres humanos decentes, precisamos aceitar isso.

John Fowles, *O colecionador*

E lembre-se. Nunca, em nenhum caso, pode-se entrar em desespero. Ter esperança e agir: esses são nossos deveres no infortúnio.

Boris Pasternak, *Doutor Jívago*

Parte Um

O CONCERTO

I

AMALFI

Era possível, diria Sofia Ravello aos Carabinieri naquele mesmo dia, passar a maior parte das horas acordada na casa de um homem, preparar as refeições dele e lavar seus lençóis e varrer seu chão e, mesmo assim, não saber absolutamente nada sobre ele. O oficial dos Carabinieri, que se chamava Caruso, não contestou a declaração, pois a mulher com quem compartilhava sua cama nos últimos 25 anos também lhe era, às vezes, uma perfeita estranha. Além disso, ele sabia um pouco mais sobre a vítima do que havia revelado até aqui à testemunha. O homem era um assassinato iminente ambulante.

Ainda assim, Caruso insistiu numa declaração detalhada, que Sofia forneceu sem reclamar. O dia dela começou da mesma forma de sempre, às tenebrosas cinco horas da manhã, com o balir de seu despertador digital antiquado. Tendo trabalhado até tarde na noite anterior — seu chefe havia recebido visitas —, ela se permitira quinze minutos de sono a mais antes de levantar da cama. Tinha passado uma xícara de café expresso na cafeteira Bialetti, tomado banho e vestido o uniforme preto, o tempo todo se perguntando como ela, uma mulher bonita de 24 anos formada pela prestigiada Universidade de Bolonha, trabalhava como empregada doméstica na casa de um estrangeiro rico em vez de num prédio comercial chique em Milão.

A resposta era que a economia italiana, alardeada como "a oitava maior do mundo", era assolada por um desemprego cronicamente alto, deixando os jovens instruídos com pouca escolha exceto ir procurar trabalho fora do país. Sofia, porém, estava decidida a permanecer na sua natal Campânia, mesmo que isso exigisse aceitar um emprego para o qual era superqualificada. O estrangeiro rico pagava bem — inclusive, ela ganhava mais que muitos de seus amigos da universidade —, e o trabalho não era exatamente árduo. Em geral, ela passava uma porção não insignificante do dia contemplando as águas azul-turquesa do mar Tirreno ou os quadros da magnífica coleção de seu empregador.

O apartamento minúsculo de Sofia ficava num prédio caindo aos pedaços na Via della Cartiere, no extremo norte da cidade de Amalfi. De lá, era uma caminhada de vinte minutos com cheiro de limão até o solenemente nomeado Palazzo Van Damme. Como a maioria das propriedades à beira-mar na Costa Amalfitana, ele ficava escondido atrás de um muro alto. Sofia digitou a senha no teclado, e o portão se abriu deslizando. Havia um segundo teclado na entrada da *villa*, com uma senha diferente. Em geral, o sistema de alarme emitia um trinado estridente quando Sofia abria a porta, mas, naquela manhã, ficou em silêncio. Na hora, ela não achou estranho. O *signore* Van Damme às vezes se esquecia de ativar o alarme antes de ir deitar.

Sofia foi direto até a cozinha e começou a primeira tarefa do dia, que era a preparação do café da manhã do *signore* Van Damme — um bule de café, uma jarra de leite vaporizado, uma tigela de açúcar, pão torrado com manteiga e geleia de morango. Ela colocou tudo em uma bandeja e, exatamente às sete, posicionou o café em frente à porta do quarto dele. Não, explicou aos Carabinieri, ela não entrou no quarto. Nem bateu. Só tinha cometido esse erro uma vez. O *signore* Van Damme era um homem preciso e exigia precisão de seus funcionários. Batidas desnecessárias em portas eram desencorajadas, especialmente na porta do quarto dele.

Era só uma das muitas regras e decretos que ele transmitira a Sofia na conclusão do interrogatório de uma hora de duração, conduzido em seu magnífico escritório, que precedeu a contratação dela. Ele tinha descrito a si mesmo como um empresário bem-sucedido, pronunciando *empressário*. O *palazzo*, explicou ele, servia tanto como sua residência primária quanto como centro de operações de um empreendimento global. Portanto, o *signore* exigia uma rotina doméstica que corresse bem, sem barulhos nem interrupções desnecessários, além de lealdade e discrição por parte dos que trabalhavam para ele. Fazer fofoca sobre os assuntos dele ou o conteúdo de seu lar era motivo para demissão imediata.

Sofia logo descobriu que seu empregador era proprietário de uma transportadora baseada nas Bahamas chamada LVD Transportes Marítimos — LVD sendo o acrônimo do nome completo dele, Lukas van Damme. Ela também deduziu que ele era cidadão da África do Sul e tinha fugido de seu país natal depois da queda do *apartheid*. Tinha uma filha em Londres, uma ex-mulher em Toronto e uma brasileira chamada Serafina que o visitava de tempos em tempos. Fora isso, ele parecia livre de apegos humanos. A única coisa que lhe importava eram seus quadros, pendurados em cada cômodo e corredor da *villa*. Daí as câmeras e os detectores de movimento, o enervante teste semanal do alarme e as regras estritas sobre fofoca e interrupções indesejadas.

A santidade de seu escritório era motivo de preocupação primordial. Sofia só tinha permissão de entrar no cômodo quando o *signore* Van Damme estava presente. E ela nunca, *nunca* devia abrir a porta se estivesse fechada. Tinha invadido a privacidade dele apenas uma vez, mas não por culpa própria. Acontecera seis meses antes, quando havia um sul-africano hospedado na *villa*. O *signore* Van Damme tinha pedido que levasse para o escritório chá e biscoitos, e, quando Sofia chegou, a porta estava entreaberta. Foi aí que ela ficou sabendo da existência da câmara escondida, localizada atrás das estantes móveis. Aquela onde, naquele momento, o *signore* Van Damme e seu amigo da África do Sul estavam discutindo calorosamente algo em seu peculiar idioma nativo.

Sofia não contou a ninguém o que tinha visto naquele dia, muito menos ao *signore* Van Damme. Começou, porém, uma investigação particular sobre seu empregador, conduzida principalmente dentro das

DANIEL SILVA

paredes da cidadela à beira-mar. As evidências, baseadas em grande parte em observações clandestinas de seu alvo, levaram Sofia às seguintes conclusões: que Lukas van Damme não era o empresário bem-sucedido que alegava ser, que sua transportadora não era exatamente legítima, que seu dinheiro era sujo, que ele tinha conexões com o crime organizado italiano e que estava escondendo algo do seu passado.

Sofia não guardava suspeitas do mesmo tipo sobre a mulher que tinha ido à *villa* na noite anterior — a mulher bonita de cabelo preto como as penas de um corvo, de trinta e poucos anos, com quem o *signore* Van Damme tinha se encontrado por acaso uma tarde no bar do terraço do Santa Caterina Hotel. Ele havia dado a ela um raro tour guiado pela coleção de arte. Depois, tinham jantado à luz de velas no terraço que dava para o mar. Estavam terminando o vinho quando Sofia e o restante da equipe saíram da *villa*, às 22h30. Sofia supunha que a mulher agora estivesse lá em cima, na cama do *signore* Van Damme.

Eles tinham deixado os restos do jantar — alguns pratos sujos, duas taças de vinho manchadas de grená — lá fora, no terraço. Nenhuma das taças tinha rastros de batom, o que Sofia achou inusitado. Não havia mais nada fora do comum, exceto pela porta aberta no andar mais baixo da *villa*. O provável culpado, suspeitava Sofia, era o próprio *signore* Van Damme.

Ela lavou e secou a louça com cuidado — uma única marca de água num utensílio era motivo para reprimendas — e, exatamente às oito da manhã, subiu para coletar a bandeja de café da manhã em frente à porta do *signore* Van Damme. Foi quando notou que a peça não tinha sido tocada. Não era algo rotineiro da parte dele, ela diria aos Carabinieri, mas também não era inédito.

No entanto, quando Sofia encontrou a bandeja intocada às nove, ficou preocupada. E, quando passou das dez sem sinal de que o *signore* Van Damme estivesse acordado, sua preocupação virou alerta. Nesse ponto, dois outros membros da equipe — Marco Mazzetti, o chef de longa data da *villa*, e o caseiro Gaspare Bianchi — tinham chegado. Ambos concordavam que a mulher bonita que havia jantado na *villa* na noite anterior era a explicação mais provável para o *signore* Van Damme não ter se levantado na hora de sempre. Portanto, como homens, o conselho solene foi esperar até meio-dia antes de fazer alguma coisa.

E, assim, Sofia Ravello, 24 anos, formada na Universidade de Bolonha, pegou o balde e o esfregão e foi fazer sua limpeza diária dos pisos da *villa* — o que, por sua vez, lhe deu a oportunidade de inventariar os quadros e outros *objets d'art* da coleção impressionante do *signore* Van Damme. Não tinha nada fora do lugar, nada faltando, nenhum sinal de que houvesse ocorrido nada sinistro.

Nada, exceto a bandeja de café da manhã intocada.

Ela ainda estava lá ao meio-dia. A primeira batida de Sofia foi tépida e não teve resposta. Seus vários golpes firmes que vieram depois, dados com a lateral do punho, tiveram o mesmo resultado. Finalmente, ela pôs a mão na maçaneta e abriu a porta devagar. Uma ligação para a polícia se provou desnecessária. Seu grito, diria depois Marco Mazzetti, pôde ser ouvido de Salerno a Positano.

2

CANNAREGIO

— Cadê você?

— Se não me engano, estou sentado ao lado da minha esposa, no Campo di Ghetto Nuovo.

— Não fisicamente, meu amor. — Ela pôs um dedo na testa dele. — Aqui.

— Eu estava pensando.

— No quê?

— Em absolutamente nada.

— Isso é impossível.

— De onde você tirou essa ideia?

Era uma capacidade peculiar aprimorada por Gabriel na juventude, essa de silenciar todos os pensamentos e memórias, de criar um universo privado sem som nem luz, nem outros habitantes. Era lá, no ambiente vazio de seu subconsciente, que pinturas finalizadas lhe apareciam, de execução deslumbrante, abordagem revolucionária e inteiramente ausentes da influência dominadora de sua mãe. Gabriel só precisava acordar de seu transe e copiar rapidamente as imagens na tela antes que se perdessem. Nos últimos tempos, havia recuperado o poder de limpar a bagunça sensorial da mente — e, com isso, a habilidade de produzir obras originais satisfatórias. O corpo de Chiara, com suas muitas formas e curvas, era seu tema favorito.

O COLECIONADOR

No momento, esse corpo estava pressionado contra o dele. A tarde tinha ficado fria, e um vento tempestuoso corria o perímetro do pátio. Ele vestia um sobretudo de lã pela primeira vez em vários meses. A jaqueta de camurça estilosa de Chiara e seu cachecol de chenile eram inadequados para o tempo.

— Com certeza você devia estar pensando em alguma coisa — insistiu ela.

— Provavelmente eu não deveria falar em voz alta. Pode ser que os velhos nunca se recuperem.

O banco em que estavam sentados ficava a alguns passos da porta da Casa Israelitica di Riposo, uma casa de repouso para membros idosos da minguante comunidade judaica de Veneza.

— Nosso futuro endereço — comentou Chiara, e passou a ponta do dedo pelo cabelo platinado na têmpora de Gabriel. Fazia muitos anos que ele não deixava crescer tanto. — Uns de nós antes que outros.

— Você vai me visitar?

— Todo dia.

— E eles?

Gabriel direcionou o olhar para o centro da praça ampla, onde Irene e Raphael estavam envolvidos numa disputa acirrada de alguma coisa com várias outras crianças do *sestiere*. Os prédios residenciais atrás deles, os mais altos de Veneza, estavam inundados da luz marrom-avermelhada do sol poente.

— Mas que raios é o objetivo desse jogo? — perguntou Chiara.

— Fiquei me perguntando a mesma coisa.

A competição envolvia uma bola e a fonte antiga do pátio, mas, fora isso, para um não participante, as regras e o sistema de pontuação eram indecifráveis. Irene parecia manter uma estreita vantagem, apesar de seu irmão gêmeo ter organizado um contra-ataque furioso entre os outros jogadores. O menino tinha sido amaldiçoado com o rosto de Gabriel e seus olhos incomumente verdes. Também contava com aptidão para matemática e há pouco tempo começara a ter aulas com um professor particular. Irene, alarmista climática tomada pelo medo de Veneza logo

DANIEL SILVA

ser engolida pelo mar, havia decidido que Raphael devia usar seus dons para salvar o planeta. Ainda não tinha escolhido uma carreira para si mesma. Por enquanto, sua coisa favorita era atormentar o pai.

Um chute errante fez a bola sair quicando na direção da porta da Casa. Gabriel ficou de pé às pressas e, com uma virada hábil do pé, colocou a bola de volta em jogo. Aí, depois de agradecer os aplausos entorpecidos de um guarda dos Carabinieri fortemente armado, ele se virou para os sete painéis em baixo-relevo do memorial ao Holocausto do gueto. Era dedicado aos 243 judeus venezianos — incluindo 29 residentes do lar de convalescentes — presos em dezembro de 1943, levados para campos de concentração e mais tarde deportados para Auschwitz. Entre eles estava Adolfo Ottolenghi, rabino-chefe de Veneza, assassinado em setembro de 1944.

O atual líder da comunidade judaica, o rabino Jacob Zolli, era descendente de judeus sefarditas da Andaluzia que foram expulsos da Espanha em 1492. A filha dele, no momento, estava sentada num banco no Campo di Ghetto Nuovo, observando os dois filhos jovens. Assim como o genro famoso do rabino, ela era ex-agente do serviço secreto de inteligência de Israel. Agora, atuava como gerente-geral da Companhia de Restaurações Tiepolo, o empreendimento mais proeminente do setor no Vêneto. Gabriel, conservador de arte reconhecido internacionalmente, era diretor do departamento de pinturas da empresa. O que significava que, para todos os efeitos, trabalhava para a esposa.

— No que você está pensando agora? — perguntou ela.

Ele estava se perguntando, não pela primeira vez, se sua mãe havia notado a chegada de vários milhares de judeus italianos em Auschwitz no início do terrível outono de 1943. Como tantos sobreviventes dos campos, ela havia se recusado a falar do mundo de pesadelo no qual havia sido jogada. Em vez disso, tinha registrado seu testemunho em algumas páginas de papel de seda e o trancado nas salas de arquivo de Yad Vashem. Atormentada pelo passado — e por uma culpa permanente por ter sobrevivido —, era incapaz de demonstrar afeto genuíno ao único filho, por medo de que ele fosse tomado dela. Havia transmitido a ele sua habilidade de pintar, seu alemão com sotaque de Berlim e talvez um pouco da coragem física. E, aí, o abandonara. A cada ano que se passava, as memórias que Gabriel tinha dela ficavam mais difusas. Ela era uma figura distante na frente de um cavalete, com um curativo no braço esquerdo e as costas sempre viradas. Era por isso que Gabriel tinha momentaneamente se desconectado da esposa e dos filhos. Estava tentando, sem sucesso, ver o rosto da mãe.

— Eu estava pensando — respondeu ele, olhando de relance o relógio de pulso — que é melhor a gente ir já, já.

— E perder o fim do jogo? Nem em sonho. Além do mais — completou Chiara —, o concerto da sua namorada só começa às oito.

Era o baile de gala beneficente anual da Sociedade de Preservação de Veneza, a organização sem fins lucrativos baseada em Londres dedicada ao cuidado e à restauração da arte e da arquitetura frágeis da cidade. Gabriel havia convencido a renomada violinista suíça Anna Rolfe, com quem tivera um breve envolvimento romântico, a se apresentar. Ela havia jantado na noite anterior no luxuoso *piano nobile della loggia* de quatro quartos da família Allon, com vista para o Grand Canal. Gabriel se dava por satisfeito pelo fato de a esposa, que tinha preparado e servido a refeição com excelência, ter voltado a falar com ele.

Chiara olhava fixamente para a frente, um sorriso de Mona Lisa no rosto, enquanto ele voltava ao banco.

— Agora é o momento da conversa — disse ela — em que você me lembra que a violinista mais famosa do mundo não é mais sua namorada.

— Não achei que fosse necessário.

— Mas é.

— Ela não é.

Chiara enfiou a unha do dedão no dorso da mão dele.

— E você nunca foi apaixonado por ela.

— Nunca — jurou Gabriel.

Chiara aliviou a pressão e massageou gentilmente a reentrância em forma de lua crescente na pele dele.

— Ela enfeitiçou seus filhos. Irene me informou hoje de manhã que deseja começar a fazer aula de violino.

— Ela é encantadora, nossa Anna.

— Ela é uma maluca, isso sim.

— Mas uma maluca extremamente talentosa.

Gabriel tinha ido na tarde anterior ao ensaio de Anna no Teatro La Fenice, a ópera histórica de Veneza. Nunca a ouvira tocar tão bem.

— É engraçado — disse Chiara —, mas ela não é tão bonita pessoalmente quanto nas capas dos CDs. Acho que os fotógrafos usam filtros especiais para fotografar mulheres mais velhas.

— Isso foi golpe baixo.

— Eu tenho permissão. — Chiara deu um suspiro dramático. — A maluca já decidiu o repertório?

— "Sonata de violino Nº 1" de Schumann e o Brahms em "Ré menor".

— Você sempre amou o Brahms, em especial o segundo movimento.

— Quem não ama?

— Aposto que ela vai obrigar a gente a aguentar um bis da "Sonata do diabo".

— Se ela não tocar, provavelmente vai haver uma revolta popular.

A "Sonata para violino em sol maior", de Giuseppe Tartini, tecnicamente complexa, era a marca registrada de Anna.

— Uma sonata satânica — comentou Chiara. — Nem dá para imaginar por que sua namorada se sentiria atraída por uma peça assim.

— Ela não acredita no diabo. E, aliás, também não acredita na historinha boba sobre Tartini ter ouvido a peça num sonho.

— Mas você não nega que ela seja sua namorada.

— Acredito que eu tenha sido bem claro sobre essa questão.

— E você nunca foi apaixonado por ela?

— Já foi perguntado e já foi respondido.

Chiara apoiou a cabeça no ombro de Gabriel.

— E o diabo?

— Não faz meu tipo.

— Você acredita que ele existe?

— Por que você me faria essa pergunta?

— Talvez explique todo o mal neste nosso mundo.

Ela estava se referindo, claro, à guerra na Ucrânia, agora no oitavo mês. Tinha sido mais um dia tenebroso. Mais mísseis dirigidos a alvos civis em Kiev. Valas comuns com centenas de corpos largados pela cidade de Izium.

— Os homens estupram, roubam e assassinam por conta própria — respondeu Gabriel, com os olhos fixos no memorial do Holocausto.

— E muitas das piores atrocidades da história humana foram cometidas por aqueles que estavam motivados não pela devoção ao Maligno, mas pela fé em Deus.

— E como anda a sua?

— Minha fé?

Gabriel não disse mais nada.

— Talvez fosse bom você conversar com o meu pai.

— Eu converso com o seu pai o tempo todo.

— Sobre o nosso trabalho, as crianças e a segurança nas sinagogas, mas não sobre Deus.

— Próximo assunto.

— No que você estava pensando há alguns minutos?

— Estava sonhando com seu *fettuccine* com cogumelos.

— Não faz piada.

Ele respondeu com sinceridade.

— Você realmente não lembra como ela era?

— Só no fim. Mas aquilo não era ela.

— Talvez isto ajude.

Levantando-se, Chiara foi até o centro do pátio e pegou Irene pela mão. Um momento depois, a menina estava sentada no joelho do pai, com os braços em torno do pescoço dele.

— O que foi? — perguntou a criança quando ele se apressou a secar uma lágrima da bochecha.

— Nada — disse ele à filha. — Nada mesmo.

3

SAN POLO

Quando Irene voltou à brincadeira, tinha caído para o terceiro lugar no ranking. Fez uma reclamação formal e, sem receber satisfação, se retirou para as laterais e assistiu ao jogo se dissolver em caos e animosidade. Gabriel tentou restaurar a ordem, mas não adiantou; os contornos da disputa eram de complexidade árabe-israelense. Sem solução à mão, ele sugeriu que o torneio fosse suspenso até a tarde seguinte, já que as vozes altas podiam perturbar os idosos da Casa. Os competidores concordaram, e às 16h30 a paz voltou ao Campo di Ghetto Nuovo.

Irene e Raphael, com as mochilas da escola no ombro, saíram andando pela ponte de pedestres de madeira no canto sul da praça, com Gabriel e Chiara um passo atrás. Alguns séculos antes, um guarda cristão talvez bloqueasse o caminho deles, pois estava começando a anoitecer e a ponte logo seria fechada até o dia seguinte. Naquele momento, eles caminharam sem ser perturbados, passando por lojas de suvenires e restaurantes populares até chegarem a um pequeno pátio rodeado por duas sinagogas opostas. Alessia Zolli, esposa do rabino-chefe, esperava em frente à porta aberta da Sinagoga Levantina, que atendia a comunidade no inverno. As crianças abraçaram a avó como se fizesse meses a fio, não três dias curtos, que não a viam.

— Lembre — explicou Chiara — que eles precisam estar na escola no máximo às oito amanhã.

— E onde é que fica essa escola deles? — perguntou Alessia Zolli, com malícia. — É aqui em Veneza ou em algum lugar do continente? — Ela olhou para Gabriel e franziu a testa. — É culpa sua ela estar agindo assim.

— O que eu fiz agora?

— Prefiro não dizer em voz alta. — Alessia Zolli acariciou o cabelo escuro revoltoso da filha. — A coitadinha já sofreu o bastante.

— Infelizmente, meu sofrimento só começou.

Chiara deu um beijo nas crianças e saiu com Gabriel na direção de Fondamenta Cannaregio. Ao cruzarem a Ponte delle Guglie, concordaram que era bom fazer um lanche leve. O recital estava marcado para acabar às dez da noite, quando então se encaminhariam ao Cipriani para um jantar formal com o diretor da Sociedade de Preservação de Veneza e vários doadores com bolsos fundos. Chiara recentemente tinha enviado ao grupo propostas de uma série de projetos lucrativos. Portanto, era obrigada a ir ao jantar, ainda que isso significasse prolongar sua exposição ao antigo caso do marido.

— Aonde podemos ir? — perguntou ela.

O *bacaro* favorito de Gabriel em Veneza era o All'Arco, mas ficava perto do Mercado de Peixe Rialto e eles estavam com pressa.

— Que tal no Adagio? — sugeriu ele.

— Um nome muito infeliz para um bar de vinhos, não acha?

Ficava no Campo dei Frari, perto da base do campanário. Lá dentro, Gabriel pediu duas taças de vinho branco da Lombardia e uma variedade de *cicchetti*. A etiqueta culinária veneziana exigia que os deliciosos sanduichinhos fossem consumidos de pé, mas Chiara sugeriu que, em vez disso, pegassem uma mesa. O ocupante anterior tinha deixado um exemplar do *Il Gazzettino*. Estava cheio de fotografias dos ricos e famosos, incluindo Anna Rolfe.

— Minha primeira noite a sós com meu marido em meses — comentou Chiara, dobrando o jornal ao meio —, e tenho que passá-la justamente com *ela*.

— Era mesmo necessário prejudicar ainda mais minha posição com sua mãe?

— Minha mãe acha que você é capaz de andar sobre as águas.

— Só durante uma *acqua alta*.

Gabriel devorou um *cicchetto* lotado de coração de alcachofra e ricota, que ajudou a descer com um pouco do *vino bianco*. Era sua segunda taça do dia. Como a maioria dos homens que moravam em Veneza, ele tinha consumido *un'ombra* com seu café do meio da manhã. Nas últimas duas semanas, andava frequentando um bar em Murano, onde estava restaurando um retábulo do artista da escola veneziana conhecido como Il Pordenone. Em seu tempo livre, trabalhava aos poucos em duas encomendas privadas, já que o salário parcimonioso que a esposa lhe pagava não era suficiente para manter o padrão de vida ao qual ela estava acostumada.

Chiara ponderava sobre os *cicchetti*, deliberando entre a cavalinha defumada e o salmão. Ambos estavam numa cama de queijo cremoso e foram salpicados de ervas frescas finamente picadas. Gabriel decidiu a questão roubando a cavalinha. Harmonizou lindamente com o vinho seco e mineral da Lombardia.

— Eu queria esse — disse Chiara, fazendo biquinho e pegando o salmão. — Você pensou em como vai reagir hoje quando alguém perguntar se você é *aquele* Gabriel Allon?

— Eu esperava evitar completamente o assunto.

— Como?

— Agindo do jeito inacessível de sempre.

— Infelizmente não é uma opção, meu bem. É um evento social, ou seja, espera-se que você seja sociável.

— Eu sou um iconoclasta. Desprezo as convenções.

Ele também era o espião aposentado mais famoso do mundo. Tinha se instalado em Veneza com a aprovação das autoridades italianas — e o conhecimento de figuras-chave no estabelecimento cultural veneziano —, mas sua presença na cidade não era amplamente conhecida. Na maior parte do tempo, ele habitava um reino incerto entre o mundo conhecido e o secreto. Carregava uma arma, também com a aprovação da polícia italiana, e mantinha alguns passaportes alemães falsos, caso achasse necessário viajar sob um pseudônimo. Fora isso, tinha se livrado dos apetrechos da vida anterior. O baile de gala daquela noite, para o bem ou para o mal, seria sua apresentação à sociedade.

— Fique tranquila — disse ele. — Vou ser perfeitamente encantador.

— E se alguém te perguntar de onde você conhece Anna Rolfe?

— Vou fingir uma repentina perda auditiva e sair direto para o banheiro masculino.

— Excelente estratégia. Mas, também, o planejamento operacional sempre foi seu forte. — Sobrava um único *cicchetto*. Chiara empurrou o prato na direção de Gabriel. — Come você, senão não vou conseguir entrar no meu vestido.

— Giorgio?

— Versace.

— É muito ruim?

— Escandaloso.

— É um bom jeito de garantir financiamento para os nossos projetos.

— Acredite, não é para agradar os doadores.

— Você é filha de rabino.

— Com um corpão.

— Nem me diga — falou Gabriel, e devorou o último *cicchetto*.

Do Campo dei Frari até o apartamento deles, era uma caminhada agradável de dez minutos. No espaçoso banheiro da suíte principal, Gabriel tomou um banho rápido e confrontou seu reflexo no espelho. Julgou que sua aparência estava satisfatória, apesar de marcada pela cicatriz elevada e enrugada do lado esquerdo do peito. Tinha aproximadamente o tamanho da cicatriz correspondente atrás da escápula esquerda. Os dois outros ferimentos de bala tinham cicatrizado bem, assim como as marcas de mordida, infligidas por um cão de guarda alsaciano, no antebraço esquerdo. Infelizmente, não dava para dizer o mesmo das duas vértebras fraturadas na lombar.

Frente à perspectiva de um concerto de duas horas seguido de um jantar sentado com vários pratos, ele engoliu uma dose profilática de Advil antes de ir ao closet. Seu smoking Brioni, uma adição recente ao guarda-roupa, o esperava. O alfaiate não achara incomum ele pedir mais espaço na cintura; todas as suas calças eram cortadas assim, para acomodar uma arma oculta. Seu revólver preferido era uma Beretta 92FS, uma pistola de tamanho considerável que, quando completamente carregada, pesava quase um quilo.

Vestido, Gabriel encaixou a arma na parte baixa das costas. Então, virando-se de leve, examinou sua aparência pela segunda vez. De novo, ficou satisfeito com quase tudo o que viu. O paletó elegantemente cortado da Brioni tornava a arma quase invisível. Além do mais, a moderna fenda dupla provavelmente reduziria seu tempo de sacar a pistola, que, apesar de suas muitas lesões corporais, continuava rápido como um raio.

Ele prendeu um relógio Patek Philippe no pulso e, apagando as luzes, foi para a sala de estar esperar a aparição da esposa. *Sim*, pensou enquanto analisava a vista ampla do Grand Canal, *ele era* aquele *Gabriel Allon*. Outrora, fora o anjo da vingança de Israel. Agora, era diretor do departamento de pinturas da Companhia de Restaurações Tiepolo. Anna era alguém que ele encontrara ao longo do caminho. Verdade seja dita, ele havia tentado amá-la, mas não fora capaz. Aí conheceu uma linda jovem do *ghetto*, e a garota salvou a vida dele.

Apesar da fenda profunda na coxa e da ausência de alças, o vestido Versace preto e longo de Chiara não era nada escandaloso. Os sapatos, porém, eram definitivamente um problema. Escarpins Ferragamo de salto agulha, eles adicionavam indesejáveis dez centímetros e meio à sua silhueta já escultural. Discretamente, ela baixou os olhos para Gabriel enquanto se aproximavam do grupo de fotógrafos da imprensa reunidos em frente ao Teatro La Fenice.

— Certeza que está pronto para isso? — perguntou ela, com um sorriso congelado.

— Tanto quanto poderia estar — respondeu ele enquanto uma barragem de flashes brancos brilhantes atordoavam seus olhos.

Os dois passaram por baixo da bandeira azul e amarela da Ucrânia pendurada no pórtico do teatro e entraram no zumbido multilíngue do *foyer* lotado. Algumas pessoas viraram a cabeça, mas Gabriel não recebeu um escrutínio excessivo. Por enquanto, pelo menos, ele era só mais um homem de meia-idade e nacionalidade incerta com uma linda jovem nos braços.

Ela apertou a mão dele para reconfortá-lo.

— Não foi tão ruim, né?

— A noite é uma criança — murmurou Gabriel, e analisou o cômodo que reluzia ao seu redor.

Aristocratas decadentes, magnatas e empresários, um punhado de marchands importantes de Velhos Mestres. O gorducho Oliver Dimbleby, que nunca perdia uma boa festa, tinha vindo de Londres. Estava confortando um notável colecionador francês que havia se queimado totalmente num recente escândalo de falsificações, aquele envolvendo o falecido Phillip Somerset e seu fundo de *hedge* baseado em arte, o Fundo de Investimento Obras-Primas.

— Você sabia que ele viria? — perguntou Chiara.

— O Oliver? Ouvi um relato alarmante sobre isso de uma das minhas muitas fontes no mundo de arte londrino. Ele tem instruções estritas de manter distância de nós.

— E se ele não conseguir se segurar?

— Finja que ele está com alguma doença contagiosa e se afaste o mais rápido possível.

Uma repórter se aproximou de Oliver e solicitou um comentário, só os céus sabiam sobre o quê. Vários outros jornalistas estavam reunidos em torno de Lorena Rinaldi, ministra da Cultura no novo governo de coalizão da Itália. Como a primeira-ministra, Rinaldi pertencia a um partido político de extrema-direita que podia traçar sua linhagem ao Partido Nacional Fascista de Benito Mussolini.

— Pelo menos ela não veio com a braçadeira — comentou uma voz masculina ao lado de Gabriel. Pertencia a Francesco Tiepolo, proprietário da proeminente empresa de restaurações que levava o famoso nome de sua família. — Só queria que tivesse tido a decência de não mostrar a cara fotogênica num evento como este.

— Evidentemente, é uma grande admiradora de Anna Rolfe.

— E quem não é?

— Eu — falou Chiara.

Francesco sorriu. Um homem enorme, parecendo um urso, que tinha uma semelhança impressionante com Luciano Pavarotti. Mesmo agora, quase duas décadas após a morte do tenor, turistas em busca de autógrafo iam atrás de Francesco nas ruas de Veneza. Se estivesse se sentindo travesso, o que em geral era o caso, ele os atendia.

— Você viu a entrevista da ministra na RAI ontem à noite? — perguntou ele. — Ela jurou eliminar a cultura *woke* da Itália. Não consegui, por mais que me esforçasse, descobrir do que ela estava falando.

— Nem ela — disse Gabriel. — Foi só alguma coisa que ela ouviu durante a visita mais recente aos Estados Unidos.

— Acho que devíamos aproveitar e ir cumprimentá-la.

— Por que raios faríamos isso?

— Porque, durante o futuro próximo, Lorena Rinaldi vai ter a palavra final sobre todos os projetos de restauração aqui em Veneza, independentemente de quem esteja pagando a conta.

Bem nesse momento, as luzes do *foyer* diminuíram e um sinal sonoro soou.

— Salvo pelo gongo — comentou Gabriel, e acompanhou Chiara para dentro do teatro.

Ela conseguiu esconder seu desprazer ao se sentar na cadeira VIP na primeira fila.

— Que beleza — falou. — Só é uma pena não estarmos ainda mais perto do palco.

Gabriel se sentou ao lado dela e fez um pequeno ajuste na posição da Beretta. Enfim, disse:

— Acho que foi tudo muito bem, não?

— A noite é uma criança — respondeu Chiara, e enfiou a unha do polegar no dorso da mão dele.

4

CIPRIANI

O Schumann foi assombroso, o Brahms, insondavelmente belo. Mas foi a apresentação incendiária de Anna da "Sonata do diabo" de Tartini que fez a plateia ficar de pé. Três dramáticos agradecimentos finais depois, ela deu um último adeus. A maioria dos espectadores saiu para a Corte San Gaetano, mas poucos seletos foram discretamente escoltados à doca do teatro, onde uma flotilha de *motoscafi* reluzentes esperava para levá-los ao hotel Cipriani. Gabriel e Chiara fizeram o trajeto com uma delegação de nova-iorquinos simpáticos. Nenhum deles pareceu reconhecer o famoso espião. Tampouco a recepcionista bonita, de prancheta na mão, do Oro, o celebrado restaurante do Cipriani.

— Ah, sim. Aqui está, *signore* Allon. Mesa número cinco. A *signora* Zolli está na mesa um. A mesa principal — completou a recepcionista com um sorriso.

— É porque a *signora* Zolli é bem mais importante do que eu.

A recepcionista fez um gesto na direção da entrada do salão de jantar privado do restaurante, e Gabriel entrou atrás de Chiara.

— Por favor, não me diga que me colocaram ao lado daquela mulher — disse ela.

— Da ministra? Acredito que ela tenha precisado sair às pressas para uma queima de livros.

— Eu estava me referindo a Anna.

— Seja boazinha — falou Gabriel, e partiu em busca de sua mesa.

DANIEL SILVA

Ele chegou e encontrou quatro dos nova-iorquinos do táxi aquático. Eram o ponto fora da curva, os norte-americanos. O restante do grupo era decididamente britânico.

Gabriel localizou seu assento designado e, resistindo à vontade de jogar o cartão com seu nome no triturador mais próximo, sentou-se.

— Não ouvi seu nome antes — disse um dos norte-americanos, um espécime ruivo de uns 65 anos que aparentava comer carne vermelha em excesso.

— É Gabriel Allon.

— Parece familiar. O que você faz?

— Sou conservador.

— Sério? Eu estava com receio de ser o único aqui.

— Conservador *de arte* — explicou Gabriel, destacando as últimas palavras. — Um restaurador.

— Restaurou alguma coisa recentemente?

— Trabalhei um pouco em um dos Tintorettos na igreja da Madonna dell'Orto há algum tempo.

— Acho que eu paguei por esse projeto inteiro.

— Você *acha*?

— Salvar Veneza é o hobby da minha esposa. Pra falar a verdade, arte me entedia pra cacete.

Gabriel checou o cartão de identificação à sua direita e ficou aliviado de ver que tinha sido colocado ao lado da herdeira de uma fortuna vinda de uma rede de supermercados na Inglaterra, que, se desse para acreditar nos tabloides, recentemente havia tentado assassinar o marido infiel com uma faca de açougueiro. Curiosamente, o cartão que correspondia ao assento à sua esquerda estava em branco.

Levantando os olhos ele viu a herdeira, uma mulher conservada usando um lindíssimo vestido vermelho, se aproximando da mesa. Seu rosto quimicamente melhorado não demonstrou qualquer surpresa — nem nenhuma outra emoção, aliás — quando ele se apresentou.

— Só para deixar registrado — disse ela —, era uma faquinha de legumes. E o ferimento, se é que dá para chamar assim, não precisou de sutura. — Sorrindo, ela se sentou. — Quem é você, sr. Allon? E o que raios está fazendo aqui?

— Ele é conservador — interveio o norte-americano. — Restaurou um dos Tintorettos na Madonna dell'Orto. Minha esposa e eu que pagamos.

— E somos todos muito gratos — murmurou a herdeira. Então, virando-se para Gabriel: — Quem eu preciso matar por aqui para conseguir um Beefeater com tônica?

Gabriel começou a responder, mas ficou quieto quando uma onda de aplausos subiu das mesas vizinhas.

— A encantadora madame Rolfe — observou a herdeira. — É maluca que só. Pelo menos é o que dizem.

Gabriel deixou o comentário passar sem falar nada.

— A mãe dela se suicidou, sabe? E aí teve aquele escândalo terrível envolvendo o pai dela e os quadros que foram saqueados pelos nazistas durante a guerra. Depois disso, a vida de Anna descarrilou. Quantos casamentos fracassados foram? Três? Ou quatro?

— Dois, acredito eu.

— E não vamos esquecer aquele acidente que quase acabou com a carreira dela — continuou a herdeira, sem se abalar. — Infelizmente, não consigo me lembrar dos detalhes.

— Uma encosta desabou durante uma tempestade enquanto ela fazia uma trilha perto de casa na Costa de Prata. A mão esquerda foi esmagada por uma pedra que caiu. Foram meses de reabilitação para ela recuperar o movimento.

— Me parece que você é um admirador, sr. Allon.

— Pode-se dizer que sim.

— Perdão, espero não ter sido inoportuna.

— Ah, não — falou Gabriel. — Nunca tive a honra de conhecê-la pessoalmente.

Pareceu haver alguma confusão em relação ao lugar em que Anna deveria sentar-se. Cada uma das oito cadeiras da mesa principal estava ocupada. E todas as outras do salão também — com uma exceção.

Não, pensou Gabriel, olhando de relance o cartão em branco. Ela não ousaria.

— Ora, ora — disse a herdeira enquanto a violinista mais famosa do mundo se aproximava da mesa. — Pelo jeito, é sua noite de sorte.

— Imagine só — respondeu Gabriel, e se levantou devagar.

Anna aceitou a mão, que ele estendeu, como se pertencesse a um estranho, então sorriu, travessa, quando ele disse seu nome.

— Não *aquele* Gabriel Allon — falou ela, e se sentou.

— Como você conseguiu isto?

— Em vez do meu cachê exorbitante de sempre, fiz uma única exigência inegociável relacionada ao mapa de assentos do *soirée* pós-concerto de hoje. — Ela abriu um sorriso largo demais para um mecenas de uma mesa próxima. — Meu Deus, mas como eu odeio essas coisas. É de se perguntar por que concordei em fazer isso.

— Porque não conseguiu resistir à oportunidade de causar problemas na minha casa.

— Minhas intenções eram honrosas, garanto.

— Eram mesmo?

— Na maior parte. — Anna abaixou os olhos, apreensiva, para o prato que um garçom de paletó branco havia colocado diante dela. — O que é isto, meu Deus do céu?

— Choco — explicou Gabriel. — Uma iguaria local.

— Da última vez que comi uma criatura crua da lagoa, fiquei paralisada uma semana.

— É divino.

— Quando em Roma... — disse Anna, e provou o prato, hesitante. — Quanto dinheiro arrecadamos hoje?

— Quase dez milhões. Mas, se você fizer carinho com o pé naquele norte-americano rico do outro lado da mesa, dá para chegar a vinte.

No momento, o norte-americano rico estava encarando o celular de olhos arregalados.

— Ele sabe quem você é? — perguntou Anna.

— Tenho a sensação de que, agora, sabe.

— O que será que ele está pensando?

— Por que o chefe aposentado da inteligência israelense está sentado justamente ao lado de Anna Rolfe?

— Vamos contar para ele?

— Não sei se ele acreditaria na história.

Começou quando Gabriel aceitou o que achava ser uma encomenda rotineira para restaurar um quadro na residência do riquíssimo banqueiro suíço Augustus Rolfe, em Zurique. O fim trágico aconteceu alguns meses depois, quando Gabriel saiu da *villa* em Portugal onde a filha famosa de *herr* Rolfe havia se refugiado do passado deplorável da família. Ele sempre se arrependera de sua conduta naquele dia — e dos vinte anos durante os quais ele e Anna não haviam trocado um único e-mail ou telefonema. Independentemente das complicações familiares, ele estava contente por ela ter voltado a fazer parte da vida dele.

— Você podia ter me alertado — disse ela de repente.

— Sobre o quê?

Ela direcionou o olhar para a mesa principal, onde todos os olhos estavam em Chiara.

— Sobre a beleza impressionante da sua esposa. Fiquei chocada ontem à noite quando a conheci.

— Acredito que eu tenha mencionado uma vaga semelhança com Nicola Benedetti.

— Minha querida amiga Nicola bem que queria ser parecida com a Chiara. — Anna suspirou. — Imagino que ela seja perfeita em todos os sentidos.

— Ela cozinha bem melhor do que você. E, melhor ainda, não toca violino o tempo todo.

— Ela já te machucou?

Gabriel apontou a leve marca vermelha no dorso da mão.

DANIEL SILVA

— Eu nunca tive chance de te reconquistar, né?

— Quando eu fui embora de Portugal, você deixou claríssimo que nunca mais queria falar comigo.

— Imagino que esteja se referindo ao abajur que eu acidentalmente derrubei da mesa de canto.

— Era um vaso de cerâmica. E você tacou direto na minha cabeça, com seu braço direito impressionantemente forte.

— Você teve sorte, isso sim. A senhora sentada ao seu lado teria atacado com algo bem mais letal.

— Ela jura que era só uma faquinha de legumes.

— Tinha fotos.

Anna empurrou o prato na direção do centro da mesa.

— Não gostou?

— Meu voo para Londres sai bem cedo. Melhor não arriscar.

— Achei que você fosse ficar uns dias em Veneza.

— Mudança de planos de última hora. Vou gravar o Mendelssohn semana que vem com Yannick Nézet-Séguin e a Orquestra de Câmara da Europa, e preciso desesperadamente de uns dias de ensaio.

— As crianças vão ficar decepcionadas, Anna. Elas te adoram.

— E eu adoro elas. Mas, infelizmente, não tem o que fazer. Yannick insistiu muito que eu fosse a Londres de imediato. Estou pensando em ter um caso desastroso enquanto estiver lá. Algo que coloque meu nome de volta nas colunas de fofoca, onde é o lugar dele.

— Você só vai se magoar outra vez.

— Mas vou tocar melhor como resultado. Você me conhece, Gabriel. Eu nunca toco bem quando estou feliz.

— Hoje você foi magnífica, Anna.

— Fui, é? — Ela apertou a mão dele. — Por que será?

34

5

MURANO

Foi Chiara, meio como um desafio, que sugeriu que Gabriel pintasse uma cópia de *Nu deitado*, a polêmica obra-prima de Modigliani que, em 2015, foi arrematada por 170 milhões de dólares no leilão da Christie's em Nova York. Satisfeito com seu esforço, ele então executara um pastiche totalmente convincente do original de Modigliani — uma mudança de perspectiva, um sutil rearranjo da pose da mulher —, ainda que só para demonstrar sua capacidade, caso tivesse essa inclinação, de ganhar a vida como falsificador de arte. Na manhã seguinte ao baile, ele acordou e viu as duas telas iluminadas pela luz da manhã que entrava em ângulo pelas janelas altas que davam para o Grand Canal. Era embotada e cinzenta, a luz, bem parecida com a dor entre os olhos de Gabriel. Não tinha nada a ver com o vinho tinto que ele havia bebido durante o jantar da meia-noite, reconfortou-se. Manhãs chuvosas em Veneza sempre faziam sua cabeça doer.

Ele se levantou devagar, para não despertar Chiara, e analisou os danos causados pelos procedimentos pós-baile da noite passada. Um rastro de roupas sociais italianas descartadas às pressas e outros acessórios se estendia da porta até o pé da cama. Um smoking e uma camisa Brioni. Um longo vestido tomara que caia da Versace, com uma fenda que subia até a coxa. Escarpins de salto agulha e sapatos sociais derby de couro envernizado Salvatore Ferragamo. Brincos e abotoaduras de

DANIEL SILVA

ouro. Um relógio Patek Philippe. Uma pistola 92FS 9mm da Fabbrica d'Armi Pietro Beretta. O ato tinha sido finalizado com agilidade e pouca preocupação com preliminares. Chiara olhara para Gabriel possessivamente o tempo todo, com um meio sorriso no rosto. A rival fora derrotada, o demônio, exorcizado.

Na cozinha, Gabriel encheu a cafeteira elétrica com café Illy e água mineral e deu uma olhada na cobertura do baile no *Il Gazzettino* enquanto esperava o café passar. O crítico de música do jornal tinha encontrado muitas coisas a admirar no recital de Anna, especialmente o bis, que tinha, de algum jeito, conseguido eclipsar sua lendária apresentação da mesma peça duas décadas antes na Scuola Grande di San Rocco. Em nenhuma das fotografias que acompanhavam a matéria havia qualquer evidência da presença de Gabriel no evento, apenas uma única imagem de seu ombro direito, no qual descansava a mão de Chiara Zolli, deslumbrante gerente-geral da Companhia de Restaurações Tiepolo.

Ela ainda dormia profundamente quando Gabriel voltou ao quarto com duas xícaras de café. Sua posição não havia mudado: estava de barriga para cima, com os braços acima da cabeça. *Mesmo inconsciente*, pensou Gabriel, *ela era uma obra de arte*. Ele puxou o edredom, expondo os seios pesados e redondos de Chiara, e pegou o bloco de desenho. Dez minutos se passaram antes de seu lápis de carvão arranhando a acordar.

— Precisa disso? — resmungou ela.

— Preciso.

— Eu estou horrorosa.

— Discordo.

— Café — suplicou ela.

— Está na sua mesa de cabeceira, mas você ainda não pode tomar.

— Você não tem um quadro para restaurar?

— Prefiro desenhar você.

— Você já está atrasado no cronograma.

— Estou sempre atrasado.

— E é por isso que eu devia te demitir.

O COLECIONADOR

— Eu sou insubstituível.

— Estamos na Itália, querido. Tem mais restauradores do que garçons neste país.

— E o salário dos garçons é melhor.

Chiara esticou o braço para o edredom.

— Não se mexa — disse Gabriel.

— Estou com frio.

— Sim, estou vendo.

Chiara voltou à pose original.

— Você chegou a pintá-la?

— Anna? Nunca.

— Ela se recusou a posar para você?

— Na verdade, ela me implorou para pintá-la.

— E por que você não aceitou?

— Tive medo do que poderia encontrar ali.

— Você não acredita que ela precisa ensaiar o concerto de violino de Mendelssohn.

— Ela consegue tocar até dormindo.

— Então, por que ela vai embora?

— Eu te mostro em uns minutos.

— Você tem exatamente dez segundos.

Gabriel tirou uma foto dela com seu telefone Solaris de fabricação israelense, o mais seguro do mundo.

— Depravado — disse Chiara, e pegou seu café.

Uma hora depois, banhados, vestidos e protegidos da chuva fina em casacos impermeáveis, eles estavam parados lado a lado no *imbarcadero* da parada de *vaporetto* San Tomà. O Número 2 de Chiara, com direção a San Marco, chegou primeiro.

— Você está livre no almoço? — perguntou Gabriel.

Ela lhe lançou um olhar de reprovação.

— Você não pode estar falando sério.

DANIEL SILVA

— Foi o desenho.

— Vou pensar — disse ela, e entrou no *vaporetto*.

— E então? — chamou ele enquanto a embarcação se afastava do cais.

— Talvez eu esteja livre à uma.

— Eu compro algo para comer.

— Nem precisa — respondeu ela, e soprou um beijo.

Um Número 1 se aproximava de San Tomà, vindo da universidade. Gabriel foi nele até a Rialto, depois atravessou o Cannaregio a pé até o Fondamente Nove, onde rapidamente engoliu um café no Bar Cupido antes de embarcar em seu próximo *vaporetto*, um Número 4.1. Ele fez uma única parada na margem oeste de San Michele, a ilha dos mortos, e foi para Murano. Desembarcou na estação Museo, a segunda das duas da ilha, e passou pelas lojas de vidro que se enfileiravam em Fondamenta Venier até a igreja de Santa Maria degli Angeli.

Existia um local de culto cristão ali desde 1188, mas a estrutura atual, com seu campanário torto e um exterior de tijolos cáqui, datava de 1529. No fim do século XVIII, um filósofo e aventureiro que convivia com gente tipo Mozart e Voltaire frequentava a missa ali com regularidade. Não era a fé que atraía o homem à igreja, pois ele não a tinha. Ele vinha na esperança de um encontro fugidio com uma linda jovem freira que residia no convento adjacente. O homem, chamado Giacomo Casanova, tinha vários desses relacionamentos — centenas, aliás —, embora guardasse com cuidado a identidade de sua amante secreta do convento. Em suas memórias, identificou a mulher, que se dizia ser filha de um aristocrata veneziano, apenas como M.M.

Havia outras como ela no convento, filhas dos cidadãos mais ricos da república, de modo que a abadessa raramente ficava sem fundos. Mesmo assim, hesitou quando um pintor popular que um dia seria conhecido como Ticiano exigiu quinhentos ducados por uma representação da anunciação produzida para o altar-mor da igreja. Ofendido, Ticiano deu a pintura a Isabel, esposa de Carlos V, e a abadessa contratou Il Pordenone, um maneirista implacavelmente ambicioso que tinha sido acusado de contratar assassinos para matar seu irmão, para produzir um substituto. Pordenone sem dúvida aceitou na hora, pois se considerava o mais sério rival artístico de Ticiano em Veneza.

O retábulo original de Ticiano desapareceu sem deixar rastro durante as Guerras Napoleônicas, mas a obra menor de Pordenone sobreviveu. No momento, estava presa a uma armadura de madeira feita sob medida no centro da nave. Na parede atrás do altar-mor, havia um retângulo preto de dimensões correspondentes onde antes estivera pendurada a tela — e onde seria pendurada de novo quando a extensa restauração da antiga igreja estivesse finalizada. Adrianna Zinetti, empoleirada num andaime altíssimo, removia um século de poeira e sujidade da moldura de mármore ornamentada. Ela usava uma jaqueta de *fleece* com zíper e luvas sem as pontas dos dedos. O interior da igreja era frio como uma cripta.

— *Buongiorno, signore* Delvecchio — entoou enquanto Gabriel ligava um aquecedor portátil.

Era a identidade falsa que ele usara durante boa parte de sua vida anterior — Mario Delvecchio, o gênio reservado e temperamental que fizera seu treinamento em Veneza com o grande Umberto Conti e restaurara muitas das pinturas mais famosas da cidade. Adrianna, renomada limpadora de altares e estatuário, tinha trabalhado com Mario em vários projetos grandes. Quando não estava tentando seduzi-lo, ela o detestava com particular intensidade.

— Eu estava começando a ficar preocupada com você — comentou ela. — Você sempre é o primeiro a chegar.

— Fui dormir tarde — respondeu ele, e analisou seu carrinho de trabalho. Os sinais que deixara na tarde anterior estavam intocados. Mesmo assim, nunca dava para saber. — Você não mexeu em nada, né?

— Em tudo, Mario. Coloquei meus dedinhos grudentos em todos os seus preciosos frascos e solventes.

— Você precisa mesmo parar de me chamar assim, sabe?

— Uma parte de mim sente saudade dele.

— Com certeza ele sente o mesmo.

— E se eu *tivesse* mexido nas suas coisas? — perguntou ela. — O mundo teria acabado?

— Poderia muito bem acabar, sim. — Ele tirou o casaco. — O que vamos ouvir, *signora* Zinetti?

— Amy Winehouse.

— Que tal Schubert, em vez disso?

— Os quartetos de corda de novo, não. Se eu tiver que escutar mais uma vez "A morte e a donzela", vou pular.

Gabriel inseriu um disco em seu tocador de CDs manchado de tinta — a gravação clássica de Maurizio Pollini das sonatas para piano tardias de Schubert — e envolveu um pedaço de algodão na ponta de uma cavilha de madeira. Então mergulhou o algodão numa mistura cuidadosamente calibrada de acetona, acetato de metil proxitol e aguarrás mineral e o girou delicadamente na superfície do retábulo. O solvente era forte o bastante para remover o verniz amarelado, mas não a obra original de Pordenone. O cheiro acre invadiu o espaço de trabalho de Adrianna.

— Você realmente devia usar máscara — repreendeu ela. — Em todos os anos em que trabalhamos juntos, nunca te vi colocando uma. Não consigo imaginar quantos neurônios você matou.

— Meus neurônios faltantes são o menor dos meus problemas.

— Fala um problema que você tenha, Mario.

— Uma limpadora de altar que insiste em ficar falando enquanto eu estou tentando trabalhar.

O algodão de Gabriel tinha ficado da cor de nicotina. Ele o descartou e preparou outro. Com duas semanas de restauração, já havia limpado quase todo o terço inferior da pintura. As perdas eram extensas, mas estavam longe de ser catastróficas. A ambição de Gabriel era completar o estágio final da restauração, o retoque, em quatro meses, quando então voltaria sua atenção às outras obras que adornavam a nave.

Antonio Politi, funcionário de longa data da Companhia de Restaurações Tiepolo, já tinha começado a trabalhar em uma das telas,

A Virgem em glória com santos, de Palma il Giovane. Eram quase 10h30 quando ele entrou tranquilo na igreja.

— *Buongiorno, signore* Delvecchio — cumprimentou.

De cima do altar-mor veio o som de uma risada. Gabriel tirou o CD de seu tocador e inseriu uma gravação do "Quarteto de cordas nº 14 em ré menor", de Schubert. Então vestiu o casaco impermeável e, sorrindo, saiu para a manhã úmida.

6

BAR AL PONTE

O pacote que chegou ao escritório do Carabinieri em Nápoles numa manhã sufocante de agosto de 1988 era, na aparência externa, inofensivo, o que não era o caso. Continha uma bomba pequena, mas poderosa, montada por um membro da organização criminosa calabresa conhecida como Camorra. O destinatário, general Cesare Ferrari, já tinha sido alvo várias vezes antes, mais recentemente depois da prisão de uma das figuras mais altas na hierarquia da Camorra. O funcionário da sala de correspondências, mesmo assim, entregou o pacote ao escritório do general. Ferrari sobreviveria à explosão, mas perderia o olho direito e dois dedos da mão direita. Um ano depois, ele pessoalmente escoltou o *camorrista* responsável pelo ataque à prisão de Poggioreale e lhe deu um adeus não muito afetuoso.

Algumas pessoas o consideravam pouco adequado para o cargo, e talvez um pouco grosseiro, mas o general Ferrari achava o contrário. Era exatamente de descaramento que o Esquadrão da Arte precisava. Conhecido formalmente como Divisão para Defesa do Patrimônio Cultural, era o primeiro do tipo — uma unidade policial dedicada exclusivamente a combater o lucrativo comércio de arte e antiguidades roubadas. As primeiras duas décadas de sua existência tinham produzido milhares de prisões e uma sequência de recuperações notórias, mas, em meados dos anos 1990, a paralisia institucional havia se instalado.

O COLECIONADOR

O efetivo se reduzira a alguns oficiais em idade de aposentadoria, a maioria dos quais sabia pouco ou nada de arte. A legião de detratores da unidade dizia, não sem alguma justificativa, que eles passavam mais tempo debatendo onde almoçar do que procurando a quantidade de quadros digna de um museu que sumia da Itália a cada ano.

Dias depois de assumir o comando do Esquadrão da Arte, o general Ferrari demitiu metade da equipe e a substituiu por oficiais jovens e agressivos que sabiam uma ou duas coisinhas sobre os objetos que estavam tentando encontrar. Também buscou autoridade para grampear os telefones de agentes criminosos conhecidos e abriu escritórios nas partes do país onde os ladrões de fato roubavam arte, especialmente o sul. Mais importante, ele adotou muitas das técnicas que usara contra a máfia durante seus dias em Nápoles, mirando em peixes grandes em vez de bandidos de rua que roubavam uma obra de arte aqui, outra ali. A abordagem dele compensou rápido. Sob a liderança do general Ferrari, a Divisão para Defesa do Patrimônio Cultural havia recuperado seu esplendor de outrora. Até os investigadores de arte da Police Nationale francesa foram os primeiros a admitir que seus colegas italianos eram os melhores do ramo.

Sua sede era localizada num ornamentado *palazzo* amarelo e branco na Piazza di Sant'Ignazio, em Roma, mas três oficiais ficavam baseados em Veneza. Quando não estavam procurando obras de arte roubadas, estavam de olho no diretor do departamento de pinturas da Companhia de Restaurações Tiepolo. Ultimamente, ele andava tomando seu café do meio da manhã no Bar al Ponte, chamado assim por causa da proximidade com uma das pontes mais movimentadas de Murano. Ele chegou lá e encontrou o general Ferrari, com seu uniforme azul e dourado dos Carabinieri, ocupando uma mesa no fundo do salão.

O general sorriu para Gabriel por cima da edição do *Il Gazzettino* daquela manhã.

— Você se tornou uma criatura de hábitos.

— Minha esposa fala o mesmo — respondeu Gabriel, que se sentou.

— Ela causou uma bela impressão no baile de ontem à noite. — O general colocou o jornal aberto na mesa e apontou para uma fotografia na seção de Cultura. — Mas quem é esse cara fora de foco ao lado dela?

— Um adendo secundário.

— Eu não iria tão longe. Dá para dizer com segurança que sua presença em Veneza já não é segredo.

— Eu não podia me esconder para sempre, Cesare.

— Como é ser uma pessoa normal de novo depois de tantos anos?

— Não vamos tão longe. Eu não sou exatamente normal.

— Você certamente tem amigos interessantes. Só sinto muito por não ter conseguido ir à apresentação da *signora* Rolfe.

— Fique tranquilo, a ministra da Cultura foi bacana o bastante de fazer uma aparição.

— Espero que você tenha se comportado.

— A gente se deu fabulosamente bem. Aliás, ela me convidou para o festival de filmes da Leni Riefenstahl na semana que vem.

O sorriso do general Ferrari foi cortês e breve. Como sempre, não teve influência sobre seu olho direito protético.

— Infelizmente, nossa política não é motivo de piada. Cem anos depois da ascensão de Mussolini, o povo italiano, mais uma vez, entregou o poder aos fascistas.

— Os Fratelli d'Italia se consideram neofascistas.

— Qual a diferença?

— Uniformes melhores.

— E sem óleo de rícino — completou o general Ferrari, aí balançou devagar a cabeça. — Por Deus, como chegamos a isso?

— "Tudo esboroa" — recitou Gabriel. — "O centro não se segura."

— Foi Virgílio ou Ovídio que escreveu isso?

— Acredito que tenha sido David Bowie — ironizou Gabriel.

O barman trouxe dois cafés à mesa e, para Gabriel, uma taça pequena de vinho branco. O general Ferrari ponderou seu relógio de pulso.

— Vocês, venezianos, sabem mesmo viver.

— Café demais faz minha mão tremer. Algumas gotas de *vino bianco* neutralizam os efeitos da cafeína.

— Você nunca me pareceu do tipo que tem mãos trêmulas.

— Acontece de tempos em tempos. Especialmente quando tenho a sensação chata de que um velho amigo está prestes a me pedir um favor.

— E se estiver?

— Eu diria para ele que um retábulo me aguarda.

— Il Pordenone? Ele não está à sua altura.

— Mas paga as contas.

— E se eu te oferecesse algo mais interessante? — O general adotou a expressão meditativa do *Retrato do doge Leonardo Loredan*, de Bellini. — Houve uma onda espetacular de roubos de arte na Europa há alguns anos. Os jornais chamaram de "o verão do roubo". O primeiro ocorreu em Viena. Os ladrões recrutaram um guarda descontente no Kunsthistorisches e fugiram com *Davi com a cabeça de Golias*, do seu velho amigo Caravaggio. Você deve lembrar.

— Tenho uma lembrança distante — respondeu Gabriel.

— No mês seguinte — continuou o general Ferrari —, eles roubaram o *Retrato da senhora Canals* do Museu Picasso, em Barcelona. Uma semana mais tarde, *Les Maisons (Fenouillet)* desapareceu do Musée Matisse. E aí, claro, teve o assalto-relâmpago que fizeram na Galeria Courtauld. Mais uma vez, pegaram apenas um único quadro.

— *Autorretrato com a orelha cortada*, de Vincent van Gogh.

Ferrari fez que sim.

— Como você pode imaginar, meus colegas europeus andaram procurando por todo lado por essas obras de arte insubstituíveis, sem sucesso. Agora, bem inesperadamente, parece que uma delas reapareceu.

— Onde?

— Justamente aqui na Itália.

— Qual?

— Não tenho permissão para responder.

— E por que não?

— O quadro foi descoberto na tarde de ontem por outra divisão dos Carabinieri. Se for de fato a obra em questão, vou entrar em contato com as autoridades relevantes e iniciar o processo de repatriação.

— Há alguma dúvida?

— Com certeza *parece* o artigo genuíno — respondeu o general Ferrari. — Mas, como você sabe, o mercado de arte está inundado por falsificações de alta qualidade. Nem preciso dizer que seria muito vergonhoso se anunciássemos a redescoberta de um quadro desaparecido e ele acabasse sendo falso. Temos que manter nossa reputação.

— O que qualquer uma dessas coisas tem a ver comigo?

— Eu queria saber se você conhece alguém que possa nos ajudar. Alguém cuja expertise vá de Caravaggio a Van Gogh. Alguém capaz de entrar numa galeria de arte, digamos, em Paris e identificar várias falsificações em questão de minutos.

— Conheço o especialista perfeito — falou Gabriel. — Mas, infelizmente, ele está bem ocupado no momento.

— Eu o aconselharia a encontrar tempo em sua agenda lotada.

— É uma ameaça?

— Só um lembrete amigável de que você é um hóspede neste país e eu sou o dono da estalagem.

Tinha sido o general Ferrari, com seu cargo de chefe do Esquadrão da Arte, que arranjara tudo para Gabriel receber um *permesso di soggiorno*, uma permissão de residência permanente na Itália. A revogação do documento ameaçaria seu ganha-pão, sem contar seu casamento.

— Uma simples autenticação? É só disso que você precisa? — Ferrari deu de ombros, sem se comprometer. — Onde está o quadro agora?

— *In situ.*

— *In situ* onde?

— Amalfi. Se sairmos agora, você volta a tempo de jantar no fim da noite com a Chiara.

— E vou voltar?

— Provavelmente não. Aliás, pode ser inteligente fazer uma mala.

— Com ou sem arma?

— Com arma — disse o general. — Leve a arma, com certeza.

7

AMALFI

Enquanto cruzava a *laguna* num barco-patrulha dos Carabinieri, Gabriel considerava qual seria a melhor maneira de explicar a Chiara os acontecimentos da manhã. Refletiu um pouco mais sobre a questão enquanto vestia um traje adequado e jogava uma muda de roupa em sua mala de mão. No fim, decidiu empregar uma versão da ficção original do general, de que o Esquadrão da Arte precisava do olhar de *connaisseur* dele para autenticar um quadro roubado que fora recuperado. Ele contou sua história por mensagem, porque já não tinha a habilidade de mentir convincentemente à esposa usando qualquer outra forma de comunicação. Ela aceitou a história sem questionar, incluindo a afirmação falsa de que ele estaria de volta a Veneza a tempo de um jantar tardio. Aliás, pareceu aliviada porque seu marido irremediavelmente amoroso ficaria longe por algumas horas.

O barco-patrulha os levou depois ao aeroporto, onde embarcaram em um helicóptero AgustaWestland AW109. Com uma velocidade de cruzeiro de 285 quilômetros por hora, a aeronave cobriu a distância até Nápoles em pouco menos de três horas. Fizeram a viagem sinuosa pelos morros até a península de Sorrento, com seus zigue-zagues nauseantes e curvas fechadas, num Alfa Romeo dos Carabinieri, guiado, sem dúvida, por um aspirante a piloto de Fórmula 1. Eram 14h30 quando o carro atravessou o portão de segurança aberto de uma *villa* palaciana na encosta de um morro, com vista para o mar Tirreno. Havia mais três viaturas dos Carabinieri estacionadas no pátio, junto com uma van de cena de crime.

— Bela casa — comentou Gabriel.

— Espere só até ver o interior.

— Quem é o dono?

— Um sul-africano chamado Lukas van Damme.

— Com o que ele trabalha?

— Até recentemente, o *signore* Van Damme estava no ramo de transportes.

— Obviamente, estou na profissão errada.

— Somos dois.

Gabriel passou pela grande entrada da *villa* atrás do general. Uma luminosa galeria se estendia diante deles, flanqueada dos dois lados por vasos e recipientes em pedestais, além de estatuaria grega e romana. Nas paredes pintadas de branco estava pendurada uma impressionante coleção de quadros de Velhos Mestres de todas as escolas e gêneros. Do lado oposto da galeria, uma porta bem aberta deixava entrar a refrescante brisa da tarde. O sol ainda não tinha começado sua descida ao mar turquesa.

Gabriel se aproximou de uma das antiguidades, uma ânfora de terracota etrusca, e consultou a etiqueta de evidência pendurada na alça.

— Do Pintor de Paris?

— Parece que sim — respondeu o general Ferrari. — Essa peça devia estar num museu, não numa residência particular. Até aqui, não conseguimos determinar onde o *signore* Van Damme a adquiriu.

— Onde ele está agora?

— Nápoles.

— Sob custódia?

— Mais ou menos — disse o general, dando de ombros de uma forma apática.

Ao lado da ânfora estava uma grande cena báquica que tinha as marcas do artista barroco francês Nicolas Poussin. E, ao lado da cena báquica, uma paisagem que talvez fosse, talvez não, obra de Claude Lorrain. Ambas em condição imaculada, como o resto da coleção.

— Há quadros e *objets d'art* de qualidade similar por toda a propriedade — disse o general Ferrari. — Alguns melhores que outros.

— E onde os encontraríamos?

O general indicou um par de portas laqueadas ornamentadas. Para além delas, estava o escritório espaçoso e iluminado de um homem que obviamente tinha a si mesmo em alta conta. Dois oficiais dos Carabinieri estavam revirando o conteúdo da escrivaninha, e um terceiro, baixando arquivos de um computador para um dispositivo de armazenamento remoto. Foi esse oficial, a pedido do general Ferrari, que apertou um botão escondido, dando início ao movimento de abertura motorizado de duas estantes de livros de construção sólida. Atrás delas havia uma porta de aço inoxidável, como a de um cofre de banco, e um teclado.

— Os melhores? — questionou Gabriel.

— Vou deixar você julgar isso.

Há muito, os especialistas questionavam a própria existência daquilo. Não havia isso, diziam, de colecionador rico misterioso que adquire ilegalmente o que não é capaz de comprar de forma legítima no mercado aberto. Esse movimento era uma fantasia de imaginações férteis de Hollywood, alegavam. Um mito. Tinham até um nome para isso: chamavam-no de Dr. No, o personagem-título caricato do thriller de espionagem de Ian Fleming estrelado pelo agente secreto James Bond. Gabriel, por sua vez, jamais caíra em tais equívocos. Sim, muitos roubos de arte eram executados por criminosos comuns que não faziam ideia de como se livrar lucrativamente de um quadro uma vez que estivesse em suas mãos. Mas também havia um próspero mercado clandestino de arte roubada que atendia homens decididos a possuir o que não podia ser possuído. Segundo todas as aparências externas, Lukas van Damme era esse tipo de homem.

DANIEL SILVA

Seu cofre tinha aproximadamente três por quatro metros e era decorado à maneira formal de uma sala de exibições numa galeria de arte comercial. Havia uma única cadeira Eames, orientada na direção do único quadro do cômodo — *Autorretrato com a orelha cortada*, óleo sobre tela, 60 por 49 centímetros, de Vincent van Gogh. Mais interessantes para Gabriel, porém, eram a moldura e o chassi vazios, de 70 por 65 centímetros, com margem de erro de um ou dois centímetros, apoiados numa parede. Umas vinte tachas de cobre para prender a tela estavam espalhadas pelo chão.

Ele olhou para o general Ferrari em busca de uma explicação.

— Acreditamos que tenha sido roubada há duas noites, mas não conseguimos afirmar com certeza. Parece que o ladrão ganhou acesso ao cofre hackeando a rede wi-fi da *villa*. Todo o sistema de segurança foi desabilitado, e todos os vídeos foram apagados.

— O que faz você pensar que foi há duas noites?

— Conto mais sobre isso em um momento. A questão é — continuou Ferrari — por que um ladrão roubaria *aquele* quadro e não uma das obras de arte mais famosas que existem?

— Consigo pensar em duas explicações possíveis.

— A primeira?

— O Van Gogh não é um Van Gogh.

— O fato de estar escondido num cofre sugeriria que é, sim.

— É o que parece.

— E a segunda explicação?

— O Van Gogh é um Van Gogh, mas não valia a pena roubá-lo.

— E por que não?

— Porque a outra obra era mais valiosa. — Gabriel abaixou a voz. — Bem mais.

— Quanto, hipoteticamente, claro, o *Autorretrato com a orelha cortada* conseguiria num leilão? Duzentos milhões? Duzentos e cinquenta?

— Por aí.

— Tem alguma outra obra desaparecida que vale mais do que isso?

— Só uma.

— Vamos começar do começo — disse o general Ferrari. — É ou não é o *Autorretrato com a orelha cortada*, de Vincent van Gogh?

Gabriel colocou a mão no queixo e inclinou a cabeça para o lado. Era a orelha direita, claro, que estava coberta com o curativo pesado. Vincent a cortara com uma lâmina de barbear na noite de 23 de dezembro de 1888, após uma briga acalorada com Paul Gauguin na Casa Amarela em Arles. Ele havia produzido o autorretrato após ter alta do hospital, em janeiro de 1889. Na pressa de finalizar a obra, não aplicara tinta em partes da tela, incluindo um trecho sob a maçã do rosto e outro onde o colarinho de seu casaco de lã caía na lateral do pescoço. Os pontos expostos na pintura diante de Gabriel eram idênticos aos da que tinha sido roubada da Galeria Courtauld. *Eram os pontos expostos de Vincent*, pensou Gabriel. As pinceladas também.

— E então? — perguntou o general Ferrari após um longo momento.

— Melhor eu olhar atrás da tela, só para ter certeza.

— Mas não é necessário?

— Não — respondeu Gabriel, e voltou sua atenção mais uma vez à moldura e ao chassi vazios apoiados na parede, e às cerca de vinte tachas de cobre espalhadas pelo chão.

Nada de estilete para esse ladrão, pensou. Era a marca de um profissional. E um bem descolado, aliás.

Ele estendeu a mão em direção ao chassi.

— Não faça isso — disse o general Ferrari. — Só se quiser que a gente tire um conjunto de digitais de eliminação suas.

Gabriel recuou a mão.

— Quantos anos tem? — perguntou Ferrari.

— O chassi? Vinte anos, talvez menos. É de pinho laminado, com um perfil de 1,5 por 1,8 centímetro. Bem comum. Poderia ter vindo de qualquer loja de materiais artísticos na Europa.

— As medidas sugerem que tenha sido feito sob medida seguindo as especificações exatas de alguém.

— Tem 72,5 por 64,7 centímetros?

Ferrari fez que sim.

— Você por acaso não saberia de um quadro desaparecido com essas dimensões que valha mais do que o *Autorretrato com a orelha cortada*, de Vincent van Gogh, saberia?

— Só um — respondeu Gabriel.

— Foi o que pensei também. — O general sorriu. — Gostaria de voltar a Veneza agora? Ou vamos olhar o resto da cena do crime?

8

AMALFI

No andar de cima, Gabriel parou ao pé da cama de Lukas van Damme e estendeu o braço direito.

— *Bang* — disse baixinho.

— Na verdade — corrigiu o general Ferrari —, foram dois tiros. E o assassino sem dúvida usou um silenciador.

Gabriel abaixou o braço.

— Calibre?

— Nove milímetros.

— Invólucros?

— Nenhum.

— Onde a vítima foi atingida?

— A vítima — repetiu o general — levou dois tiros na cabeça. A primeira bala foi recuperada da parede atrás da cabeceira. A trajetória indica que o assassino estava parado exatamente onde você está agora.

— E o segundo tiro?

— À queima-roupa.

— Só para garantir?

— É o que parece.

— Hora da morte?

— Algum momento entre meia-noite e quatro da manhã.

— Sinais de luta?

— Não.

— Ferimento defensivo na mão?

O general fez que não com a cabeça.

— Ele estava dormindo?

— Os especialistas forenses acham que sim.

— Exame toxicológico?

— Ainda não.

Gabriel baixou os olhos para a roupa de cama ensopada de sangue.

— Teoria do caso?

— Ladrão mata Van Damme, ladrão leva o quadro.

— Como ele entrou na *villa*?

Ferrari sorriu.

— Veio para um jantar.

Numa mesa ao ar livre no imenso terraço, com o mar subindo e descendo contra a base do penhasco lá embaixo, o general Ferrari abriu as travas de sua maleta e puxou uma pasta parda. O conteúdo incluía uma imagem do sistema de vigilância capturada por uma câmera de segurança do Santa Caterina Hotel, lá perto. Uma mulher de cabelo escuro e trinta e poucos anos estava numa mesa do popular bar do hotel, conversando com o falecido Lukas van Damme.

— Ela chegou a Amalfi em setembro e alugou uma *villa* por seis meses. — Ferrari girou alguns graus na cadeira e apontou uma pequena casa, branca como osso, ancorada no penhasco acima da propriedade de Van Damme. — Caso esteja se perguntando, ela pagou com dinheiro. Apresentava-se como Ursula Roth. Dizia que era alemã. Falou à empregada e a quem quisesse ouvir que estava trabalhando num romance. Anteontem à noite, aceitou o convite de Van Damme para jantar.

— A equipe forense achou alguma evidência de atividade sexual?

— Nenhuma.

— E cabelo?

O general Ferrari fez que não.

— Não querendo ser chato — disse Gabriel —, mas não tem evidência de atividade sexual nem de que a mulher tenha estado na cama de Van Damme? É isso que você está sugerindo?

— Parece ser isso, sim.

Gabriel baixou os olhos para a fotografia.

— É a única?

— É a melhor que achamos até agora. Ela parece ter talento para evitar as câmeras. E para limpar seus rastros — completou Ferrari. — Limpou todas as superfícies de sua *villa* antes de ir embora. Também não tem digitais aqui. Pelo menos não que tenhamos conseguido encontrar.

— E um veículo?

— Um Volkswagen Passat perua com placa de Munique. Conseguimos rastrear os movimentos dela na autoestrada. Ela chegou a Florença pouco antes do nascer do sol de ontem e imediatamente desapareceu do radar.

— O sol nasceu em torno de 7h30 ontem, se não estou enganado.

— Não está.

— E leva cinco horas para dirigir de Amalfi a Florença, o que significa que ela provavelmente saiu lá pelas duas da manhã.

— Bem dentro da janela da hora estimada da morte.

— Mas só tem um problema com a sua teoria do caso, general Ferrari.

— E qual seria?

— Ladrões de arte raramente matam alguém. Especialmente uma ladra que usa o charme para entrar na casa da vítima e se permite ser vista pelos funcionários.

— Nesse caso, quem matou Van Damme?

— O homem com um revólver de nove milímetros silenciado que entrou na *villa* depois que a ladra foi embora. Quanto ao quadro no cofre — disse Gabriel —, pode devolver à Galeria Courtauld com total confiança de que é o Van Gogh desaparecido.

— Na verdade, estou inclinado a reter a posse pelo futuro próximo.

— Mas com certeza planeja dizer à Polícia Metropolitana que o encontrou.

— Não, por enquanto não.

— Por que não?

— Porque alertar as autoridades britânicas só vai tornar mais difícil para você encontrar o quadro que a ladra arrancou tão cuidadosamente daquele chassi feito sob medida com 72,5 por 64,7 centímetros.

— Isso não é trabalho seu?

— Achar quadros roubados? Tecnicamente é. Mas você é bem melhor nisso do que nós, especialmente em casos que envolvem ladrões que não são italianos. Se eu fosse você, começaria mostrando aquela foto a alguns contatos no lado sujo do comércio de arte. — O general pausou antes de completar: — Quanto mais sujo, melhor.

Gabriel nem se deu ao trabalho de refutar a afirmação do general Ferrari sobre suas conexões com certos elementos indesejáveis do mundo da arte. Em sua vida anterior, Gabriel por vezes achara necessário se associar com tais pessoas e, de vez em quando, cometer ele mesmo crimes contra a arte, alguns espetaculares, outros nem tanto. No processo, havia conseguido recuperar inúmeras pinturas roubadas ou saqueadas, incluindo *Natividade com são Francisco e são Lourenço*, de Caravaggio. Ele garantira que um certo general Ferrari e o Esquadrão da Arte recebessem o crédito.

— E se meus contatos se mostrarem indispostos? — perguntou Gabriel.

— Você vai apertá-los até eles verem que estão errados. E vai fazer isso rápido — completou Ferrari. — O fato de ela ter deixado um Van Gogh para trás sugere que roubou o quadro a mando de um cliente muito rico. O que significa que você tem um tempo muito limitado para encontrá-lo antes que desapareça de novo. Alguns dias, no máximo.

— Quanta margem de manobra eu tenho para fazer acordos?

— Considerável.

— Considerável quanto? — pressionou Gabriel.

— Para recuperar uma de apenas 34 obras sobreviventes de um dos maiores pintores que já existiu? Eu estaria disposto a fazer vista grossa para quase qualquer coisa.

— Um cadáver?

O general Ferrari deu de ombros.

— Lukas van Damme não era bem um pilar de nossa comunidade de expatriados.

— Algo específico?

— Uma relação profissional próxima com certa organização criminosa notória baseada na Calábria.

— A 'Ndrangheta?

Ferrari fez que sim.

— Como você sabe, a 'Ndrangheta é a principal distribuidora dos cartéis de droga da América do Sul. E, ao longo mais ou menos da última década, a LVD Transportes Marítimos serviu como esteira rolante transatlântica.

— Que maravilha — comentou Gabriel. — Quer me contar mais alguma coisa antes de eu começar minha investigação?

— Ladra matou Van Damme, ladra roubou o quadro.

— Sem chance.

— Está bem — disse o general. — Vamos ouvir a *sua* teoria do caso.

Gabriel baixou os olhos para a foto da mulher sentada no bar do terraço do Santa Caterina Hotel.

— A ladra não sabia o que estava em jogo quando aceitou o trabalho. A ladrinha bonita não sabe onde se meteu.

9

RUE DE MIROMESNIL

Havia um voo da ITA para Paris, saindo do Fiumicino às 8h30. Com a ajuda do general Ferrari, Gabriel teve permissão de não passar pelo raio X corporal da segurança. Ele ligou para Chiara do portão de embarque.

— Você nunca vai adivinhar onde eu estou.

— Eu sei exatamente onde você está, meu amor. Mais importante, sei para onde você está indo.

— Como é possível?

— Acabei de falar com o general.

— Você não está brava?

— Um pouco — admitiu ela. — Mas estou disposta a te conceder uma licença de uns dias para investigar a questão. Sem remuneração, lógico.

— Que generoso da sua parte.

— Você vai tomar cuidado, certo?

— Prometo não visitar nenhuma galeria de arte.

— Espero que você se hospede num lugar tenebroso.

— Na verdade, eu estava planejando pegar emprestado o *pied-à-terre* de um amigo.

O amigo era o especulador bilionário suíço Martin Landesmann, e seu *pied-à-terre* luxuoso ficava localizado na Île Saint-Louis. Gabriel tinha utilizado o apartamento — bem como os serviços da empresa eticamente questionável de Martin, baseada em Genebra — durante sua última grande operação como chefe do Escritório.

— Por quanto tempo você precisa dele? — perguntou Martin.

— Duas noites. Três no máximo.

— Sem problemas. Vou pedir para meu administrador do imóvel abastecer a geladeira. Acredito que tenha uma ou duas garrafas de Château Pétrus na adega. Sua vida jamais será a mesma.

Gabriel tomou uma taça do vinho extraordinário de Pomerol no fim daquela noite, para acompanhar o *poulet roti* com *haricots verts* do jantar. Passou uma noite tranquila de descanso no quarto de hóspedes de Martin e, às 9h15 da manhã seguinte, estava caminhando pela calçada da *rue* de Miromesnil no oitavo *arrondissement*. Na ponta norte da rua ficava uma loja chamada Antiquités Scientifiques. Seu proprietário, um homem chamado Maurice Durand, tomava um *café crème* do outro lado da rua, na Brasserie Dumas. Gabriel se juntou ao francês sem ser convidado e, chamando o garçom, pediu um café também.

Durand dobrou seu exemplar do *Le Monde* com um cuidado excessivo e o colocou na mesa. Usava um terno sob medida, cinza como o de um agente funerário, com uma camisa social listrada e uma gravata lavanda. Sua careca polida reluzia.

— Que surpresa desagradável, *monsieur* Allon. Não sabia que tínhamos horário marcado nesta manhã.

— Você deve ter esquecido, Maurice.

— Tenho bastante certeza de que não. — Com olhos pequenos e escuros, ele observou os pedestres que passavam em fila pela janela. — Seus amigos da Police Nationale sabem que você está em Paris?

— Certamente espero que não.

— Idem.

Bem nesse momento, a porta da *brasserie* se abriu e entrou Angélique Brossard, dona de uma loja próxima que vendia estatuetas antigas de cristal e vidro francês. A mesa que ela escolheu ficava do lado oposto do salão — o mais longe possível de Durand, notou Gabriel.

DANIEL SILVA

— Vocês não estão enganando ninguém, Maurice. O *arrondissement* inteiro sabe que vocês dois estão envolvidos no *cinq à sept* mais longo da história francesa.

— Um boato calunioso, posso garantir.

— Quando você vai se casar com ela?

— Angélique é casada. Só não comigo.

— E quando ela se cansar de você?

— Estou confiante de que não vai acontecer. Sabe, eu sou muito bom no que faço. — Durand sorriu. — E você também, *monsieur* Allon.

— Eu sou restaurador de arte. E você...

— Sou vendedor de instrumentos científicos e médicos antigos. — Ele apontou para a loja do outro lado da rua. — É o que diz na vitrine.

Mas Maurice Durand também era um dos maiores ladrões de arte do mundo. Hoje em dia, operava apenas como intermediário no processo conhecido como roubo comissionado. Ou, como Durand gostava de descrever, lidava com a aquisição de quadros que tecnicamente não estavam à venda.

— O que o traz a Paris? — perguntou ele.

— Um acontecimento interessante num caso de grande repercussão.

Durand aceitou o celular de Gabriel e analisou a foto na tela, com uma expressão inescrutável. Enfim perguntou:

— Acha que doeu quando ele fez isso?

— Ele tem sorte de não ter morrido. A lâmina cortou uma artéria do pescoço. Tinha sangue em todos os cômodos da Casa Amarela.

— Mas o resultado foi uma obra-prima. E pensar que desapareceu para sempre. — Durand balançou a cabeça lentamente. — Uma tragédia mesmo.

— Mas com final feliz. Veja, Maurice, essa foto foi tirada ontem.

— *C'est impossible.*

— O quadro foi descoberto numa *villa* de luxo na Costa Amalfitana. O dono é um homem chamado...

— Lukas van Damme. — Durand abaixou os olhos para a tela do celular de Gabriel. — Onde ele está agora?

— Num necrotério italiano.

— Que pena.

— Imagino, pela sua expressão de luto totalmente dissimulada, que você e Van Damme se conheciam.

— Fomos apresentados por uma conexão em comum.

— Quando?

— Digamos que há cinco anos.

— Vamos ser precisos, em vez disso.

Durand fingiu estar refletindo.

— Acredito que tenha sido no outono de 2017.

— Van Damme desejava usar seus serviços?

Durand fez que sim.

— Ele estava atrás do quê?

— Um Van Gogh.

— Algo em particular?

— *Quarto em Arles*.

— Qual versão?

— A terceira.

— Que está no Musée d'Orsay?

— Uma *bastille* — murmurou Durand. — Eu disse a Van Damme que o trabalho estava fora de questão e sugeri vários outros Van Goghs mais prontamente disponíveis. Quando ele descartou esses quadros, sugeri *Autorretrato com a orelha cortada*.

— Que você tinha levado da Courtauld seis anos antes.

— Aproximadamente.

— A pedido de um cliente do mundo árabe — completou Gabriel.

— A identidade e a nacionalidade do comprador original não têm importância. A única coisa que importa é que ofereci ao meu cliente uma chance de vender o quadro com lucro, e ele concordou. *Monsieur* Van Damme ficou tão contente com o acordo que, alguns meses depois, me procurou com outra encomenda.

DANIEL SILVA

— O que ele estava buscando dessa vez?

— Era de ouro holandesa.

— Mas não qualquer coisa da era de ouro holandesa, não é? — perguntou Gabriel.

— *Non*. Van Damme queria algo específico. Uma pintura de gênero, de natureza musical, pintada na cidade de Delft em 1664.

— Óleo sobre tela? Com 72,5 por 64,7 centímetros?

— *Oui* — respondeu Durand. — *O concerto*, de Johannes Vermeer.

10

RUE DE MIROMESNIL

Por alguns breves anos, ele desfrutou de certa fama modesta, pelo menos em sua cidade natal. Mas, no outono de 1672, com a Holanda metida numa guerra prolongada e economicamente desastrosa contra a França, já não conseguia encontrar compradores para seus quadros. Sua morte, em dezembro de 1675, deixou a esposa, Catharina Bolnes, e seus onze filhos sobreviventes na pobreza. Numa petição a seus credores, ela declarou que a incapacidade do marido de vender suas obras o havia mergulhado "num frenesi" e num estado de "deterioração e decadência". Seu fim, escreveu ela, foi rápido. "Em um dia e meio, ele foi de estar vivo a estar morto." Ela herdou dezenove dos quadros do marido, mais de metade da obra dele. Imediatamente vendeu duas das telas, pela soma de 617 florins, ao padeiro Hendrick van Buyten, com quem tinha uma dívida substancial.

Um inventário do estúdio — que ficava no segundo andar da espaçosa casa da sogra na Oude Langendjik, em Delft —, ordenado pela Justiça, listou duas cadeiras, dois cavaletes, três paletas, dez telas, uma escrivaninha, uma mesa de carvalho e um armário cheio de "miscelâneas que não vale a pena listar". O documento do administrador não mencionou os pigmentos caros, especialmente o amado lápis lazúli, nem o tento que ele usava para estabilizar a mão enquanto pintava. Também estava ausente qualquer referência a uma câmera escura ou uma câmera

DANIEL SILVA

lúcida, ferramentas óticas que alguns pesquisadores tardios insistiriam que ele utilizava.

Onde ele aprendeu sua arte — ou mesmo se teve treinamento formal —, não se sabe. De fato, com poucas exceções, os detalhes de sua breve vida se foram com ele para o túmulo no Oude Kerk, em Delft, onde seu caixão foi colocado em cima dos de seus três filhos que haviam morrido na infância. Nem a data exata de seu nascimento, em 1632, está clara; contudo, segundo registros sobreviventes da Igreja Reformada, ele foi batizado em 31 de outubro e chamado de Joannis, talvez porque seus pais achavam o nome mais atraente do que o Jan convencional. Seu pai, estalajadeiro e marchand, se chamava Reijnier Janszoon Vos — sendo que Vos era a palavra holandesa para "raposa". Em algum momento em torno de 1640, porém, Reijnier começou a se referir a si mesmo com uma contração do sobrenome Van der Meer, ou "do mar". Seu filho também recebeu esse nome, que era Vermeer.

Dentro de poucos anos após sua morte, sua reputação havia caído em tal declínio que Arnold Houbraken, em sua indispensável antologia de 1718 sobre a era de ouro holandesa, mal achou adequado mencioná-lo. Mas, em 22 de maio de 1822, um quadro chamado *Vista de Delft* foi vendido num leilão em Amsterdã para um representante do museu Mauritshuis, em Haia, onde, vinte anos depois, chamou a atenção de Théophile Thoré-Bürger. O notável jornalista e crítico de arte francês ficou tão encantado que resolveu encontrar as obras sobreviventes do artista e resgatá-lo da obscuridade. Um ensaio de 1866 — que se chamava "Van der Meer de Delft" — listava mais de setenta quadros em potencial, embora até Thoré-Bürger estivesse convencido de que o número real fosse talvez 49. Pesquisadores posteriores o diminuiriam a 34.

A maioria foi pintada em um de dois cômodos na casa da Oude Langendjik e trazia os mesmos móveis e as mesmas mulheres como modelos. Ele as retratou como amantes e empregadas, como escritoras e leitoras de cartas, como bebedoras de vinho e fazedoras de renda. E, em 1665, vestiu uma jovem com um vestido exótico e um turbante

O COLECIONADOR

e produziu sua obra-prima. A pintura acabaria tendo seu nome derivado do grande brinco em formato de pera da menina. Se era mesmo uma pérola, agora é questão de alguma polêmica, com mais de um pesquisador sugerindo que provavelmente era feito de lata.

Durante o mesmo período, ele executou uma cena musical que ficaria conhecida como *O concerto*. Não se sabe para onde precisamente foi o quadro depois de deixar seu estúdio, apesar da ampla suposição de que já tenha estado na coleção de Pieter van Ruijven, seu mecenas de longa data. Do que se tem certeza é que, em 5 de dezembro de 1892, *O concerto*, lote 31, óleo sobre tela, 72,5 por 64,7 centímetros, mudou de mãos por 29 mil francos na casa de leilões do Hôtel Drouot, em Paris. O vendedor era ninguém menos que Théophile Thoré-Bürger; a compradora, uma colecionadora chamada Isabella Stewart Gardner. Ela levou o quadro para Boston e, em 1903, o colocou num novo museu que havia construído na pantanosa área de Fenway. E foi onde ele permaneceu, numa sala no segundo andar, até as primeiras horas da manhã de domingo, 18 de março de 1990, quando desapareceu sem deixar rastro.

Foi o segurança Ricky Abath, desistente da Escola de Música Berklee e tecladista numa banda de rock local, quem, à 1h24 da madrugada, sem saber, admitiu os dois ladrões ao museu. Vestidos com o que pareciam uniformes autênticos do Departamento de Polícia de Boston, eles alegaram estar investigando uma perturbação na vizinhança. Abath não viu motivo para questionar a história. Tampouco achou suspeito quando o mais baixo dos dois pediu que ele se afastasse da mesa de vigia. O intruso imediatamente forçou Abath contra uma parede e algemou suas mãos atrás das costas. Randy Hestand, que estava trabalhando pela primeira vez no turno da noite, foi algemado um momento depois, quando voltou à mesa de vigia após fazer suas rondas.

— Senhores — anunciou um dos ladrões —, isto é um assalto.

Com os dois guardas dominados e as câmeras de segurança do museu desabilitadas, a extraordinária coleção de arte e antiguidades de Isabella

DANIEL SILVA

Steward Gardner ficou indefesa. Por mais de uma hora, os ladrões atacaram sem piedade, começando com um par de Rembrandts na Sala Holandesa do segundo andar: *Mulher e cavalheiro de preto* e *Tempestade no mar da Galileia*, única paisagem marítima do artista. Os saqueadores cortaram ambas as obras do chassi. Também tentaram roubar o icônico *Autorretrato, 23 anos*, mas o deixaram apoiado num armário e pegaram em vez disso uma gravura do artista do tamanho de um selo postal. Duas obras que conseguiram remover das molduras sem recorrer à violência. Uma era *Paisagem com obelisco*, de Govert Flinck. A outra era a pintura mais valiosa da Sala Holandesa: *O concerto*, de Johannes Vermeer.

Após pegar um antigo vaso chinês, eles foram à Galeria Curta, que rendeu um florão francês e cinco gravuras de Edgar Degas. A última pintura roubada foi *Chez Tortoni*, de Édouard Manet, da Sala Azul no primeiro andar. O tamanho imenso do roubo exigiu que os ladrões fizessem duas viagens ao *hatchback* que os esperava na Palace Road, a última às 2h45, quando fugiram. O tempo total do assalto foi de 81 minutos. O valor estimado das treze obras levadas foi de impressionantes duzentos milhões de dólares, o maior roubo da história.

Ao meio-dia, o FBI tinha assumido o controle da investigação. Liderada por Dan Falzon, de 26 anos, ela seria atrapalhada por uma incomum ausência de evidências forenses como digitais, pegadas, fios de cabelo ou bitucas de cigarro. Agentes entrevistaram testemunhas e varreram os registros de emprego e manutenção do museu atrás de possíveis conexões com o roubo. Os seguranças Abath e Hestand foram submetidos a repetidos interrogatórios em que Falzon e seus agentes cutucavam seus relatos em busca de inconsistências. Acharam suspeito que Abath, ao fazer suas rondas no início da noite, tivesse aberto e fechado a porta lateral do museu. Também ficaram perturbados com o fato de que os detectores de movimento da Sala Azul — de onde foi levado o *Chez Tortoni*, de Manet — não mostraram nenhum intruso durante os 81 minutos do roubo.

O COLECIONADOR

Com um orçamento anual de 2,8 milhões de dólares, o Museu Gardner não conseguia fazer seguro de suas obras. Mas, com a ajuda das gigantes dos leilões Sotheby's e Christie's, pôde oferecer uma recompensa de um milhão em troca de informações que levassem à recuperação das obras roubadas. Falzon e sua equipe perseguiram milhares de pistas e dicas do público, incluindo uma de um homem em Charlestown que alegava ter visto *O concerto* pendurado na parede de uma vizinha. A vizinha convidou agentes do FBI e funcionários do museu para entrar e mostrou uma impressão de alta qualidade da obra. Um relato de que *Tempestade no mar da Galileia* talvez estivesse no Japão se mostrou igualmente impreciso. Não foi a obra-prima de Rembrandt que Falzon e a polícia japonesa encontraram na parede de um colecionador excêntrico, mas, em vez disso, uma versão rudimentar feita com um kit de pintura numerada.

Quatro anos após o roubo, o museu recebeu uma carta datilografada anônima prometendo facilitar a volta das obras roubadas em troca de 2,6 milhões de dólares. A diretora do Gardner, Anne Hawley, a considerou a pista mais promissora até então, mas, como todas as outras, rapidamente não deu em nada. Desesperada, Hawley aumentou o tamanho da recompensa para surpreendentes cinco milhões. Nas salas Holandesa e Azul, visitantes olhavam para seis molduras vazias. Uma vidente alegou que a fundadora do museu, morta desde 1924, lhe dissera que os quadros desaparecidos estavam escondidos no teto do laboratório de restauração. O chefe de segurança, Lyle Grindle, diligentemente subiu numa escada para verificar por si mesmo. As obras, claro, não estavam lá.

Em maio de 2017, o conselho curador do Museu Gardner dobrou a recompensa para dez milhões, o maior prêmio já oferecido em troca de bens roubados. Ainda assim, os ladrões se recusaram a separar-se de seu espólio. Mas quem eram eles? E para quem estavam trabalhando? Havia uma abundância de suspeitos, a maioria ligada ao próspero submundo criminoso irlandês e italiano de Boston. Mas também havia outras teorias, algumas risíveis, outras apenas implausíveis. E foi aí que Maurice Durand, talvez o maior ladrão de arte da história, pegou o fio da meada.

11

RUE DE MIROMESNIL

— Minha favorita era a dos agentes obscuros do Vaticano.

— A minha também — admitiu Gabriel.

— Por que o Vaticano, que não sabe nem o que fazer com a quantidade de quadros que já tem, ia querer roubar mais? E quem são esses tais agentes obscuros do Vaticano?

— Você ficaria surpreso.

Durand levantou uma sobrancelha.

— Está dizendo que é possível?

— Estou mais interessado na sua opinião, Maurice.

Ele pareceu considerar seriamente a questão antes de responder.

— Na minha opinião, os ladrões quase com certeza eram bandidos locais de Boston conectados a redes criminosas maiores. De maneira geral, essas redes são muito boas em roubar arte, mas não têm ideia de como colocar no mercado. O resultado é que os quadros acabam sendo usados como dinheiro do submundo. Cheques de viagem criminosos, digamos assim. Eles passam de gangue em gangue, em geral como garantia, às vezes como tributo e troféu. Como quadros são coisas fáceis de contrabandear, é frequente viajarem grandes distâncias. Atravessando oceanos, inclusive.

— Onde acabou o Vermeer?

— *Monsieur* Van Damme tinha ficado sabendo por uma de suas conexões que poderia ser adquirido em Dublin.

— De quem?

— Do cartel Kinahan. A organização criminosa mais poderosa da Irlanda. Ele queria que eu viajasse para lá em seu nome e negociasse um acordo.

— Qual foi sua resposta?

— Não, obrigado. Este ramo já é perigoso o bastante sem se meter com gângsteres irlandeses.

— Quanto custou para você dizer que sim?

— Minha memória está meio nebulosa em relação a isso.

— Tente se esforçar, Maurice.

— Talvez tenha sido vinte por cento do preço final de venda.

— Um roubo — falou Gabriel.

Durand pôs a mão no coração.

— As negociações incluíram vendas nos olhos e várias jornadas longas no porta-malas de um carro. Eu me considero muitíssimo sortudo de ter sobrevivido.

— Quem era o homem do outro lado da mesa?

— Vamos nos referir a ele como *monsieur* O'Donnell. Não era nenhum *connaisseur*. Só me permitiu ver o quadro uma vez. Até onde sei, eu estava em Belfast no momento.

— E?

— Não quero fingir que sou a última palavra em pintores da era de ouro holandesa, mas estava confiante de que era o Vermeer.

— Você buscou uma segunda opinião?

— *Monsieur* O'Donnell não permitiu.

— Qual foi o preço final da venda?

— Cinquenta milhões — disse Durand. — A entrega aconteceu uma semana depois, em Barcelona. Tive sorte de sobreviver a isso também. Eu mesmo levei o quadro à Costa Amalfitana no dia seguinte, e *monsieur* Van Damme pagou minha comissão.

— *Mazel tov*, Maurice. — Gabriel pegou um envelope pardo do bolso com zíper de sua mala de mão. Dentro, estava a fotografia que o general Ferrari tinha entregado a ele em Amalfi. Ele a colocou diante de Durand e disse: — Imagino que reconheça o homem.

— *Oui.*

— E a mulher?

Durand fez que não.

— Ela se apresentava como Ursula Roth.

— Alemã?

— Era o que dizia.

— O que consegue me dizer sobre os métodos dela?

— Evidentemente, usou a lábia para entrar na *villa* de Van Damme e invadiu o cofre depois do jantar.

— A fechadura era bem segura.

— Ela parece entender de cofres e computadores.

Durand deslizou a fotografia para dentro do envelope.

— E se eu conseguir encontrá-la?

— Vou devolver *O concerto* de Johannes Vermeer ao Museu Isabella Stewart Gardner, em Boston. E, ignorando qualquer bom senso, vou, mais uma vez, fazer vista grossa para sua conduta deplorável.

— E se minhas buscas se mostrarem malsucedidas? — quis saber Maurice Durand.

— Estou confiante de que não vão.

— Quanto tempo tenho?

— De quanto tempo você precisa?

— Uma semana, pelo menos.

— Nesse caso — disse Gabriel —, você tem exatas 72 horas.

SKAGEN

A bicicleta de estrada Pinarello customizada, inveja da pujante comunidade ciclista da Jutlândia, estava apoiada no exterior do Norden Bar & Café em Havnevej. Ingrid Johansen, usando uma jaqueta Gore-Tex e uma legging comprida, sentava-se a uma mesa próxima, com o celular na mão. A cidade ao redor, com seus prédios pitorescos pintados de amarelo Skagen, estava banhada pela intensa luz solar que tinha atraído um círculo de pintores à pequena vila de pescadores no fim do século XIX. Ingrid mal a notava: estava distraída por um artigo com que tinha deparado no diário *Il Mattino*, de Nápoles. Aquele sobre o assassinato de um milionário sul-africano expatriado que morava na Costa Amalfitana.

Levantando-se, ela passou uma perna pelo tubo inclinado no topo da Pinarello e saiu pela rua vazia. Na ponta sul da vila, contornou uma rotatória e entrou tranquilamente na ciclovia que ladeava a Primærrute 40. Com o vento nas costas, desceu os 13,5 quilômetros até Hulsig em vinte minutos. Aí foi para o oeste, cruzando propriedades agrícolas planas, até Kandestederne.

Nas dunas cobertas de arbustos, havia uma colônia de chalés de férias ocupados principalmente no verão. A habitação moderna de Ingrid, com suas janelas altas com vista para o mar do Norte, ficava a poucos passos da praia. A fechadura da porta era eletrônica, com uma senha

DANIEL SILVA

de catorze dígitos que ela mudava frequentemente. Ela a digitou no teclado, então carregou a bicicleta pelo hall de entrada e silenciou o balido do sistema de alarme do tipo comercial. A tela de informações não mostrava intrusão durante as duas horas que havia passado fora.

Ela tirou os sapatos de ciclismo e, de meias, foi na ponta dos pés até a sala de estar. O piso era de madeira clara, os móveis, escandinavos e modernos. Luxuoso, sim, mas, com exceção do sistema de áudio Hegel de primeira linha, nada sugeria que Ingrid talvez pudesse ter acesso a fontes de renda escusas. O governo a via como uma freelancer de TI bem paga, o que era verdade. Sua empresa, a Skagen CyberSolutions, tinha faturado mais de quatro milhões de coroas dinamarquesas em 2021. Sua renda legítima caíra um pouco naquele ano, apesar de ela ter mais do que compensado a baixa com ganhos ilícitos, que subiram a níveis recordes.

Sua visita de inverno anual a resorts de esqui na Suíça e na França havia se mostrado especialmente lucrativa. Teve o casal rico mas ingênuo de Connecticut — ele trabalhava para um fundo de *hedge*, ela, em relações públicas corporativas — cuja suíte no Badrutt's Palace Hotel em St. Moritz produzira um colar de duas voltas de pérolas Mikimoto e uma pulseira de diamantes da Harry Winston. E o magnata russo libidinoso que acordou depois de uma noite de bebedeira pesada nos clubes de Courchevel e descobriu que tanto Ingrid quanto seu relógio de pulso Richard Mille de um milhão de euros tinham desaparecido sem deixar rastro. E o nada importante príncipe saudita, primo distante do futuro rei, que, de alguma forma, perdera uma maleta cheia de dinheiro durante as férias em Zermatt com suas três esposas e doze filhos.

Só as joias tinham rendido meio milhão no mercado clandestino da Antuérpia. Ingrid passou o verão relaxando em sua *villa* em Mykonos, um dos poucos lugares do mundo onde, na maior parte do tempo, ela ficava com as mãos quietas. Sua intenção era retornar à Dinamarca em setembro, mas os planos mudaram depois da ligação de Peter Nielsen, um comerciante de livros antigos que se desfazia de manuscritos raros ocasionalmente encontrados largados por Ingrid em *villas* e *châteaux* europeus desocupados. Peter tinha recebido um pedido incomum de um de seus clientes, um pedido que envolvia um quadro pendurado numa *villa* na Costa Amalfitana. A oferta era lucrativa demais para recusar. Cinco milhões de euros adiantados, mais cinco milhões após a entrega.

O escritório de Ingrid ficava no segundo andar do chalé. O quadro estava trancado num escaninho, escondido dentro de um tubo telescópico de couro. Ela removeu a tela e a desenrolou em cima da escrivaninha. Sem a moldura parecia, de certa forma, comum. Ainda assim, sentia-se honrada de estar naquela presença — e culpada também. Dinheiro e joias podiam ser substituídos, mas *O concerto*, de Johannes Vermeer, fazia parte do cânone ocidental, um objeto sagrado.

Na noite anterior, influenciada por Miles Davis, Ingrid tinha considerado seriamente colocar o Vermeer com discrição nas mãos das autoridades adequadas — talvez na cidade holandesa de Delft. *Isso*, pensava, *seria um final apropriado e dramático à história da pintura*. Mas também a colocaria em maus lençóis com Peter Nielsen e seu cliente. Afinal, ela aceitara cinco milhões de euros do comprador, dos quais uma porção significativa já fora doada anonimamente à caridade.

E aí, claro, havia o artigo no *Il Mattino*. Ingrid tinha bastante certeza de que Lukas van Damme estava vivinho da silva — e dormindo profundamente graças à cetamina líquida que ingerira junto ao Barbaresco — quando ela saiu da *villa* à 00h45. Invadir a sala do cofre do sul-africano tinha exigido não mais que trinta segundos. Ingrid havia ficado atordoada com a presença de um quadro icônico de Vincent van Gogh, mas resistido à vontade de roubá-lo. Suas instruções eram específicas. O Vermeer, e só o Vermeer. Além do mais, tirar a tela do chassi tinha levado mais tempo do que ela antecipara.

Enquanto pensava nisso, seu celular vibrou com uma mensagem criptografada no Signal. Era Peter Nielsen, querendo saber onde poderia receber o quadro desaparecido mais valioso do mundo — ou algo nesse sentido. Ingrid não tinha escolha a não ser entregar o Vermeer, como prometido. No mínimo, isso lhe daria a oportunidade de esclarecer um ou dois pequenos detalhes sobre os acontecimentos em Amalfi.

Especificamente, queria saber em que tipo de problema o amigo a havia metido.

Normalmente, ela entregava bens roubados na loja de Peter, mas as circunstâncias atuais pediam discrição. Vissenbjerg, localizada na ilha de Fiônia, ficava a meio caminho de Skagen e Copenhague. Havia um estacionamento logo na saída da E20. Um posto de gasolina Q8, uma loja de conveniência, um pequeno café... Como chamava? Jørgens? Sim, isso mesmo. Jørgens Smørrebrød Café. Eles podiam se encontrar lá.

Mas não de imediato, pensou Ingrid, pegando o celular. Ela queria passar mais um ou dois dias com o Vermeer antes de abandoná-lo. Quinta-feira parecia bom, mas, pensando bem, sexta provavelmente seria mais conveniente — sexta, às seis horas da tarde, no Jørgens Smørrebrød Café. Peter devia ir sozinho e com cinco milhões de euros em dinheiro. Sem dinheiro, sem quadro, digitou Ingrid.

Ou algo nesse sentido.

13

ÎLE SAINT-LOUIS

Gabriel saiu do apartamento de Martin Landesmann na Île Saint-Louis à uma hora da tarde seguinte e almoçou à sombra da Notre-Dame. Depois, caminhou pelas margens do Sena até o Musée d'Orsay e ficou aliviado ao achar *O quarto em Arles*, de Van Gogh, ainda pendurado na Galerie des Impressionnists. Sua próxima parada foi a ala Richelieu do Louvre, onde fez uma visita a *O astrônomo*, de Vermeer. Como *O concerto*, a obra já tinha sido roubada antes — não por criminosos comuns, mas pelos Einsatzstab Reichsleiter Rosenberg, saqueadores oficiais de arte da Alemanha nazista. Tinha sobrevivido quase intacto à provação da guerra, embora com a adição de uma pequena suástica estampada em tinta preta no verso da tela.

O destino final de Gabriel era a Brasserie Dumas, na rue de Miromesnil. Lá, às 17h15, ele observou Maurice Durand virando a placa na vitrine de sua loja de OUVERT para FERMÉ. Angélique Brossard saiu trinta minutos depois, seguida pelo próprio Durand. O francês se juntou a Gabriel para um aperitivo.

— Ela é uma larápia das antigas, sua garota. Gosta de se aproximar dos alvos e roubá-los bem debaixo do nariz deles. Prefere dinheiro e joias, apesar de, às vezes, outros *objets* terem se prendido à mão leve dela.

— É alemã?

DANIEL SILVA

— Depende de a quem você perguntar. Aparentemente, é meio camaleoa. Alguns dizem que é alemã ou suíça, outros, holandesa ou escandinava. Todo mundo concorda que ela é bem habilidosa em desarmar sistemas de segurança.

— Como ela se sai com uma pistola de nove milímetros?

— Pode até carregar uma, mas não é a cara dela usar. Não é seu *modus operandi*.

— É a primeira vez que ela entrou no seu território?

— Evidentemente.

— Que impertinência.

— Exatamente o que eu acho.

— Joias são mais fáceis de carregar do que quadros — observou Gabriel.

— Bem mais — concordou Durand. — Relógios de luxo têm que ser vendidos intactos, claro. Mas ouro pode ser derretido, e diamantes, incorporados a outras peças.

— E tudo isso exige um receptador.

— Como sempre — disse Maurice Durand —, estou um passo à frente de você.

Na manhã seguinte, Paris acordou com uma onda de raios e trovões, a salva de abertura de uma tempestade de outono bizarra que jogou o equivalente a um mês de chuva na cidade em menos de uma hora. Gabriel monitorou a subida das águas do Sena do conforto da sala de estar de Martin, com um olho no *Télématin*, programa de televisão matinal da France 2.

Em outros canais, as notícias não eram muito melhores. Do lado oposto do Canal da Mancha, uma primeira-ministra britânica estava lutando por sua sobrevivência política depois de assinar um plano desastroso de corte de impostos que tinha perturbado o mercado de títulos inglês e levado a libra a uma baixa recorde. Sem querer ficar por baixo, a Rússia tinha lançado mais um ataque aéreo assassino contra alvos civis na Ucrânia arrasada pela guerra, desta vez usando drones fornecidos pela República Islâmica do Irã. Quase não foi notado um alerta por um grande especialista norte-americano em segurança de que a guerra tinha feito a Rússia e o Ocidente se aproximarem mais de um confronto nuclear do que durante a Crise dos Mísseis cubana. *O mundo*, pensou Gabriel, *estava saindo perigosamente de controle*. Mais um choque no sistema — outra pane financeira, uma interrupção no fornecimento de comida, uma ressurgência da pandemia — poderia muito bem trazer o fim do projeto conhecido como ordem liberal pós-guerra.

No fim da tarde, o dilúvio havia se acalmado, e a vida em Paris voltara praticamente ao normal, pelo menos na rue de Miromesnil.

— E agora, o que falta? — perguntou Maurice Durand, olhando melancólico pela janela manchada de chuva da Brasserie Dumas. — Uma praga de gafanhotos?

— Rãs — murmurou Gabriel.

— Eu não me importaria com rãs, desde de que sejam comestíveis, claro.

— Rãs de praga não são comestíveis, Maurice. É por isso que são rãs de praga.

Durand franziu a testa.

— Alguma coisa está te incomodando, *monsieur* Allon?

— Além do colapso iminente da civilização ocidental?

— *Oui*.

— Estou meio chateado por meu informante confidencial ter achado tempo para seu encontro diário com a amante, mas não ter conseguido determinar onde minha garota está receptando suas joias roubadas.

— Antuérpia — disse Durand. — Onde mais?

Fazia sentido, pensou Gabriel. Oitenta por cento dos diamantes do mundo passavam pela Antuérpia. E a Bélgica, com seu governo central fraco e polícia nacional incompetente, tinha uma reputação merecida como destino europeu favorito dos criminosos que queriam comprar ou vender bens no mercado clandestino.

— Você sabe o nome do receptador? — perguntou Gabriel. — Ou quer que eu vá de porta em porta no Bairro dos Diamantes?

DANIEL SILVA

— Pelo que sei, ainda tenho 24 horas no meu prazo.

Gabriel passou a maior parte dessas horas trancado no apartamento de Martin, lendo uma edição em francês de *Charlotte Gray*, de Sebastian Faulks. Ele terminou o romance enquanto tomava uma taça de um Côtes du Rhône excelente na Brasserie Dumas. Maurice Durand o encontrou às 18h30, com os olhos vidrados de incredulidade e, parecia a Gabriel, completa derrota.

— Por que tão pra baixo? — perguntou ele.

— Angélique — murmurou o francês.

— Ela não está bem?

— Apaixonada. — Durand pausou, aí completou: — Por outro.

— Depois de tantos anos?

— Questionei a mesma coisa.

— Como é que ela encontrou tempo?

— Pode acreditar, eu questionei isso também. — Durand entregou um pedaço de papel a Gabriel. Nele, estavam escritos um nome e um endereço. — Ele é conectado ao braço europeu da máfia armênia. Os armênios têm dificuldades de controlar a raiva. Portanto, eu ficaria grato se não mencionasse meu nome quando falar com ele. Já tenho problemas suficientes.

Na rua, Gabriel se despediu de seu informante confidencial apaixonado e voltou ao apartamento na Île Saint-Louis. Ele ligou para o proprietário e pediu mais um favor.

— De quanto estamos falando? — quis saber o financista suíço.

— O suficiente para enlouquecer um comerciante de diamantes corrupto na Antuérpia.

— Não é um dos seus, é?

— Armênio, na verdade.

— Com certeza ele gostaria das joias de Monique. — Monique era a glamorosa esposa francesa de Martin. — Ela só mantém uma coleção pequena em Paris, mas é tudo bem valioso.

— Diamantes?

— Minha amada Monique não põe o pé para fora de casa se não estiver coberta com eles.

— E onde eu os encontraria?

— No cofre do nosso closet.

— Senha?

— Fico surpreso de você precisar. — Martin recitou três números.

— Só para deixar claro, você *pretende* devolver tudo, certo?

— A não ser que aconteça algum imprevisto.

— Essas coisas vão se acumulando, sabe? Um milhão aqui, um milhão ali, e já, já estamos falando de dinheiro de verdade.

— Preciso de um pouco disso também.

— Tem algumas centenas de milhares no cofre — falou Martin, suspirando. — Pode ficar à vontade.

14

FIÔNIA

A Coalizão para uma Dinamarca Verde foi fundada em 2005 por Anders Holm e nove outros estudantes do departamento de política e sociedade da Universidade de Aalborg. O objetivo primário do grupo, anunciado em seu grandioso estatuto, era uma economia dinamarquesa livre de carbono até o ano de 2025. Eles criaram um site que ninguém visitava, organizavam simpósios e marchas aos quais ninguém ia e obtinham assinaturas em petições nobres que poucas pessoas em posições de poder ou influência se davam ao trabalho de aceitar, quanto mais ler.

O que levou Anders Holm, dois anos após a formação da Coalizão, a adotar uma mudança de tática. Os dias de panfletos e petições, declarou, tinham chegado ao fim. O grupo agora embarcaria numa campanha de ação direta provocativa, que incluía uma série de invasões humilhantes e ataques de negação de serviço nas redes de computador dos maiores emissores de gases de efeito estufa da Dinamarca. A polícia do país nunca conseguiu apreender a hacker responsável, em parte porque só Anders conhecia a identidade dela: Ingrid Johansen, uma brilhante estudante do departamento de ciências da computação da universidade.

Ingrid se orgulhava dos hacks que havia realizado para a Coalizão, mas o que achava mais estimulante era a adrenalina de invadir redes de computadores supostamente seguras. Ela realizou mais alguns trabalhos

O COLECIONADOR

para Anders — contra poluidores, empresários poderosos e até um ministro —, mas logo a habilidade no teclado deixou de ser suficiente para satisfazer seu vício. Era fácil demais, seguro demais. Alimentar seu hábito exigia correr riscos maiores.

Como a maioria dos ladrões, ela aperfeiçoou suas habilidades furtando em lojas. Em pouco tempo, estava arrombando fechaduras e apalpando bolsos, especialmente nos bares de Aalborg, onde suas vítimas frequentemente estavam alteradas pelo álcool. Aprendeu a ser extrovertida e a flertar, o que não era natural para ela, e a aceitar as investidas dos homens — principalmente dos mais velhos, pois eles em geral carregavam mais dinheiro e outros objetos de valor e eram facilmente lisonjeados por mulheres jovens e atraentes. A aparência de Ingrid, ela descobriu, era um trunfo. O rosto do crime na Escandinávia contemporânea tinha pouca semelhança com o dela.

Ela abandonou a universidade no final de seu segundo ano — com o pretexto de iniciar sua própria consultoria de TI — e embarcou sozinha em uma onda de crimes que se estendeu por toda a Dinamarca. Roubou seus primeiros diamantes em Copenhague e os vendeu por uma fração do valor para uma gangue sérvia em Frankfurt, uma transação à qual teve sorte de sobreviver. Foi então que comprou sua arma, uma Glock 26 subcompacta, de um membro da gangue de rua Black Cobras, em Malmö. O Cobra, cujo nome era Ibrahim Kadouri, ensinou Ingrid a usar a arma e a vender joias roubadas sem ser morta no processo. Ibrahim conhecia um armênio no Bairro dos Diamantes da Antuérpia, um receptador respeitável, se é que isso existia. Ingrid retribuiu o favor, dando a Ibrahim dez mil coroas em dinheiro e duzentos cartões de crédito roubados para os quais ela não tinha uso.

Quando completou trinta anos, ela estava ganhando mais de meio milhão de euros por ano como ladra, além da renda legítima de sua consultoria. Comprou a casa de campo em Kandestederne e, depois de um verão particularmente produtivo em Saint-Tropez, sua *villa* em Mykonos. Roubava só dos ricos — afinal, eram eles que tinham o dinheiro e os objetos de valor — e ficava apenas com o que precisava

DANIEL SILVA

para financiar seu estilo de vida assumidamente confortável. O restante, ela doava para a caridade usando transferências eletrônicas anônimas ou pacotes da DHL cheios de dinheiro.

Durante todo esse tempo, Ingrid continuou comprometida com a causa ambientalista e climática. Suas casas eram carbono neutro, e seu carro era um Volvo XC90 híbrido plug-in. Às 16h30 de sexta-feira, esse mesmo carro estava indo em direção ao sul, descendo a península da Jutlândia pela E45. Ingrid usava um elegante gorro Rhanders e óculos escuros levemente coloridos, tornando-a praticamente irreconhecível. Sua Glock estava na bolsa de mão, no banco do passageiro. O tubo de couro contendo *O concerto* de Johannes Vermeer estava no porta-malas do Volvo.

O céu da Jutlândia finalmente havia clareado, após 48 horas de chuva e vento torrenciais. Ingrid cruzou a ponte do Pequeno Belt às cinco horas da tarde e seguiu para o leste, atravessando a Fiônia pela E20. O sol ainda brilhava forte quando chegou ao estacionamento em Vissenbjerg. Ela conectou o Volvo a uma estação de carregamento no Q8 e, levando apenas a bolsa, entrou no Jørgens Smørrebrød Café.

Duas mesas estavam ocupadas, uma por um casal dinamarquês de meia-idade avançada com aparência infeliz e a outra por um homem de uns quarenta anos que usava um terno escuro por baixo de um sobretudo. *Não era dinamarquês*, pensou Ingrid. Finlandês, talvez. Quem sabe estoniano ou letão. Bons sapatos, um belo relógio de pulso, provavelmente algumas centenas de dólares na carteira. Mas não era um alvo fácil. Ele parecia confiante, seguro de si. Também parecia não ter nenhum interesse em Ingrid, o que era raro. A maioria dos homens não conseguia deixar de dar pelo menos um olhar de avaliação em sua direção.

Ela pediu um café e um *smørrebrød* de salada de frango à moça atrás do balcão e os levou para uma mesa perto da janela. O infeliz casal dinamarquês saiu do café primeiro, às 17h45, seguido dez minutos depois pelo homem que podia ou não ser da Finlândia ou de um dos países bálticos. Do lado de fora, um homem de sessenta e poucos anos estava abastecendo um sedã Mercedes Classe E com gasolina. Com seu paletó de tweed e suéter bege de gola rulê, não havia como confundi-lo com nada além de um comerciante de livros antigos de Copenhague — e um bem desonesto, aliás.

Ele colocou o bico de volta na bomba e pôs o Mercedes em uma vaga no estacionamento. Quando entrou na cafeteria, estava carregando uma maleta de aparência barata. Comprou um café e, com as duas mãos ocupadas, aproximou-se da mesa de Ingrid. Ao se levantar, ela o abraçou calorosamente e tirou o celular do bolso do casaco de tweed dele.

O homem se sentou e colocou a maleta na cadeira ao lado.

— Quando você vai se livrar daquele carro? — perguntou Ingrid ao deslizar o celular de Peter para sua bolsa.

— Só tem três anos.

— Ou seja, você vai conseguir um valor ótimo na troca por um modelo híbrido ou elétrico.

— Eu gosto da sensação do motor a gasolina.

— E como você vai se *sentir* quando os oceanos subirem e inundarem seu lindo sebo em Strøget?

— Eu fico no segundo andar — respondeu Peter, e estendeu a mão. Franzindo a testa, Ingrid entregou o celular.

— Você perdeu o jeito, menina.

— O quadro no meu carro discorda.

— Ele pertence ao meu cliente.

— Ainda não — disse Ingrid.

— Você não está pensando em fazer algo idiota, né?

— Tipo o quê?

— Tentar melhorar sua parte do acordo.

— Nunca passou pela minha cabeça. Mas agora que você falou...

— Esqueça, Ingrid. Meu cliente já está bem irritado.

— Com o quê?

— O derramamento de sangue desnecessário.

— Somos dois.

— Não tinha mesmo nenhuma outra forma de pegar o quadro?

DANIEL SILVA

Ingrid levou o café aos lábios.

— Eu não matei Van Damme — disse ela baixinho. — Alguém entrou na *villa* depois que fui embora. Eu estava me perguntando se você ou seu cliente não saberiam quem foi.

— Posso garantir que meu cliente não teve nada a ver com isso.

— Quem é ele?

— Você conhece as regras, Ingrid. Você não sabe a identidade do cliente, e o cliente não sabe a sua. — Ele espiou pela janela o Volvo de Ingrid. — Espero que aquela porcaria esteja trancada.

— Para falar a verdade, não tenho certeza.

— Está em que estado?

— Impressionantemente bom.

— Talvez seja melhor eu dar uma olhada.

Ingrid deu uma olhada para a maleta.

— Antes, o mais importante.

Ela soltou o cabo do carregador do Volvo e se colocou atrás do volante. Peter se sentou no banco do passageiro. Com a maleta equilibrada nas coxas, mexeu nas trancas com senha, aí abriu as travas.

Ingrid tirou dois maços de notas novinhas de quinhentos euros e as examinou sob a luz do teto.

— Cinco milhões, certo, Peter?

— Eu já enganei você?

Não, mas eles nunca haviam feito um negócio daquele tamanho. Além do mais, provavelmente seria o último dinheiro que Ingrid ganharia por algum tempo.

Ela devolveu os maços à maleta, e Peter fechou a tampa.

— Tudo certo? — perguntou ele.

Ingrid ligou o motor e apertou o botão para abrir o porta-malas.

— Melhor guardar um pouco disso — aconselhou Peter, e saiu.

Um momento depois, ele estava carregando o tubo telescópico de couro pelo estacionamento na direção de seu Mercedes, sem saber que

84

O COLECIONADOR

já não estava em posse de seu celular. Ingrid desligou o aparelho e o colocou na bolsinha Faraday que sempre carregava dentro da bolsa. *Perdi o jeito nada*, pensou, e saiu na direção de Kandestederne.

Peter Nielsen estava na metade da travessia da Storebæltsbroen, a ponte de dezoito quilômetros que liga as ilhas da Fiônia e da Zelândia, quando percebeu que Ingrid havia pegado seu celular de novo. Ele devia merecer mesmo. O comentário sobre a decadência das habilidades dela tinha sido despropositado: a amiga estava mais afiada do que nunca. A pintura que repousava no assoalho do banco traseiro era a prova disso.

Era tarde demais para ir atrás dela agora. Ele dirigiria para Skagen pela manhã, depois de entregar a obra ao cliente. Só esperava que Ingrid não conseguisse desbloquear seu telefone nesse meio-tempo. O celular continha correspondências criptografadas que ele não queria que ela visse, correspondências sobre a identidade do cliente e a quantia que ele havia pagado a Peter para adquirir o Vermeer. Sim, Ingrid tinha sido bem remunerada, mas a divisão não fora exatamente justa. Dentro de algumas horas, Peter seria de fato um homem muito rico.

Como de costume, o vento estava uivando no Grande Belt. Peter dirigia com as duas mãos fixas no volante. Mesmo assim, teve que se esforçar para manter o Mercedes na faixa enquanto atravessava a parte suspensa da ponte. Ele jamais gostara de atravessar a Storebæltsbroen, especialmente à noite, quando a sensação de estar voando sobre a água negra sempre o deixava um pouco enjoado. E o que dizer do guarda-corpo? Tinha menos de um metro de altura. Será que realmente o salvaria se uma rajada repentina de vento o fizesse perder o controle do carro? *Improvável*, pensou. Ele mergulharia para a morte e afundaria lentamente no abismo, sem dúvida na parte mais profunda do estreito. E lá ficaria por toda a eternidade, com *O concerto* de Johannes Vermeer ao seu lado.

Seu humor melhorou ao começar a longa descida em direção à costa oeste da Zelândia. Ele acelerou pela pista expressa da praça de pedágio e,

DANIEL SILVA

uma hora depois, chegou à periferia de Copenhague. Seu apartamento ficava na Nansensgade, no badalado bairro de Nørrebro, a cerca de dez minutos a pé do sebo. Ele colocou o Mercedes em uma vaga disponível do lado de fora do prédio e desligou o motor. Em seguida, estendeu a mão direita para o assoalho do banco traseiro e pegou o tubo telescópico de couro que continha a pintura desaparecida mais valiosa do mundo.

Ele manobrou o tubo cuidadosamente por cima do encosto de cabeça do banco do passageiro, abriu a porta e saiu. Só então notou o homem caminhando pela calçada em sua direção, com as mãos enfiadas nos bolsos de um sobretudo comprido. Peter tinha certeza de que vira o homem em algum lugar antes — e recentemente.

Mas onde?

A arma pôs um fim repentino às suas deliberações, uma grande pistola semiautomática que o homem sacou com uma elegância chocante do interior do sobretudo. Quando apontada para o rosto de Peter, o revólver emitiu dois flashes brilhantes, mas quase nenhum som. E ele caiu, na água negra, no abismo. *O concerto* de Johannes Vermeer não fez a viagem com ele: o homem da arma o levou. O homem que Peter tinha visto às 17h55 daquele mesmo dia, saindo do café em Vissenbjerg. Precisava avisar Ingrid de que a vida dela estava em perigo, mas não podia. Havia levado a porcaria do celular dele.

15

DIAMANTKWARTIER

Somente um homem com a imensa riqueza de Martin Landesmann teria usado a palavra *pequena* para descrever a surpreendente coleção de joias que Gabriel descobriu quando abriu o cofre no closet de Monique. Havia mais de cem peças no total, incluindo um pingente de diamante solitário cravado em platina, com cerca de doze quilates. Gabriel roubou com sabedoria, mas de forma criteriosa, pegando apenas o que precisava — incluindo cem mil euros em dinheiro para andar por aí —, e fugiu no carro da vítima, com o motorista habitual da vítima em Paris ao volante. Era meia-noite quando ele entrou no hotel Sapphire House, cujo nome era bem apropriado, no centro da Antuérpia. Uma suíte diamante havia sido reservada em seu nome. A empresa de investimentos de sua vítima era quem pagava a conta, inclusive as despesas extras.

O hotel ficava na Lange Nieuwstraat, não muito longe do imponente centro histórico da Antuérpia. Com suas ruas estreitas e muitas lojas e cafés, era um lugar perfeito para uma relaxada missão de vigilância e detecção, que Gabriel realizou após um café da manhã leve no dia seguinte. Não precisou de mais do que alguns minutos para constatar que o excelente serviço de segurança interna da Bélgica não sabia que o ex-diretor-geral do Escritório estava hospedado em um dos melhores hotéis da cidade.

DANIEL SILVA

Gabriel se dirigiu à Meir, principal rua comercial da Antuérpia, para comprar uma troca de roupa: calça jeans preta justa, pulôver preto, botas com zíper até o tornozelo, um sobretudo de couro, um relógio de pulso grande dourado, um colar de ouro, um par de óculos de lentes amarelas. Ele vestiu a roupa em sua suíte no Sapphire House e saiu às 12h30, com uma aparência completamente desonesta e mais que um pouco perigosa. Afinal de contas, era um criminoso, um mestre do roubo que recentemente havia levado mais de um milhão de euros em joias de um apartamento na Île Saint-Louis, em Paris. Várias das peças estavam escondidas nos bolsos do sobretudo, incluindo um pingente solitário de diamante de doze quilates. O restante do saque estava escondido no cofre do quarto, junto ao passaporte israelense e ao telefone celular fabricado em Israel, considerado o mais seguro do mundo. Sua pistola Beretta 9mm estava presa no cós da calça, na lombar. Ao contrário de muitos do seu tipo, ele sabia como usá-la.

No andar de baixo, o concierge o olhou com desgosto quando ele atravessou o saguão e entrou novamente na Lange Nieuwstraat. Dessa vez ele virou à direita e seguiu em direção à estação de trem Antwerpen-Centraal, amplamente considerada uma das mais belas do mundo. Sua imponente fachada ocidental dava vista para o Diamantkwartier, um distrito compacto de lojas de varejo, fabricantes de joias e corretoras por onde circulavam anualmente 234 milhões de quilates de diamantes. Gabriel chegou e encontrou grande parte do bairro fechada e deserta. Era um sábado, o sabá judaico, e boa parte do comércio de diamantes da Antuérpia continuava nas mãos dos judeus.

Porém, muitos recém-chegados ao Bairro dos Diamantes optavam por manter suas lojas abertas aos sábados, enquanto os concorrentes judeus cumpriam o dia de descanso e oração exigido por sua religião. Um desses empresários era um certo Khoren Nazarian, nascido na Armênia e proprietário da Corretora Global de Diamantes Monte Ararat, localizada na Appelmansstraat, 23. No lado oposto da rua, havia uma *trattoria* chamada *Caffè Verde*. Gabriel cumprimentou a anfitriã

O COLECIONADOR

em italiano e, apesar de sua aparência suspeita, foi encaminhado a uma cobiçada mesa na janela.

Ali, rapidamente chegou à conclusão, baseada em grande parte no instinto e na experiência adquirida com muito esforço, de que seu velho amigo Maurice Durand mais uma vez o havia apontado na direção certa. Talvez tenha sido a discrição da entrada da empresa, com sua porta de vidro opaco e um letreiro de latão que passava facilmente despercebido. Ou o comportamento furtivo dos dois homens — um dos quais parecia estar portando uma arma escondida — que solicitaram a entrada no local às 13h15. Ou o abusador de esteroides, de cabeça raspada e pescoço parecendo um tronco de árvore, que levou os dois visitantes de volta à tarde de outono cerca de vinte minutos depois, com um sorriso que sugeria que o encontro havia corrido bem.

Será que apenas pedras preciosas estavam envolvidas ou a Corretora Global de Diamantes Monte Ararat era uma fachada para outras atividades criminosas? Narcóticos, por exemplo, ou armas de fogo ilícitas. Gabriel só queria um nome — o nome da mulher que havia roubado o Vermeer da casa de Lukas van Damme em Amalfi. Sua ambição era obter essa informação por meio de uma simples transação comercial, uma que protegesse sua identidade e, portanto, a pequena fortuna em joias escondida nos bolsos de seu casaco horroroso. E, se isso não funcionasse, ele supunha que sempre poderia recorrer à violência. Esperava que não chegasse a esse ponto. A Bélgica era um dos poucos países da Europa onde ele não tinha amigos no governo ou na polícia. Além disso, suas costas estavam incomodando.

Mas como ele se apresentaria? Decidiu, enquanto colocava várias notas novinhas em cima da conta do almoço, pegar emprestado o nome do filho, que era quase tão moderno quanto o dele próprio. Seria Raffaele. Sem sobrenome, só Raffaele, como o pintor. Era um ladrão de uma aldeia árida na Calábria, conectado ao violento sindicato criminoso conhecido como 'Ndrangheta. Seus chefes estavam procurando uma mulher que recentemente havia aplicado um grande golpe na Costa Amalfitana. Era necessário pagar tributo e cumprir o dever de

DANIEL SILVA

honra. Era uma linguagem que todo criminoso organizado reconhecia, especialmente quando um membro da 'Ndrangheta aparecia em sua porta sem avisar.

Que foi precisamente o que Gabriel fez, às duas horas da tarde em ponto. Apertou o botão do painel de interfone e, sem receber resposta, apertou de novo.

Enfim, uma voz masculina metálica perguntou:

— *Ja?*

Gabriel respondeu em inglês, com um sotaque italiano pronunciado:

— Gostaria de falar com Khoren Nazarian.

— O sr. Nazarian está ocupado.

— Eu espero.

— Quem é você, por favor?

— Meu nome é Raffaele.

— Raffaele do quê?

Gabriel levantou o grande solitário de diamante de vários quilates para a câmera de segurança.

As trancas se abriram com um baque surdo.

16

APPELMANSSTRAAT

O abusador de esteroides estava esperando no hall de entrada lotado, braços cruzados na frente dos peitorais inflados, pés abertos na distância dos ombros. O carpete embaixo dele era bege e desgastado; as luzes acima de sua cabeça, duras e fluorescentes. Atrás do homem, havia outra porta fechada e outra câmera. Sem falar nada, ele estendeu a mão na direção de Gabriel, com a palma para cima. Gabriel segurou o apêndice e o apertou, simpático. Era como cumprimentar um bloco de concreto.

— O diamante — falou o armênio.

Gabriel o balançou como um pêndulo de relógio.

— Onde você o conseguiu?

— Era da minha falecida mãe, que ela descanse em paz.

— Ela tinha bom gosto.

— E um marido rico. — Gabriel devolveu o pingente ao bolso do casaco. — Estou interessado em vender. Algumas outras peças também.

— Está carregando uma arma?

— O que você acha?

— Pode dar aqui.

Gabriel entregou a Beretta com a coronha virada para o homem, evitando qualquer interpretação errônea de seus motivos. Em geral, teria também descarregado a arma, mas membros da 'Ndrangheta não eram conhecidos por aderir à etiqueta básica de segurança armamentária.

DANIEL SILVA

— Posso falar com o sr. Nazarian agora? — perguntou ele, em seu inglês com sotaque italiano perfeito.

O armênio levantou os olhos para a câmera de segurança, e as travas cederam. Atrás, havia uma sala de espera vazia decorada com fotos de tamanho excessivo de diamantes cintilantes e das montanhas escarpadas da Armênia, de onde supostamente tinham vindo. Mais de cinquenta empresas de corte de diamantes operavam na ex-república soviética, e essa pedra era responsável por um quarto das exportações do país. Khoren Nazarian cuidava de uma pequena porção delas. Não tinha minas nem fábricas próprias, nem operação de varejo. Era meramente um corretor, um intermediário. Comprava diamantes de uma pessoa e vendia a outra, com sorte por um lucro suficiente para manter um teto sobre a cabeça. Não era um ganha-pão fácil, daí sua disposição em ocasionalmente lidar com pedras de proveniência incerta.

Nazarian recebeu Gabriel em seu escritório, usando um terno cinza bem passado e uma camisa social de colarinho aberto, com abotoaduras de diamante. Era um homem esguio, com feições fortes, de cinquenta e poucos anos, com um nariz aquilino e o cabelo que vinha rareando penteado bem próximo ao couro cabeludo.

Ele olhou para Gabriel com cautela por cima do cigarro apagado.

— Não entendi seu nome mais cedo.

Gabriel o repetiu. Um nome só. Como o pintor.

— E que tipo de trabalho o senhor faz, *signore* Raffaele?

— Estou envolvido numa série de empreitadas de caridade. Viúvas e órfãos, principalmente. E também sou bem ativo na Igreja.

— Que nobre. — Nazarian criou uma chama com um elegante isqueiro dourado e a tocou na ponta do cigarro. — E no tempo livre?

— Trabalho para um conglomerado internacional com sede na Calábria. Faturamos cerca de sessenta bilhões ano passado, principalmente com farmacêuticos e empreendimentos imobiliários.

Nazarian dirigiu um olhar ansioso para seu parceiro, e seguiu-se um diálogo baixo em armênio. Gabriel, que não falava nem entendia

92

uma palavra do idioma, usou a oportunidade para fazer um inventário dos itens dispostos em cima da escrivaninha de Nazarian. Um peso de papel de cristal no formato de um diamante oval. Um espeto para papel vintage de latão. Uma lupa profissional de joalheiro da Harald Schneider. Um estojo de mostruário de bancada todo almofadado. Um cinzeiro de cerâmica pesado lotado de bitucas de cigarro. Uma calculadora. Um notebook aberto.

A única janela da sala dava para um pátio deserto. O vidro era cinza-esverdeado, unidirecional e à prova de vandalismo. *E à prova de balas*, pensou Gabriel de repente, apesar de sem dúvida torcer para não chegar a tanto. Afinal, ele não estava em posse de sua arma. Totalmente carregada, com uma bala na câmara, ela estava no bolso do gigante armênio. No bolso esquerdo, para ser preciso.

Nazarian pôs seu cigarro no cinzeiro.

— Posso ver o diamante, por favor?

Gabriel notou o uso da expressão *por favor*. Tinham começado bem.

Ele pôs o pingente solitário no estojo de mostruário. Nazarian examinou a pedra com a lupa enquanto o abusador de esteroides examinava Gabriel. Já não parecia tão seguro de si.

— Meus parabéns — disse Nazarian após um momento. — Esta pedra é extraordinária.

— Sim, eu sei. — Gabriel jogou o resto das peças no estojo com um descuido deliberado. Quatro colares de diamante, seis pulseiras de diamante, quatro pares de brincos de diamante e dois anéis de diamante, o maior deles com seis quilates. — Essas também não são ruins.

Nazarian as examinou devagar, pedra por pedra.

— Onde conseguiu isso, *signore* Raffaele? E, por favor, vamos pular a história de sua santa mãezinha. Já escutei isso muitas vezes antes.

— Adquiri em Paris.

— Há quanto tempo?

— Na noite passada.

— Cartier? Piaget?

— Um apartamento no quarto *arrondissement*.

DANIEL SILVA

— O proprietário sabe que desapareceram?

— Ainda não.

Nazarian pegou a calculadora e passou um momento digitando agilmente.

— Quanto? — quis saber Gabriel.

— Diamantes dessa qualidade valeriam quase quatro milhões de euros no mercado legítimo.

— E na Corretora Global de Diamantes Monte Ararat?

Nazarian mexeu de novo na calculadora e franziu a testa.

— Talvez eu consiga duzentos mil.

— Meus parceiros na Calábria vão ficar decepcionados.

— Sinto muito, *signore* Raffaele. Mas, infelizmente, é o melhor que consigo nestas circunstâncias.

— Talvez a gente possa fazer algum outro acordo — sugeriu Gabriel.

— Que tipo de acordo?

— Eu pago a você dez mil euros em dinheiro, e você me conta onde achar uma mulher que estou procurando. Trinta e poucos, bem bonita, talvez alemã ou suíça, talvez holandesa ou escandinava. Gosta de se aproximar dos alvos, depois roubá-los bem debaixo do nariz deles. Curte especialmente joias finas, que você recepta para ela. Fez um grande negócio na Costa Amalfitana recentemente. Meus parceiros gostariam da parte deles.

— E se eu conhecer essa mulher? — perguntou Nazarian após um momento. — Por que eu a trairia por meros dez mil euros?

— Porque minha oferta expira em exatos dez segundos.

— E aí, o que acontece?

— As coisas podem ficar feias.

Nazarian levou a lupa ao olho.

— Tem razão, *signore* Raffaele. Elas vão mesmo.

Gabriel se virou para o abusador de esteroides.

— Pode ir primeiro.

★ ★ ★

O COLECIONADOR

A disciplina israelense de artes marciais conhecida como Krav Maga não é famosa por sua graciosidade, mas também não foi projetada com a estética em mente. Seu único objetivo é incapacitar ou matar um adversário o mais rápido possível. Tampouco valoriza a justiça. Na verdade, os instrutores incentivam seus alunos a usar objetos pesados nos ataques, especialmente quando confrontados com um adversário de tamanho e força superiores. Eles gostam de dizer que Davi não lutou com Golias. Davi atingiu Golias com uma pedra. E só então cortou sua cabeça.

As únicas pedras no escritório de Khoren Nazarian eram os diamantes, mas até mesmo o solitário de doze quilates teria ricocheteado no fisiculturista armênio como uma pedra lançada contra um caminhão em alta velocidade. Gabriel, sabiamente, pegou o peso de papel de vidro. Acertou o armênio no olho esquerdo e, a julgar pelo som de esmagamento do impacto, fraturou um ou mais dos sete ossos da órbita.

Gabriel ficou tentado a usar o espeto de papel de latão, mas, em vez disso, deu um chute devastador na canela, seguido de uma joelhada nos testículos expostos e um punho Fênix na laringe. A cotovelada na têmpora provavelmente foi gratuita, mas facilitou a recuperação da Beretta confiscada. Apontar a arma para Khoren Nazarian se mostrou desnecessário. Tendo acabado de ver Gabriel pulverizar um homem com o dobro do seu tamanho e metade da sua idade em questão de segundos, o corretor de diamantes de repente ficou bastante loquaz.

Sim, admitiu ele, conhecia a mulher em questão e sabia onde ela poderia ser encontrada. E não, em nenhuma circunstância tentaria avisá-la de que um membro da 'Ndrangheta estava procurando por ela. Pediu apenas que a vida dela fosse poupada, uma garantia que o *signore* Raffaele se recusou a dar. Afinal de contas, ele era um homem extremamente perigoso.

Com as joias mais uma vez no bolso do casaco, Gabriel saiu sozinho e voltou para o Sapphire House. Dessa vez, o homem que saiu da sua suíte era uma figura de meia-idade avançada com aparência respeitável, vestindo uma calça italiana feita sob medida, um paletó de cashmere, elegantes mocassins de camurça e um sobretudo de lã. Às 16h30, ele

DANIEL SILVA

estava a bordo de um trem com destino a Hamburgo, primeira etapa de uma viagem que o levaria a uma pitoresca vila de pescadores no extremo norte da Dinamarca, famosa pela qualidade de sua luz. Uma parte dele estava até animada. No mínimo, teria a chance de passar alguns dias no mar do Norte. Achava que havia maneiras muito piores de encontrar a pintura roubada mais valiosa do mundo.

KANDESTEDERNE

O fato ocorreu às 21h17. A polícia dinamarquesa tinha certeza disso. Também era indiscutível o número de tiros disparados, que foram dois. Ambos atingiram a vítima, Peter Nielsen, de 64 anos, proprietário de um sebo de livros antigos na Strøget, em Copenhague, na cabeça. Um transeunte se lembrou de ter visto flashes de disparo, mas não ouviu nenhum tiro, o que sugeriu à polícia que o assassino havia usado um silenciador. Ele fugiu em uma motocicleta BMW estacionada em frente ao prédio da vítima. As câmeras de trânsito indicaram que ele entrou na vizinha Suécia pouco depois das dez horas da noite. Até aquele momento, as autoridades suecas não tinham conseguido descobrir seu paradeiro.

Vários aspectos do assassinato deixaram a polícia perplexa, a começar pelo fato de ter acontecido. A Dinamarca era, estatisticamente, um dos países mais seguros do mundo, com muito menos assassinatos por ano do que os Estados Unidos costumam registrar em um único dia. O motivo do assassinato parecia ser roubo, embora os investigadores não soubessem explicar por que a arma do criminoso, uma pistola nove milímetros de fabricação indeterminada, havia sido equipada com um silenciador. Os bandidos de rua comuns raramente se preocupavam com essas sutilezas, pelo menos em Copenhague. Era a marca, concluiu a polícia, de um profissional.

DANIEL SILVA

Mas profissional em *quê* exatamente? E por que tinha como alvo justamente um comerciante de livros raros? Sim, havia uma boa quantidade de irregularidades no comércio, mas Peter Nielsen tinha muitos clientes importantes e nunca fora alvo de uma queixa à polícia. Ele estava envolvido em uma disputa comercial? Sempre uma possibilidade. Havia deparado com um livro de grande valor? Algo pelo que um homem poderoso talvez estivesse disposto a matar? Uma noção intrigante, embora parecesse improvável. Afinal de contas, o atirador havia fugido com um dispositivo de armazenamento mais adequado para objetos roláveis — objetos como desenhos arquitetônicos ou, talvez, uma obra de arte.

A polícia também ficou confusa por não ter conseguido localizar o telefone celular de Peter Nielsen, um dos vários fatos importantes ocultados pela organização em seu relato inicial, divulgado às 7h15 do sábado. Por ser fim de semana, a imprensa de Copenhague demorou a dar a notícia. O tabloide *B.T.* foi o primeiro a noticiar o fato — com uma manchete sensacionalista, é claro —, mas foi quase ao meio-dia que a história finalmente apareceu no site do *Politiken*, mais conceituado.

Ingrid viu a matéria às 13h30, ao voltar para sua casa de campo após um treino de bicicleta de três horas. A manchete dizia que um negociante de livros raros havia sido assassinado em Nørrebro. Com certeza, ela disse a si mesma, era outro negociante. Mas o segundo parágrafo da matéria identificava a rua onde o assassinato havia ocorrido e, no parágrafo seguinte, apareciam o nome e a idade da vítima.

Os detalhes restantes eram escassos. Não havia menção, por exemplo, a um tubo telescópico de couro contendo uma pintura de Johannes Vermeer há muito desaparecida. O suspeito, no entanto, foi descrito com alguns detalhes: um homem de trinta ou quarenta e poucos anos, vestindo um terno e um sobretudo de comprimento médio. E Ingrid tinha visto um homem que correspondia a essa descrição aproximadamente 3h30 antes de Peter ser assassinado.

Ele estava sentado no Jørgens Smørrebrød Café, em Vissenbjerg.

O COLECIONADOR

Pelo menos por enquanto, Ingrid estava mais alarmada com a perspectiva de ser presa como cúmplice do assassinato de Peter. Afinal de contas, estava de posse do celular da vítima. Em sua memória estavam armazenados dados de localização por GPS que poderiam ser usados para identificar o paradeiro do aparelho às seis horas da tarde da véspera. Mas, mesmo sem o telefone, a polícia não teria muita dificuldade em reconstruir os movimentos de Peter durante as últimas horas de sua vida: ele havia usado cartão de crédito para pagar por combustível e um café. As imagens da câmera de segurança o mostrariam se encontrando com uma mulher de trinta e poucos anos. Uma mulher que lhe dera um tubo telescópico de couro em troca de uma maleta com cinco milhões de euros em dinheiro.

A menos, é claro, que não houvesse tais imagens.

No andar de cima, em seu quarto, Ingrid tirou a roupa de ciclismo e vestiu apressadamente uma calça jeans, um casaco de lã e um par de botas de camurça. A bolsa Faraday com o celular de Peter estava em seu escritório. Ela a enfiou em uma mochila de náilon junto com um notebook. Deixaria o aparelho em algum lugar no caminho para Vissenbjerg. Em algum lugar profundo e úmido, onde nunca seria encontrado. Felizmente, não havia escassez disso na nação insular da Dinamarca.

Do lado de fora, ela deslizou para trás do volante de seu Volvo. Alguns quilômetros ao sul de Aarhus, saiu da E45 e dirigiu-se para o Mossø, o maior lago de água doce da Jutlândia. Na margem leste, havia um estacionamento deserto. Ela carregou o celular de Peter até a beira da água e tentou calcular a distância a que poderia arremessar o aparelho, um retângulo de 174 gramas de silício, alumínio, potássio, lítio, carbono e vidro reforçado que podia muito bem conter as informações necessárias para identificar o assassino de Peter. Penetrar em suas defesas estava além das capacidades de Ingrid. Era melhor se livrar do dispositivo e nunca mais pensar nisso.

Mas não aqui, pensou ela. Não, aquilo não servia.

DANIEL SILVA

Ela voltou ao carro e devolveu o celular à bolsa Faraday. Seu sistema de navegação previa o horário de chegada às 17h45. Ela só torcia para não ser tarde demais.

Ingrid quase jogou o telefone pela janela enquanto cruzava a ponte Vejle Fjord — e de novo vinte minutos depois, quando atravessava a ponte do Pequeno Belt. Ambas as vezes, devolveu o aparelho à bolsa Faraday. Estava guardada em sua mochila quando ela entrou no Jørgens Smørrebrød Café. Havia outra mulher atrás do balcão. Tinha aproximadamente a idade de Ingrid, trinta e poucos anos, cabelo magenta e maquiagem demais em torno dos olhos pretos como carvão. O crachá afixado na sua camiseta da Roxy Music dizia KATJE. Algo em seu rosto era familiar. Ingrid estava convencida de tê-la visto antes.

Pediu um *smørrebrød* de camarão com ovo e um café e sentou-se na mesma mesa perto da janela. Desta vez, o salão estava deserto. Ela tirou o notebook da mochila e passou os olhos pela lista de redes sem fio disponíveis. Ignorou o serviço de wi-fi gratuito do café e selecionou em vez disso uma rede privada chamada Q8VSBJ. Era preciso inserir uma senha. Ingrid a descobriu com um ataque de força bruta, e estava dentro.

A adrenalina a atingiu instantaneamente. Ela se lembrou de comer um pouco do *smørrebrød* e, percebendo que estava faminta, devorou metade. Em seguida, localizou o sistema de segurança e começou a trabalhar.

Havia dez câmeras de segurança — duas sobre as bombas de gasolina, duas dentro da loja de conveniência, quatro no estacionamento, uma sobre a porta da cafeteria e outra atrás do balcão. Todas elas estavam conectadas sem fio a um monitor e a um gravador na loja de conveniência.

O ponto fraco do sistema era o acesso remoto. Ingrid verificou a saída de uma das câmeras e viu uma mulher de trinta e poucos anos, de calça jeans e pulôver de lã, sentada sozinha no café que vendia *smørrebrød* diante de um notebook aberto. *Não importava*, pensou ela. A mulher logo seria esquecida.

O COLECIONADOR

O gravador era capaz de armazenar vídeo contínuo por 25 dias, um intervalo típico para sistemas de segurança projetados para residências e pequenas empresas. Ingrid redefiniu o horário da câmera para as 18h05 da noite anterior e viu a mesma mulher sentada à mesma mesa com um negociante de livros antigos de Copenhague. Na cadeira ao lado dele, havia uma maleta.

Ela redefiniu o horário novamente, desta vez para as 17h40, e Peter desapareceu. Duas outras mesas estavam agora ocupadas, uma por um casal dinamarquês de meia-idade avançada com aparência infeliz e a outra por um homem de talvez quarenta anos que usava um terno escuro por baixo de um sobretudo comprido.

Ingrid avançou o horário para as 17h55 e observou o homem saindo do café. A câmera atrás do balcão capturou seu perfil esquerdo; a câmera sobre a porta, a parte de trás de sua cabeça. Ambas, no entanto, tinham uma visão perfeita de sua chegada, que havia ocorrido às 17h18.

Ela baixou o vídeo no seu disco rígido, juntamente com a filmagem de uma câmera no estacionamento que mostrava o homem entrando em um *hatch* da Toyota de cor escura. Em seguida, com um único clique, ela apagou 25 dias de vídeo do gravador.

Do lado de fora do café, dois homens de uniforme saíram de um Volkswagen Passat com as marcas da Polícia da Dinamarca. Ingrid terminou calmamente o último pedaço do seu *smørrebrød* de camarão e ovo. Em seguida, colocou o notebook na mochila e saiu.

Eram quase dez horas da noite quando ela chegou em casa. Na cozinha, preparou um bule de café e o levou para o escritório.

— Ora, ora — sussurrou ao abrir o notebook. — Quem temos aqui?

A imagem na tela era a de um homem de sobretudo estendendo a mão esquerda em direção à porta de um café. O ângulo da câmera era voltado para baixo, a iluminação, sombria e moderada. Mesmo assim, alguns aspectos críticos das feições do sujeito eram visíveis. A inclinação da testa e a distância entre os olhos. O formato das maçãs do rosto e do nariz. Os contornos dos lábios e do queixo. Ingrid ampliou a imagem e filtrou parte da granulação. Fez o mesmo com a foto capturada pela câmera atrás do balcão. Aqui a iluminação era melhor, e o rosto da pessoa estava animado pela fala.

Ingrid decidiu usar a segunda foto para uma pesquisa de reconhecimento facial. Esperava que isso resultasse em várias outras fotografias do homem — de redes sociais, por exemplo — que ela poderia usar para descobrir o seu nome. Nesse momento, as comportas se abririam e a vida dele seria revelada. Seu endereço residencial. Seu e-mail. Seu número de celular. Sua nacionalidade. Seu estado civil. O nome do time de futebol para o qual torcia. Sua ideologia política. Suas preferências sexuais. Seus desejos mais obscuros.

A menos que o sujeito da investigação não fosse uma pessoa normal. Essa foi a conclusão a que Ingrid chegou depois de não ter conseguido extrair uma única fotografia sequer de oito mecanismos de busca diferentes. De fato, se ela não tivesse visto o homem pessoalmente, teria questionado se ele existia.

Quando Ingrid fechou o notebook, já eram quase quatro da manhã. Ela tirou as roupas, arrastou-se para a cama e ficou deitada, de olhos arregalados, até as sete, quando ligou o *Go' morgen Danmark*. A transmissão começou com o assassinato de um comerciante de livros raros no elegante bairro de Nørrebro, em Copenhague.

A reportagem também foi destaque no horário das oito da manhã, mas às nove havia sido substituída pelo último crime russo contra a humanidade na Ucrânia. Ingrid, no entanto, estava distraída com um acontecimento perturbador mais perto de casa. Era a chegada de um novo inquilino ao chalé de aluguel na rua. Um homem bem-vestido de meia-idade avançada. Estatura e constituição medianas. Muito grisalho nas têmporas.

Definitivamente não era dinamarquês.

18

KANDESTEDERNE

O chalé tinha dois quartos, um único banheiro, uma sala de estar apertada, uma cozinha e um pequeno terraço protegido pelos beirais do telhado de inclinação acentuada. Como ninguém em sã consciência ia a Kandestederne no outono, Chiara conseguira reservar a propriedade por duas semanas com desconto. Pagou usando um cartão de crédito vinculado à Companhia de Restaurações Tiepolo e instruiu o gerente da propriedade a deixar o chalé destrancado e a chave dentro. Não, disse ela, não seriam necessários serviços de lavanderia e limpeza; o homem que ficaria no chalé estaria trabalhando em um projeto importante e não queria ser incomodado. Não é preciso dizer que ela não informou ao gerente da propriedade que o homem em questão era ninguém menos que o espião aposentado mais famoso do mundo — nem que seu projeto envolvia a recuperação, por qualquer meio possível, de *O concerto*, óleo sobre tela, 72,5 por 64,7 centímetros, de Johannes Vermeer.

Gabriel havia cuidado de seu carro e suas provisões. O automóvel, um sedã da Nissan, ele alugara em Hamburgo. As provisões foram adquiridas durante uma compra de madrugada em um SuperBrugsen de uma cidade chamada Hinnerup. Ele colocou as latas na despensa, os produtos perecíveis na geladeira e três garrafas de vinho tinto decente na bancada. Em seguida, pendurou as roupas urbanas totalmente inadequadas no armário do maior dos dois quartos. Violando todas as regras da espionagem profissional, explícitas e tácitas, escondeu quatro milhões de euros em joias de diamante emprestadas e cem mil euros em dinheiro entre o colchão e a base da cama box.

Voltando à cozinha, preparou um bule de café forte e tomou a primeira xícara no terraço. A vista era para o oeste, através das dunas, em direção ao mar, embora fosse salva da perfeição pela grande e moderna residência no final da rua. Um Volvo XC90 estava estacionado do lado de fora, e uma luz brilhava fraca por trás das cortinas fechadas em uma janela no segundo andar. As casas ao redor estavam apagadas e fechadas, com um ar de abandono repentino. De fato, do ponto de vista de Gabriel, parecia que ele e sua vizinha tinham todo o assentamento só para eles.

Uma rajada de vento gelado o fez entrar. Ele acendeu o fogão a lenha e tomou o resto do café enquanto assistia a um programa matinal na TV2 da Dinamarca. Seu dinamarquês era apenas um pouco melhor do que seu armênio. Ainda assim, com a ajuda das imagens de vídeo, conseguiu deduzir que havia ocorrido uma morte a tiros em Copenhague, uma ocorrência incomum.

Aí veio a previsão do tempo, seguida de uma discussão política. Gabriel não conseguia entender o que os participantes do painel diziam e não se importava muito: estava observando uma ciclista que descia a rua na direção da praia. Um momento depois, ela passou pelo chalé, quase invisível sob seu kit de inverno, pedalando suavemente e sem esforço, e desapareceu de vista. *Uma alma corajosa de sair em condições climáticas como aquelas*, pensou Gabriel. Mas ele achava que ela estava acostumada. Afinal, era dinamarquesa. Um pouco camaleônica, assim como ele. Mas definitivamente dinamarquesa.

O chalé tinha quatro janelas, uma em cada quarto, uma terceira na sala de estar e uma vigia acima da pia da cozinha. A madeira estava enfraquecida pela idade, os trincos, marrons de ferrugem. A fechadura da única porta era uma ilusão: Gabriel poderia tê-la arrombado sozinho em menos de um minuto. Mesmo assim ele a fechou e, depois de enfiar

O COLECIONADOR

um pequeno sinalizador de papel entre a porta e o batente, partiu em direção ao chalé no final da rua.

Era o maior de todo o assentamento. E também o mais novo, pelo menos era o que parecia. Ao contrário de seus vizinhos, que eram mobiliados de forma esparsa e ocupados apenas durante os meses de verão, ele sem dúvida tinha um sistema de segurança adequado. Sensores nas portas e nas janelas. Detectores de movimento e câmeras. Mas será que a polícia dinamarquesa receberia um alerta automático no caso de um arrombamento? Gabriel supôs que dependeria da qualidade da fachada pública da proprietária. De acordo com Khoren Nazarian, ela trabalhava como consultora de segurança cibernética, além de sua ocupação principal, que era o roubo.

Seu Volvo híbrido plug-in sugeria que ela também era uma espécie de ambientalista, assim como a urze e o tojo que cresciam selvagens em sua propriedade. Gabriel parou no final da trilha de areia que se estendia até a entrada do chalé. A porta era de madeira maciça, com um sistema de entrada sem chave e uma câmera. *Uma câmera*, pensou ele, *que registrava todos os seus movimentos*.

Virando-se, ele seguiu a trilha até a praia e, sozinho na beira do mar, avaliou suas opções. Uma entrada forçada e uma busca rápida no chalé eram o caminho mais óbvio, embora as chances de evitar a detecção fossem pequenas e não houvesse garantia de que ele encontraria a pintura. Havia também um pequeno risco de que fosse parar em uma cela de prisão dinamarquesa — ou tivesse o mesmo destino de Lukas van Damme. Não, a atitude mais inteligente seria usar a própria tática dela. Ele a conheceria, conquistaria sua confiança. Depois fariam um acordo, de um profissional para outro. E, com sorte, Gabriel estaria de volta a Veneza a tempo de salvar seu emprego e seu casamento.

Mas como se aproximar dela sem revelar suas intenções? A doutrina do Escritório proibia abordagens diretas. Um agente de campo do Escritório embarcava no bonde *antes* do alvo, não depois. E sempre, *sempre*, esperava que o alvo desse o primeiro passo. Mas o agente de campo tinha permissão de se aproveitar das fraquezas do alvo, de tentá-lo com objetos de grande beleza ou valor — inclusive, era incentivado a fazer isso. Especialmente se o alvo fosse uma gatuna com mão leve e um fraco por dinheiro e joias. Por sorte, Gabriel tinha uma grande quantidade de ambos.

Perdido em pensamentos, ele não notou a onda que se aproximava e se arrastou até a praia, atingindo seus mocassins de camurça italiana feitos à mão. Voltando ao chalé, redigiu um bilhete, não assinado, em tom profissional, oferecendo ao alvo imunidade completa em troca de informações que levassem à recuperação de *O concerto* de Johannes Vermeer. Em seguida, de acordo com as melhores tradições de seu antigo serviço, explícitas e tácitas, ele o levou para o maior dos dois quartos e o enfiou entre o colchão e a base da cama box.

Havia um único hotel em Kandestederne, com um excelente restaurante que abria aos fins de semana durante a baixa temporada. Gabriel estava sozinho no salão. Erika, sua garçonete jovem e bonita, ficou feliz com a companhia.

— O que o traz a Kandestederne nesta época do ano? — perguntou a garota.

— Desejo de solidão — respondeu Gabriel no seu sotaque mais neutro.

— É sua primeira visita?

Ah, não, garantiu ele. Tinha vindo a Kandestederne em duas ocasiões anteriores. Sua última estadia envolvera o interrogatório de um oficial de inteligência iraniano sequestrado, mas ele deixou essa parte de fora.

— Que chalé você escolheu? — indagou a garçonete.

Ele levantou a mão para o norte.

— Não faço a menor ideia de como pronunciar o nome da rua.

— Dødningebakken?

— Se é o que você diz.

— Uma amiga minha mora lá. No chalé grande perto da praia. Fica tranquilo, ela não vai interromper sua solidão. Ingrid gosta do prazer da própria companhia.

★ ★ ★

O COLECIONADOR

Ela passou de novo pelo chalé de Gabriel às 10h15 da manhã seguinte. Daquela vez, depois de deixar transcorrer exatos cinco minutos, ele deslizou para trás do volante do Nissan alugado e partiu atrás dela. Avistou-a a oeste de Huslig, pedalando a uma velocidade impressionante de 44 quilômetros por hora. Quando ele a ultrapassou, ela mantinha o olhar fixo à frente, com os joelhos girando ritmicamente. No bolso traseiro de sua jaqueta Gore-Tex, Gabriel notou o contorno característico de uma arma de fogo. *Algo pequeno e feminino*, pensou ele. Algo parecido com uma Glock 26 subcompacta.

Os dois seguiram para o sul na Primærrute 40. Gabriel acelerou, e logo ela era um pontinho em seu espelho retrovisor. Ele dirigiu até Frederikshavn, uma movimentada cidade portuária no lado báltico da península, e comprou botas de caminhada, meias grossas de lã, segundas peles, roupas de baixo, duas calças de veludo cotelê, um pulôver de lã, um anoraque, um suéter dinamarquês tradicional com zíper, um casaco impermeável, um binóculo Zeiss Conquest HD, um cavalete francês para pinturas ao ar livre, uma paleta, seis telas de várias dimensões, doze tubos de tinta a óleo, quatro pincéis de crina de zibelina Winsor & Newton, um frasco de solvente e um saco de tecidos para pintura. Sua última parada foi em uma padaria perto do terminal de balsas, onde comprou dois pães fresquinhos. Quando estava saindo, quase colidiu com a vizinha, que olhava para o celular e passou por ele sem palavra ou olhar.

Era quase 13 horas quando ela voltou para a casa de campo em Kandestederne. Com a ajuda de seu poderoso binóculo Zeiss, Gabriel conseguiu decifrar boa parte da senha de catorze dígitos que a vizinha digitou na fechadura sem chave da porta da frente. Ela carregou a bicicleta para dentro e, no andar de cima, tirou o equipamento de ciclismo. Gabriel sabia disso porque ela abriu a cortina da janela do quarto antes de se despir. Baixou rapidamente o binóculo e preparou seu almoço, enquanto se perguntava se o show era para ele.

No final daquela tarde, Gabriel montou o cavalete francês na praia e produziu uma bela paisagem marinha que mais tarde chamaria de

DANIEL SILVA

Costa de Kandestederne ao pôr do sol. A vizinha observou seus esforços do terraço por vários minutos antes de sumir de vista. O sinalizador ainda estava no lugar quando Gabriel voltou ao chalé, mas mesmo assim ele foi direto para o quarto. O dinheiro, as joias e o bilhete estavam onde ele os havia deixado.

Ele jantou em casa naquela noite, com uma garrafa de vinho tinto e um noticiário da televisão dinamarquesa como companhia. Uma atualização sobre o caso do assassinato em Copenhague apareceu no segundo bloco do programa. Gabriel encontrou a matéria na internet, traduziu-a para o inglês e leu que a vítima era um negociante de livros raros, que havia sido baleado duas vezes à queima-roupa com uma pistola silenciada, que seu assassino tinha fugido em uma motocicleta e a polícia acreditava que o motivo desse assassinato brutal e bem planejado fosse roubo, embora ainda não tivessem determinado o que havia sido roubado — se é que algo fora roubado.

O dia seguinte amanheceu sem nuvens e calmo. Gabriel produziu um trabalho que chamou de *Chalés nas dunas*, depois fez o percurso de quinze quilômetros pela praia de Kandestederne até Grenen, a fina faixa de areia na ponta mais ao norte da península da Jutlândia, onde as águas que chegam do mar do Norte se chocam com a corrente de saída do Báltico. Ao chegar lá, encontrou sua vizinha, usando botas Wellington e um anoraque, sozinha na ponta do promontório.

Ao se virar, ela o olhou por um longo momento sem expressão, depois partiu ao longo do lado báltico da península em direção ao estacionamento do antigo centro de visitantes. Gabriel seguiu na direção oposta e demorou a voltar para Kandestederne. O sinalizador flutuou para a soleira quando ele abriu a porta do chalé, mas o dinheiro, as joias e a oferta de imunidade não estavam em lugar algum. A provável autora do crime havia deixado um bilhete na mesa de cabeceira, escrito à mão, em tom formal, convidando-o para jantar naquela noite às oito horas da noite. Estava endereçado a "O Honorável Gabriel Allon". A saudação dizia: "Com admiração, Ingrid Johansen".

19

KANDESTEDERNE

Gabriel tomou banho, fez a barba e colocou uma calça de veludo cotelê, o suéter de lã dinamarquesa e seus mocassins de camurça, que de algum jeito tinham sobrevivido quase ilesos à imersão nas frígidas águas do mar do Norte. Deliberou se devia carregar sua Beretta e, lembrando-se da arma no bolso da jaqueta de ciclismo de Ingrid, achou que seria sensato. A caminho da porta, pegou uma garrafa de vinho tinto da bancada da cozinha e, talvez meio presunçosamente, *Costa de Kandestederne ao pôr do sol*. Não se deu ao trabalho de trancar a casa. Não tinha mais nada que valesse a pena roubar.

Lá fora, o céu estava sem nuvens e lotado de rígidas estrelas brancas — *brancas como diamantes*, pensou Gabriel enquanto seguia a própria sombra pelo caminho que subia até o chalé dela. A porta se abriu antes de ele conseguir tocar a campainha e lá estava ela de novo, com uma calça preta brilhante e um pulôver preto de gola alta. Seus brincos eram de pérola e as pulseiras no braço esquerdo, douradas. No pulso direito havia um bonito relógio Tank com uma pulseira de couro preto. Ela usava dois anéis na mão esquerda e três na direita.

Mas nenhum diamante, notou Gabriel. Nenhum diamante à vista.

Lá dentro, ela aceitou a garrafa de vinho, depois a pintura.

— É mesmo para mim?

— Não tive tempo de comprar flores. E, graças a você, eu também estava sem nenhum dinheiro.

Ela fingiu ignorância. Muito bem, aliás.

— Como assim? — perguntou.

— Você removeu uma quantia significativa de dinheiro e joias do meu chalé hoje à tarde quando me deixou o convite para jantar. Como nada disso me pertence, eu gostaria de pegar de volta antes de começarmos.

— Sinto muito por você ter sido roubado, sr. Allon. Mas posso garantir que não fui eu.

Então aquele era o jogo que ela pretendia fazer. A noite prometia ser interessante.

Ela deixou o vinho na mesa do hall de entrada e o levou à sala de estar. As janelas altas estavam opacas com a luz interna refletida, tornando o mar do Norte invisível, mas as ondas quebrando eram levemente audíveis. Era o acompanhamento perfeito para o melancólico jazz escandinavo que saía do amplificador Hegel e dos alto-falantes Dynaudio. Os móveis eram modernos, como a arte que adornava a parede. Gabriel não tinha vergonha de admitir que boa parte era uma visão bem melhor do que a paisagem marítima invernal finalizada às pressas que ela segurava em mãos.

Ela apoiou a pintura numa mesa de centro baixa e deu um passo para trás para admirá-la.

— Não tem assinatura — comentou.

— Não costumo assinar minhas obras.

— Por que não?

— Hábito, acho.

— Você agora trabalha como restaurador de arte, certo?

— Como é possível que você saiba disso?

— Seu chalé foi alugado por alguém da Companhia de Restaurações Tiepolo, em Veneza. — Ela abaixou a voz. — Kandestederne é um lugar bem pequeno, sr. Allon.

O COLECIONADOR

Quando ele não respondeu, ela o ajudou a tirar o casaco e, no processo, conseguiu determinar que ele carregava uma arma. *Ela era boa*, pensou ele. Gabriel teria que tomar cuidado ao longo da noite.

Ela pendurou o casaco no braço de uma poltrona e, abaixando-se de leve, pegou uma garrafa do balde de mármore cheio de gelo que estava em cima da mesa de centro. Cada movimento era eficiente e natural, com uma suavidade felina.

— Você toma Sancerre? — perguntou ela.

— Sempre que tenho a chance.

Ela encheu duas taças. O brinde foi cauteloso, como dois esgrimistas tocando os floretes no início de um combate.

— Como você sabia que era eu? — perguntou Gabriel.

— Era bem óbvio, sr. Allon. Mesmo à distância. Mas confirmei minhas suspeitas usando software de reconhecimento facial.

— Você tirou minha foto na frente da padaria em Frederikshavn.

Ela sorriu.

— Um truque da profissão.

— E que profissão seria?

— Tenho uma pequena firma de consultoria de segurança cibernética.

Gabriel olhou deliberadamente a sala elegante.

— Obviamente você é muito bem-sucedida.

— Como sabe, sr. Allon, este mundo é perigoso. Há ameaças por todo lado. — Ela indicou o sofá, e os dois se sentaram. — E é por isso que é tão surpreendente ver um homem como você num lugar como este. O que o traz a Kandestederne?

— Uma investigação que estou conduzindo a pedido da polícia italiana.

— Que tipo de investigação?

— Estou procurando uma ladra profissional que roubou um quadro de uma *villa* na Costa Amalfitana. Me disseram que eu poderia encontrá-la aqui.

— Quem disse?

— Um corretor de diamantes corrupto da Antuérpia.

— Infelizmente você foi enganado, sr. Allon. Kandestederne não é exatamente um celeiro de atividade criminal.

— Os acontecimentos desta tarde parecem sugerir que isso não é cem por cento verdade.

— Está falando desse roubo misterioso?

— Sim.

— Tem certeza de que seus objetos de valor realmente sumiram?

— Bastante. O dinheiro também.

— De quanto dinheiro estamos falando?

— Cem mil euros.

— Entendo. E os objetos de valor?

— Cerca de quatro milhões de euros em joias de diamante.

— A trama se adensa. — Ela deu uma batidinha pensativa na borda da taça. — Já considerou a possibilidade de que a pessoa que os roubou estivesse tentando passar uma mensagem?

— Teoria interessante. Que tipo de mensagem?

— Ah, pode ser qualquer coisa. Mas talvez tenha algo a ver com esse quadro que você está procurando.

— Você acha que ela sabe onde está?

— Tenho certeza de que não sabe. Mas ela sabe quem estava com ele na noite da última sexta.

— Quem?

— Um homem chamado Peter Nielsen.

— O negociante de livros raros que foi assassinado em Copenhague? Ela fez que sim.

— Ela sabe quem o matou?

— Tem um palpite. Tem também vídeos decentes das câmeras de segurança.

— O que mais ela tem?

— É possível que tenha o celular de Peter Nielsen.

— Por quê?

Ela deu um sorriso triste.

— Peter disse que ela tinha perdido o jeito, e ela não conseguiu se segurar.

20

KANDESTEDERNE

O jantar foi um bufê à luz de velas de comida dinamarquesa tradicional, servida na sala de jantar. As joias e o dinheiro estavam dispostos entre eles como um centro de mesa, junto com um celular desligado, um notebook dormente e a oferta de imunidade escrita à mão por Gabriel.

— Como você entrou? — perguntou ele.

— Usei chave micha.

A técnica da chave micha envolvia inserir uma chave feita de modo especial numa fechadura e bater nela com um martelinho ou o cabo de uma chave de fenda.

— Não parece muito divertido — comentou Gabriel. — Por que simplesmente não atirou na fechadura?

— É assim que você faz?

— Uso chaves micha. Sou um homem à moda antiga.

— Imaginei, pelo sinalizador.

— Como você viu?

— A pergunta certa é: como eu não teria visto?

Ela abaixou os olhos azul-claros para as joias que brilhavam de leve à luz das velas. Seu cabelo tinha cor de caramelo e mechas loiras. Dividido ao meio, emoldurava um rosto de traços francos, equilibrados. Não havia nada fora de lugar, nenhuma ruga ou marca.

— Você tem muito bom gosto, sr. Allon.

— Seu amigo Khoren Nazarian me disse a mesma coisa.

— Como você o convenceu a me trair?

— Sabe o que dizem sobre honra entre ladrões.

— Por que não procurou logo a polícia dinamarquesa?

Ele apontou para a oferta de imunidade.

— Estava querendo resolver a questão em particular.

— Ainda é sua intenção?

— A ser determinado.

— Pelo quê?

— Seu nível de sinceridade nos próximos minutos.

Ela pôs mais Sancerre na taça dele.

— Não é um crime de verdade, sabe?

— O quê?

— Roubar um quadro roubado.

— Quando envolve dar dois tiros à queima-roupa na cabeça de alguém, é.

— Eu não matei Lukas van Damme, sr. Allon. — Ela devolveu a garrafa de vinho ao balde de gelo. — Nem Peter Nielsen, caso esteja se perguntando.

— Qual era a natureza de seu relacionamento?

— Peter era um caçador de livros. Colecionadores o contratavam para encontrar volumes de muito significado ou valor. E quando os proprietários atuais se recusavam a se desfazer deles...

— Ele procurava você?

Ela o olhou à luz das velas, mas não respondeu nada.

— Quanto ele te pagou para roubar o Vermeer?

— Dez milhões.

— De coroas?

— Eu não teria nem chegado perto por essa quantia. O acordo foi feito em euros.

— Como foi estruturado?

— Tem importância?

— Agora tem.

— Recebi metade do dinheiro adiantada. O resto, recebi ao entregar a pintura a Peter no fim da tarde de sexta no Jørgens Smørrebrød Café, em Vissenbjerg. — Ela abriu o notebook e virou a tela para Gabriel.

— E este é o homem que matou Peter três horas depois, na frente do apartamento dele em Copenhague.

— Como você conseguiu o vídeo?

— Clique, clique, clique.

— E o celular de Peter Nielsen?

Ela sorriu.

— À moda antiga.

Eles repassaram tudo uma vez desde o início. Aí, mais uma, para garantir que não houvesse inconsistências na história. A data da oferta original de Peter Nielsen. A natureza das informações que ele fornecera de antemão. As circunstâncias em torno do roubo propriamente dito. A troca de dinheiro e arte no café da ilha de Fiônia. O homem que estivera esperando lá quando Ingrid chegou. Ela acreditava que ele tivesse trinta e muitos ou quarenta e poucos anos, mas Gabriel, depois de examinar de perto o vídeo e as imagens estáticas, concluiu que estava mais próximo dos 45, talvez um pouco mais. Também discordava da afirmação de Ingrid de que fosse finlandês ou de um dos estados bálticos. Os olhos e as maçãs do rosto sugeriam que suas raízes étnicas estavam mais a leste. Seus movimentos físicos, na opinião de especialista de Gabriel, eram de profissional — um profissional cuja foto Ingrid não conseguia encontrar on-line em canto algum.

Gabriel pediu que ela passasse as fotos mais uma vez pelas ferramentas de busca, mas, de novo, não houve correspondência. Aí eles reassistiram ao vídeo da chegada do homem ao café. Ocorreu às 17h18, 42 minutos antes do horário em que Ingrid deveria entregar a pintura a Peter Nielsen.

— Como vocês marcaram o encontro?

— Acredito que já tenhamos falado disso, sr. Allon. Duas vezes, inclusive.

— E vamos continuar falando até eu estar convencido de que *O concerto*, de Johannes Vermeer, não está nesta casa.

— Peter e eu conduzíamos discussões de negócios sensíveis pelo Signal. E, mesmo assim, sempre falávamos em código.

— E me lembre, por favor, quem escolheu o horário e o lugar.

— Eu — disse ela, suspirando. — E, caso não tenha me ouvido das duas primeiras vezes, eu fui a primeira a chegar.

— Às 17h30?

— Sim.

— E você levou a pintura ao café?

— Deixei em um tubo telescópico de couro no porta-malas do meu carro.

— A forma perfeita de transportar uma das apenas 34 obras conhecidas de Johannes Vermeer.

— Tomei bastante cuidado com a obra, sr. Allon. Ela não sofreu nenhum dano enquanto esteve em minha posse.

— Imagino que você não tenha tirado uma foto, certo?

— Teria sido meio como guardar a faca cheia de sangue de suvenir, não acha?

Gabriel não conseguiu evitar um sorriso.

— Como você entrou no cofre de Van Damme?

— Mole, mole que nem pudim.

— Dá para ser mais específica?

— Clique, clique, clique.

— E o botão embaixo da escrivaninha que movia as estantes?

— Eu apertei.

— Como você sabia onde encontrá-lo?

— Do mesmo jeito que sabia da existência do cofre.

— O cliente contou ao Peter?

Ela fez que sim.

— E Peter nunca mencionou o nome dele a você?

O COLECIONADOR

— Não, sr. Allon. Pela terceira vez, ele nunca me disse o nome do cliente. — Ela apontou com a cabeça para o celular de Peter Nielsen na mesa. Era um iPhone 13 Pro. — Mas tenho a sensação de que talvez a gente consiga achar aqui.

— Você tentou entrar?

— Modelos mais novos de iPhone estão além das minhas capacidades. Mas tem um malware de zero clique chamado Proteus que deve resolver. Foi desenvolvido há alguns anos por uma firma israelense chamada ONS Systems. As licenças são bem difíceis de conseguir.

— Não tanto quanto você imagina — respondeu Gabriel.

— Você consegue uma cópia?

— É uma distinta possibilidade.

— Como é o seu dinamarquês?

— Inexistente. Mas o Proteus tem função de tradução automática.

— Esse software é horroroso. É melhor ter alguém que tenha o dinamarquês como língua nativa ajudando. De preferência, alguém que conhecesse Peter bem.

— Você? — Ela sorriu. — Você parece estar esquecendo que foi a responsável pelo roubo do Vermeer, para começo de conversa.

— E quem melhor para ajudar a encontrá-lo? Além do mais, se eu ficar aqui na Dinamarca, é capaz de acabar morta também. — Ela abaixou a voz. — Por favor, sr. Allon. Me deixe ajudá-lo a encontrar a pintura e o homem que matou Peter.

Ele pegou o aparelho.

— Sabe o que vai acontecer quando ligarmos isto?

— Vai se conectar à rede dinamarquesa. O que significa que temos que fazer o trabalho fora do país.

— Que tal Paris? — sugeriu Gabriel.

— Algum motivo em particular?

— Um amigo meu gostaria das joias e do dinheiro dele de volta.

— Nesse caso — disse Ingrid —, vamos para Paris.

★ ★ ★

DANIEL SILVA

Gabriel caminhou de volta ao chalé alugado, usando o brilho azul-esverdeado de seu celular como iluminação. Lá dentro, arrumou rápido as roupas e os produtos de higiene. Aí enfiou tintas e solventes e panos num saco de lixo, juto com o conteúdo da geladeira e o vinho não bebido. O cavalete para pintura ao ar livre, os pincéis Winsor & Newton, a paleta e as telas não usadas foram queimados no fogão a lenha. *Chalés nas dunas* ficou para trás, como um pequeno gesto de sua estima. *Se pertencia a algum lugar*, pensou ele, *era ali*.

Colocou as coisas no Nissan alugado e dirigiu os trezentos metros até o chalé de Ingrid. Ela estava saindo pela porta quando ele parou. Ingrid digitou a senha de catorze dígitos no teclado, então começou a descer pela trilha, com uma mala de mão no ombro. Gabriel apertou o botão interno para abrir o porta-malas e saiu do carro para ajudá-la. E foi aí que ouviu o som de uma moto que se aproximava, a primeira moto que ele ouvia em Kandestederne desde sua chegada dois dias antes.

Um instante depois, viu o farol se movendo em alta velocidade pela rua principal do assentamento. Por um momento, pareceu que talvez estivesse indo na direção do hotel, mas uma virada brusca à direita fez o veículo ir direto para o local onde Gabriel e Ingrid estavam parados.

O motoqueiro controlava a moto com uma só mão, a esquerda. Com a direita, estava pegando algo na frente da jaqueta. Quando emergiu, Gabriel viu a silhueta inconfundível de uma arma com um silenciador.

Ele agarrou Ingrid e a empurrou para o chão, atrás do Nissan. Aí, puxou a Beretta da lombar enquanto dois projéteis superaquecidos cortavam o ar a poucos centímetros de sua orelha direita. Ele não procurou cobertura nem se encolheu. Em vez disso, enfiou quatro balas no torso do motoqueiro, ejetando o homem do assento.

Sem condutor, a moto continuou pela rua. Gabriel desviou da máquina, aí foi ao local onde o homem estava deitado imóvel no concreto cheio de pedrinhas. Sua arma silenciada, uma Makarov 9mm, tinha parado ao seu lado. Gabriel a afastou e removeu o capacete do homem.

O COLECIONADOR

Reconheceu na hora o rosto. Aliás, o tinha visto naquela mesma noite no vídeo do Jørgens Smørrebrød Café.

A frente da jaqueta de couro do homem estava furada com quatro buracos de bala e ensopada de sangue, assim como a segunda pele preta de gola redonda que ele usava por baixo. Os buracos correspondiam aos quatro no centro do peito. Diretamente acima dos ferimentos, estava tatuada a letra Z. O sangramento era torrencial. Ele não tinha muito tempo de vida.

Gabriel tirou uma foto do rosto moribundo do homem. Então perguntou:

— Cadê o quadro?

O homem não respondeu nada.

Gabriel pôs o cano da Beretta na lateral do joelho do homem e disparou mais um tiro.

Ele gritou de agonia.

— O quadro — repetiu Gabriel. — Me diga onde encontrar.

— Já foi — conseguiu dizer o homem.

— Foi para onde?

— O colecionador.

— Como ele se chama?

— O colecionador — repetiu o homem.

— O nome dele! — gritou Gabriel. — Me diga o nome dele.

— O colecionador — falou o homem pela última vez, e aí morreu.

Parte Dois

A CONSPIRAÇÃO

21

AEROPORTO BEN GURION

Gabriel tinha todo o direito de telefonar para a polícia dinamarquesa, testemunhar oficialmente e lavar as mãos da coisa toda. Em vez disso, ligou para Lars Mortensen, diretor de longa data do PET, o Serviço de Segurança e Inteligência da Dinamarca. Contou a Mortensen que um assassino numa moto tinha acabado de tentar atirar nele em Kandestederne. Indicou que o camarada já não estava vivo. Mortensen sabia que isso era no máximo dez por cento da história.

— O que você estava fazendo tão ao norte nesta época do ano?

— Pintando — respondeu Gabriel, com pelo menos um grãozinho de verdade.

— Tem certeza de que ele está morto?

— Mortinho da silva.

— Alguma ideia de quem era?

— A tatuagem no peito sugere que talvez fosse russo. Está jogado na frente do chalé no fim da Dødningebakken. Não tem como não ver.

— Vou cuidar disso.

— Discretamente, Lars.

— E tem alguma outra maneira? Mas me faça um favor e se mande do país.

Gabriel desligou, aí puxou uma entrada com um nome falso em seus contatos. Hesitou antes de clicar no número, pois ele tocava num

DANIEL SILVA

escritório anônimo no Boulevard Rei Saul, em Tel Aviv. Sua separação do Escritório, até ali, tinha sido extraordinariamente tranquila; ele fora quase esquecido. Seu maior desejo era evitar as armadilhas da redescoberta, mas o assassino russo morto a seus pés tinha alterado de forma irrevogável a natureza de sua investigação.

Ele apertou o dedão na tela e, após uma demora de vários segundos, um telefone tocou. Reconheceu a voz da mulher que atendeu e ela, sem dúvida, reconheceu a dele.

— Você está ferido? — perguntou ela.

Ele disse que não estava.

— Tem transporte?

— Alugado.

— Consegue ir para Schiphol?

— Estou saindo agora.

— Quantos no seu grupo?

— Dois.

— O avião vai pegar você no FBO amanhã de manhã às sete. E não se preocupe com o carro — disse a mulher antes de desligar. — A estação de Amsterdã resolve.

O avião em questão era um Gulfstream G550 que Gabriel tinha adquirido durante os primórdios da pandemia de covid-19, quando vasculhou o planeta em busca de ventiladores, materiais de testes e roupas médicas de proteção. A aeronave decolou do Aeroporto Schiphol de Amsterdã às 7h15 e pousou no Ben Gurion às 12h30. Gabriel emergiu da porta da cabine e encontrou Mikhail Abramov esperando na pista. Era um homem alto de cinquenta e poucos anos, com pernas e braços longos, cabelo claro e pele pálida, exangue. Seus olhos eram azul-acinzentados e translúcidos, como gelo glacial.

Sorrindo, ele estendeu a mão para seu ex-diretor-geral, que falou com ele em hebraico com sotaque russo.

— Estava começando a achar que nunca mais íamos ver você.

— Só faz dez meses, Mikhail.

— Pode acreditar, parece mais. As coisas mudaram um pouco por aqui desde que você foi embora.

Nascido em Moscou de pais que eram cientistas soviéticos dissidentes, Mikhail tinha imigrado para Israel ainda adolescente. Depois de servir na Sayeret Matkal, a unidade de forças especiais de elite da IDF, ele entrou para o Escritório, onde se especializou num tipo de operação conhecida como "tratamento negativo", eufemismo do Escritório para assassinato direcionado. Seu enorme talento, porém, não era limitado à arma. Fora Mikhail Abramov, a pedido de Gabriel, que invadira um armazém num distrito comercial banal em Teerã e roubara todos os arquivos nucleares do Irã.

Ele olhou para Ingrid de relance.

— Você não fez nenhuma bobagem, né, chefe?

— Concordei em ir atrás de um quadro roubado para a polícia italiana. As coisas degringolaram daí.

Mikhail indicou o SUV blindado parado em ponto morto lá perto.

— Sua sucessora ordenou que eu escoltasse você pessoalmente ao seu apartamento na rua Narkiss.

— Na verdade — disse Gabriel —, temos uma pequena tarefa antes.

Eles foram para o norte, até o monte Carmel, depois para o leste na direção do mar da Galileia. Quando chegaram a Rosh Pina, fundada por trinta famílias de judeus romenos em 1882, eram quase 14h15. O motorista começou a ir para o vilarejo montanhoso de Amuka, então virou numa pista não identificada que cortava um bosque denso de ciprestes e pinheiros. Ele desacelerou e parou um momento depois, tendo encontrado quatro homens de colete cáqui, cada um segurando uma Galil ACE automática. Atrás deles, havia uma cerca de arame farpado.

— Onde estamos? — perguntou Ingrid.

— Em lugar nenhum — respondeu Mikhail.

— O que isso quer dizer?

DANIEL SILVA

— Quer dizer que este lugar não existe. E é por isso que esses quatro meninos legais estão prestes a atirar no ex-diretor-geral do Escritório.

Gabriel abriu a janela, e um dos guardas se aproximou do carro.

— É você, chefe?

— Ex-chefe — respondeu Gabriel.

— Você devia ter avisado a gente que estava vindo.

— Não podia.

— Por que não?

— Porque não estou aqui. — Gabriel olhou para Ingrid de soslaio.

— Nem ela.

Seu nome real era Aleksander Yurchenko, mas, como a maioria dos aspectos de sua vida anterior, isso se perdera para sempre. Mesmo agora, cinco anos após sua deserção forçada para Israel, ele ainda se referia a si mesmo pelo nome profissional: Sergei Morosov.

Era filho da antiga ordem. Seu pai fora oficial sênior da Gosplan, os cérebros por trás da economia de comando marxista da União Soviética. A mãe trabalhava como datilógrafa na sede da KGB, os monstros que destruíam quem fosse tolo o suficiente para reclamar. Depois, serviria como secretária pessoal de Yuri Andropov, o presidente de longa data da KGB que acabaria sucedendo Leonid Brezhnev como líder de um império que logo estaria morto e enterrado.

Talvez não seja surpreendente que Sergei Morosov tenha escolhido seguir os passos da mãe. Passou três anos no Instituto da Bandeira Vermelha, escola da KGB para espiões novatos, e, ao se formar, foi designado à mesa de operações alemã no Centro de Moscou. Um ano depois, foi colocado na *rezidentura* da Berlim Oriental, onde testemunhou a queda do Muro de Berlim, sabendo muito bem que a União Soviética desmoronaria a seguir.

Quando o fim chegou, em dezembro de 1991, a KGB foi desmontada, renomeada, reorganizada e renomeada mais uma vez. No fim,

O COLECIONADOR

acabaria dividida em duas, com a FSB, baseada em Lubyanka, cuidando da segurança doméstica e a SVR, com sede em Yasenevo, responsável por coleta de inteligência estrangeira e outras tarefas especiais variadas. Sergei Morosov serviu em três *rezidenturas* declaradas da SVR — primeiro Helsinque, depois Haia e por fim Ottawa, onde, de modo tolo, tentou seduzir o ministro da Defesa canadense com um pouco de mel e foi solicitado a fazer as malas discretamente.

Seu último posto foi Frankfurt, onde, posando como consultor bancário russo, roubou segredos industriais alemães e enredou dezenas de empresários alemães em operações envolvendo *kompromat*, a palavra russa para designar material comprometedor. Também teve um papel secundário no brutal assassinato do agente russo mais importante do Escritório. Gabriel devolveu o favor abduzindo Morosov de um apartamento seguro da SVR em Estrasburgo, enfiando-o numa mala de lona e o pendurando de um helicóptero em cima de território sírio dominado por jihadistas raivosamente antirrussos. O interrogatório que se seguiu permitiu que Gabriel identificasse uma informante russa na cúpula do Serviço Secreto de Inteligência britânico, talvez a maior conquista de sua carreira.

Quanto a Sergei Morosov, naquele momento era o único prisioneiro da mesma prisão secreta na floresta de Biriya, perto de Rosh Pina, onde tinha passado por seu interrogatório inicial. Morava em um dos velhos bangalôs da equipe, onde passava os dias vendo televisão russa e as noites tomando vodca russa. Ultimamente, desenvolvera um gosto pelos vinhos produzidos pela vinícola do outro lado da cordilheira.

Estava no processo de tirar a rolha de uma garrafa de um *sauvignon blanc* quando Gabriel apareceu na porta sem aviso-prévio, acompanhado pelo homem de olhos cinza que havia cuidado de alguns dos aspectos mais desagradáveis do interrogatório. O aperto de mão, mesmo assim, foi cordial — afetuoso até. Morosov parecia sinceramente contente de ver os dois homens responsáveis por sua prisão. Tinham feito suas pazes frias havia muito tempo. O que acontecera entre eles era só parte do jogo; não havia ressentimentos. E Morosov também não estava a fim

DANIEL SILVA

de sair do campo secreto na Alta Galileia tão cedo. Para lá do arame farpado, só havia a perspectiva de uma morte ao estilo russo.

— Tem certeza de que não quer voltar a Moscou? — perguntou Gabriel com ironia. — Ouvi falar que o Exército Vermelho está atrás de uns homens bons para ajudar a virar a maré na Ucrânia.

— Não *há* mais homens bons na Rússia, Allon. Todos fugiram do país para evitar a mobilização.

— Você parece decepcionado.

— Por meu país estar perdendo essa guerra? Por meus concidadãos estarem sendo enfiados numa máquina de moer gente? Porque eles logo vão congelar até a morte por não terem suprimentos adequados? Sim, Allon, estou decepcionado. Mas também com medo do que virá depois.

Eles foram para a varanda do bangalô — sua *dacha*, como Morosov falava. Ele usava um suéter de gola V para se proteger do ar frio da tarde. Gabriel achou que parecia muito bem para um russo que recentemente comemorara seus sessenta anos. Era improvável que fosse durar. A velhice tendia a cair nos homens russos como um tijolo jogado de uma janela. Eles eram meio como o pobre Johannes Vermeer. Vivos um dia, mortos no outro.

Do pátio empoeirado do campo vinha uma batida suave e rítmica. Era só a Ingrid. Cercada por quatro guardas fortemente armados, estava demonstrando sua habilidade de fazer embaixadinhas com uma bola de couro e olhos fechados.

— Quem é a garota? — quis saber Morosov.

— Minha guarda-costas.

— Ela não me parece judia.

— Isso foi uma microagressão, Sergei?

— Uma o quê?

— Uma microagressão. Um comentário ou ação que sutilmente e muitas vezes de forma inconsciente expressa preconceito contra uma minoria racial ou outros grupos marginalizados.

— Os judeus não são exatamente marginalizados.

— Você acabou de fazer de novo.

O COLECIONADOR

— Não me venha com essa merda, Allon. Neste ponto, praticamente já fiz a *aliyah*. Além do mais, se alguém é culpado de preconceito, é você.

— Eu não, Sergei. Eu amo todo mundo.

— Todo mundo menos os russos — respondeu Morosov.

— Está se referindo às pessoas que massacraram mais de 450 civis inocentes na cidade ucraniana de Bucha? Que estão deliberadamente disparando mísseis em abrigos lotados de mulheres e crianças? Que estão usando estupro como parte da estratégia militar?

— Nós, russos, só conhecemos um jeito de lutar na guerra.

— Ou de perder a guerra.

— Volodya sem dúvida está perdendo esta — falou Morosov. — Mas sob nenhuma circunstância ele vai perder de verdade.

Volodya era o diminutivo carinhoso do nome russo Vladimir.

— E como ele vai conseguir isso? — perguntou Gabriel.

— Pelos meios que forem necessários. — Morosov encheu de novo sua taça de vinho. — Você conhece bem a história russa, Allon. Me diga, o que aconteceu depois que a Rússia sofreu uma derrota humilhante na Guerra Russo-Japonesa?

— Aconteceu a Revolução Russa de 1905. Houve revoltas de trabalhadores e rebeliões de camponeses em todo canto do império. O czar Nicolau II reagiu emitindo o Manifesto de Outubro, que prometia direitos civis básicos para cidadãos russos e um parlamento democraticamente eleito.

— E quando a Rússia sofreu uma série de desastres no campo de batalha durante a Primeira Guerra Mundial?

— Os bolcheviques tomaram o poder, e o czar e sua família foram assassinados.

— E nossa desventura no Afeganistão?

— O Exército Vermelho bateu em retirada em maio de 1988, e, três anos depois, a União Soviética desapareceu.

— A maior catástrofe geopolítica do século XX, segundo Vladimir Vladimirovich. Ele não vai perder a guerra na Ucrânia porque *não pode* perder. E é por isso que estou tão preocupado com o que virá depois. Como você, imagino.

— Preocupado, sim. Mas agora estou aposentado, Sergei.

— Nesse caso, por que está aqui?

— Estava querendo saber se você me faria a gentileza de olhar uma fotografia. — Gabriel entregou seu celular a Morosov. — Reconhece?

— Claro, Allon. Eu o conheço. O nome dele é Grigori Toporov.

— Que tipo de trabalho Grigori faz?

— O tipo de trabalho que envolve balas e sangue.

— SVR?

— Da última vez que cheguei. Mas faz um tempo.

Gabriel retomou seu telefone.

— Grigori disse algo interessante ontem à noite depois de tentar me matar na Dinamarca. Estava torcendo para você conseguir explicar.

— O que ele disse?

— "O colecionador".

Morosov olhou o conteúdo de sua taça, pensativo.

— É possível que ele estivesse te dando o codinome de um agente. Um agente dinamarquês — completou o russo. — Um bem importante.

— O colecionador?

— O codinome real dele é Colecionador. Uma palavra.

— Como ele ganhou esse codinome?

— Livros raros. Ele os *coleciona* com voracidade. Nominalmente é agente da SVR, mas a SVR não cuida diretamente dele.

— Quem cuida?

— O chefe dos chefes.

— Vladimir Vladimirovich?

Morosov fez que sim.

— Que a paz esteja com ele.

22

FLORESTA DE BIRIYA

No verão de 2003, o conglomerado britânico de petróleo e gás BP pagou 6,75 bilhões de dólares para adquirir cinquenta por cento da empresa de energia russa TNK. O acordo foi tão monumental que o primeiro-ministro britânico foi à cerimônia de assinatura em Londres, assim como o presidente da Federação Russa. No caminho de volta a Moscou, o líder russo parou em Copenhague, onde presidiu um casamento corporativo similar, desta vez entre a DanskOil, da Dinamarca, e a RuzNeft, da Rússia. O investimento foi menor, meros três bilhões, mas veio com uma promessa de ajudar a Rússia a explorar suas enormes reservas inutilizadas do oceano Ártico.

Os detalhes finais do acordo foram resolvidos ao longo de semanas de negociações por vezes torturantes em Moscou. O CEO da DanskOil, Magnus Larsen, estudante de história russa que falava o idioma fluentemente, muitas vezes estava presente. Seus anfitriões o levavam a jantares suntuosos e o presenteavam com itens caros, incluindo vários livros raros. Também o tentavam com lindas jovens, incluindo uma que passou a noite na suíte dele no Hotel Metropol. A FSB grampeou o som e o vídeo da suíte, e gravou tudo.

— Suponho que a FSB tenha deixado Magnus ciente do que tinha em sua posse — disse Gabriel.

DANIEL SILVA

— Pelo que entendo, o diretor organizou uma festa de transmissão em Lubyanka, incluindo coquetéis e canapés. Depois disso, Magnus assinou talvez o acordo mais assimétrico da história da indústria petroleira. Também concordou em depositar cem milhões de dólares numa conta controlada por um parceiro próximo a Vladimir Vladimirovich.

— O que o comprometeu ainda mais.

Sergei Morosov fez que sim.

— O pobre Magnus foi para Moscou em busca de riquezas russas e, quando foi embora, estava completamente queimado e sob nosso controle.

A FSB transferiu a conta de Magnus Larsen à SVR, que fez bom uso do executivo do ramo de petróleo. O Colecionador virou uma fonte valiosa de inteligência comercial, especialmente em relação a tendências futuras da indústria energética ocidental. Ele também forneceu à SVR entrada nos níveis mais altos da sociedade e de governos do Ocidente e apontou inúmeros alvos em potencial para recrutamento e *kompromat*.

— Ele virou um belo empreendedor, o Magnus. Essa é a beleza do *kompromat*. Se alguém se queima de verdade, você nunca precisa recordá-lo das transgressões passadas. Ele faz o que for para ficar em boas graças.

— Você nunca tentou convencer um agente de que seu sistema é melhor que o do seu adversário? De que você está sozinho num mundo perigoso e precisa da ajuda dele?

— Pelo que me lembro, você empregou uma abordagem diferente no meu recrutamento.

— Você era um desertor.

— Do tipo convencido pelo punho de ferro — respondeu Morosov. — Quanto a recrutamentos ideológicos, saíram de moda com o fim da Guerra Fria. Quem, em sã consciência, trabalharia voluntariamente a favor de um país como a Rússia? Nós temos dois meios de recrutamento disponíveis. *Kompromat* e dinheiro. E, no caso de Magnus Larsen, ambos estavam de mãos dadas.

— Como?

O Kremlin mexeu na balança do acordo RuzNeft, explicou Moro-sov, e garantiu que pagasse dividendos para os acionistas da DanskOil — e para Magnus pessoalmente. Não era surpresa que o executivo dinamarquês tivesse se tornado um dos defensores mais vocais da Rússia no Ocidente. Dizia que a Europa não tinha nada a temer em relação à crescente dependência de energia russa nem ao presidente durão do país, que Magnus elogiava sempre que possível como um estadista liderando seu país na saída de um passado retrógrado e repressivo para um futuro democrático.

— No fim das contas, Vladimir Vladimirovich estava ouvindo. Recebeu Magnus no Kremlin e em suas várias residências particulares, incluindo sua *dacha* a oeste de Moscou. Como Magnus falava russo fluentemente, não precisavam de tradutor. Ele virou um dos amigos não russos mais íntimos de Volodya. Não membro do círculo interno, veja bem, mas definitivamente parte do universo de Volodya.

— Como ele o usava?

— Principalmente como ouvinte e conselheiro. Mas também pedia que Magnus executasse, como posso dizer, missões sensíveis envolvendo questões de segurança nacional russa.

— Que tipo de questões?

— O tipo de trabalho em que o passaporte dinamarquês e as maneiras dinamarquesas impecáveis de Magnus eram vantajosos. Ele virou emissário particular de Volodya em tudo, exceto no nome. E, quando se meteu em problemas, foi Volodya quem o safou.

— O que aconteceu?

— Magnus se envolveu com outra garota.

— Em Moscou?

— Dinamarca.

— Como Volodya ajudou?

— Colocou o dedo na garota — falou Morosov. — E ela desapareceu sem deixar rastro.

★ ★ ★

DANIEL SILVA

A moça tinha vinte e poucos e era dinamarquesa. Fora isso, Sergei Morosov não sabia nada dela, incluindo nome ou circunstâncias nas quais acabou num relacionamento sexual com o CEO de uma das maiores empresas da Dinamarca. Em algum ponto — Morosov não sabia dizer quando —, ela quis sair. Também quis uma quantia significativa de dinheiro para garantir seu silêncio. Magnus concordou em pagar. E, quando a garota voltou pedindo mais, ele levantou a questão com seu contato da SVR, que lhe pediu para não pensar mais naquilo.

— A morte resolve tudo — falou Gabriel. — Sem garota, sem problema.

— Na Rússia, esse tipo de comportamento não é necessariamente condenado. Muitas garotas que se envolvem com homens poderosos acabam debaixo da terra.

— E onde acabou nossa garota dinamarquesa sem nome?

— Não tenho acesso aos detalhes, Allon. Só sei que ela ainda é classificada como pessoa desaparecida.

— Quem cuidou disso?

— A SVR. Mas a ordem veio direto do presidente.

— Que bom que esclarecemos isso.

— Tente entender o ponto de vista de Volodya.

— Preciso mesmo?

— Magnus Larsen era um agente valioso em vários sentidos — disse Morosov. — Um escândalo desleixado envolvendo a vida particular dele levaria à sua saída do cargo de CEO da DanskOil. Volodya nunca ia permitir isso. Tinha investido dinheiro demais nele.

— De quanto estamos falando?

— Vários milhões por ano em supostas consultorias, pagos na conta dele no TverBank, nada declarado à receita dinamarquesa. Ele também tem uma casa em Rublyovka, o bairro de bilionários a oeste de Moscou. Para todos os efeitos, Magnus Larsen agora é um oligarca russo.

— Um oligarca russo com passaporte dinamarquês e maneiras dinamarquesas impecáveis.

O COLECIONADOR

— Um emissário russo em tudo, exceto no nome — completou Morosov. — Mas por que Magnus Larsen está interessado em você, Allon?

— Porque ele pagou para um comerciante de livros raros de Copenhague roubar um quadro. E, por mais que me esforce, não consigo entender por quê.

— Talvez devesse perguntar a ele.

— É o que pretendo fazer, Sergei.

Morosov ficou na varanda de sua *dacha*, o braço levantado em despedida, e o SUV saiu pelo portão aberto do campo e voltou na direção de Rosh Pina. Só Ingrid, no banco de trás ao lado de Gabriel, devolveu o gesto, o que levou um grande sorriso ao rosto do russo.

— Quem é aquele homem?

— Infelizmente, não posso responder essa pergunta. Basta dizer que ele foi muito útil.

— Em que sentido?

— O cliente de Peter Nielsen era o CEO da maior empresa de petróleo e gás da Dinamarca.

— Magnus Larsen?

Gabriel fez que sim.

— E fica melhor ainda.

— Não acho que seja possível.

— Magnus é agente russo há vinte anos. E, se pudermos acreditar no meu amigo, tem uma garota morta no passado dele.

— Magnus a matou?

— Não precisou. Os russos fizeram isso por ele.

— A garota também era russa?

— Dinamarquesa, na verdade. Foi há mais ou menos dez anos. Minha fonte não conseguiu me dizer o nome dela.

— Não deve ser difícil descobrir quem ela era. Vou dar uma olhada na base de dados de pessoas desaparecidas.

135

DANIEL SILVA

— Que tal jantar primeiro? Conheço um lugar não muito longe daqui. — Gabriel trocou um olhar com Mikhail. — A vista é extraordinária, e a comida e o ambiente são muito autênticos. Creio que você vai achar interessante.

— Mais interessante do que um centro de detenção secreto no meio do nada?

— Ah, sim — respondeu Gabriel, pegando o celular. — Bem mais.

23

TIBERÍADES

A voz do outro lado da conexão celular soou forte, clara e resoluta.

— Quando Gilah e eu devemos esperar você?

— Vinte minutos, mais ou menos.

— Melhor correr, filho, senão talvez eu não esteja vivo quando você chegar.

— Acho que mereço isso.

— Merece mesmo — rosnou a voz, e a conexão se perdeu.

Mas como pintar um retrato preciso de tal homem a uma forasteira como Ingrid? *Teria sido mais fácil*, pensou Gabriel, *explicar a influência de Bach no desenvolvimento da música ocidental — ou o papel da água na formação e na manutenção da vida na Terra.* Ari Shamron foi o captor de Adolf Eichmann e duas vezes diretor-geral do Escritório. Tinha dado ao serviço sua identidade, seu credo, até sua própria linguagem. Era o Memuneh, o líder. Era eterno.

Sua *villa* cor de mel ficava no topo de uma escarpa com vista para o mar da Galileia. Gabriel se preparou para o pior enquanto o SUV escalava a entrada de carros íngreme — Shamron andava lutando com uma litania de enfermidades sérias havia anos —, mas o homem que o esperava no pátio parecia extraordinariamente saudável. Estava vestido, como sempre, com uma calça cáqui bem passada, uma camisa Oxford e uma jaqueta casual preta com um rasgo não costurado no ombro esquerdo. Sua mão direita, a que tinha coberto a boca de Eichmann, segurava uma bonita bengala de oliveira. Seu odiado andador de alumínio não estava à vista.

— Há quanto tempo você está aí parado? — perguntou Gabriel.

— Se quer mesmo saber, não me mexi desde o dia em que você saiu de Israel. — Ele olhou para a mulher ao lado de Gabriel. — Quem é a garota?

— O nome dela é Ingrid.

— Ingrid do quê?

— Johansen.

— Não é um nome judeu.

— Nem é para ser.

— Ela está planejando se converter? — questionou Shamron. — Ou o relacionamento de vocês é puramente físico?

— Ingrid estava comigo na Dinamarca ontem à noite quando...

— Um assassino russo tentou matar você.

— Na verdade — disse Gabriel —, estou convencido de que o alvo era ela.

— Fico aliviado. Mas o que ela fez para irritar os russos?

— Ainda estou trabalhando nisso.

— Na Alta Galileia? — Os olhos reumosos de Shamron pararam em Mikhail. — Com ele?

Gabriel sorriu, mas não falou nada.

— Imagino que minha sobrinha não saiba que você está aqui.

A sobrinha de Shamron era Rimona Stern, primeira diretora-geral da história do Escritório.

— Ela acha que estou em Jerusalém — respondeu Gabriel.

Shamron apertou os olhos.

— Você não está envolvido em alguma intriga palaciana, né?

— Eu nem sonharia com isso.

— Você sempre consegue me decepcionar, filho. — Shamron levantou a mão com manchas senis e apontou para a porta. — Talvez seja bom comermos algo. Já faz muito tempo.

★ ★ ★

O jantar servido por Gilah Shamron naquela noite não era autenticamente israelense, e sim uma comida chinesa pedida às pressas. Seu marido ficou tentando por um ou dois momentos usar um par de pauzinhos de plástico, aí os jogou de lado e atacou a carne com brócolis com um garfo mesmo. Nunca dado a papo furado nem a desperdiçar uma audiência cativa, ele fez um sermão sério sobre o estado do mundo. Como costumava acontecer, estava preocupado — preocupado que a velha ordem pós-guerra estivesse entrando em colapso, que a democracia estivesse sob ataque, que China e Rússia estivessem substituindo os Estados Unidos como hegemonias do Oriente Médio mais rápido do que qualquer um teria imaginado. Estava ouvindo boatos de que Pequim andava tentando negociar uma reaproximação entre os sauditas e os iranianos, uma perspectiva inimaginável mesmo há um ano.

Ele perguntou a Gabriel sobre sua nova vida em Veneza e pareceu satisfeito em saber que Chiara e as crianças estavam muito bem. Ficou bastante intrigado, porém, com a presença de uma recém-chegada à sua mesa, a linda jovem dinamarquesa chamada Ingrid Johansen, que alegava ser especialista freelancer de TI. Era óbvio que Shamron, habitante do mundo secreto durante toda a vida, não acreditava em uma única palavra daquilo. Sabia reconhecer uma operadora quando punha os olhos em uma.

Finalmente ele se apoiou, ficou de pé e, pedindo desculpas a Ingrid e Mikhail, desceu com Gabriel ao cômodo que servia como escritório e oficina. As peças de um Grundig 3088 de 1958 estavam espalhadas pela bancada de trabalho. Mexer com rádios antigos era seu único hobby. E, quando ele não tinha rádios à mão, mexia com Gabriel.

Shamron se acomodou numa banqueta e ligou a luminária.

— Você primeiro — falou.

— Por onde quer que eu comece?

— Que tal pelo começo?

— No início, Deus criou…

— Pode pular para a parte sobre Ingrid.

— Ela é hacker de computadores e ladra profissional.

DANIEL SILVA

— Parece meu tipo de garota.

— O meu também.

O velho isqueiro Zippo de Shamron se acendeu.

— Me conte o resto.

Ele esperou a conclusão do panorama de cinco minutos feito por Gabriel antes de levantar os olhos do rádio. Sua expressão era de profunda desaprovação.

— Você pode ser investigado, sabia?

— Pelo incidente infeliz envolvendo gângsteres armênios na Antuérpia?

— Por levar sua amiga a um local de interrogatório do Escritório. Se eu fizesse uma papagaiada dessas, nunca mais ouviria o fim do sermão.

— Você sabe o que dizem sobre a imitação, Ari.

— Eu sou inimitável, filho. Mas é bem hipócrita, não? Quantas vezes você me repreendeu por não sair do jogo? Quantas vezes me falou que não queria mais saber desta vida? — Shamron se permitiu um sorriso satisfeito. — E agora, como dizem, o feitiço virou contra o feiticeiro.

— Já terminou?

— Estou só começando. — Ele amassou o cigarro e acendeu outro, com a segurança de que Gabriel, agora totalmente na defensiva, não ousaria falar uma palavra de protesto. — E o que você concluiu desse seu inquérito até agora?

— Um oficial de inteligência muito sábio me treinou para nunca forçar as peças.

— Porque, quando forçamos as peças, às vezes vemos o que queremos em vez da verdade. Não concorda?

— Às vezes — respondeu Gabriel.

— E tem ainda, claro, o problema das peças faltantes. Não sabemos o que não sabemos. E posso garantir, filho, que você não tem todas as peças.

— Qual está faltando?

— O homem que morava na linda *villa* à beira-mar em Amalfi.

— Lukas van Damme?

— Na verdade — disse Shamron —, a gente o chamava de Lukas Rabudo.

— Van Damme era agente do Escritório?

— Por vários anos.

— Por quê?

Shamron levantou as mãos no formato de uma nuvem de cogumelo e sussurrou:

— Bum.

24

TIBERÍADES

O programa de armas nucleares da África do Sul, um dos mais secretos já empreendidos, começou em 1948 — o mesmo ano em que Israel declarou sua independência e três anos depois que os Estados Unidos puseram um fim rápido à Segunda Guerra Mundial ao lançar duas bombas atômicas nas cidades japonesas de Hiroshima e Nagasaki. Inicialmente, a África do Sul buscava uma bomba de plutônio, mas em 1969 mudou para um programa de enriquecimento de urânio alimentado com minério extraído internamente. No final da década de 1980, o país havia montado um arsenal nuclear de seis bombas de tipo balístico, as últimas armas desse tipo construídas.

Uma sétima bomba estava em construção em 1989, quando a África do Sul concordou voluntariamente em entregar seu programa de armas nucleares — em parte porque o regime de minoria branca, em apuros e com os dias contados, não queria deixar um arsenal atômico nas mãos de um governo sucessor liderado por negros. As seis bombas de tipo balístico finalizadas foram desmontadas sob supervisão internacional, e o urânio para armas foi armazenado no Centro de Pesquisa Nuclear de Pelindaba, a oeste de Pretória. A instalação sofreu pelo menos três graves violações de segurança na era pós-*apartheid*, a última em 2007 — e o governo inicialmente descartou a hipótese de ser uma tentativa rotineira de roubo. Uma investigação independente do incidente, realizada por um ex-funcionário da empresa internacional de investigações Kroll Inc., concluiria mais tarde que o ataque foi realizado por uma equipe disciplinada de homens fortemente armados que entrou nas instalações na tentativa de localizar e roubar os explosivos nucleares.

Entre os aspectos mais cuidadosamente protegidos do programa nuclear sul-africano estavam os nomes dos cientistas que enriqueceram o urânio até o nível de armamento e o transformaram em bombas de tipo balístico. Um dos cientistas era um físico nuclear chamado Lukas van Damme. Com o trabalho de uma vida inteira abandonado e seu país governado por negros, ele procurou uma saída de emergência. Encontrou uma na empresa de transporte marítimo de seu pai, sediada em Durban, que ele rebatizou de LVD Transportes Marítimos, e se mudou para Nassau. Foi lá que, em uma tarde ensolarada de agosto de 1996, conheceu um homem chamado Clyde Bridges, diretor de marketing europeu baseado em Londres, de uma obscura empresa de software canadense. "Bridges" era apenas uma conveniência. Seu nome verdadeiro era Uzi Navot.

— Qual foi a ocasião? — perguntou Gabriel.

— Pânico no Boulevard Rei Saul — respondeu Shamron.

— Por quê?

— Acontece que o Lukas Rabudo não era tão rabudo assim, especialmente no que se referia ao negócio de transporte. Ele se manteve em pé ao transformar sua empresa em um empreendimento criminoso. Também estava se relacionando com todas as pessoas erradas.

— Alguém em particular?

— Representantes de países que tentavam replicar o bem-sucedido programa nuclear da África do Sul.

— E não podíamos permitir isso.

— Definitivamente, seria ruim para os judeus.

— Mas você pulou uma parte importante da história — disse Gabriel. — A parte sobre como o Escritório sabia que Lukas van Damme, um executivo de navegação com problemas éticos, era o cérebro por trás do programa nuclear da África do Sul.

DANIEL SILVA

— Van Damme? O cérebro por trás do programa? — Shamron balançou a cabeça lentamente. — Os sul-africanos nunca teriam conseguido construir aquelas bombas sem nossa ajuda.

— Qual foi a natureza da conversa de Uzi com Lukas Rabudo naquela tarde?

— Um lembrete amigável dos perigos que ele enfrentaria se considerasse compartilhar a receita da família com um de nossos adversários.

— Tratamento negativo?

— Não foi necessário entrar em detalhes. Nossa reputação falava por si só. Lukas praticamente se recrutou sozinho.

— Como você o usou?

— Com minha aprovação, Lukas vendia seus serviços a qualquer um que pagasse por eles, o que nos dava acesso às esperanças e aos sonhos nucleares de nossos inimigos mais implacáveis, incluindo o Açougueiro de Bagdá e seu amigo baathista em Damasco. Também transformei a LVD Transportes Marítimos de Nassau, nas Bahamas, em uma subsidiária das empresas globais Boulevard Rei Saul, de Tel Aviv.

— Brilhante.

— De fato — concordou Shamron. — A operação foi um sucesso extraordinário.

— Mas as conexões do Escritório com os sul-africanos iam muito além de um único físico nuclear.

Shamron o encarou através de um véu de fumaça cinza-azulada.

— *Minhas* conexões com os sul-africanos... não é isso que você quer dizer?

Gabriel ficou em silêncio.

— Se estiver perguntando se ajudei os sul-africanos a desenvolver armas nucleares, a resposta é não. O Escritório sob minha liderança era capaz de muitas coisas, mas não disso. Mas se eu era a favor de nossos esforços para ajudar os sul-africanos? Se aconselhei uma sucessão de primeiros-ministros, tanto de esquerda quanto de direita, a dar continuidade ao programa? Certamente que sim.

144

O COLECIONADOR

— E quando os sul-africanos decidiram abandonar as armas nucleares que os havíamos ajudado a construir?

— Trabalhei em colaboração íntima com meu colega sul-africano para garantir que não houvesse derramamento de urânio para armas depois que as bombas fossem desmontadas. Cheguei até a visitar o Centro de Pesquisa Nuclear de Pelindaba.

— E?

— Nem preciso dizer que fiquei muito preocupado com a segurança. Mas também fiquei com uma suspeita incômoda de que os sul-africanos haviam enganado a Agência Internacional de Energia Atômica e o resto da comunidade global sobre o número de armas que haviam montado.

— Por quê?

— A assistência que fornecemos à África do Sul nos deu uma visibilidade única do programa. Nossos cientistas estavam convencidos de que provavelmente havia *duas* armas inacabadas, e não uma.

— Presumo que você tenha discutido isso com seu colega.

— Em várias ocasiões — disse Shamron. — E, sempre que eu falava, ele me garantia que eram apenas sete armas. Alguns anos depois, porém, uma fonte confiável me disse que ele tinha mentido para mim.

— Quem era a fonte?

— Lukas van Damme. — Shamron voltou a trabalhar no rádio Grundig. Absorto, perguntou: — Como você acha que devemos lidar com a minha sobrinha?

— Considerando que ela tem o temperamento vulcânico do tio, acho que devemos proceder com extrema cautela. — Gabriel fez uma pausa e depois acrescentou: — Talvez até mesmo com um pouco de engano.

— Minha palavra favorita. O que você tem em mente?

— Alguém provavelmente deveria dizer a ela que conduzi um interrogatório não autorizado de Sergei Morosov.

— Sim — concordou Shamron. — Alguém provavelmente deveria.

25

RUA NARKISS

A ligação de Shamron foi direto para a caixa postal, e, quando ela finalmente retornou, o culpado estava se aproximando de Jerusalém. A hora já estava avançada e o humor dela estava frágil, o que, atualmente, era sua configuração padrão. Seu famoso tio não perdeu tempo e foi direto ao ponto.

— Eu vou matá-lo — foi a resposta dela.

— Que novidade — disse Shamron. — Mas isso, sem dúvida, causaria danos irreparáveis à sua carreira.

— Não se eu fizer com que pareça um acidente.

— É só um boato, veja bem. Você provavelmente deveria investigar antes de fazer algo precipitado.

— Onde você ouviu esse boato?

— Não tenho liberdade para dizer.

— Você não está envolvido em algo, está, Ari?

— Eu? Nunca.

Ela ligou para o chefe da divisão de segurança interna do Escritório, que imediatamente chamou os guardas da instalação secreta de detenção na floresta de Biriya. Sim, eles admitiram, a lenda havia chegado lá sem avisar no início daquela noite. E, sim, ele havia interrogado o prisioneiro por aproximadamente uma hora.

— Por que vocês o deixaram entrar?

— Ele é o Gabriel Allon.

— Vocês deveriam ter me ligado.

— Ele nos mandou não fazer isso.

— Ele estava sozinho?

— Mikhail estava com ele.

— Mais alguém?

— Uma mulher.

— Nome?

— Não parecia ter um.

— Descreva-a.

— Definitivamente não israelense.

A mulher em questão, uma hacker e ladra profissional chamada Ingrid Johansen, estava naquele mesmo momento tendo sua primeira visão de Jerusalém. Pouco antes da meia-noite, ela seguiu Gabriel até um apartamento localizado na rua Narkiss, 16, no coração do histórico bairro de Nachlaot. O telefone dele tocou quando ele abria as portas francesas para o ar noturno com aroma de eucalipto. Era sua sucessora na linha.

— Quero você em meu escritório amanhã de manhã às 10h30 — disse ela, e a ligação foi interrompida.

Gabriel levou Ingrid para o quarto de hóspedes e depois se deitou na cama. *Por meio de enganos*, pensou ele, *farás a guerra.*

Ele foi acordado às 7h05 pelo estrondo de uma explosão. A princípio pensou que fosse apenas um sonho, mas os distantes lamentos das sirenes — e a visão de Ingrid em pé, ansiosa, na porta de seu quarto — mostraram que não. Na cozinha, eles assistiram à cobertura dos últimos acontecimentos na televisão enquanto esperavam o café ficar pronto. A bomba havia explodido em um ponto de ônibus em Givat Shaul, na entrada oeste de Jerusalém.

— Passamos de carro por ali ontem à noite — explicou Gabriel.

— Há vítimas?

DANIEL SILVA

— Várias.

— Alguém foi morto?

— Saberemos em breve.

Uma segunda bomba explodiu enquanto Gabriel estava no banho — outro ponto de ônibus, este no norte de Jerusalém, tão perto que sacudiu o apartamento. Ele vestiu um dos ternos escuros pendurados em seu armário e voltou à cozinha para encontrar Ingrid debruçada sobre o notebook, a testa franzida em concentração.

Encheu um copo térmico de aço inoxidável com café e fechou a tampa.

— Com um pouco de sorte, volto em algumas horas. Em nenhuma circunstância você deve sair deste apartamento.

— Para falar a verdade — respondeu ela, os dedos fazendo barulho no teclado —, eu não estava planejando sair mesmo.

No andar de baixo, um SUV blindado estacionou na calçada da rua Narkiss. Dez minutos mais tarde, depois de sair do trânsito congestionado ao redor de Givat Shaul, ele estava descendo a rodovia 1 em direção a Tel Aviv. *Sua redescoberta*, pensou ele, *estava quase completa*. Agora ele só precisava do consentimento de sua sucessora. Ela era um de seus melhores trabalhos. Uma garota com temperamento vulcânico. Uma garota com mão de ferro.

Uma das primeiras diretrizes emitidas por Gabriel como chefe do Escritório estava entre as mais duradouras — o rápido cancelamento de um plano totalmente aprovado e financiado pelo Knesset para mudar a sede do serviço do centro de Tel Aviv para um terreno vazio ao longo da rodovia 2 em Ramat HaSharon. O preço colossal já era motivo suficiente para cancelar o projeto, mas Gabriel também estava preocupado com a proximidade do local proposto a um shopping center e um complexo de cinema movimentados. Além do mais, havia o nome do entroncamento rodoviário mais próximo, pelo qual a área era conhecida.

— Por qual metonímia vamos nos referir a nós mesmos? — lamentou Gabriel. — Entroncamento Glilot? Vamos ser motivo de chacota no mundo da inteligência.

Fora isso, o prédio monótono no final do Boulevard Rei Saul tinha seus encantos, a começar pelo fato de que era, na verdade, um prédio dentro de um prédio, com sua própria fonte de energia, suas próprias linhas de água e esgoto e seu próprio sistema de comunicação seguro. As equipes analítica e de suporte entravam nas instalações por uma porta no saguão, mas os chefes de divisão e os agentes de campo entravam e saíam pelo estacionamento subterrâneo. O mesmo acontecia com os diretores-gerais atuais e anteriores, que também usavam um elevador particular para levá-los ao último andar. Enquanto Gabriel subia lentamente para o céu, inalou a colônia da ocupante anterior: *eau de perfum* Ébène Fumé, de Tom Ford, presente de Chiara por ocasião de seu último aniversário; um frasco no tamanho de cem mililitros, porque cinquenta não serviam. Quatrocentos euros e uns trocados. O frete internacional não estava incluso.

O elevador levou Gabriel diretamente para a área de recepção da suíte executiva, onde um jovem esguio, vestindo jaqueta esportiva e calça bem ajustadas, estava sentado atrás de uma mesa vazia. Ele indicou um par de poltronas, e Gabriel se sentou.

— O que aconteceu com Orit? — perguntou ele.

— O Domo de Ferro? A diretora Stern achou que era hora de uma mudança.

Achou, é? Gabriel teria pagado muito dinheiro para ver isso.

Naquele momento a porta da diretora se abriu e Yaakov Rossman, chefe de Operações Especiais, também conhecido como o lado obscuro de um serviço obscuro, saiu. Com seu cabelo de palha de aço e rosto de pedra-pomes, ele parecia um instrumento de limpeza para áreas de difícil acesso — *como o leste da Síria e o norte do Irã*, pensou Gabriel.

— O que você está fazendo aqui? — perguntou ele em tom acusatório.

— Vou descobrir em um ou dois minutos.

DANIEL SILVA

— Eu adoraria conversar, mas infelizmente temos uma pequena crise em nossas mãos.

— Sério? Onde?

— Boa tentativa — respondeu Yaakov, e saiu em disparada como se sua crise estivesse acontecendo em uma sala no final do corredor.

Gabriel olhou para o recepcionista, que ponderava o telefone em sua mesa. Passou-se um longo momento até que ele emitisse um tom de duas notas, o sinal de que o escritório da diretora estava seguro.

— Ela vai recebê-lo agora, sr. Allon.

— Que sorte a minha.

Levantando-se, Gabriel suportou uma espera de vários segundos pelo estalo das fechaduras automáticas. A sala em que entrou era estranhamente pouco familiar. A escrivaninha, a área de estar, a mesa de reuniões: tudo havia sido substituído e reorganizado. Até mesmo a parede de vídeo, que havia recebido uma atualização tecnológica significativa, tinha sido realocada. A decoração sofisticada estava na moda, lembrando mais as altas finanças do que a reles astúcia; a iluminação era suave. Em algum lugar além das persianas bem fechadas estavam Tel Aviv e o Mediterrâneo, mas nunca se imaginaria. O escritório poderia ser em Londres, Manhattan ou no Vale do Silício.

Rimona estava contemplando algo em um tablet. Ela usava um terno escuro de duas peças, uniforme não oficial do espiocrata israelense, e um par de sapatos elegantes. As exigências do trabalho pareciam ter derretido alguns quilos de sua figura generosa. *Ou talvez a perda de peso tenha sido intencional*, pensou Gabriel. Parte de uma repaginação geral da imagem — como a nova maneira de usar o cabelo cor de arenito ou a sutil mudança na maquiagem. Em algum lugar sob sua armadura, estava a garotinha cujo quadril esquerdo Gabriel enfaixara quando ela caiu de sua *scooter* enquanto descia a entrada traiçoeiramente íngreme da casa de seu famoso tio. Mas isso também nunca se imaginaria.

O silêncio dela era intencional, uma tática desgastada usada por agentes do Escritório desde tempos imemoriais para fazer os adversários ficarem desconfortáveis. Gabriel decidiu tomar a iniciativa.

— Yaakov pareceu bem surpreso ao me ver.

— Com certeza estava. — Ela levantou os olhos da tela e o mirou através de um par de óculos de gatinho, mais uma nova adição ao visual. — Eu queria manter sua visita em particular, mas minha reunião com Yaakov demorou mais do que o esperado.

— Pelo jeito, você está com uma bela bagunça nas mãos.

Ela não mordeu a isca.

— Yaakov jamais teria debatido uma operação em andamento com alguém sem as autorizações necessárias. Uma violação assim dos princípios básicos do Escritório teria levado à demissão imediata dele.

— Posso perguntar se vocês dois estão se comportando bem ou isso também é confidencial?

— Como você pode imaginar, Yaakov e eu tivemos nossos altos e baixos.

— Ele me garantiu que estava entusiasmado com sua nomeação.

— Ele é mentiroso por profissão. Todos nós somos — acrescentou Rimona.

— Espero não ter largado você com um problema.

— Não é nada que eu não possa resolver.

— Por quanto tempo mais ele planeja ficar por aqui?

— Yaakov vai sair do Escritório em algumas semanas para buscar oportunidades no setor privado.

— Quem fica com as Operações Especiais?

— Mikhail. Vou dar a Yossi meu antigo cargo em Coleções. Dina assume o cargo de chefe de Pesquisa.

— Parece que você já tem sua equipe pronta.

— A quem estamos enganando? É a *sua* equipe — disse Rimona. — Eu só fiz alguns pequenos ajustes.

Gabriel examinou seu antigo escritório.

— Mais do que alguns.

— Sua influência é muito forte. Por mais ou menos um mês após sua partida, todos nós ficamos sentados olhando uns para os outros, imaginando como iríamos continuar sem você. A única maneira de lidarmos com isso...

— Foi fingir que eu não existia.

— Mas *guardamos* seu antigo quadro-negro. Ainda está lá embaixo, no 456C. O lugar parece as salas de guerra subterrâneas de Churchill. — Rimona apontou para os assentos. — Você não quer se sentar?

— Talvez devêssemos fazer isso em pé.

A expressão dela se fechou. Uma garota com temperamento vulcânico. Sua voz era afiada como navalha.

— Como meu tio ficou sabendo que você se encontrou com Sergei Morosov?

— Porque eu contei a ele.

— E você também disse para *ele* me contar sobre isso?

— Sim, claro.

— Por que você fez isso?

— Para deixar você irritada o suficiente a ponto de contratar alguém para me matar.

— Conseguiu. — Ela colocou a mão na testa como se estivesse medindo a temperatura. Definitivamente estava quente. — Por que você simplesmente não solicitou autorização para se encontrar com sua antiga fonte?

— Porque às vezes é melhor implorar por perdão do que pedir permissão.

Ela abaixou a mão.

— Implore.

— Quero fazer uma operação para você.

— Ah, você pode fazer melhor do que isso.

— Eu *imploro* para você me deixar fazer uma operação para você.

— Que tipo de operação?

— Seria melhor se eu tivesse meu velho quadro-negro.

— Por que eu não pensei nisso? — Rimona pegou seu telefone. — Você é um sacana sorrateiro.

— Fui treinado pelo melhor.

— Eu também, Gabriel. Nunca se esqueça disso.

26

MONTE HERZL

A paciente sofria de uma combinação de transtorno de estresse
pós-traumático e depressão psicótica. Em nenhum lugar de seus
volumosos arquivos, no entanto, havia uma descrição precisa do terrível
incidente que havia induzido sua condição, apenas uma vaga referência
a um bombardeio terrorista em uma capital europeia. Também não
havia o nome do homem, um ex-cônjuge, que continuava a arcar com
os custos de seus cuidados 24 horas por dia. Como sempre, ele avisou
o médico em cima da hora sobre a visita iminente.

— Vou tomar as providências — disse o médico. — Mas gostaria
de ter alguns minutos a sós com você primeiro.

— Aconteceu alguma coisa?

— Um desenvolvimento encorajador, na verdade.

O hospital ficava localizado no que antes era o vilarejo árabe de
Deir Yassin, onde combatentes judeus das organizações paramilitares
Irgun e Lehi massacraram mais de cem palestinos, incluindo mulheres
e crianças, na noite de 9 de abril de 1948. Vários dos edifícios do vilarejo permaneciam de pé, inclusive a antiga casa da era otomana onde o
médico, uma figura de aparência rabínica com uma maravilhosa barba
de várias cores, mantinha seu consultório particular.

O ex-marido de sua paciente de longa data estava sentado no lado
oposto da escrivaninha desordenada. Fazia vários minutos que nenhum

dos dois pronunciava uma palavra. Na verdade, o consultório estava em silêncio, exceto pelo ocasional virar de página. *Uma página a cada minuto*, pensou o médico, que estava observando o movimento do ponteiro dos segundos no relógio de parede. Nem 58 segundos, nem 64. Uma página a cada sessenta segundos. O homem devia ter nascido com um cronômetro na cabeça.

— São extraordinários — disse Gabriel por fim.

— Eu também achei.

— De quem foi a ideia?

— Dela.

— Você nunca a incentivou?

O médico balançou a cabeça.

— Na verdade, dado o estado desordenado da mente dela, eu tinha medo do que ela poderia produzir.

— O que aconteceu?

— Entrei na sala de arte um dia, há cerca de seis meses, e lá estava ela com um lápis de carvão na mão. Foi como se, de repente, tivesse se lembrado de que era pintora antes. Ela insistiu para que eu mostrasse a você. — Ele fez uma pausa, depois acrescentou: — Só a você.

O silêncio voltou. O médico olhou para a xícara de chá morno que segurava na mão.

— Ela ainda é loucamente apaixonada por você, sabe?

— Eu sei.

— Na maior parte do tempo, acha que vocês dois ainda são...

— Eu sei — repetiu ele com firmeza.

O médico dirigiu suas próximas palavras à janela.

— Eu nunca julguei você, Gabriel. Mas nesta fase da vida dela...

— E a minha vida?

— Tem alguma coisa sobre a qual você queira falar?

— Tipo o quê?

— Qualquer coisa.

— Eu tenho uma esposa. Tenho dois filhos pequenos.

O COLECIONADOR

— Você quer levar uma vida normal? É isso que está dizendo? Bem, alguns de nós não fomos feitos para isso. Você não é normal, Gabriel Allon. Você nunca vai ser normal.

— Deve ter alguma coisa que eu possa tomar para isso.

O médico deu uma risada seca e tranquila.

— Seu senso de humor é um mecanismo de defesa. Ele o impede de encarar a verdade.

— Eu encaro a verdade toda vez que fecho os olhos. Ela nunca vai embora, nem por um minuto sequer.

— Essa é a coisa mais saudável que já ouvi você dizer. — O médico colocou a xícara e o pires sobre a mesa, derramando os restos de seu chá no processo. — Você precisa saber que, quando a bomba explodiu em Givat Shaul hoje de manhã, fez muito barulho aqui no hospital. Receio que ela não tenha reagido bem.

— Como ela está agora?

— Há cinco minutos, quando eu disse que você estava vindo vê--la, ela ficou muito feliz. Mas com a Leah... — O médico sorriu com tristeza e se levantou. — Bem, nunca se sabe exatamente o que esperar.

Ela estava sentada em sua cadeira de rodas no jardim iluminado pelo sol, com um cobertor em volta dos ombros frágeis e os restos retorcidos de suas mãos entrelaçados no colo. Gabriel beijou a pele sensível e firme da cicatriz em seu rosto e sentou-se no banco ao lado dela. Ela olhava fixamente para a distância, como se não soubesse de sua presença. Ele já havia passado por períodos de catatonia como esse antes. O primeiro tinha durado treze anos — treze anos sem sequer uma palavra ou um lampejo de reconhecimento nos olhos escuros dela. Era como conversar com uma figura em uma pintura. Ele desejava restaurá-la, mas não era possível. A mulher em uma cadeira de rodas, óleo sobre tela, não tinha conserto.

Ele abriu o bloco de desenho dela e folheou as páginas.

— O que você acha deles? — ela perguntou de repente.

DANIEL SILVA

Ele levantou os olhos com um sobressalto. *O que você acha deles?* Eram algumas das primeiras palavras que ela dissera a ele, havia muito tempo, quando estudavam juntos em Bezalel. Naquela época, assim como agora, ele estava virando as páginas do caderno de desenhos dela com uma admiração incontida — e talvez até um traço de inveja. Ela estava ansiosa para ouvir a opinião dele sobre sua obra. Afinal de contas, ele era Gabriel Allon, o talentoso filho único de Irene Allon, talvez a melhor pintora israelense de sua geração.

— E então? — ela o instigou.

— Estou impressionado.

— Demorou um pouco para eu me acostumar. — Ela levantou a mão direita contorcida. — A segurar um lápis de novo, claro.

— Não dá para perceber.

Ele virou as páginas. Paisagens, cenários urbanos de Jerusalém, naturezas-mortas, nus, retratos de seus colegas pacientes, de seu médico, de seu ex-marido aos 39 anos. Essa era a idade que Gabriel tinha na noite em que um mestre terrorista palestino chamado Tariq al-Hourani escondeu uma bomba embaixo de seu carro em Viena. Foi Leah, com o giro da ignição, que detonou o dispositivo. A explosão matou o filho pequeno do casal, Daniel, que Gabriel havia colocado na cadeirinha do carro momentos antes. Leah, apesar de ter sofrido queimaduras e ferimentos catastróficos, de alguma forma sobreviveu. Os últimos minutos da vida deles juntos eram reproduzidos incessantemente na memória dela como um loop de fita de vídeo. Estava presa no passado, sem saída. E Gabriel era seu companheiro constante.

Seus olhos percorreram-no, como se ela estivesse procurando um objeto perdido nos armários desordenados de sua memória.

— Você é real? — ela perguntou por fim. — Ou estou tendo alucinações de novo?

— Eu sou real — ele lhe assegurou.

— Onde estamos, meu amor?

— Jerusalém.

Ela ergueu os olhos para o céu sem nuvens.

— Não é lindo?

— Sim, Leah — respondeu ele, e esperou pelo refrão familiar.

— A neve absolve os pecados de Viena. A neve cai em Viena enquanto os mísseis chovem em Tel Aviv. — Ela voltou para ele. — Ouvi uma explosão hoje de manhã.

— Foi em um ponto de ônibus em Givat Shaul.

— Alguém morreu?

Não havia sentido em mentir para ela. Além disso, com sorte ela não se lembraria.

— Um garoto de quinze anos.

A expressão dela se fechou.

— Quero falar com a minha mãe. Quero ouvir o som da voz da minha mãe.

— Vamos ligar para ela.

— Veja se Dani está bem preso na cadeirinha. As ruas estão escorregadias.

— Ele está bem, Leah.

Gabriel desviou os olhos quando a boca dela se abriu em horror e ela reviveu a explosão e o incêndio. Cinco minutos se passaram antes que a memória a liberasse.

— Quando foi a última vez que você esteve aqui? — perguntou ela.

— Há alguns meses.

Ela franziu a testa.

— Eu posso estar louca, Gabriel, mas não sou tola.

— Você não está louca, Leah.

— Estou o quê?

— Você não está bem — disse ele.

— E você, meu amor? Como é sua condição hoje em dia?

Ele considerou sua resposta.

— Satisfatória, suponho.

— Confie em mim, poderia ser pior. — Ela passou um dedo indicador pelo cabelo dele. — Mas você definitivamente precisa de um corte de cabelo.

— É o novo eu.

— Eu gostava muito do antigo você. — A ponta do dedo dela desceu até a ponta do nariz dele. — Está trabalhando em alguma coisa?

— Em um retábulo de Il Pordenone.

— Onde?

— Em Veneza, Leah. Chiara e eu estamos morando em Veneza de novo.

— Ah, sim. Claro. Diga, você e Chiara têm filhos?

— Dois — ele a lembrou. — Raphael e Irene.

— Mas Irene é o nome da sua mãe.

— Ela está morta há muitos anos.

— Me perdoe, Gabriel. Eu não estou bem, você sabe. — Ela inclinou o rosto para o céu. Estava abandonando-o de novo. — Ela é bonita, essa sua esposa?

— Sim, Leah.

— Ela faz você feliz?

— Ela tenta — respondeu Gabriel. — Mas quando eu fecho os olhos...

— Você vê meu rosto?

Ele não respondeu.

— Parece que compartilhamos o mesmo sofrimento. — Ela abaixou o queixo e lhe lançou um olhar astuto de soslaio. — Sua pobre esposa sabe disso?

— Faço o possível para esconder dela, mas ela sabe.

— Ela deve ter um ressentimento terrível de mim.

— Ela te ama muito.

— Ama mesmo? — Ela tentou sorrir, mas a luz estava se esvaindo lentamente de seus olhos. — Eu quero ouvir o som da voz da minha mãe — disse ela.

— Eu também — respondeu Gabriel com calma.

— Veja se Dani está bem preso na cadeirinha.

— Tome cuidado no caminho para casa.

— Me dê um beijo, meu amor.

O COLECIONADOR

Ele se ajoelhou diante da cadeira de rodas dela e deitou a cabeça em seu colo. As lágrimas dele encharcaram o vestido dela.

— Não é lindo? — ela sussurrou. — Um último beijo.

Estava anoitecendo quando Gabriel voltou para a rua Narkiss. Ele encontrou Ingrid como a havia deixado, debruçada sobre o notebook na pequena mesa da cozinha. Ela não havia trocado de roupa nem penteado o cabelo, e não havia indícios de que tivesse comido alguma coisa o dia todo. Na verdade, para Gabriel, parecia que ela não tinha levantado os olhos da tela nas 7h30 em que ele esteve fora.

Ela o fez naquele momento.

— Você está com uma aparência horrível — disse ela.

— Você também.

— Mas pelo menos tenho resultados. — Ela girou o computador e ajustou a tela. — Eu a encontrei.

— Quem? — perguntou Gabriel.

— A garota morta do passado de Magnus Larsen.

27

BOULEVARD REI SAUL

Voltar à ativa, mesmo temporariamente, não era simples como ligar um interruptor. Havia documentos a assinar, declarações a fazer e autorizações de segurança dormentes que exigiam ressuscitação. Para esse fim, Gabriel teve que suportar uma sessão com os cães farejadores da Segurança, ainda espumando por sua visita não autorizada à *dacha* de Sergei Morosov na Alta Galileia.

— Contatos estrangeiros suspeitos recentes? — perguntou seu inquisidor.

— Demais para contar.

— Tente.

— Um ladrão de arte, um falsificador de arte, inúmeros marchands, um negociante de diamantes corrupto da Antuérpia, o líder de uma família criminosa na Córsega, uma repórter da *Vanity Fair*, o chefe de segurança do Pierre Hotel em Manhattan, uma violinista suíça, uma herdeira de rede de supermercados britânica que tentou assassinar o marido, a galera de sempre do Harry's Bar em Veneza.

— E contatos de inteligência estrangeira?

— Um amigo do MI6. Trabalhava como assassino de aluguel para o líder da família criminosa na Córsega.

— Você não mencionou a mulher dinamarquesa.

— Não, é?

O COLECIONADOR

— Achamos melhor você a colocar num avião, chefe.

— Fique tranquilo, é o que eu pretendo.

Os rituais remanescentes de sua volta à disciplina do Escritório foram menos contenciosos. Os médicos do serviço o submeteram a um rigoroso exame e, apesar das cicatrizes de bala e das vértebras fraturadas, acharam que estava extraordinariamente saudável. O departamento de Identidade lhe forneceu dois novos passaportes falsos — um israelense, o outro canadense —, e o de Tecnologia lhe deu um novo telefone Solaris e um novo notebook com a versão mais recente do malware de hackeamento Proteus. A Contabilidade fez o que sempre fazia, que era implorar para ele segurar a onda dos gastos operacionais. Ele reagiu pedindo ao departamento um reembolso para as despesas já incorridas e alertou que viriam mais.

Rimona lhe ofereceu uma sala vazia no quinto andar, mas, para surpresa de ninguém, ele foi direto para a Sala 456C em vez disso. Antes espaço de desova para computadores obsoletos e móveis gastos, a masmorra subterrânea sem janelas agora era conhecida por todo o Boulevard Rei Saul como a toca de Gabriel. Ele chegou lá e encontrou Dina Sarid, a futura chefe de Pesquisa, olhando o quadro-negro. Estava coberto com a caligrafia impecável de Gabriel.

— Sou muito boa em achar conexões — comentou Dina. — Mas, devo admitir, estou completamente empacada.

— Somos dois.

— Quem é Magnus Larsen?

— O CEO da DanskOil.

— E Lukas van Damme?

— Ex-cientista nuclear sul-africano que passou vários anos na nossa folha de pagamento.

Dina colocou a ponta do dedo ao lado do nome do presidente russo.

— O nome dele eu reconheço, lógico. O dele também. — Era o nome de um pintor da era de ouro holandesa, nativo da cidade de Delft. — Mas como estão ligados?

DANIEL SILVA

— Tem alguma chance de você conseguir me ajudar a achar a resposta?

— Estou bem atolada no momento.

— Mas?

Os olhos escuros dela analisaram os nomes no quadro.

— Por onde vamos começar?

A sede da gigante dinamarquesa de energia DanskOil ficava no distrito de Copenhague conhecido como Frederiksstaden. O formidável edifício estava entre os mais seguros da Dinamarca — mais seguro, inclusive, do que a maioria dos escritórios do governo dinamarquês. No entanto, a rede de computadores da empresa não foi páreo para os hackers da Unidade 8200, o serviço de inteligência de sinais de Israel. Eles entraram pela porta dos fundos ao amanhecer e, ao meio-dia, já tinham o controle do local. Gabriel os direcionou para a *joint venture* DanskOil--RuzNeft e para o computador e os telefones do diretor executivo da empresa, Magnus Larsen.

Não foi preciso mais do que uma simples pesquisa na internet para produzir uma montanha de material sobre esse homem tão público. Magnus Larsen era um colosso, um titã, um criador de tendências, um visionário. Era brilhante e erudito, além de incrivelmente bonito. Nos vídeos promocionais da empresa, era um homem de ação, nunca na sala de reuniões, sempre montado em um oleoduto ou no topo de uma plataforma de perfuração. Magnus do maxilar esculpido e dos olhos azuis penetrantes. Magnus dos cabelos loiros ao vento. Não havia nada que Magnus não pudesse fazer. Não havia nenhum desafio que Magnus não tivesse enfrentado.

Quando um jornalista bajulador perguntou como ele se descreveria, respondeu:

— Um empresário com alma de poeta.

Colecionador de livros raros, ele conseguiu, de algum jeito, encontrar tempo em sua agenda extenuante para publicar quatro obras

O COLECIONADOR

próprias. A mais recente, *O poder do amanhã*, era um grande best-seller escandinavo e dera origem a especulações de que ele talvez se candidatasse a um cargo eletivo. Magnus descartou a conversa como algo risível. Ele estava acima da política. Vivia em um plano superior.

E também era extraordinariamente rico. Seu pacote de remuneração anual mais recente era equivalente a 24 milhões de dólares. Sua ampla casa em Hellerup, o bairro mais exclusivo de Copenhague, tinha vista para o mar Báltico. Sua esposa, Karoline, era socialite e mecenas das artes, com um talento especial para conseguir que sua foto aparecesse no jornal. Seus dois filhos, Thomas e Jeppe, eram considerados os solteiros mais cobiçados da Dinamarca e, ao que tudo indicava, estavam determinados a continuar assim.

No entanto ele tinha seus detratores, em especial na esquerda ambientalmente sensível. Em público, fazia comentários apropriados sobre o aquecimento global e a transição para fontes renováveis de energia. Mas, em ambientes privados, era conhecido como um cético em relação ao clima, que brincava com a ideia de extrair até a última gota de petróleo e gás das águas territoriais da Dinamarca antes que fosse tarde demais. "Um sonho que vai entrar pelo cano", foi como ele descreveu o tão anunciado compromisso do governo dinamarquês de ser carbono neutro até 2050. "Sem querer fazer um trocadilho."

E ainda havia aqueles que encontravam falhas em sua atração aparentemente inexplicável por tudo que era russo. Era de conhecimento público que ele falava o idioma fluentemente, que conhecia o presidente russo e que possuía uma grande casa no abastado bairro de Rublyovka, em Moscou, onde se relacionava com oligarcas e membros do círculo interno do Kremlin. Ao contrário da maioria das empresas de energia ocidentais, que desfizeram seus negócios com a Rússia após a invasão da Ucrânia, a DanskOil se recusava obstinadamente a abandonar sua *joint venture* com a RuzNeft, responsável por quase um terço do petróleo da empresa. Magnus alegava ser simplesmente uma questão de lucratividade, que deixar a Rússia resultaria em uma redução de doze bilhões

DANIEL SILVA

de dólares no faturamento. Seus detratores, no entanto, se perguntavam se haveria algo mais.

Ele era conhecido por ser um tanto fanático quando se tratava de sua agenda, que era organizada para ele em intervalos de quinze minutos por sua assistente pessoal de longa data, Nina Søndergaard. A Unidade 8200 localizou a agenda em seu computador, juntamente com os números dos seis telefones celulares de Magnus. Seu dispositivo principal era um iPhone. Gabriel o atacou com o Proteus e, no meio da tarde, estava exportando todos os dados armazenados em sua memória: e-mails, mensagens de texto, histórico de navegação na internet, metadados telefônicos, dados de localização por GPS. O aparelho também estava atuando como um transmissor de áudio e vídeo, o que permitiu que Gabriel e Dina participassem remotamente de uma reunião da equipe sênior da DanskOil.

Como a maioria dos executivos modernos, Magnus Larsen era um usuário ativo de serviços criptografados de e-mail e mensagens: respectivamente, Proton-Mail e Signal. Ele também era meio que fotógrafo. Gabriel encontrou várias fotos de Moscou e do interior da Rússia. Havia ainda fotos de membros das elites empresariais russas e celebridades do Kremlin tiradas em ambientes sociais informais. Mad Maxim Simonov, o rei do níquel da Rússia. Oleg Lebedev, também conhecido como sr. Alumínio. Yevgeny Nazarov, o eloquente porta-voz do Kremlin, ainda que um tanto falacioso. Arkady Akimov, o riquíssimo comerciante de petróleo que recentemente havia morrido ao cair da janela de um apartamento na Baskov Lane, em São Petersburgo.

Da mesma forma, Gabriel invadiu o dispositivo móvel do falecido negociante de livros antigos de Copenhague, Peter Nielsen, o que produziu um gêiser de dados semelhante. Ele pediu mais equipe a Rimona, que relutantemente lhe deu Mikhail e sua esposa, Natalie Mizrahi, única oficial de inteligência ocidental a ter penetrado as fileiras insulares do Estado Islâmico. Logo, porém, ficaram sobrecarregados com a chegada de quase cem mil páginas de arquivos da DanskOil, deixando Gabriel

O COLECIONADOR

sem escolha a não ser tomar medidas de emergência. Ele precisava de alguém que soubesse ler um balancete, distinguir uma transação limpa de uma suja, seguir o dinheiro. Foi por esse motivo, e por muitos outros, que pegou o telefone e ligou para seu velho amigo Eli Lavon.

Ninguém sabia exatamente quando ele havia chegado — ou mesmo como havia conseguido entrar no prédio —, mas esse era seu talento especial. Ele era um homem-fantasma, difícil de notar, fácil de esquecer. Ari Shamron disse certa vez que Lavon podia desaparecer enquanto apertava sua mão. Era apenas um pequeno exagero.

Assim como Gabriel, Lavon era um veterano da Ira de Deus, a operação secreta do Escritório para caçar e assassinar os autores do massacre das Olimpíadas de Munique. No léxico hebraico da equipe, ele era um *ayin*, um especialista em rastreamento e vigilância. Quando a unidade finalmente foi dissolvida, Lavon foi acometido por vários distúrbios ligados ao estresse, incluindo um estômago notoriamente frágil. Ele se estabeleceu em Viena, onde abriu um pequeno escritório de investigações chamado Investigações e Reclamações do Tempo da Guerra. Operando com um orçamento apertado, conseguiu rastrear milhões de dólares em bens saqueados do Holocausto e desempenhou papel importante na obtenção de um acordo multibilionário com os bancos da Suíça.

Contra todo e qualquer bom senso, Lavon concordou em servir como chefe da Neviot, a divisão de vigilância física e eletrônica do Escritório, durante os cinco anos operacionalmente intensos do mandato de Gabriel como diretor-geral. E, no dia da aposentadoria de Gabriel, Lavon também se aposentou. Arqueólogo por formação, ele havia planejado passar os últimos anos de sua vida vasculhando o solo do antigo passado de Israel.

— E, agora — disse ele, acendendo um cigarro, apesar da conhecida aversão de seu velho amigo ao tabaco —, estou mais uma vez neste terrível armário de vassouras, olhando para uma montanha de documentos.

DANIEL SILVA

A mulher responsável pela volta repentina de Eli Lavon ao trabalho passou aquele dia sozinha na rua Narkiss, já que pessoas de fora eram estritamente proibidas de entrar no Boulevard Rei Saul. Durante as 48 horas seguintes, Gabriel pouco a viu — alguns minutos de manhã cedo, alguns minutos à noite. Ele entrava e saía do Boulevard Rei Saul o mais silenciosamente possível, mas a notícia de seu retorno repercutiu no prédio. Naturalmente, houve muita especulação. Será que ele se arrependia de ter abandonado o trono tão cedo? Sua sucessora escolhida estava com problemas? Será que ela precisava de sua ajuda no leme? Shamron estava envolvido de alguma forma?

No passado, talvez, quando ele recrutou um cientista nuclear sul-africano rebelde chamado Lukas van Damme. Gabriel estava convencido de que a solução para o quebra-cabeça poderia ser encontrada em algum lugar do passado de Van Damme. Dina achou evidências para apoiar sua hipótese no terceiro dia de investigação, nos dados de localização armazenados no telefone de Magnus Larsen — e em cópias salvas de sua meticulosa agenda diária. Evidentemente, Larsen havia passado quase uma semana em Joanesburgo em agosto, explorando a compra de uma mineradora sul-africana pela DanskOil. Ele viajou para lá em um avião fretado e se hospedou no Four Seasons. Nenhum outro executivo da empresa o acompanhou.

Ao retornar a Copenhague, Magnus não se dirigiu à sede da DanskOil, mas ao Antiquário Nielsen, onde permaneceu por quase duas horas. *Razão suficiente*, pensou Gabriel, *para chamar o CEO de lado para uma conversa extraoficial. Mas onde?* Mais uma vez, eles encontraram a resposta na agenda de Magnus. Pelo jeito, o CEO da DanskOil participaria da Conferência de Energia de Berlim dentro de dez dias. Inclusive estava planejando fazer um discurso sobre o futuro energético da Europa no mundo pós-Ucrânia, com uma sessão de autógrafos em seguida.

Gabriel incluiu os planos de viagem de Magnus Larsen na solicitação de um fretamento operacional que entregou a Rimona naquela noite, às 18h15. Analista de profissão, ela leu o arquivo duas vezes.

166

— Só para deixar registrado — disse ela por fim —, você não tem nenhuma prova de que o assassinato de Lukas van Damme esteja ligado a alguma oitava arma fantasma sul-africana.

— Nem umazinha — concordou Gabriel. — Mas sei que ele não foi morto só por causa de um quadro.

— Por que uma potência nuclear avançada como a Rússia estaria envolvida em um esquema para adquirir dois pedaços de urânio sul--africano altamente enriquecido com trinta anos de idade?

— Posso pensar em várias possibilidades, nenhuma delas boa. Mas estou convencido de que Magnus Larsen está envolvido.

— O que te leva a pensar que consegue fazer com que Magnus vire a casaca?

— A garota morta no passado dele.

Rimona retirou do arquivo uma fotocópia do passaporte de Ingrid.

— Você só vai ter uma chance. Tem certeza de que deseja que seja da garota?

— Ela é perfeita.

— Pelo menos deixe-a passar algum tempo com os instrutores.

— Eli e eu vamos trabalhar com ela em Berlim.

Rimona exalou devagar.

— Quem mais?

— Mikhail, Natalie e Dina.

Rimona colocou o arquivo em sua caixa de saída.

— Se você fizer qualquer coisa, até mesmo um pedido de comida libanesa, enquanto estiver em Berlim, eu quero saber. *Antes* de você pedir, não depois. Você vai pedir permissão para tudo o que fizer. Caso contrário, vai ter que implorar por sua vida. Temos um acordo?

— Temos.

Levantando-se, ele foi em direção à porta.

— Por que você não disse meu nome? — perguntou Rimona de repente.

Gabriel se virou.

DANIEL SILVA

— Oi?

— Quando perguntei quem ia, você citou todos da equipe antiga, menos eu.

— Você é a chefe agora, Rimona.

O sorriso dela foi frágil.

— A chefe que caiu da *scooter*.

Gabriel foi para a antecâmara e apertou o botão do elevador particular da diretora.

— E mais uma coisa! — gritou ela da sala que outrora fora dele. — Nada de Moscou.

28

VISSENBJERG

Se havia dois benefícios adicionais à volta inesperada de Gabriel ao mundo secreto, eram Viagens e Transportes, as unidades do Escritório que moviam agentes de campo em segurança por terminais de aeroporto e trem no mundo todo, e aí lhes forneciam veículos indetectáveis quando se chegava ao destino. O Audi A6 sedã de Gabriel estava à sua espera no segundo andar da garagem do Aeroporto de Copenhague, com a chave grudada dentro da roda esquerda traseira. Ele a soltou e, agachando-se, tateou o chassi.

— Procurando algo em particular? — perguntou Ingrid.

— Minha lente de contato.

— Não sabia que você usava.

— Não uso.

Ele destrancou as portas, entrou e se colocou atrás do volante. Ingrid deslizou para o banco do passageiro e franziu a testa.

— Você podia ter alugado um híbrido, sabe?

— Eu sou veneziano. Tenho direito de emitir.

— Ah, é?

— Não tenho automóvel, caminho ou uso transporte público para onde quer que eu vá e minha esposa é alérgica a ar-condicionado. Além do mais, minha filha é meio radical climática. Se eu simplesmente

DANIEL SILVA

acender um fósforo, tomo um sermão. Meu maior medo é que ela se prenda a um quadro na Accademia.

Ele abriu o porta-luvas. Lá dentro, envolvida por um pano de proteção, estava uma Beretta 92FS.

— Ser membro obviamente tem seus privilégios — disse Ingrid.

— Eu tenho uma tonelada de milhas.

— Cadê a minha?

— Infelizmente, o regulamento do Escritório proíbe terminantemente a emissão de armas de fogo a não funcionários. Além do mais — continuou Gabriel —, vamos só dar uma palavrinha, não atirar nela.

Ele enfiou a arma no cós da calça e saiu de ré da vaga. Cinco minutos depois, estava indo para o oeste na E20, na direção da luz ofuscante do sol de outono. Abaixou o quebra-sol e olhou longamente no retrovisor.

— Estamos sendo seguidos?

— Tem várias dezenas de carros com placas dinamarquesas atrás da gente. A confirmar se alguma delas pertence à polícia dinamarquesa ou ao PET.

— Como é possível não terem prendido você no aeroporto?

— Talvez tenha a ver com o fato de eu estar viajando com um passaporte canadense.

— E se descobrirem que você voltou ao país?

— Meu amigo Lars Mortensen vai me dar o maior sermão. Vai ser épico. O maior espetáculo da história.

— Quando você planeja contar a ele que está investigando um dos cidadãos mais proeminentes da Dinamarca?

— Num horário e local à minha escolha.

A estrada os levou para o sul, pela curva suave da baía de Køge. Gabriel fez um breve desvio pela cidade litorânea de Karlstrup Strand, que incluiu uma série de viradas à direita consecutivas.

Ingrid manteve os olhos no retrovisor lateral.

— E qual é meu relacionamento com seu serviço, exatamente?

— Você é uma agente temporária. Vamos usá-la para uma única tarefa específica e nos separar.

— Imagino que você tenha olhado meu passado para garantir que eu não seja uma figura escusa.

— Com todo o respeito, você *é* uma figura escusa.

— Quer dizer que você não se deu ao trabalho de checar?

— Foi isso que eu falei?

— Achou algo de interessante?

— Com exceção da Skagen CyberSolutions, impressionantemente pouca coisa. Aliás, você é meio que nem o russo que tentou matar a gente em Kandestederne naquela noite. Parece não existir.

— Espalhar sua foto por todas as redes sociais não é uma boa ideia no meu ramo.

— Sem prisões?

— Nunca.

— E você não é procurada em lugar nenhum?

— Sou, claro. Mas a polícia está procurando a versão errada de mim.

— Quantas existem?

— Tenho mais de uma dúzia de visuais e identidades diferentes que uso, mas nem todas são mulheres.

— Entendo.

— Você nunca fez isso?

— Me passar por homem? Faço o tempo todo.

— Por mulher — falou Ingrid.

— Me passei por padre católico uma vez. Mas nunca por mulher.

Ela o olhou com atenção.

— Tenho que dizer, você *parece* padre mesmo, sr. Allon.

— Não tem ninguém com esse nome neste carro.

— Do que devo chamar você?

— Que tal *herr* Klemp?

— Klemp? — Ela ficou indignada. — Não, não vai ser bom.

— Que tal *herr* Frankel, então?

— Bem melhor. Mas qual é seu primeiro nome?

— Por que não Viktor?

DANIEL SILVA

— Teve um pintor expressionista alemão com esse nome — comentou Ingrid. — A filha dele sobreviveu à guerra e se assentou em Israel. Morava num *kibutz* chamado Ramat David. Era pintora também. Chamava-se Irene Allon.

— Conheci o filho dela — comentou Gabriel. — Era uma figura bem escusa.

O sol era um disco laranja quando eles cruzaram a imponente ponte do Grande Belt. Vissenbjerg, três mil habitantes, ficava a mais noventa quilômetros para oeste. Estava escuro quando Gabriel e Ingrid chegaram a seu destino, um posto de gasolina e loja de conveniências Q8 num trecho de rodovia fora isso inabitado ao norte do centro da cidade. Ao lado do posto, havia um café com quatro mesas externas. Todas estavam desocupadas, bem como as do interior bem iluminado. Parada atrás do balcão, com os olhos no telefone e tédio no rosto, estava uma mulher de cabelo magenta com trinta e poucos anos.

— Talvez seja melhor eu fazer a abordagem — disse Gabriel.

— Por que você?

— Porque, durante suas duas visitas ao Jørgens Smørrebrød Café, você cometeu crimes sérios, incluindo o roubo de um iPhone 13 Pro que pertencia a um negociante de livros raros morto.

— Mas não existem provas dos meus crimes.

— Existe, porém, uma testemunha que sem dúvida contou à polícia sobre uma cliente que estava trabalhando em seu notebook quando o vídeo de vigilância magicamente desapareceu.

— Eu consigo lidar com ela — falou Ingrid, e saiu do carro sem mais palavra.

Quando ela entrou na cafeteria, a mulher de cabelos cor de magenta atrás do balcão levantou os olhos do celular e sorriu calorosamente. A conversa que se seguiu foi, à primeira vista, muito agradável. *Talvez,* pensou Gabriel, *ele tivesse se enganado quanto às lembranças da mulher sobre o incidente envolvendo o defeito no gravador de vídeo da rede.*

172

O COLECIONADOR

Depois de um momento, a atendente colocou uma xícara de café e um sanduíche dinamarquês *smørrebrød* no balcão. Ingrid pagou o pedido em dinheiro e se sentou à mesa mais próxima da janela — a mesma, observou Gabriel, em que estava sentada na noite em que Grigori Toporov, da SVR, assassinou Peter Nielsen e roubou *O concerto* de Johannes Vermeer pela terceira vez. Mas por que Grigori simplesmente não esperou que Nielsen entregasse o quadro a seu cliente, Magnus Larsen? Por que um assassinato arriscado em um bairro da moda de Copenhague?

Gabriel se repreendeu por mais uma vez tentar forçar as peças. Era melhor esperar até que tivesse uma mão capaz para guiá-lo. Rimona tinha razão: ele teria uma única chance. Uma oportunidade de convencer Magnus Larsen a enxergar o erro em seus atos. Um apelo à sua consciência não seria suficiente; Magnus, ao que parecia, não tinha uma. Gabriel precisaria quebrá-lo, esmagá-lo em pedaços e depois lhe oferecer uma chance de redenção. A garota seria sua aliada. A garota morta no passado de Magnus Larsen.

Volodya colocou o dedo na garota. E ela desapareceu sem deixar rastro...

As duas mulheres no Jørgens Smørrebrød Café estavam cada uma olhando atentamente para seu celular, embora Ingrid estivesse digitando no dela com a intensidade de quem manda mensagens. Em uma pausa, olhou por cima do ombro para a mulher de cabelos magenta, que instantaneamente levantou os olhos de seu aparelho com um sobressalto. Ingrid enviou outra mensagem, respondida imediatamente pela mulher de cabelo magenta. Seguiram-se mais duas trocas de mensagens. Em seguida, a mulher de cabelo magenta saiu de trás do balcão e se sentou à mesa de Ingrid.

Ingrid rapidamente enviou uma última mensagem. Ela chegou ao celular de Gabriel alguns segundos depois.

Ela sai às sete horas da noite. Vá embora.

O que deixava Gabriel com quase uma hora para matar. Ele a gastou dirigindo para lá e para cá no mesmo trecho de dez quilômetros de

DANIEL SILVA

estrada vazia. Oito vezes ele passou pelo pequeno estacionamento, e oito vezes viu Ingrid sentada à mesa da janela do Jørgens Smørrebrød Café com Katje Strøm, irmã gêmea idêntica de Rikke Strøm, desaparecida desde setembro de 2013.

Quando Gabriel entrou no estacionamento às sete horas da noite, as luzes internas do café estavam apagadas e a placa na janela declarava que o estabelecimento ficava fechado à noite. A porta se abriu um momento depois, e um homem de uns quarenta anos saiu, seguido por Ingrid e Katje Strøm. O homem foi em direção a um carro, um *hatch* velho, no estacionamento; Ingrid e Katje Strøm, em direção ao Audi alugado de Gabriel. Ingrid deslizou para o banco do passageiro, Katje se sentou no banco de trás. Ela acendeu um cigarro e murmurou algo em dinamarquês.

— Frankel — respondeu Ingrid. — O nome dele é Viktor Frankel.

29

HELNÆS

A mãe delas era inuíte da Groenlândia, e o pai, pescador comercial. Pouco tempo depois do nascimento das meninas, ele comprou um terreno na ilha de Møn e tentou trabalhar com agricultura. E, quando a fazenda fracassou, passou a beber. A mãe se separou quando as meninas tinham doze anos e voltou para a Groenlândia. O pai delas se matou alguns anos depois, em um acidente de carro. Os primeiros policiais a chegarem ao local disseram que o sangue dele cheirava a aquavita.

Nenhuma das crianças queria se juntar à mãe distante na Groenlândia, então o Estado cuidou delas até que terminassem o ensino médio. Katje ficou em Møn, mas Rikke foi para Copenhague e encontrou trabalho como vendedora e garçonete. Por fim ela conseguiu um emprego no Noma, a meca culinária três estrelas de Copenhague, onde servia comida às mesas dos cidadãos mais ricos da Dinamarca. Certa noite, enquanto voltava para casa, para a masmorra que dividia com outras quatro garotas, um homem de boa aparência em um carro caro baixou a janela e perguntou a Rikke se poderia conversar com ela.

— Ele disse que seu nome era Sten. Disse que trabalhava para um homem rico e poderoso. Disse que esse homem rico e poderoso estava interessado em conhecer Rikke. Disse que poderia ser útil para Rikke. Talvez lhe arranjasse um emprego melhor. O senhor sabe como essas coisas acontecem, *herr* Frankel.

DANIEL SILVA

— Por acaso Sten mencionou o nome do homem rico e poderoso que queria conhecer sua irmã?

— Não. Não naquela noite.

Eles estavam estacionados em um trecho deserto da praia na ilha de Helnæs, não muito longe do farol. Ingrid e Katje estavam sentadas no capô do Audi, bebendo Carlsberg. Katje fumava um cigarro atrás do outro, usando o toco de um para acender o próximo. Achava que *herr* Frankel era um jornalista investigativo alemão freelancer que há muito se interessava pelo caso de sua irmã.

— Como ela reagiu à generosa oferta de Sten?

— Mandou ele ir se foder.

— Mandou, é?

— Não por muito tempo. Algumas noites depois, ele voltou.

Dessa vez, Rikke concordou em se encontrar com o rico e poderoso empregador de Sten — em um apartamento no elegante Nørrebro. Logo ela estava morando sozinha em Nørrebro, sem pagar aluguel. Quando Katje visitou a irmã, ficou chocada com o que encontrou. Os armários e as gavetas estavam lotados de roupas chiques, a geladeira, abastecida com vinhos caros e a carteira de Rikke, cheia de dinheiro. O relógio em seu pulso era um Cartier. O diamante em seu dedo tinha pelo menos dois quilates.

— Como ela explicou a mudança repentina de padrão de vida?

— Um novo emprego.

— Ela o descreveu?

— Assistente pessoal de um empresário rico.

— É um jeito de descrever.

— Eu disse basicamente a mesma coisa.

— Como ela reagiu?

— Me contando a verdade.

— Ela identificou seu cliente?

— Nunca. Disse que isso fazia parte do acordo deles.

— Sigilo total?

Katje assentiu com a cabeça e abriu outra Carlsberg.

— Eu disse a Rikke que ela estava cometendo um erro terrível. Que ia acabar como nossa mãe. Que era pouco melhor do que uma prostituta. — Ela jogou a bituca do cigarro na escuridão. — E adivinha o que minha irmã me disse?

— Imagino que ela tenha mandado você se foder e cuidar da sua própria vida.

— Mais ou menos.

— E você foi?

— No fim, sim. Mas primeiro tivemos uma briga terrível. Acabou quando o celular dela tocou e ela me disse que eu tinha de ir embora imediatamente. Foi a última vez que a vi.

Rikke tinha ficado tão isolada que, por muito tempo, ninguém percebeu que ela estava desaparecida. Finalmente, um antigo colega do Noma entrou em contato com a polícia depois de não receber resposta a dezenas de ligações e mensagens, e a polícia entrou em contato com Katje. Não, disse a eles, ela não recebia notícias da irmã há várias semanas. Tinha algo incomum acontecendo na vida de Rikke? Ela estava sendo sustentada por um homem rico e poderoso. Katje sabia o nome desse homem? A irmã se recusava a revelar. Fazia parte do acordo deles.

Quando se passou mais uma semana sem nenhum sinal dela, a polícia declarou o desaparecimento de Rikke e abriu uma investigação. Houve reportagens na televisão e nos jornais, além de panfletos espalhados por todo o país. Katje não podia ir a lugar algum sem ser confundida com a irmã gêmea desaparecida. Ela acrescentou mechas carmesim e roxas ao cabelo inuíte preto como carvão e usava maquiagem pesada para esconder seus olhos inuíte.

— Pela primeira vez em minha vida — disse ela —, ninguém me chamou de nomes racistas.

Abandonada pela mãe, órfã de pai, perdida sem sua irmã gêmea, ela decidiu começar uma nova vida em um lugar onde ninguém nunca tinha ouvido falar dela. Escolheu Vissenbjerg porque viu um anúncio de contratação para um emprego no balcão do Jørgens. Ela também

DANIEL SILVA

tinha três outros empregos de meio período e fazia trabalho voluntário
para um grupo chamado Enough, uma organização feminista dedicada à prevenção da violência contra mulheres e crianças. Dividia uma
antiga casa de fazenda com outras cinco mulheres. Eram garotas perdidas. Garotas descartadas. Garotas que haviam sido renegadas por suas
famílias. Garotas que haviam sido espancadas por maridos e amantes.
Garotas que haviam sido estupradas. Garotas com cicatrizes. Garotas
com marcas nos braços. Elas nunca diziam algo indelicado umas às
outras. Nunca levantavam a voz. Nunca brigavam. Eram uma família.
Não tinham para onde ir.

E, no entanto, Katje nunca se esqueceu de Rikke — e nunca se
perdoou por não a ter arrancado daquele apartamento em Nørrebro.
Ligava para a polícia todas as sextas-feiras às cinco horas da tarde, sem
falta, e pedia uma atualização sobre o status da investigação. A maioria
das ligações não durava mais do que um ou dois minutos. Rikke, ao
que parecia, havia desaparecido sem deixar rastros.

— E o homem com quem ela estava saindo?

— A polícia me disse que nunca conseguiu determinar quem ele era.

— Quão difícil podia ser isso?

— Acredite, eu fiz a mesma pergunta.

No décimo aniversário do desaparecimento de Rikke, a polícia
dinamarquesa fez um último apelo ao público pedindo ajuda para
encontrá-la. E, quando nenhuma nova pista surgiu, eles entregaram
a Katje as últimas evidências que haviam retirado do apartamento. O
interessante era que não havia joias ou dinheiro. Aliás, o único item de
algum valor era um livro antigo.

— O que era estranho — disse Katje —, porque minha irmã nunca
foi muito de ler.

— Você ainda tem, por acaso?

— O livro? — Ela assentiu com a cabeça. — Pensei em vender e
doar o dinheiro para a Enough, mas acabei ficando com ele. É realmente
muito bonito.

— Qual é?

— *Romeu e Julieta.* — Katje Strøm balançou a cabeça devagar. — Não é ridículo?

Não era realmente uma casa de fazenda, mas um chalé escondido em um denso bosque na estrada entre Vissenbjerg e Ladegårde. Ingrid esperou na porta enquanto Katje foi procurar o livro. Duas outras mulheres esperaram com ela. *Garotas perdidas*, pensou Gabriel. Garotas descartadas. Garotas que haviam sido estupradas e abusadas. Garotas com cicatrizes.

Finalmente Katje reapareceu, segurando um volume encadernado em couro. Ela deu o livro a Ingrid, e Ingrid entregou algo a Katje em troca — algo que ela aceitou com relutância. Em seguida, as duas se abraçaram e Ingrid voltou para o Audi. Ela esperou até que o chalé estivesse para trás e acendeu a luz do teto, abrindo a capa de *Romeu e Julieta*, de William Shakespeare.

— Hodder and Stoughton. Publicado em 1912.

— Suponho que não tenha recibo de venda.

— Não. Mas tem um lindo marcador de página da loja onde ele foi comprado. — Ingrid o segurou e sorriu. — Antiquário Nielsen, Strøget, Copenhague.

Ela deslizou o marcador entre as páginas do volume centenário e apagou a luz.

— Quanto você deu a ela? — perguntou Gabriel.

— Tudo o que eu tinha.

— Foi muito generoso de sua parte.

— Eu só queria poder ter dado mais.

— Eu também — disse Gabriel. — A começar pelo nome do homem que fez a irmã dela desaparecer sem deixar rastros.

— Quando você planeja contar a ela?

— Na verdade, eu tinha outra pessoa em mente para o trabalho.

— Sério? Quem?

— Magnus Larsen.

30

BERLIM

A *villa* tinha vista para a Branitzer Platz, no arborizado bairro de Berlim conhecido como Westend. Era sólida, imponente e escondida atrás de um muro alto coberto de hera. Em seu interior havia duas grandes salas de estar, uma sala de jantar formal e quatro quartos. A Governança, divisão do Escritório que adquiria e administrava propriedades seguras, havia guardado a casa para um momento de necessidade. Gabriel, antes de sair do Boulevard Rei Saul, informou à Governança que havia necessidade.

Dina Sarid chegou alguns minutos depois das nove horas da manhã seguinte, após pegar o voo da El Al do Ben Gurion para Brandemburgo. Com os olhos turvos, ela foi até a cozinha em busca de café. Ingrid estava encostada na bancada, com a caneca na mão, folheando as manchetes em seu celular.

Dina apontou para o decantador vazio sobre o aquecedor da cafeteira elétrica Krups.

— Você deveria passar uma nova leva.

— Quem disse? — perguntou Ingrid sem tirar os olhos da tela.

— É a etiqueta adequada dos esconderijos. Todo mundo sabe disso.

Ingrid tirou um saco de café Tchibo do armário, colocou-o sobre a bancada e disse:

— É só adicionar água na parte superior da máquina e apertar o botãozinho.

O COLECIONADOR

Mikhail e Natalie foram encaminhados de Frankfurt e chegaram no início da tarde. Eli Lavon, depois de passar três horas na pista em Genebra por causa de uma luz de cabine com defeito, finalmente apareceu às seis horas da tarde. Jogou a mala no último quarto que restava — não surpreendentemente, o menor e mais escuro da *villa* — e se apresentou à nova recruta.

— Você deve ser a Ingrid — disse ele.

— Devo ser — respondeu ela.

— Gabriel me disse que você é muito boa no que faz.

— Ele diz o mesmo sobre você.

— Ele gostaria que eu lhe mostrasse alguns de nossos métodos.

— Na verdade, prefiro fazer as coisas do meu jeito.

Durante um jantar com comida tailandesa para viagem, eles se conheceram um pouco melhor. Gabriel compartilhou alguns detalhes das muitas operações da equipe, todos não confidenciais, e deu a entender os horrores que testemunharam e os perigos que enfrentaram. Deixou claro que eles não julgavam Ingrid pela vida que ela havia escolhido. A natureza de seu trabalho muitas vezes exigia que eles próprios violassem as leis e, ocasionalmente, utilizassem os serviços de criminosos profissionais, inclusive ladrões.

— Você tem um conjunto de habilidades que a torna especialmente adequada para a tarefa em questão. Mas, agora, faz parte de uma equipe operacional. Uma equipe que entrou em Berlim sem alertar o serviço anfitrião. Portanto, você tem que seguir certas regras.

— Por exemplo?

— Você nunca deve sair do esconderijo sozinha ou sem nos dizer para onde está indo. E nunca deve tomar a última xícara de café sem passar uma nova leva. Algumas coisas — disse Gabriel com um sorriso — são simplesmente inaceitáveis.

Ingrid se voltou para Dina.

— Você pode me perdoar?

— Traga Magnus Larsen para nós — respondeu Dina —, e eu penso no assunto.

DANIEL SILVA

O executivo permaneceu na sede da DanskOil em Copenhague até às 19h30, com seu iPhone comprometido sempre à mão. Até sua casa na exclusiva Hellerup, era um trajeto de quinze minutos com motorista pela costa do Báltico. Os cachorros ficaram felizes em vê-lo, mas a esposa, Karoline, mal deu sinal de perceber sua chegada. A conversa tensa que tiveram no jantar exigiu pouca tradução por parte de Ingrid. As coisas não estavam bem no casamento de Larsen.

Ele trabalhou até tarde da noite e enviou e recebeu inúmeros e-mails e mensagens. Apenas uma era relacionada à Rússia, um míssil teleguia-do direcionado à vice-presidente de comunicações da DanskOil para que formulasse uma nova estratégia com o objetivo de se defender da pressão pública e política voltada a dissolver o acordo com a RuzNeft. Ele foi para a cama à meia-noite — sem dizer uma palavra a Karoline — e levantou-se novamente às quatro da manhã, para seu regime de exercícios matinais. Quinze minutos na esteira. Quinze minutos na máquina de remo. Quinze minutos de treinamento com pesos. Quinze minutos de passeio com os cachorros.

Às oito, já estava de volta à sede da DanskOil, onde seu dia se de-senrolou em perfeitos incrementos de quinze minutos, programados e cronometrados pela diligente Nina Søndergaard. Pouco antes do almoço, ela apresentou a Magnus um rascunho do itinerário de sua iminente viagem à Conferência de Energia de Berlim. Ele chegaria na terça-feira de manhã e partiria na quinta-feira à noite, com sua palestra e sessão de autógrafos agendada para quarta-feira às quatro horas da tarde. Como muitos dos participantes, ficaria hospedado no Ritz Carlton Hotel, na Potsdamer Platz. Jantaria com seus colegas executivos do setor de energia nas duas noites e planejava realizar doze reuniões individuais, cada uma com duração de exatamente quinze minutos.

Não era de surpreender que não houvesse um único minuto livre em todo o documento. Havia, no entanto, uma tarefa pessoal que Magnus pretendia realizar durante sua breve estada em Berlim — uma visita ao Antiquário Lehmann na Fasanenstrasse, às duas horas da tarde da quarta-feira. Uma busca na conta de e-mail particular do CEO revelou que *herr* Lehmann havia encontrado recentemente uma rara primeira edição de *Morte em Veneza e outras histórias*, de Thomas Mann, Alfred A. Knopf, 1925. Condição quase perfeita, sobrecapa original, leve restauração na coroa da lombada.

O localização da conferência era o Centro de Convenções de Berlim, na Alexanderplatz, antiga Berlim Oriental. O preço do ingresso era de cinco mil euros, o que dava aos compradores acesso a todas as palestras e painéis de discussão, bem como ao pavilhão de marketing no nível inferior, onde o verdadeiro trabalho de qualquer reunião desse tipo acontecia. Três sócios da LNT Consultoria, uma empresa recém-criada com sede em Berlim, se inscreveram tardiamente. O departamento de Tecnologia criou o site da empresa, e o de Identidade cuidou dos cartões de visita. Mikhail se apresentaria como o CEO da empresa, nascido na Rússia, e Natalie, como sua general de confiança. As credenciais e o cartão de visita de Ingrid a identificavam como Eva Westergaard. Eva cuidava da TI.

Também era uma ladra profissional que precisava ser controlada antes de ser enviada para o campo com uma equipe de agentes de inteligência. Eles a submeteram a um curso intensivo sobre os fundamentos de sua técnica, que havia sido aperfeiçoada nos campos de batalha secretos do Oriente Médio e da Europa e transmitida de geração em geração. Eles lhe ensinaram como andar e como se sentar, quando falar e quando ficar calada, quando se conter e quando avançar para matar. Ela reagiu dizendo-lhes que tudo o que haviam lhe falado era inútil ou, pior, estava errado. E, quando Mikhail se opôs, ela roubou seu relógio de pulso. Mais tarde, Eli Lavon descreveria o ato como uma das mais belas manobras de manipulação e mão leve que vira em algum tempo.

Sem apostar na sorte, Gabriel forçou Ingrid a várias horas de ensaios gerais com seus dois colegas da LNT Consultoria. Depois disso, Eli Lavon a levou às ruas de Berlim para um pouco de trabalho de campo. Ela o largou na Friedrichstrasse em apenas cinco minutos. Depois, violando a ordem de Gabriel, desapareceu pelo resto da tarde. Quando

DANIEL SILVA

finalmente voltou ao esconderijo, estava com várias sacolas de compras cheias de roupas novas.

— Uma coisinha para usar na conferência — explicou.

Ela também tinha presentes para cada membro da equipe — lenços Hermès para as mulheres, suéteres de cashmere para Gabriel, Mikhail e Lavon. Estavam embalados e embrulhados. Mesmo assim, Gabriel insistiu em ver o recibo da compra.

— Estou me sentindo insultada.

— Você é cleptomaníaca.

— Sou uma ladra profissional. É diferente. — Ela entregou os recibos. — Satisfeito?

Tecnologia colocou o site no ar na sexta-feira, e os cartões de visita chegaram ao esconderijo no sábado de manhã. O mesmo aconteceu com três conjuntos de ingressos e credenciais para a Conferência de Energia de Berlim 2023, um dos quais mencionava o nome de Eva Westergaard, especialista em TI da LNT Consultoria. A sra. Westergaard tinha a opinião de que deveria se aproximar de seu alvo no Antiquário Lehmann às duas horas da tarde da quarta-feira, mas Gabriel discordava. O trajeto de carro da Alexanderplatz até a Fasanenstrasse levava vinte minutos. Magnus certamente estaria com pouco tempo. Na verdade, poderia muito bem estar em uma ligação telefônica quando chegasse à loja, tornando impossível conversar com uma estranha.

Não, a sessão de autógrafos era a jogada mais segura. Ingrid teria a garantia de pelo menos um ou dois minutos de atenção do alvo, tempo mais do que suficiente para causar uma primeira impressão em um homem com um histórico como o de Magnus Larsen. O executivo do setor de energia sem dúvida acharia difícil resistir ao charme e à beleza dela. Talvez reservasse um tempo em sua agenda lotada para tomar um drinque com ela — ou até mesmo jantar. E, se concordasse tolamente em voltar à casa dela no bairro de Berlim conhecido como Westend, encontraria uma terrível surpresa à sua espera. A garota morta de seu passado. Ou, pelo menos, uma cópia razoável.

31

VISSENBJERG-BERLIM

A mensagem chegou quando Katje Strøm estava montando um arranjo de tulipas e íris na floricultura Blomsten, em Vissenbjerg, o favorito de seus quatro empregos de meio período. Ela esperou até que o cliente saísse da loja antes de tirar o celular do bolso de trás da calça jeans. A mensagem era de Ingrid Johansen, a amiga do jornalista alemão que investigava o desaparecimento da irmã de Katje, Rikke. Aparentemente, o jornalista havia feito uma descoberta importante. Ele queria saber se Katje estaria disposta a ir a Berlim para analisar suas descobertas.

Ela começou a responder por mensagem, mas, por um capricho, decidiu ligar para Ingrid, que atendeu de imediato.

— Quando? — perguntou Katje.

— Imediatamente.

— Não posso.

— Por que não?

Porque era segunda-feira, e ela tinha seu trabalho da tarde atendendo no Jørgens. E porque amanhã era terça, o que significava que ela ia trabalhar no turno das oito horas da manhã na Spar.

— Diga a seus empregadores que você tem uma emergência familiar.

— Eu não tenho família.

— Invente alguma coisa, Katje. Mas, por favor, venha para Berlim.

DANIEL SILVA

— Como vou chegar aí?

— Um carro vai buscar você na saída do trabalho.

Só mais tarde Katje se deu conta de que Ingrid não havia perguntado sobre seu paradeiro, nem sobre a hora em que seu turno na Blomsten terminava. No entanto, quando saiu da loja às duas horas da tarde, um carro estava à sua espera na calçada em Østergade. Havia duas mulheres no interior. Ambas com cabelos escuros, mas a que estava ao volante tinha a pele cor de oliva de uma imigrante. A que estava no banco do passageiro cumprimentou Katje em um inglês com sotaque alemão.

— Eu sou a Dina — disse ela. — E esta é minha amiga Natalie. Trabalhamos com Viktor.

— O que ele quer me mostrar?

— É melhor deixarmos o Viktor explicar.

Elas pararam na casa de Katje por tempo suficiente para que ela fizesse uma mala e pegasse o passaporte, depois seguiram de carro para o Aeroporto de Copenhague em tempo recorde. Seus assentos para o voo de uma hora para Berlim eram na primeira classe. Elas foram recebidas no terminal por um homem alto e esguio, com pele de alabastro.

— Este é Mikhail — explicou Dina. — Mikhail, Katje.

Sorrindo, ele as levou para a vaga de curta duração lá fora, onde seu Mercedes sedã estava esperando. Trinta minutos depois, o carro parou em frente a uma casa murada. Katje presumiu que estavam em Berlim, mas não tinha certeza. Era sua primeira visita à cidade.

— A casa de Viktor — explicou Dina.

— Eu não sabia que jornalistas ganhavam tão bem.

— O pai dele era um industrial rico. Viktor escolheu o jornalismo para expiar os pecados do pai.

Os quatro se dirigiram pelo passeio no jardim até a entrada da casa. Ingrid abriu a porta a eles e, beijando a bochecha de Katje, levou-a para dentro. O homem que ela conhecia como Viktor Frankel esperava na sala de estar. Estava acompanhado de uma pequena figura amassada que parecia estar vestindo todas as suas roupas ao mesmo tempo.

O COLECIONADOR

O homenzinho desviou o olhar enquanto seu companheiro se levantava devagar. Seus olhos eram chocantemente verdes. Katje não havia notado isso na outra noite, quando estavam estacionados na praia da ilha de Helnæs. O sotaque dele, quando enfim falou, não era mais alemão. Era algo vago e indistinto que Katje não conseguia identificar.

— Perdão — ele começou. — Mas receio que eu a tenha enganado. Meu nome não é Viktor Frankel, é Gabriel Allon. Meus amigos e eu precisamos de sua ajuda.

O nome não significava nada para Katje.

— O que você quer que eu faça? — perguntou.

Ele explicou.

— Tem certeza de que ele é a pessoa certa?

— Tenho a sensação de que vamos saber no instante em que o homem entrar pela porta.

Katje passou a mão em seus cabelos magenta.

— Mas eu não me pareço mais com a Rikke.

— Fique tranquila — disse ele. — Sua amiga Ingrid vai cuidar disso.

Tinha sido Katje quem dera à polícia a fotografia que eles usaram no boletim de pessoa desaparecida. Ela a havia tirado, por impulso, no dia em que viu sua irmã pela última vez. Rikke estava de pé na entrada de seu apartamento em Nørrebro. Seu sorriso era artificial e não se estendia aos olhos: ela estava claramente irritada com a pessoa por trás da câmera. Essa era a imagem que havia sido estampada em outdoors e postes de iluminação em toda a Dinamarca. Era assim que Katje se lembrava do rosto da irmã.

Uma cópia impressa da fotografia estava colada no espelho do banheiro do andar de cima. Ingrid voltou o cabelo de Katje à sua cor normal, preto brilhante, e o cortou no estilo parecido com o usado pela irmã. Para desfazer as mudanças em seu rosto, não foi preciso mais do que remover a maquiagem pesada dos olhos. Dez longos anos haviam se passado, mas a semelhança era surpreendente. Ela era a garota que

DANIEL SILVA

Magnus Larsen havia visto uma noite no Noma. A garota morta no passado de Magnus Larsen.

Naquela noite, a garota compartilhou uma refeição agradável com Ingrid e seus amigos da inteligência israelense. Suas risadas tranquilas e sua camaradagem fácil contrastavam fortemente com o clima na mesa de jantar de Magnus Larsen, a 450 quilômetros ao norte, no rico subúrbio de Hellerup, em Copenhague. Ele trabalhou até tarde da noite e se levantou novamente às quatro da manhã para seu treino matinal habitual. Cinco horas depois, estava sentado confortavelmente a bordo de um jato executivo fretado, lançando-se às cegas em direção à sua própria ruína.

Os manifestantes saíram em uma coluna do Portão de Brandemburgo, liderados pela adolescente sueca que era a nova mascote do movimento. Quando chegaram à Alexanderplatz, eram cinquenta mil pessoas. Os deuses do petróleo e do gás, com suas contas bancárias inchadas e os preços de suas ações na estratosfera, passavam por eles em suas limusines movidas a gasolina, sem ver. Estavam no meio do ano mais lucrativo da história do setor, um golpe de sorte provocado pela guerra na não tão distante Ucrânia. Como sempre, o sofrimento humano tinha sido bom para seus resultados.

Os americanos foram em peso, os franceses, em grande estilo. Os sauditas usavam trajes ocidentais, os britânicos estavam vestidos de cinza. Havia canadenses e brasileiros, mexicanos e iraquianos, mas nenhum russo. Pela primeira vez desde o início da conferência, não havia representantes das empresas estatais de petróleo e gás da Rússia. Todos concordaram que era o melhor para a reunião.

Mas a participação não se limitou às gigantes do setor, como Chevron e Shell. Havia também delegações de centenas de empresas de serviços petrolíferos, perfuradores, exploradores e fabricantes de plataformas e oleodutos. E ainda havia os menores peixes do mar, as empresas de consultoria que se vendiam como observadoras de tendências e solucionadoras de problemas — empresas como a LNT Consultoria, de Berlim, uma butique que assessorava antigos produtores de petróleo sobre como fazer a transição de combustíveis fósseis para renováveis.

A delegação deles era composta por três pessoas, de comportamento confiante e aparência impressionante: um homem alto de olhos cinzentos e origem russa, uma mulher que podia ou não ser árabe e uma bela dinamarquesa chamada Eva Westergaard. Ela deslumbrou a todos no café da manhã, iluminou os estandes no pavilhão de marketing e foi o único assunto após os comentários de abertura do ministro da Energia da Alemanha.

— Westergaard — disse ela, pressionando um cartão de visita na garra estendida do executivo da Exxon de cabelos cromados que se aproximou após o discurso. — Dê uma olhada no nosso site. Avise se achar que podemos ajudar.

O almoço foi servido no átrio de vidro. Enquanto se dirigia à fila do bufê, ela passou a um ou dois metros de Magnus Larsen, o conceituado CEO da DanskOil. Magnus, ao que parecia, era a única pessoa na sala que não a havia notado. Estava envolvido em uma conversa desagradável com o CEO da BP PLC, que se perguntava por que a DanskOil não tinha tido a decência de abandonar sua *joint venture* com a RuzNeft.

— E me poupe da conversa fiada sobre suas responsabilidades para com os acionistas — disse o homem da BP. — Perdemos 25 bilhões quando jogamos a toalha na Rússia.

— Mas você se saiu superbem no acordo, né, Roger? Você se deu um belo bônus.

— Vá se lascar, Magnus.

O destaque da sessão da tarde foi um discurso alarmante sobre as perspectivas econômicas globais, feito por um ex-secretário do Tesouro americano. A equipe da LNT Consultoria sentou-se na quinta fileira, duas atrás do CEO da DanskOil. No final da programação, saíram do auditório e seguiram caminhos diferentes. O CEO da DanskOil foi para um coquetel no histórico Hotel Adlon; a equipe da LNT Consultoria, para uma mansão imponente com vista para a Branitzer Platz, no bairro de Berlim conhecido como Westend.

DANIEL SILVA

Lá, passaram uma noite tranquila com a garota morta do passado do CEO. E debateram mais uma vez a melhor maneira de fazer a abordagem. A mulher chamada Eva Westergaard renovou seu pedido para fazer isso às duas horas da tarde no Antiquário Lehmann, na Fasanenstrasse. Seus colegas, no entanto, insistiram para que ela seguisse o plano que eles, com suas muitas décadas de experiência operacional, haviam elaborado. O CEO teria pouco tempo na livraria e, sem dúvida, estaria distraído pelo volume de Thomas Mann. A sessão de autógrafos após seus comentários era a melhor aposta.

E, assim, a mulher chamada Eva Westergaard passou o restante da noite lendo o livro mais recente do CEO, que, tinha que admitir, não era tão ruim. Estava em sua bolsa, com páginas marcadas com etiquetas adesivas, quando ela acompanhou seus colegas para a Conferência de Energia de Berlim, às nove horas da manhã seguinte. Ela ficou sentada, com a expressão impassível, durante um painel de discussão chamado "O petróleo como força de mudança global"; fez cabeças virarem no café do meio da manhã e ouviu com interesse uma apresentação sobre a eficácia da captura de carbono.

O almoço começou no átrio à uma hora da tarde. O executivo de cabelos cromados da Exxon convidou a mulher para se juntar a ele, mas ela comeu com seus colegas da LNT Consultoria. Aproximadamente às 13h15, pediu licença e saiu desacompanhada em direção aos banheiros. Já eram quase 13h30 quando seus dois colegas, ambos veteranos agentes de inteligência, perceberam o erro. Eles imediatamente ligaram para a imponente casa na Branitzer Platz e explicaram a situação.

— Vocês a *perderam*? O que isso quer dizer?

— Quer dizer que ela não está entre os presentes. Desapareceu sem deixar rastros.

— Ela não fez isso.

— Acho que fez, chefe.

Uma série de ligações frenéticas para o celular dela não foi atendida, mas, às 14h04, seu paradeiro ficou claro. Mais tarde, Eli Lavon diria que foi um dos melhores recrutamentos que ele vira há muito tempo.

190

32

FASANENSTRASSE

O piso estava arranhado e empenado, a luz era suave. Havia livros em prateleiras, livros em mesas, livros embaixo de vidraças e um só livro — *Morte em Veneza e outras histórias,* de Thomas Mann — apoiado na mesa ocupada por Günter Lehmann, único proprietário do Antiquário Lehmann. Ele olhou Ingrid sem piscar através dos óculos sem aro. Usava um cardigã e uma echarpe vinho. Suas bochechas estavam cor-de-rosa, queimadas pelo vento.

— Você está interessada em algo em particular?

— Na verdade, queria saber se posso só dar uma olhada.

— Fique à vontade.

Ela abaixou os olhos para o volume que estava na mesa.

— Está em condição maravilhosa.

— Infelizmente, já tem dono.

— Que pena. — Ela caminhou até um dos expositores de vidro. — Minha nossa.

Era uma primeira edição de *O anexo,* a obra que mais tarde seria conhecida como *O diário de Anne Frank.*

— Dá uma olhada no que está ao lado — sugeriu Lehmann.

Uma primeira edição de *Ulisses,* de James Joyce.

— É mesmo autografado? — perguntou Ingrid.

— Jim — respondeu o livreiro.

DANIEL SILVA

Ao lado do volume de Joyce, havia um exemplar de *A revolta de Atlas*, de Ayn Rand. E, ao lado de Rand, *Os belos e os malditos*, de F. Scott Fitzgerald.

— Um dos meus livros favoritos — comentou Ingrid.

Lehmann se levantou e abriu o mostruário.

— A capa foi completamente restaurada. — Ele colocou o volume em cima do vidro. — Mãos limpas?

— Impecáveis. — Ingrid abriu a capa com delicadeza. — Tenho medo de perguntar o preço.

— Por 35, talvez eu venda. — Ele apontou para o *Ulisses*. — Aquele te custaria um milhão e meio.

Uma campainha soou.

— Com licença — pediu Lehmann, e voltou à sua mesa.

Uma tranca se abriu, um sino tocou, uma presença entrou no cômodo. Ingrid não prestou atenção; estava olhando a primeira edição assinada de *Ulisses*. *Um milhão, talvez*, estava pensando. Mas só um tonto pagaria um milhão e meio.

A presença no cômodo de repente estava falando com Lehmann. Algo sobre o recente assassinato de um negociante de livros raros em Copenhague. *Um choque terrível para todos nós*, dizia ele, *Peter era meu amigo. Fiz muitos negócios com ele ao longo dos anos.*

Ingrid virou a primeira página de *Os belos e os malditos* e leu sobre Anthony Patch. Não levantou a cabeça para a presença, nem reconheceu sua existência. Esperou que o homem a notasse. Era assim que se jogava o jogo.

Por enquanto, a presença estava hipnotizada por *Morte em Veneza e outras histórias*. As fotos não lhe tinham feito justiça, dizia ele. Sim, claro que levaria. Não podia viver sem aquilo.

Ingrid folheava o Fitzgerald.

— Eu tenho uma primeira edição de *Gatsby* — estrondou uma voz às costas dela.

Pertencia à presença. Ele falara com ela em alemão. Ela contou devagar até cinco, aí se virou. Magnus do maxilar esculpido e dos olhos azuis penetrantes. Parecia grande demais para o lugar.

— Perdão? — respondeu ela no mesmo idioma.

— *Gatsby* — repetiu ele. — Tenho uma primeira edição. Foi uma tiragem bem pequena, sabe? Dois mil e quinhentos exemplares, se não estou enganado.

— Que sorte a sua.

Ele indicou o exemplar de *Os belos e os malditos*.

— Vai comprar esse?

— Não por 35. — Ela fechou a capa do livro. — É demais para mim.

— Você é dinamarquesa — afirmou ele.

— Infelizmente — respondeu Ingrid, mudando de idioma.

— Talvez eu devesse me apresentar. Meu nome é…

— Eu sei quem você é, sr. Larsen. — Ela retirou o exemplar de *O poder do amanhã* da bolsa. — Aliás, vou à sua palestra hoje à tarde.

— Você está em Berlim para a conferência de energia?

— Eu moro aqui, na verdade.

— Com que você trabalha?

— Numa startup de consultoria — disse ela, e aí explicou.

— Estamos fazendo coisas extraordinárias com vento — falou Magnus Larsen, o visionário. — Representa dez por cento do nosso negócio e está crescendo.

— Sim, eu sei. A DanskOil é o exemplo que damos para o resto do setor. — Ela estendeu o livro. — Talvez você possa autografar agora para mim e me poupar o trabalho de ter que ficar na fila.

— Duvido que você tenha que esperar muito.

— Quer dizer que não vai assinar?

— Não se significar que não vou te ver mais tarde.

Ela guardou o livro na bolsa e começou a ir na direção da porta.

— Você não me falou seu nome — comentou Magnus.

Ela parou e se virou.

— É Eva.

— Eva do quê?

— Westergaard.

— Me dê um momento para pagar por isso, Eva Westergaard, e eu te levo de volta ao Centro de Convenções.

DANIEL SILVA

— Não é necessário, sr. Larsen.

— Claro que é. — Ele apontou o exemplar de *Os belos e os malditos*. — Esse também, Günther.

Ela tentou se opor, mas não adiantou. O irredutível Magnus Larsen não queria nem saber. O acordo estava feito, declarou. Não tinha como voltar atrás.

— Mas custa 35 mil euros.

— Você se sentiria melhor se eu te dissesse que coloquei na conta corporativa da DanskOil?

— De jeito nenhum.

O livro estava equilibrado nos joelhos de Ingrid, embrulhado em polipropileno protetor, enquanto eles aceleravam pelo Tiergarten na limusine alugada de Magnus. Quando chegaram ao Centro de Convenções, mais uma vez tentou se despedir, mas Magnus insistiu que ela o acompanhasse ao camarim onde se prepararia para sua apresentação. Aconteceu, como marcado, às quatro horas da tarde, não no cavernoso salão principal do centro, mas num auditório menor no segundo andar. A plateia era respeitável; os comentários de Magnus foram bem recebidos. Ingrid se sentou na primeira fila. Seus dois colegas da LNT Consultoria não foram.

Ela esperou até a fila de autógrafos diminuir antes de se aproximar da mesa. O autógrafo de Magnus foi gentil, mas não sugestivo, nada que pudesse incriminá-lo.

— Para onde você vai agora? — perguntou ele enquanto colocava a tampa de volta na caneta Montblanc.

— Para casa.

— Marido?

— Gato.

— O gato consegue se cuidar por uma ou duas horas?

— O que você tem em mente?

O COLECIONADOR

A festa da segunda noite da conferência. O local era a nova sede futurista do maior conglomerado de mídia da Alemanha. Eles ficaram lá por uma hora.

— Está com fome? — perguntou ele enquanto saíam.

— Com certeza você deve ter planos.

— Cancelei. Está com vontade de quê?

— Pode escolher.

Ele escolheu o Grill Royal. Saladas perfeitas, bifes perfeitos, uma estrela de cinema americana perfeita sentada na mesa ao lado. Durante o café, as provocações divertidas, o roçar de mãos, as negociações delicadas.

— Não posso — disse ela.

— Por que não?

— Metade dos frequentadores da conferência está lá. Vão achar que estou com você para conseguir negócios para minha startup.

— E está?

— Na verdade, é pelos 35 mil que você pagou na primeira edição de Fitzgerald. — Ela tirou o volume da bolsa e o colocou na mesa entre eles. — Qual deles você é?

— O belo ou o maldito? Algo no meio, imagino. — Ele olhou pensativo para sua taça de vinho. O empresário com alma de poeta. — Não somos todos?

A Branitzer Platz não era exatamente uma praça, mas uma rotatória com um pequeno parque verde no centro. Ingrid direcionou o motorista da limusine ao endereço correto, e Magnus a seguiu pelo portão. Quando chegaram à porta, a chave estava na mão dela. No hall de entrada escuro ela permitiu que ele a beijasse, só uma vez. Então o levou para a sala de estar à meia-luz, onde uma garota vestida de branco estava lendo um exemplar de *Romeu e Julieta* de William Shakespeare, Hodder & Stoughton, 1912. Condição quase perfeita, leves danos à lombada, algum desgaste de uso.

33

BRANITZER PLATZ

Ele ficou imóvel por um longo momento, boquiaberto e em silêncio, olhando horrorizado para a aparição à sua frente. Enfim se virou e viu Mikhail bloqueando o caminho para a porta.

— Quem diabos é você? — exigiu saber em sua voz de sala de reuniões mais convincente.

— Sou seu passado finalmente te cobrando.

A mão direita enorme de Magnus Larsen se fechou em punho.

— Eu não faria isso se fosse você — disse uma voz às suas costas. — Posso garantir que não vai terminar bem.

Magnus se virou de novo e viu Gabriel parado ao lado da poltrona onde Katje Strøm, gêmea idêntica de Rikke Strøm, desaparecida desde setembro de 2013, estava sentada lendo *Romeu e Julieta*, de Shakespeare.

O CEO recuou de medo.

Gabriel deu um sorriso frio.

— Imagino que isso signifique que não preciso me dar ao trabalho de me apresentar. — Magnus congelou e endireitou os ombros. — Não tem nada a dizer em sua defesa, Magnus? O gato comeu sua língua?

Os olhos azuis perfurantes queimaram de raiva.

— Você não vai se safar disso, Allon.

— Me safar do quê?

— De qualquer que seja o jogo que você está fazendo.

— Pode acreditar, Magnus. Não é um jogo.

Ele olhou para Ingrid.

— Quem é ela?

— O nome dela é Eva Westergaard. Ela trabalha para uma pequena consultoria de energia chamada...

— Quem é ela? — perguntou Magnus pela segunda vez.

— Não importa quem ela é — respondeu Gabriel. — É o que ela representa que importa.

— E o que ela representa?

— Uma oportunidade de você lidar com isso como uma questão de inteligência, não criminal. Se, porém, você decidir não aproveitar a situação que tem à sua frente, todo o esgoto da sua vida nojenta vai vazar para o público. — Gabriel abaixou os olhos para Katje. — Incluindo ela.

— Eu sei quem ela é. E não tive nada a ver com o desaparecimento da irmã dela.

— Só porque seu amigo Vladimir Vladimirovich cuidou disso. Você era tão importante para ele que te deram um codinome. Eles chamam você de Colecionador. — Gabriel tirou o volume de Shakespeare das mãos de Katje. — Sem dúvida é uma referência à sua paixão por livros raros.

— Sabe quantas vezes fui chamado de informante russo por causa de minha amizade com Vladimir?

— Mas eu tenho os recibos — disse Gabriel. — Incluindo o do seu quarto no Hotel Metropol em 2003, quando você estava negociando a *joint venture* com a RuzNeft.

Magnus ficou em silêncio por um momento.

— O que você quer de mim?

— Gostaria que você contasse a Katje o que aconteceu com a irmã dela. E, aí, você vai explicar seu interesse recente em adquirir uma mineradora sul-africana. — Gabriel pausou, então completou: — Para não mencionar *O concerto*, de Johannes Vermeer.

Magnus ficou incrédulo.

— Pelo amor de Deus, do que você...

— Eu o aconselharia — falou Gabriel, tranquilo — a escolher outro caminho.

Outro silêncio, mais longo que o último.

— Por que eu deveria confiar justamente em você?

— Porque eu sou sua única esperança.

Magnus olhou para seu pulso e franziu a testa.

— Meu relógio sumiu.

Gabriel trocou um olhar com Ingrid.

— Espero que não tenha sido caro.

— Um Piaget Altiplano Origin. Mas também tinha um valor sentimental.

— Sua esposa te deu?

— Karoline? Deus do céu, não. O relógio foi presente de Vladimir. — Ele olhou de novo para Ingrid. — Quem é ela, Allon?

— Talvez eu devesse permitir que a própria srta. Westergaard responda a essa pergunta.

Ingrid devolveu o relógio a Magnus.

— Ah, sim — disse ele. — Isso explica tudo.

34

BRANITZER PLATZ

A história de origem de Magnus Larsen sempre havia ignorado sua infância. Com base em seu aspecto e sua aparência, presumia--se que ele fosse fruto de um antigo e próspero clã de Copenhague. A verdade, porém, era que Magnus havia nascido em uma família da classe trabalhadora na cidade de Korsør, localizada na costa oeste da ilha da Zelândia. O pai fazia bicos, a mãe não fazia nada. Nenhum dos dois jamais abriu, muito menos leu, um livro. Na verdade, não havia um único livro na casa dos Larsen, exceto a lista telefônica e uma Bíblia velha.

De alguma forma, o jovem Magnus saiu das circunstâncias de seu nascimento com um cérebro formidável. Leitor voraz e estudante talentoso, foi admitido na Universidade de Copenhague, onde estudou Ciências Políticas e História Russa. Em seguida, foi para Harvard estudar Administração. Ingressou na DanskOil em 1985 e quinze anos depois, aos quarenta anos, foi promovido ao cargo de CEO.

A empresa que ele herdou era lucrativa, mas não era, de forma alguma, uma das principais do setor. Magnus resolveu aumentar a participação de mercado da DanskOil, o que exigia mais petróleo — mais petróleo do que poderia ser extraído das águas territoriais da Dinamarca. Ele o encontrou em Moscou na primavera de 2003, quando chegou a um acordo com o Kremlin para embarcar em uma *joint venture* com a empresa estatal de energia RuzNeft.

DANIEL SILVA

— E foi aí — acrescentou — que minha vida se desfez.

Ele olhava para o copo de vodca que Ingrid, depois de devolver seu relógio, havia colocado em sua mão. Eles estavam sentados juntos no sofá formal, mas não muito elegante, da sala de estar, com a primeira edição de *Os belos e os malditos* na mesa de centro diante deles. Natalie e Dina, que chegaram mais tarde à reunião, tinham as expressões vazias de figurantes em uma cena de café. Eli Lavon parecia estar contemplando um tabuleiro de xadrez que só ele podia ver. Mikhail andava devagar, como se estivesse esperando o embarque de seu voo. Gabriel estava ao lado de Katje, a testemunha silenciosa dos acontecimentos.

— Por acaso você se lembra do nome dela? — perguntou Gabriel.

O CEO levantou os olhos de seu copo.

— Precisamos disso, Allon?

— Somos todos adultos, Magnus. Além disso, já ouvimos tudo isso antes.

— O nome dela era Natalia. Ela era muito bonita. Eu cometi um erro terrível.

— Me disseram que mostraram a você um vídeo na sede da FSB em Lubyanka.

— Digamos apenas que fiquei ciente do que os russos tinham em seu poder. Se tivesse se tornado público, tudo o que eu havia conseguido teria desaparecido em um instante.

Ele esperava que tudo terminasse com o acordo desequilibrado entre a DanskOil e a RuzNeft, que sua vida voltasse ao normal e ele nunca mais se lembrasse do erro cometido no quarto 316 do Hotel Metropol. Mas, durante uma viagem à Rússia no inverno de 2004, deixaram claro para ele que isso não aconteceria.

— Quem?

— Konstantin Gromov. Pelo menos esse foi o nome que ele me deu. Tenho certeza de que era um pseudônimo.

— Konstantin era seu novo supervisor na SVR?

Magnus assentiu com a cabeça.

— O que ele tinha em mente?

— Um relacionamento de longo prazo.

— E você concordou, é claro.

— Que escolha eu tinha?

Ele foi encarregado de fornecer inteligência política e comercial à SVR, de fornecer os nomes de recrutas em potencial e de agir de forma a promover os interesses russos em detrimento dos interesses ocidentais. Ele se tornou o flautista de Hamelin de uma nova Ostpolitik, lendo frases de um roteiro escrito para ele pelo Centro de Moscou. Elogiava o líder russo em todas as oportunidades, mesmo após o assassinato cruel de Alexander Litvinenko em Londres, em novembro de 2006. Vários amigos pararam de falar com ele. Sua esposa, Karoline, que não sabia nada do que havia acontecido no Hotel Metropol, achou que ele tivesse perdido o juízo.

A pressão de viver uma vida dupla estressou ainda mais o casamento, que estava tenso há algum tempo. E, quando Magnus notou uma linda mulher meio inuíte no Noma certa noite, instruiu seu motorista a fazer contato com ela em seu nome.

— Ela rechaçou a primeira abordagem dele. De forma bem veemente — completou Magnus, com um sorriso fugaz. — Mas, por fim, concordou em me ver, e começamos um relacionamento. Eu pagava o aluguel e as despesas dela, comprava tudo o que ela desejava e garantia que ela sempre tivesse bastante dinheiro para gastar. Não fiz exigências de exclusividade. Aliás, a encorajei a sair com outros homens. Mas insisti que nunca contasse a ninguém que estava envolvida comigo. Ela concordou.

— Quanto tempo essa relação durou?

— Quase um ano. Eu tratava Rikke com bondade e afeto, e achava que ela estava feliz com os aspectos financeiros do nosso acordo. Por isso, foi um choque para mim quando ela exigiu uma grande soma de dinheiro para manter o silêncio.

— Quanto você deu a ela?

— Um milhão de coroas, cerca de cem mil dólares. Algumas semanas depois, ela exigiu um segundo pagamento, com o qual concordei.

— E quando ela voltou para pedir mais?

DANIEL SILVA

— Por acaso, eu estava em São Petersburgo para uma reunião na sede da RuzNeft. Tomei um drinque com Konstantin Gromov enquanto estava lá. Ele percebeu que algo estava me perturbando e insistiu para que eu confidenciasse a ele.

— E você fez isso.

— Eu não tinha mais a quem recorrer.

— Você deu a ele o nome de Rikke?

— Não foi preciso.

— Porque a *rezidentura* da SVR em Copenhague já sabia que você estava saindo com ela.

— Sim.

— E quando ela desapareceu?

— Presumi que estivesse deitada em uma praia em algum lugar com todo o dinheiro que eu havia lhe dado. Mas, quando algumas semanas se passaram sem nenhum sinal dela, comecei a suspeitar do pior.

— E, claro, foi direto falar com a polícia dinamarquesa — disse Gabriel.

— E o que exatamente eu teria dito, Allon?

— A verdade.

— Eu não sabia a verdade. — Ele olhou para Katje. — Você precisa acreditar em mim, srta. Strøm. Eu gostava muito da sua irmã, mesmo depois que ela me chantageou. Não tive absolutamente nada a ver com a morte dela.

— Desaparecimento — disse Gabriel.

— Não, Allon. Ela tem o direito de saber a verdade. Tenho confirmação de autoridades de que Rikke está de fato morta.

— Autoridades de que nível?

Magnus bateu no vidro de seu relógio de pulso Piaget.

— O mais alto possível.

Seis meses depois que sua jovem amante desapareceu sem deixar vestígios, Magnus investiu mais cinco bilhões de dólares na RuzNeft, aumentando sua participação na empresa para 25 por cento e conquistando um lugar no conselho da companhia russa. Quase meio bilhão desse investimento adicional foi direto para o bolso do presidente russo. Vladimir Vladimirovich recompensou seu valioso agente com uma casa de seis milhões de dólares no bairro estrelado de Rublyovka, em Moscou.

A esposa de Magnus visitou a casa uma vez, declarou que o lugar era grotesco e se recusou a voltar. Magnus, entretanto, achava a vida de um oligarca russo inebriante — as festas luxuosas, os jatos particulares, os iates, as belas mulheres. Seus amigos russos começaram a chamá--lo de Camarada Larsenov. Seus críticos ocidentais também. Ele se envolveu romanticamente com uma repórter da NTV. Seu casamento quase desmoronou.

— Karoline e eu temos o que eu descreveria como um casamento bem europeu. Ela vive a vida dela, muito bem, devo acrescentar, e eu vivo a minha. Por mais estranho que possa parecer, não foram meus muitos namoros e casos que a afastaram no final, mas minha amizade com Vladimir. Volodya foi a gota d'água.

Magnus via o presidente russo com frequência quando estava em Moscou, geralmente na companhia de outros oligarcas, às vezes sozinho. Uma reunião particular ocorreu em Novo-Ogaryevo, sua *dacha* oficial, no dia em que ele assinou uma lei que lhe permitiria permanecer no cargo até 2036, tornando-o efetivamente um presidente vitalício.

— No final da nossa sessão, ele me entregou uma caixa embrulhada para presente. — Ele ergueu o braço esquerdo. — "Para Magnus, de Vladimir." E aí ele me perguntou, como se fosse a última coisa a passar por sua cabeça, se havia alguma novidade na busca pela jovem com quem eu tinha me envolvido. Nunca me ocorreu que ele soubesse da minha situação. Fiquei tão chocado que mal conseguia falar.

— Ele disse a você que Rikke estava morta?

— Vladimir Vladimirovich? Claro que não. Ele não precisou me contar. Só me deu o sorriso de que tinha resolvido aquele probleminha para mim. Não para me proteger, mas para me comprometer tão total

DANIEL SILVA

e completamente que eu faria qualquer coisa para ficar em suas graças. Ele estava me lembrando de que um dia me pediria para realizar um serviço para ele, uma missão de grande sigilo e sensibilidade. — Magnus baixou a voz e acrescentou: — Algo que ninguém em sã consciência jamais faria.

O que os levou, pouco antes da meia-noite, até *O concerto*, óleo sobre tela, 72,5 por 64,7 centímetros, de Johannes Vermeer.

35

BRANITZER PLATZ

Foi Konstantin Gromov, da SVR, e não Vladimir Vladimirovich, quem deu as ordens a Magnus. A data era 2 de agosto de 2022, seis meses após a invasão russa na Ucrânia. No dia anterior, os Estados Unidos haviam anunciado que iam enviar mais 550 milhões de dólares em ajuda militar para a Ucrânia, incluindo munição adicional para os lançadores de foguetes móveis HIMARS, que tinham causado estragos nas linhas de suprimentos russas e nos postos de comando do campo de batalha. O Kremlin esmagara em grande parte o movimento interno contra a guerra, mas houve reclamações entre os oligarcas do círculo interno quando o conflito começou a afetar a economia e seus estilos de vida luxuosos. A maioria das principais empresas ocidentais de energia, incluindo ExxonMobil, Shell e BP, havia declarado sua intenção de abandonar as *joint ventures* na Rússia. A DanskOil, entretanto, recusou-se a participar do êxodo.

— Como Gromov entrou em contato com você?

— Da mesma forma que sempre fazia, um e-mail descontraído para minha conta particular sobre um livro que ele achava que eu deveria ver.

— Onde vocês se encontraram?

— Oslo.

— E a tarefa?

— Konstantin queria que eu fosse à África do Sul para negociar a compra de uma mineradora pequena e subvalorizada, especializada em metais de terras raras. Ele achava que seria uma boa adição ao balanço patrimonial da DanskOil.

— Essa empresa tinha um nome?

— Excelsior.

— E se eu fosse procurar por ela na internet? — perguntou Gabriel. — O que eu encontraria?

— Muitas referências a Excelsior *isso* e Excelsior *aquilo*, mas nada sobre uma mineradora sul-africana. Essa foi só a história de fachada que Konstantin criou para justificar minha viagem.

— E o verdadeiro propósito de sua visita à África do Sul?

— Nunca foi dito.

— Certamente você devia ter pelo menos *alguma* ideia.

— Eu não sou um completo idiota, Allon. — Magnus olhou para a garota de branco e deu um longo gole em sua bebida. — Pelo menos, não o tempo todo. Mas eu não tinha escolha. Konstantin me deu um orçamento de um bilhão de dólares e me disse para ir.

Magnus voou para Joanesburgo uma semana depois e fez o check--in no Four Seasons. Havia uma mensagem esperando. Ele ligou para o número, e um homem que se chamava Hendrik Coetzee sugeriu que se encontrassem para tomar um drinque naquela noite.

— Onde?

— No bar do hotel.

— Descreva-o.

— Típico africâner. Alto, loiro, muito tempo ao sol.

— Idade?

— Meados dos sessenta.

— Ex-soldado?

— Inteligência, eu diria.

— Ele era o atual proprietário dessa mineradora inexistente?

— Seu representante.

— Ele sabia que você estava agindo como intermediário para os russos?

— Sua posição inicial sugeria que ele sabia muito bem quem eu estava representando.

— Quanto ele queria?

— Dois bilhões de dólares.

Mas, ao longo de várias sessões de maratona, Magnus conseguiu reduzir o preço para um bilhão, a ser pago a uma empresa de fachada anônima registrada em Liechtenstein. O dinheiro seria originado nas Ilhas Cayman, em uma conta controlada secretamente pela SVR. Após o recebimento dos fundos, Coetzee entregaria um contêiner no Aeroporto Internacional de Pilanesberg, na província Noroeste da África do Sul, onde um avião particular estaria esperando. Magnus não tinha conhecimento dos detalhes da rota ou do destino do avião. Também não sabia a natureza exata do material armazenado no contêiner. Nada no negócio estava de alguma forma relacionado a ele ou sua empresa. Suas mãos estavam limpas, sua consciência, tranquila.

Como negociador experiente, ele previu um obstáculo de última hora. Nada, porém, poderia tê-lo preparado para a surpreendente exigência do sul-africano.

— Ele queria um quadro — disse Gabriel.

— Mas não qualquer quadro. Ele queria o quadro roubado mais famoso do mundo.

— Sua resposta?

— Eu ri na cara dele. E, quando parei de rir, questionei como é que eu ia encontrar um quadro que estava desaparecido há mais de trinta anos. Foi quando ele me disse onde poderia ser encontrado.

— Na *villa* de Amalfi de um rico transportador e colecionador de arte sul-africano chamado Lukas van Damme.

Magnus assentiu com a cabeça.

— Se Coetzee queria tanto a obra, por que ele mesmo não a roubou?

DANIEL SILVA

— Ele deu a entender que era amigo íntimo de Van Damme desde os velhos tempos, que Van Damme suspeitaria automaticamente dele se o quadro desaparecesse. Por essa razão, não poderia haver nenhuma conexão sul-africana com o roubo.

— E quando você contou ao seu controlador da SVR sobre a exigência?

— Ele me deu minha próxima missão.

— Encomendar o roubo de O concerto, de Johannes Vermeer?

Magnus fez que sim.

— Assim, o Kremlin poderia alegar a sério que não teve nada a ver com nenhum aspecto desse negócio infeliz.

— Não sou um profissional como você, Allon, mas acredito que o termo correto seja negação plausível.

— Mas por que Konstantin Gromov acharia que você, um respeitado executivo europeu do setor de energia, tinha os meios para roubar a pintura desaparecida mais valiosa do mundo?

— Porque Gromov está ciente de que sofro de uma condição conhecida como bibliomania. Ele também sabe que utilizei os serviços de um antiquário de Copenhague para adquirir livros que não poderia obter legalmente.

— Um antiquário — disse Gabriel — chamado Peter Nielsen.

— Acho que Peter ficou mais chocado do que eu — continuou Magnus. — Ele também estava relutante em aceitar a comissão. Falou que uma coisa era roubar um exemplar de Hemingway ou Heller e outra bem diferente era se envolver em um roubo de arte em solo italiano.

— Como você o convenceu a mudar de ideia?

— Trinta milhões de euros. Metade adiantada, metade na entrega. Mandei Peter contratar o melhor ladrão que pudesse encontrar, porque não poderia haver absolutamente nenhum erro. — Magnus olhou de relance para Ingrid. — Ele respondeu que conhecia alguém que estava à altura do trabalho.

— Quando foi a próxima vez que você falou com ele?

— Na noite em que ele ligou para dizer que o quadro estava na Dinamarca.

— Presumo que você soubesse que Van Damme estava morto.

— Sim, claro.

— Você deve ter ficado um pouco alarmado.

— Para dizer o mínimo. Como você pode imaginar, eu estava bastante ansioso para concluir a transação.

— Como você planejava receber a pintura?

— Não planejava. Eu disse a Peter que um mensageiro ia buscá-la na loja dele.

— E para onde o mensageiro a levaria?

— Para a embaixada russa. De lá, deveria seguir para a África do Sul em um malote diplomático.

— E quando você soube que Peter havia sido assassinado?

— Eu sabia que Konstantin Gromov e a SVR estavam matando qualquer pessoa ligada à pintura.

— E por que eles fariam uma coisa dessas?

— Não sou profissional, mas... — Ele olhou para o exemplar de *Os belos e os malditos*.

— Qual deles você é, Magnus?

— Vou deixar que você julgue. — Ele engoliu o último gole de sua vodca. — E agora, Allon?

36

BERLIM-LANGLEY

Mais tarde naquela manhã, dois cidadãos dinamarqueses informaram aos colegas de trabalho e entes queridos que estenderiam sua estadia em Berlim por um período de 48 horas. Um deles era o CEO da maior produtora de petróleo e gás natural do país; a outra tinha quatro empregos de meio período na pequena cidade de Vissenbjerg. Ambos mentiram sobre o motivo da mudança em seus planos de viagem, e nenhum deles revelou seu paradeiro atual — uma mansão imponente na Branitzer Platz, no bairro de Berlim conhecido como Westend.

O homem responsável pelo confinamento deles, o recém-aposentado espião israelense Gabriel Allon, saiu do esconderijo pouco antes do amanhecer e pegou um táxi para o Aeroporto de Brandemburgo. Cerca de 12h30 depois, estava nas mãos de um comitê de recepção da CIA no Aeroporto Internacional Dulles. Aproximava-se das seis horas da tarde quando o acompanharam pela entrada icônica do edifício da sede original da Agência. Lá em cima, no sétimo andar, o diretor o olhou com cautela por um longo momento, como se estivesse tentando decidir se ele era real ou um novo e inteligente dispositivo de tecnologia israelense.

— Que raios você está fazendo aqui? — perguntou por fim.

— Eu estava prestes a perguntar a mesma coisa.

— Meu presidente não me deu muita escolha. Qual é a sua desculpa?

— Você vai saber em um minuto.

O COLECIONADOR

O diretor olhou para o relógio.

— Combinei de encontrar minha esposa para jantar em McLean às 19h30. Alguma chance de eu conseguir chegar a tempo?

— Não — disse Gabriel. — Nenhuma chance.

Com seu cabelo desgrenhado, seu bigode ultrapassado e sua voz fraca, Adrian Carter não parecia o oficial de inteligência mais poderoso do mundo. Na verdade, poderia ter sido confundido com um terapeuta que passava os dias ouvindo confissões de casos amorosos e inadequações — ou com um professor de uma pequena faculdade de artes liberais na Nova Inglaterra, do tipo que defendia causas nobres e era uma pedra constante no sapato de seu reitor. Sua aparência não ameaçadora, assim como seu talento para idiomas, fora um trunfo valioso em sua longa carreira, no campo e também em Langley. Tanto os adversários quanto os aliados tendiam a subestimar Carter, um erro que Gabriel nunca cometera.

Eles haviam trabalhado juntos pela primeira vez em uma operação conjunta que tinha como alvo um bilionário saudita financiador de terroristas chamado Zizi al-Bakari. A colaboração entre os dois foi tão bem-sucedida que várias outras se seguiram. Gabriel servira voluntariamente como um braço auxiliar clandestino da Agência, realizando operações que, por motivos políticos ou diplomáticos, Carter não podia realizar. Ao longo do caminho, conseguiram se tornar amigos muito próximos. Ninguém estava mais satisfeito com a tão esperada ascensão de Adrian Carter ao cargo de diretor do que Gabriel. Ele só queria que isso tivesse acontecido antes. Seu mandato de cinco anos como chefe do Escritório teria sido muito menos contencioso.

Naquela noite, no entanto, Gabriel chegou à sede da CIA como um cidadão comum com uma história notável para contar, uma história que começava com ele concordando em fazer uma busca discreta pelo quadro desaparecido mais famoso do mundo e terminava, na noite anterior, com o alarmante interrogatório de um agente russo com o codinome

DANIEL SILVA

de Colecionador. Adrian Carter, um homem que não se surpreendia facilmente, ouviu tudo com fascinação.

— Onde está Larsen agora? — perguntou ele ao final do relato de Gabriel.

— Ainda em Berlim.

— E ele não teve nenhum contato com a SVR?

— Não, a menos que seja telepata.

— E a tal Johansen?

Para Gabriel, parecia uma linha de investigação peculiar, mas ele respondeu à pergunta de Carter mesmo assim. A tal Johansen, disse ele, também estava trancada a sete chaves em Berlim.

— O que está planejando fazer com ela? — perguntou Carter.

— Fiz uma promessa que pretendo cumprir.

— Nada de polícia italiana?

Gabriel assentiu com a cabeça.

— E Larsen?

— Magnus logo vai ser um problema dinamarquês. — Gabriel fez uma pausa, depois acrescentou: — E seu, imagino.

Carter não discordou da declaração e perguntou:

— A questão é: você acredita nele?

— Ele admitiu ter comprado uma quantidade de urânio sul-africano altamente enriquecido a pedido de seus mestres em Moscou. Não é algo que um executivo dinamarquês do setor de energia diria de brincadeira.

Carter uniu as pontas dos dedos e as pressionou contra os lábios, pensando.

— Quando a Agência Internacional de Energia Atômica certificou que a África do Sul havia aberto mão de suas armas, declarou explicitamente que não tinha motivos para suspeitar que o inventário de material físsil estivesse incompleto.

— Se a AIEA tivesse se dado ao trabalho de entrevistar um físico nuclear chamado Lukas van Damme, talvez tivesse chegado a uma conclusão diferente. Presuma que os russos estão agora de posse da bala e do alvo de uma arma rudimentar de tipo balístico. E, aí, pergunte-se por que um país com seis mil armas nucleares avançadas se daria ao trabalho de adquirir esse material.

— Porque o material não pode ser rastreado até os estoques existentes da Rússia. O que significa que seria ideal para algum tipo de incidente de bandeira falsa na Ucrânia, algo que Vladimir Vladimirovich poderia usar como pretexto para levar a guerra a uma conclusão nuclear rápida e decisiva. — Carter franziu a testa e acrescentou: — Se ele estivesse inclinado a isso.

— E está?

— A comunidade geral de inteligência dos Estados Unidos concluiu que Vladimir Vladimirovich, apesar de sua decisão irracional de invadir a Ucrânia, é um ator racional que não tem intenção de usar armas nucleares. Nossos primos britânicos do Serviço Secreto de Inteligência compartilham de nossa opinião.

— E o que o diretor da CIA acha?

— Ele está preocupado com a constante conversa nuclear que ouve na televisão russa. Também está alarmado com algumas das coisas que os conselheiros de segurança e inteligência mais próximos do presidente russo, os chamados *siloviki*, estão sussurrando em seu ouvido. Descrever os homens que cercam o presidente russo como linha-dura é um eufemismo perigoso. O atual diretor da SVR é um sociopata instável, pelo menos é o que me dizem os psiquiatras que trabalham aqui. Mas o verdadeiro problema é Nikolai Petrov, o secretário do Conselho de Segurança da Rússia. Nikolai gira em torno do próprio rabo. É um verdadeiro radical ultranacionalista paranoico. Nikolai acha que a guerra na Ucrânia é parte de uma luta mais ampla entre os valores cristãos tradicionais e o Ocidente decadente e homossexual. Nikolai acha que os ucranianos não são humanos e que Vladimir deveria ter jogado a bomba em Kiev há muito tempo. Nikolai acha que a Rússia pode vencer uma guerra nuclear contra os Estados Unidos. Nikolai — disse Carter, baixando o tom de voz — me dá um medo do caralho.

— E como o diretor da Agência Central de Inteligência sabe o que Nikolai Petrov está sussurrando no ouvido do presidente russo?

DANIEL SILVA

— Fontes e métodos — protestou Carter.

— Qual deles, Adrian?

O diretor da CIA sorriu.

— Um pouco de cada.

37

LANGLEY

Carter pegou o telefone e pediu alguns arquivos. Um deles era o de Nikolai Petrov. O outro era de alguém chamado Komarovsky. Foram entregues brevemente por um jovem oficial de aparência séria usando um terno da Brooks Brothers e uma gravata listrada. As capas de ambos os arquivos tinham bordas laranja distintas e estavam marcadas como CONFIDENCIAL//ICS, o que significava que continham informações compartimentadas sensíveis, o mais alto nível de proteção do sistema americano.

Carter abriu primeiro o arquivo de Petrov.

— Nikolai começou sua carreira na KGB. Sem surpresa; todos começaram. Mas o que o diferencia é que ele foi lapidado no escritório de Leningrado nos anos 1970 junto com você sabe quem.

— Vladimir Vladimirovich.

Carter assentiu.

— Nikolai está ao lado de Vladimir desde o comecinho. Passou a controlar o Conselho de Segurança em 2008, mesmo ano em que sua esposa, por motivos que nunca se tornaram públicos, decidiu cometer suicídio. Seu escritório fica no Palácio do Kremlin, perto do de Vladimir. Na teoria, ele tem mais ou menos a mesma função do nosso conselheiro de Segurança Nacional. Na prática, porém, Nikolai tem bem mais poder. Os ministros do Exterior e da Defesa se reportam

DANIEL SILVA

diretamente a ele, bem como os diretores dos três grandes serviços de inteligência russos. Nikolai Petrov é o segundo homem mais poderoso da Rússia, considerado o sucessor mais provável de Vladimir. Só pensar nisso já me dá insônia.

Carter entregou uma fotografia a Gabriel, uma imagem de satélite de um casarão de estilo inglês cercado por jardins bem cuidados. As árvores estavam cheias de folhas. Um comboio de três veículos estava estacionado na entrada.

— Nada mal para um homem que não trabalhou nem um dia no setor privado — comentou Carter. — Fica a oeste de Moscou, em Rublyovka, o bairro dos oligarcas russos e da elite do Kremlin.

— E dos executivos de petróleo dinamarqueses — completou Gabriel.

— Você já foi lá?

— Não posso dizer que tenha tido o prazer.

— Não chega a ser um município — explicou Carter. — É uma coleção de condomínios fechados, meio Flórida-em-Moskva. Petrov mora num empreendimento chamado Residencial Somerset. A maioria de seus vizinhos é membro dos *siloviki*. Portanto, a segurança é extremamente pesada.

— E, diga lá, como um humilde servidor público como Nikolai Petrov conseguiu pagar por uma imitação de casarão inglês no bairro mais caro do mundo?

— Porque Nikolai é um membro do círculo interno em boa posição. Como tal, tem acesso a um rol de oportunidades de investimento certeiras que não estão disponíveis a cidadãos russos comuns. Impusemos sanções a Nikolai depois que os russos entraram na Ucrânia. Suas contas bancárias na Europa foram congeladas, e os franceses tomaram sua *villa* em Saint-Jean-Cap-Ferrat. O restante de sua riqueza é em rublos. A maioria está presa no TverBank, que também está sob sanção. O coitado do Nikolai — disse Carter — está meio em apuros.

— Quanto vale o coitado do Nikolai?

— Com o câmbio de hoje? Pouco menos de três bilhões. — Carter entregou outra fotografia de satélite do mesmo casarão de estilo inglês, visto de outro ângulo. Apontou uma janela no segundo andar. — Este é o escritório dele em casa. Nosso Nikolai é meio *workaholic*. Em geral, sai do Kremlin às nove e trabalha de casa até bem depois da meia-noite.

— Quem disse?

— O computador pessoal dele. — Carter extraiu mais uma fotografia do arquivo de Petrov. Era um close nada lisonjeiro de um homem de bochechas encovadas com aproximadamente setenta anos. As bolsas sob os olhos sugeriam que ele não andava dormindo bem ultimamente. — Cortesia dos nossos amigos em Fort Meade — explicou.

Fort Meade, localizado no subúrbio de Maryland, era a sede da Agência de Segurança Nacional, a NSA.

— O computador não contém nada de valor — continuou Carter. — Mas a câmera e o microfone nos permitem ouvir ligações feitas por Nikolai em seu telefone seguro, incluindo aquelas para seu amigo Vladimir Vladimirovich. A câmera também nos permite tirar fotos e vídeos do próprio escritório. Isso é um exemplo de como as coisas são quando Nikolai não está bloqueando a imagem.

A foto mostrava uma poltrona e um pufe, uma luminária de chão, uma mesa de canto com abas laterais dobráveis e um cofre de fabricação governamental.

— Senha? — perguntou Gabriel.

— 27, 11, 55. Ou algo assim — falou Carter.

— O que tem no cofre?

— Dependendo do dia, inúmeros documentos de políticas do Conselho de Segurança, alguns sensíveis, outros bem mundanos. No momento, porém, o cofre da mansão de Nikolai Petrov em Rublyovka contém a única cópia da diretiva 37-23\VZ do Conselho de Segurança.

— Assunto?

— Em resumo, é o plano da Rússia de usar armas nucleares para vencer a guerra com a Ucrânia.

DANIEL SILVA

— Quem disse? — quis saber Gabriel.

Adrian Carter abriu o segundo arquivo.

O nome real dele não era Komarovsky. Esse era um codinome, emprestado das páginas do romance épico de Boris Pasternak, *Doutor Jivago*, de
1957. Viktor Ippolitovich Komarovsky, um advogado lascivo de Moscou,
era o antagonista do romance. O homem por trás do codinome, entretanto, era o informante russo mais importante da CIA — tão importante
que nem mesmo o presidente americano, que aguardava ansiosamente
as últimas informações de Komarovsky, conhecia sua identidade.

No léxico do setor de inteligência, ele era um "voluntário", o que
significava que fora Komarovsky quem fizera a abordagem inicial.
Carter não contou onde nem como o russo entrou em contato com a
Agência, apenas que não foi em Moscou. Na verdade, o chefe da estação da CIA em Moscou não sabia da existência de Komarovsky. Um
total de quatro pessoas em Langley conhecia sua identidade, e a lista
de distribuição de sua inteligência tinha apenas doze nomes. Gabriel,
por motivos que ainda não entendia, acabara de ser admitido em um
clube muito exclusivo.

O clube ao qual Komarovsky pertencia era o círculo íntimo do presidente russo, composto por oligarcas e altos funcionários do Kremlin.
Ele alegava ser o líder de uma rede de elites russas que se opunham à
guerra e à continuidade do governo do presidente do país. Não pedia
nada, exceto firmeza aos Estados Unidos. Era essencial, segundo ele, que
os Estados Unidos e a Otan fornecessem aos ucranianos o armamento
avançado necessário para liberar cada centímetro do solo ucraniano,
inclusive a península da Crimeia. Uma derrota russa no campo de
batalha, previa ele, levaria a uma agitação generalizada e deixaria o
presidente russo sem escolha a não ser renunciar.

Carter era cético em relação às previsões de Komarovsky, mas ficou
impressionado com a inteligência do informante, que dava a Langley
uma janela para o funcionamento do presidente russo e dos membros

O COLECIONADOR

de seu círculo íntimo. À medida que a guerra se arrastava e o número de baixas russas na Ucrânia subia a níveis inimagináveis, Komarovsky ficou alarmado com a perspectiva de que o líder russo e os linha-dura ao seu redor estivessem considerando usar armas nucleares táticas para mudar a maré. O ataque, disse Komarovsky ao seu supervisor, não seria surpresa. Seria precedido por uma crise criada pelo Kremlin, uma crise que daria à Rússia o pretexto para usar armas nucleares pela primeira vez desde que os Estados Unidos lançaram bombas atômicas nas cidades japonesas de Hiroshima e Nagasaki em agosto de 1945.

— Um ataque de bandeira falsa? — perguntou Gabriel.

Carter assentiu com a cabeça.

— A princípio, Komarovsky pensou que seria algo pequeno. Algo que daria aos russos uma desculpa para disparar alguns projéteis de artilharia com ogivas nucleares e forçar os ucranianos a se entregarem. Ele mudou de ideia, no entanto, quando soube da diretriz 37-23\VZ do Conselho de Segurança.

Foi um membro da equipe do conselho que contou a Komarovsky sobre a existência do documento. A fonte não tinha permissão para ler a diretriz — o secretário Petrov mantinha controle constante da única cópia —, mas estava familiarizada com seu conteúdo. Era o projeto de uma operação com o codinome Aurora, o nome do navio de guerra russo que disparou o tiro de abertura do ataque de novembro de 1917 ao Palácio de Inverno em São Petersburgo. A diretriz continha vários cenários de como a crise nuclear forjada poderia se agravar — e como a Rússia reagiria, passo a passo, se fosse atacada pelos Estados Unidos. O pacote de medidas retaliatórias incluía um ataque nuclear preventivo contra a pátria americana.

— Foi nesse ponto — disse Carter — que Komarovsky fez seu primeiro pedido à CIA.

— Roubar a única cópia existente da diretiva 37-23\VZ do Conselho de Segurança.

Carter confirmou com a cabeça.

— Ele até se ofereceu para nos ajudar.

DANIEL SILVA

— Como?

— Concedendo acesso à casa de Nikolai Petrov. Como você pode imaginar, considerei seriamente a questão. Afinal, que diretor da CIA não ia querer saber exatamente como os russos reagiriam se, digamos, nós obliterássemos as forças deles com um ataque convencional avassalador?

— E?

— Komarovsky disse que precisava de uma equipe operacional que não chamasse atenção em Rublyovka. Também insistiu muito que não enviássemos norte-americanos que parecessem, de fato, norte--americanos.

— É um pedido razoável, considerando que vocês estão ajudando os ucranianos a matarem cada soldado do exército russo.

— Mas mesmo assim é um obstáculo difícil de superar. — Carter pausou. — Até você chegar aqui com a equipe operacional perfeita no bolso.

— Um executivo de petróleo pró-Rússia e uma ladra profissional? Carter sorriu.

— Neste ramo, é preciso tentar evitar hipérboles, mas eles talvez sejam as duas únicas pessoas do mundo capazes de conseguir. Com você supervisionando, claro.

— Minha intenção era jogar isso no seu colo e ir para casa ver minha mulher e meus filhos.

— E agora estou jogando no seu.

— Komarovsky é seu informante. Quer dizer que a operação é sua.

— Mas Magnus Larsen pertence a você.

— Eu entrego Magnus à Agência. É todo seu, Adrian.

— Foi você que o queimou. E você é o único que consegue fazê-lo mudar de campo. Além do mais, você e sua unidade são muito bons em roubar documentos sensíveis relacionados a assuntos nucleares, se bem me lembro.

Gabriel ficou em silêncio. Suas objeções tinham acabado.

— Como você pode negar a oportunidade de nos ajudar a evitar a Terceira Guerra Mundial? — perguntou Carter.

O COLECIONADOR

— Quem está exagerando agora?

— Com certeza não sou eu.

Gabriel olhou a foto do cofre no escritório de Nikolai Petrov.

— Sabe o que vai acontecer se eles forem pegos?

— Vão passar os próximos vários anos numa colônia penal russa. Se tiverem sorte.

— O que significa que um de nós precisa oficializar com os dinamarqueses.

— Vou deixar nas suas mãos.

— E Komarovsky?

— Esperamos notícias dele.

— E aí?

— Deixamos Komarovsky fazer a próxima jogada.

38

BERLIM

— Mande o Adrian achar outra pessoa.

— Eu tentei. Ele diz que não tem mais ninguém.

— É impossível fazer isso.

— Mas precisamos fazer, Eli. Não temos outra escolha.

Eles estavam indo para o centro de Berlim, no meio de uma tempestade. Lavon estava ao volante de um Mercedes Classe C sedã. Gabriel seguia no banco do passageiro, com o cinto de segurança afivelado. Havia um motivo para Ari Shamron ter transformado Lavon num agente de vigilância a pé. Ele era um dos piores motoristas do mundo.

— Talvez você devesse ligar os limpadores de para-brisa, Eli. Eles fazem maravilhas em condições como essa.

Enquanto Lavon buscava a alavanca certa no painel, o carro desviou para a pista oposta. Gabriel estendeu a mão pela cabine e ajustou a direção.

— Tente girar o cilindro na ponta da alavanca de seta.

Lavon seguiu a sugestão de Gabriel, e as luzes do horizonte de prédios de Berlim de repente entraram em foco.

— Você esqueceu que foi Magnus Larsen quem adquiriu o combustível nuclear para esse ataque de bandeira falsa iminente?

— O que faz dele a pessoa ideal para limpar essa bagunça.

— Ele é agente russo. E não um agente qualquer — completou Lavon. — É o fantoche particular de Vladimir.

— Não mais.

— Tem certeza disso?

— Você ouviu o interrogatório dele?

— Muito atentamente. E ouvi um homem que diria qualquer coisa para salvar a própria pele.

— Eu ouvi um homem se afogando, em busca de uma tábua de salvação. Pretendo jogar uma a ele.

— O que faz você achar que ele vai pegar?

— *Kompromat* — falou Gabriel.

— E se ele concordar?

— Todos os seus pecados serão perdoados.

— Acho que eu aceitaria um acordo desses.

— Eu mataria por um acordo desses.

— Péssima escolha de palavras. — Lavon pegou a saída do Spandauer Damm. — A questão é: os dinamarqueses vão topar?

— Por que não topariam?

— Uma garota morta, um antiquário morto e um executivo do setor de energia que está trabalhando para os russos há vinte anos.

Você esqueceu de mencionar o russo que eu matei em Kandestederne.

— Em frente à casa da ladra profissional que você pretende enviar à Rússia.

— Vá direto ao ponto, Eli.

— Alguns escândalos são grandes demais para varrer para baixo do tapete.

— Diga um.

— Um executivo dinamarquês do setor de energia morto.

— Uma coisa é se livrar de um oligarca dissidente, outra bem diferente é matar o CEO de uma empresa ocidental de petróleo e gás.

— Mas por que o CEO vai fazer uma viagem repentina à Rússia?

— Porque tem um assento no conselho da estatal russa de petróleo RuzNeft. Ao menos por enquanto.

— E a linda jovem ao lado dele?

DANIEL SILVA

— Essas coisas acontecem, Eli.

— O que dizemos à sra. Larsen?

— O mínimo possível.

Lavon passou direto pela entrada para a Branitzer Platz.

— Seu plano tem um sério defeito, você percebe, né?

— Só um?

— Komarovsky.

— Os norte-americanos parecem endeusá-lo — disse Gabriel.

— Você deve ter alguma ideia de quem é.

— Com base na descrição de Adrian, eu diria que é um empresário extremamente rico.

— Isso limita consideravelmente o campo. Mas, se ele estiver mesmo tramando contra Vladimir e trabalhando para a CIA, por que ainda está caminhando sobre a face da Terra?

— Quem disse que está?

— E se não estiver?

— Um Vladimir Vladimirovich encurralado e humilhado vai ordenar o uso de armas nucleares táticas na Ucrânia. E aí...

Lavon tirou o pé do acelerador.

— Acho que perdi nossa entrada.

— Perdeu, Eli. Três ruas atrás.

Gabriel começou sua carreira como assassino, mas muitos de seus maiores triunfos foram alcançados não com uma arma, e sim com o poder de sua voz. Ele havia convencido esposas a trair seus maridos, pais a trair seus filhos, oficiais de inteligência a trair seus países e terroristas a trair suas causas e até mesmo as leis de seu Deus. Persuadir o CEO da DanskOil, Magnus Larsen, a trair seus titereiros na Rússia era, em comparação, um esforço muito menos árduo.

As negociações, digamos, foram conduzidas na sala de jantar do esconderijo, com a presença apenas de Eli Lavon. Magnus abordou

O COLECIONADOR

o assunto como se não passasse de um acordo comercial. Ele queria uma garantia, por escrito, de que não enfrentaria acusações criminais e de que nada sobre sua conduta anterior vazaria para a imprensa. Gabriel não concordou com nenhuma das exigências. Caberia ao governo dinamarquês, explicou ele, determinar o destino legal do CEO. Ele estava confiante, porém, de que conseguiria convencer o diretor do PET a fazer vista grossa. Quanto aos vazamentos para a imprensa, Magnus podia ter certeza de que não haveria nenhum por parte de Gabriel ou da CIA — a menos, é claro, que servissem a um propósito operacional.

— A *joint venture* DanskOil-RuzNeft?

— Chegou a hora, Magnus.

— Abrir mão de doze bilhões de dólares vai causar sérios danos à minha lucratividade. *E ao preço das minhas ações.*

— Você deveria ter pensado nisso antes de investir todo esse dinheiro em uma empresa de petróleo de propriedade do Kremlin.

— Eu não tive muita escolha.

— E também não vai ter desta vez.

Com isso, Gabriel recitou para Magnus um conjunto de regras básicas invioláveis. Ele deveria manter seu celular sempre consigo e informar imediatamente qualquer contato de seu controlador da SVR ou de qualquer outro cidadão russo. Além disso, deveria reservar duas horas todas as noites para planejamento e treinamento. Não deveria contar nada sobre suas atividades à esposa ou aos filhos. Qualquer tentativa de proteger suas comunicações, interpessoais ou eletrônicas, seria interpretada como um sinal de que sua lealdade havia se inclinado mais uma vez para o lado de Moscou.

— Não precisa se preocupar com minha lealdade, Allon. Estou com você agora.

— Mas, nos últimos vinte anos, esteve com *eles*. E isso significa que sua verdadeira lealdade nunca estará longe de meus pensamentos. — Gabriel bateu no vidro do relógio de pulso Piaget. — E você também é um amigo muito próximo do presidente russo.

DANIEL SILVA

— Junto com vários membros do círculo íntimo dele, inclusive Nikolai Petrov. É por isso que sou a única pessoa no mundo que pode realizar essa operação para você.

— Você o conhece bem?

— Petrov? Não sei se alguém o conhece de verdade, com exceção de Vladimir, é claro. Mas eu o chamo pelo primeiro nome, e ele me chama de Camarada Larsenov.

— Isso deveria fazer com que eu me sentisse melhor?

— Na verdade, deveria. Nikolai não confia em ninguém, especialmente nos ocidentais. Mas ele desconfia menos de mim que da maioria.

— E por quê?

Magnus sorriu amargamente.

— *Kompromat*.

O CEO retornou a Copenhague na manhã seguinte, a bordo de um avião fretado, acompanhado por Mikhail e Natalie. Katje Strøm fez a viagem em voo comercial com Dina e Eli Lavon e, ao meio-dia, estava atrás do balcão do Jørgens Smørrebrød Café, desviando gentilmente das perguntas dos colegas de trabalho e dos clientes sobre seu novo cabelo. Gabriel, entretanto, decidiu permanecer em Berlim por mais um dia. Ele tinha um trabalho que gostaria de oferecer ao último membro de sua improvável equipe operacional. Uma missão de grande sigilo e perigo que a levaria ao coração sombrio de uma Rússia enlouquecida. Algo que ninguém em sã consciência jamais faria.

39

DÜBENER HEIDE

— Tínhamos um acordo, sr. Allon.

— Tínhamos?

— Imunidade completa em troca de informações que levassem à recuperação de *O concerto*, de Johannes Vermeer. Posso mostrar a carta, se quiser.

— Não querendo ser detalhista demais, mas nunca conseguimos *recuperar* de fato o Vermeer.

Estavam se aproximando de Potsdam pela B1. Gabriel dirigia com uma das mãos equilibrada acima do volante, os olhos checando os espelhos em busca de evidências de vigilância russa ou alemã. Ingrid olhava pela janela.

— Eu sou ladra, sr. Allon. Roubo joias e dinheiro, e antigamente pegava livros raros ocasionais para meu amigo Peter Nielsen. Mas não roubo documentos governamentais secretos russos.

— Na verdade, só queremos que você o fotografe.

— No escritório de Nikolai Petrov? Enquanto ele está no andar de baixo?

— Há não muito tempo, você invadiu uma sala com um cofre secreto protegido por uma fechadura criptografada e biométrica e, com calma, removeu do chassi o quadro desaparecido mais famoso do mundo.

DANIEL SILVA

— Eu tinha uma Glock 26 na bolsa, e o proprietário estava dormindo a sono solto. E, se ele tivesse conseguido de alguma forma me pegar, não teria estado em posição de me delatar às autoridades italianas. Era um trabalho de bem baixo risco.

— Com consequências potencialmente cataclísmicas.

— Mas eu não sabia disso quando aceitei a encomenda, sr. Allon. Achei que...

— Que seria um jeito fácil de ganhar dez milhões de euros.

Ela franziu a testa.

— Caso esteja se perguntando, eu fiquei com exatamente um milhão daquele dinheiro que Peter me deu adiantado. Os quatro milhões restantes, eu doei anonimamente à caridade.

— Então, por que você faz isso?

— Roubar? Porque eu gosto.

— Você é uma dessas, é?

— Acho que sou, sim.

— Como você começou?

— O de sempre. Doces do mercadinho local. Dinheiro da bolsa da minha mãe.

— Ela nunca notou?

— Notou, claro. Infelizmente, me trancou no quarto só com meu notebook. Achou que eu estivesse fazendo lição de casa. De certa forma, eu estava.

— Estou te oferecendo uma saída, Ingrid.

— Que gentil da sua parte, sr. Allon. Mas não estou pedindo uma.

Gabriel virou na rodovia E51 e foi para o sul.

— Talvez eu esteja fazendo isto do jeito errado.

— Com certeza está.

— E qual seria o jeito certo?

Ela o olhou de soslaio.

— Me explique como eu me comunicaria com você sem os russos saberem.

— Genesis.

— O que é isso?

— Foi criado pela mesma empresa israelense que fez o Proteus. A versão atual tem a aparência e o funcionamento parecidos com os de um iPhone 14 Pro Max comum. Mas o Genesis também age como transmissor clandestino seguro via satélite.

— Como?

— Você só precisa compor uma mensagem para o número de telefone correto gravado em seus contatos, e o telefone a incorpora na sua foto mais recente, depois a envia de forma segura para o satélite. Quando a mensagem sai do seu Genesis, o software elimina qualquer rastro dela, então não precisa se preocupar em apagar nada.

— O que aconteceria se os russos botassem as mãos nele?

— Nós o submetemos ao comitê mais exigente de todos. Nenhum de nossos técnicos conseguiu achar o software.

— E se os russos decidirem abrir o dispositivo?

— Encontrariam um monte de tecnologia israelense e, sem dúvida, tentariam fazer engenharia reversa. Portanto, é importante que o Genesis nunca saia da sua vista.

— Eu ainda não concordei com nada. — Ela estava cutucando o esmalte do polegar. — Os russos sabem como eu sou.

— Uma versão sua — apontou Gabriel. — Mas me disseram que tem várias outras. Além do mais, o último lugar onde esperariam achar você é ao lado do Camarada Larsenov.

— Eles sabem meu nome também.

— Uma identidade e um passaporte novos vão cuidar disso.

— Onde eu vou arrumar um novo passaporte dinamarquês?

— Com o diretor do PET. Onde mais?

— E quando o diretor da inteligência dinamarquesa perguntar como nós nos conhecemos?

— Vou ser obrigado a contar tudo a ele.

— Se você fizer isso...

— Sua carreira como ladra vai acabar oficialmente. Mas fique tranquila, um recomeço a espera na DanskOil.

DANIEL SILVA

— Uma empresa de combustíveis fósseis? Prefiro ser presa.

Gabriel exalou pesado.

— Vamos ter mesmo que resolver sua ideologia política.

— Não tem nada de errado com a minha ideologia.

— Você é uma social-democrata e ambientalista radical *woke*.

— Você também, até onde sei.

— Só que eu não estou dormindo com Magnus Larsen.

— Nem eu, só para deixar claro.

— Mas isso não muda o fato de que ele nunca se envolveria com alguém como você. E certamente nunca a apresentaria aos amigos russos dele. Você precisa se tornar membro de carteirinha da extrema-direita europeia pró-Kremlin.

— Uma babaca? É isso que você quer dizer? — Ela fingiu estar pensando. — Sabe, eu não estaria neste caos se não tivesse roubado a porcaria do telefone do Peter.

— Ou o Vermeer — adicionou Gabriel.

— Ou as joias e o dinheiro do seu chalé em Kandestederne. Mas foi muito divertido, né? — Ela ficou em silêncio por um longo momento. Então perguntou: — Como funciona a câmera no Genesis?

A floresta pantanosa de quase oito quilômetros quadrados conhecida como Dübener Heide ficava a cem quilômetros de Potsdam, no estado alemão da Saxônia-Anhalt, entre os rios Elba e Mulde. No centro da reserva natural, havia um pequeno hotel. Gabriel e Ingrid almoçaram no salão de jantar, aí saíram caminhando por uma trilha até um bosque denso de faias.

— Você vem muito aqui? — perguntou Ingrid.

— Vinha, há um século.

— Por quê?

— Já, já você vai ver.

Eles seguiram a trilha por cerca de dois quilômetros, aí viraram num caminho secundário que os levou a uma pequena clareira. Gabriel

O COLECIONADOR

ficou imóvel por um longo momento, ouvindo. A floresta ao redor deles estava em silêncio. Eram só os dois.

Ele deu uns vinte passos através da clareira e parou diante de uma faia de tronco grosso. No bolso do casaco, havia uma ficha de papel e uma tachinha trazidos do esconderijo. Ele apoiou a ficha na casca branca e a perfurou com a tachinha.

Ingrid o observava com curiosidade do outro lado da clareira. Ele voltou até ela e lhe entregou sua Beretta.

— Um tiro dessa distância está no seu repertório?

Franzindo a testa, ela soltou a bolsa na terra úmida e levou a arma ao nível dos olhos, com uma empunhadura exemplar de duas mãos. Disparou um único tiro. Pegou no canto superior direito da ficha.

— Nada mal — disse Gabriel. — Mas isto não é prática de tiro ao alvo. Você está tentando matar o homem do outro lado da clareira.

— É uma árvore, não um homem.

— Nunca aperte o gatilho só uma vez. Sempre duas. Sem hesitar, sem atraso. Tap-tap.

Ela fez o que ele mandou. Os dois tiros erraram completamente a árvore.

— Tente de novo.

Daquela vez, os dois tiros pegaram na árvore, mas nenhum deles acertou a ficha.

— Mais uma vez. Tap-tap.

Ela levantou a arma ao nível dos olhos e apertou o gatilho duas vezes. Os dois tiros perfuraram a ficha.

— Muito melhor. — Gabriel puxou uma pistola Jericho calibre .45 da lombar e colocou o cano na têmpora direita de Ingrid. — Tente agora.

Os dois tiros atingiram a ficha.

Gabriel abaixou a Jericho.

— Muito impressionante.

— Sua vez, sr. Allon.

— Não acho que essa demonstração seja necessária.

231

— A ficha é um pouco menor que um homem numa moto.

— Mas o homem na moto estava se movendo. A fichinha azul está ali parada.

— Me parece que você está com medo de errar.

Ele suspirou.

— A Beretta ou a Jericho?

— Escolha do adversário.

Ele entregou a Jericho descarregada para Ingrid e colocou um pente novo de quinze tiros na Beretta.

— Qual quadrante da ficha você quer que eu acerte?

— Que tal os quatro?

Gabriel balançou o braço, e quatro tiros soaram.

— Meu Deus — sussurrou Ingrid.

Ele disparou a última bala direto na tachinha, e a ficha caiu no chão.

— Isso foi…

— Um truque para impressionar — interrompeu ele. — Como a sua habilidade de roubar o relógio de alguém sem que a pessoa note. O problema é que o mundo real não é um estande de tiros. É mais ou menos assim…

Sem aviso, ele se lançou pela clareira, o braço esticado, disparando enquanto corria. Dez tiros em rápida sucessão. Dez balas na carne da faia. No mesmo lugar. Uma em cima da outra. Respirando pesado, ele girou e viu Ingrid o olhando como se ele fosse um louco. Juntos, recolheram os cartuchos gastos e voltaram ao hotel.

40

SEDE DO PET

A sede do Politiets Efterretningstjeneste, o Serviço de Segurança e Inteligência da Dinamarca, ficava localizada a noroeste de Copenhague, no subúrbio de Søborg. A vista do escritório de Lars Mortensen no último andar era tranquila e desapressada. Muito pouco dava errado no mundo de Mortensen — exceto, claro, quando Gabriel chegava à cidade.

— Certamente — disse o agente israelense — vocês deviam ter ao menos *algumas* suspeitas sobre ele.

— Ficamos perturbados com o relacionamento dele com o presidente russo? Sim, claro. Achávamos que ele devia sair da *joint venture* com a RuzNeft? Sem dúvida. Mas isto? — Mortensen sacudiu a cabeça, perplexo. — Quem imaginaria que ele podia estar envolvido em algo tão desprezível?

— Você nunca o vigiou? Nunca escutou as ligações dele ou abriu as correspondências?

— Estamos na Dinamarca, Allon. E Magnus Larsen...

— É agente russo há vinte anos.

Mortensen permitiu que um momento se passasse antes de falar:

— Imagino que haja uma gravação desse interrogatório em Berlim?

Gabriel deu de ombros para indicar que sim.

— Ele confessou tudo?

— Tudo.

— Rikke Strøm?

Gabriel assentiu.

— Você acredita na história dele?

— Que ele não teve nada a ver com a morte dela? Se não acreditasse, eu o teria entregado aos seus colegas da Polícia da Dinamarca e lavado minhas mãos.

— Eu devia ter estado em Berlim, Allon. Você não tinha direito de interrogar um cidadão dinamarquês sem a minha presença.

— Tem razão, Lars — disse Gabriel, com falsa contrição. — Foi um erro da minha parte.

— Um de muitos. — O chefe dos espiões dinamarqueses baixou os olhos para as duas fotografias que Gabriel colocara em sua mesa. Uma mostrava um assassino da SVR entrando num café fora de mão na ilha de Fiônia. A outra mostrava o mesmo assassino da SVR morto numa alameda estreita perto da ponta norte da península da Jutlândia. — Ele levou quatro tiros no centro do peito e, inexplicavelmente, um na lateral do joelho.

— É o que ganha por tentar matar minha companheira de jantar.

— Onde está ela agora?

— Num esconderijo de onde dá para ir a pé até a sede da DanskOil.

— Eu quero a garota.

— Não culpo você, Lars. Mas não pode ficar com ela.

— Por que não?

— Porque nós precisamos dela. De Magnus também.

— Nós?

— Adrian Carter e eu. Estamos trabalhando juntos de novo. Você é bem-vindo se quiser se juntar a nós. Vai ser como nos velhos tempos.

— O que você tem em mente?

— O roubo do século.

— Maior que o que você fez em Teerã?

— Muito menos papel — respondeu Gabriel. — Mas os riscos são consideravelmente maiores.

O COLECIONADOR

— Estou ouvindo.

Gabriel deu ao chefe do PET um resumo breve da operação que pretendia planejar e lançar de solo dinamarquês.

— Arriscado — comentou Mortensen. — Que tipo de promessas você fez a Magnus para convencê-lo?

— Deixei implícito que você olharia com bons olhos o caso dele, caso ele nos ajudasse.

— E Johansen?

— Mais do mesmo. Se você tivesse algum bom senso, a contrataria quando tudo acabar.

— O PET faz parte do Ministério da Justiça. Não contratamos criminosos. — Mortensen devolveu as duas fotos. — Insisto em ser um parceiro integral. Você e Adrian não podem esconder nada de mim.

— Feito.

— Também quero uma promessa de que o vídeo do interrogatório de Magnus Larsen nunca verá a luz do dia.

— Nunca — repetiu Gabriel.

— Do que você precisa de mim?

— Contravigilância para mim e minha equipe operacional. Vigilância protetiva para Katje Strøm. Vigilância física em tempo integral para Magnus Larsen.

— E eletrônica?

— Nem precisa. Ele é nosso.

— O que mais?

Gabriel jogou quatro cópias da mesma foto na mesa de Mortensen. Eram fotos três por quatro de uma mulher na casa dos trinta, com cabelo loiro platinado curto e óculos gatinho.

— É a Johansen?

— Uma versão dela.

— Nome?

— Astrid Sørensen.

— Data de nascimento?

— Em algum momento no fim dos anos 1980. Pode escolher o dia.

235

DANIEL SILVA

— Endereço?

— Tanto faz, Lars. Só coloque alguma coisa que eu consiga pronunciar, por favor.

A operação começou três dias depois, com um discurso inflamado no plenário do Parlamento dinamarquês, proferido por Anders Holm, fundador da Coalizão para uma Dinamarca Verde, atual estrela em ascensão no Partido Social-Democrata. O ambientalista incendiário fez sua exigência a pedido de um velho amigo da Universidade de Aalborg, que se recusou a dizer o motivo, embora tenha insinuado que estava relacionado à segurança nacional dinamarquesa. A ligação telefônica que Holm recebeu do diretor-geral do PET deixou bem evidente que era realmente o caso.

Ao meio-dia, o conceituado jornal *Politiken* publicou um editorial contundente — que incluía as palavras *vergonha* e *ultraje* — e, à noite, o normalmente cauteloso ministro dos Negócios deixou explícito que havia chegado a hora. Sim, ele admitiu, as aparências podem enganar. Mas, ao que indicavam as *aparências*, o maior produtor de petróleo e gás natural da Dinamarca estava ajudando a financiar a guerra da Rússia na Ucrânia. A situação, disse ele, era intolerável e imoral. Quanto mais cedo acabasse, melhor.

Não era de surpreender que os comentários nas redes sociais fossem bem menos contidos. O consenso parecia ser que o CEO da DanskOil, Magnus Larsen, era pessoalmente culpado pela tragédia que se abatera sobre o povo ucraniano. Naquela noite, quando ele saiu da sede da DanskOil, um grupo pequeno mas expressivo de manifestantes jogou tinta vermelha em seu carro. O organizador da manifestação era um grupo até então desconhecido chamado Federação da Liberdade Ucraniana. Curiosamente, a polícia dinamarquesa não efetuou nenhuma prisão.

Se Magnus estava incomodado com a súbita renovação das críticas sobre os laços da DanskOil com a Rússia, não deu sinais disso. Tampouco houve qualquer indicação de que ele pretendia se submeter à pressão. Na verdade, parecia gostar da perspectiva de uma briga. Na manhã seguinte ao ataque dos manifestantes ao seu carro, garantiu à sua equipe sênior que o trabalho da empresa continuaria normalmente e que não havia nenhuma mudança iminente na *joint venture* com a RuzNeft.

No entanto, havia uma nova adição à equipe de Magnus: uma mulher atraente de trinta e poucos anos, cabelos loiros platinados e óculos gatinho chamada Astrid Sørensen. A necessidade repentina de uma segunda assistente pessoal era um mistério, em especial para Nina Søndergaard, que havia servido fielmente a Magnus por mais de uma década. Ele deu a ela um novo título chamativo e um aumento significativo de salário, e tudo foi perdoado.

O restante da DanskOil também obedeceu rapidinho. O departamento de RH processou a papelada de Sørensen em tempo recorde, e o chefe de segurança emitiu para ela um documento de identidade e um cartão de acesso total. Quando o departamento de TI lhe ofereceu a visita guiada padrão ao sistema de computadores da empresa, ela recusou — segundo ela, Magnus já havia lhe ensinado o básico. O departamento de TI não achou a história plausível, já que o empresário com alma de poeta ainda não havia dominado a arte de colocar papel na impressora.

A mesa da moça ficava em frente ao escritório do CEO, que era um aquário. Suas funções incluíam atender ao telefone, receber os visitantes, ler e responder os e-mails e manter a agenda diária regrada — em resumo, todas as funções de secretariado executivo que antes eram de responsabilidade de Nina Søndergaard.

Inevitavelmente, surgiram especulações sobre a natureza exata do relacionamento entre o CEO em apuros da maior empresa de energia da Dinamarca e sua nova e atraente assistente pessoal. Quem a procurou na internet encontrou fotos de uma mulher elegante e extrovertida, sem nenhuma sexualidade ou status de relacionamento discerníveis — prova, disseram alguns, de que estava em um relacionamento com um homem casado. Fora isso, o único aspecto digno de nota de suas várias publicações nas redes sociais era a nítida inclinação política à direita. Isso a colocava ao lado de grande parte da mão de obra da DanskOil.

DANIEL SILVA

Extratores de combustíveis fósseis em uma nação de ciclistas, eles eram um grupo politicamente autosselecionado.

Ela morava em um apartamento em Nørrebro, ou pelo menos era o que dizia. No entanto, passava a maior parte do tempo livre em um esconderijo no bairro de Emdrup, ao norte de Copenhague. O homem para quem ela supostamente trabalhava também era um visitante frequente, embora suas estadias fossem mais curtas — uma hora ou mais, todas as noites, a caminho de sua mansão à beira-mar em Hellerup. Nem sua esposa, nem seus funcionários sabiam de seus movimentos incomuns, apenas seu fiel motorista, que supôs que o chefe não estivesse envolvido em nada mais interessante do que outro romance extracurricular.

Lars Mortensen, do PET, aparecia quase todas as noites para observar as sessões de treinamento. Para o bem ou para o mal, nenhum dos agentes precisava de muita instrução quando se tratava dos princípios básicos da arte da espionagem. Uma era ladra e golpista profissional, o outro era um executivo de alto nível que trabalhava como agente russo coagido havia vinte anos. Enganadores e dissimuladores natos, eles formavam um casal dos sonhos.

Foi Gabriel, com a ajuda de Natalie e Dina, quem escreveu a história de seu romance de idas e vindas. Aparentemente, a jovem e vibrante Astrid desejava desesperadamente se casar com o rico e arrojado Magnus e, ao contrário de muitas de suas outras amiguinhas, não se deixava abater pela infâmia pró-Rússia dele — em grande parte porque a jovem e vibrante Astrid também era furiosamente pró-russos. O lamentável era que essa fosse sua opinião política menos ofensiva. Ela também acreditava que a Dinamarca precisava expulsar sua minoria muçulmana, que a vacina contra a covid-19 era letal, que o aquecimento global era uma farsa, que a homossexualidade era uma escolha de estilo de vida e que uma cabala de pedófilos liberais sanguinários controlava o sistema financeiro global, Hollywood e a mídia.

Exímia batedora de carteiras, tinha os dedos ágeis de um músico virtuoso. Mesmo assim, praticou discar a senha do cofre de Nikolai Petrov pelo menos mil vezes — com as luzes acesas, na escuridão total, com os olhos abertos e usando uma venda. Sob quaisquer condições, só precisou de dez segundos.

Mas, para chegar ao cofre, precisaria primeiro abrir a fechadura da porta do escritório de Petrov. O chaveiro da equipe do PET deu a ela um conjunto de chaves micha de nível profissional e instalou uma série de fechaduras europeias comuns nas portas internas do esconderijo. Ingrid preferia usar o cabo de uma chave de fenda — envolto em fita adesiva para abafar o som — em vez do martelo do kit para abrir as fechaduras. A prática extensiva se mostrou desnecessária. Em sua primeira tentativa ela conseguiu abrir qualquer porta do esconderijo em cinco segundos ou menos, uma fração do tempo que o chaveiro do serviço de segurança dinamarquês levou.

Da mesma forma, ela era proficiente com o dispositivo de comunicação segura do Escritório conhecido como Genesis. Três mensagens de teste chegaram simultaneamente ao Boulevard Rei Saul e ao celular seguro de Gabriel poucos segundos depois de serem enviadas. A fotografia na qual a mensagem final foi incorporada mostrava uma Ingrid sorridente com os braços em volta do pescoço de um Magnus Larsen encantado.

A câmera do Genesis parecia a câmera de um iPhone comum e funcionava da mesma forma, mas o sistema operacional do aparelho tinha a capacidade de ocultar e criptografar automaticamente as fotografias recém-tiradas. Langley enviou um modelo de oitenta páginas da diretriz do Conselho de Segurança, com letras e números em cirílico. Apesar de inúmeras tentativas, Ingrid nunca conseguiu fotografar o documento inteiro em menos de cinco minutos.

— Uma eternidade — disse Lars Mortensen.

— Mas é necessário — respondeu Gabriel. — Em nenhuma circunstância ela pode roubar o documento. Se isso acontecer...

— Vou ter que negociar com Nikolai Petrov para obter a libertação de dois cidadãos dinamarqueses da prisão russa.

— Antes você do que eu, Lars.

Com a ajuda de uma transmissão criptografada da Agência de Segurança Nacional, Gabriel e sua equipe conseguiam observar Petrov

DANIEL SILVA

duas vezes por dia, como um reloginho — uma vez às 5h30 da manhã e outra por volta das dez horas da noite, quando ele chegava em casa do Kremlin. Em várias ocasiões, o russo se afastou da escrivaninha quando a porta do cofre estava aberta. Havia dois compartimentos internos. O inferior estava cheio de lingotes de ouro e maços de dinheiro. Os documentos confidenciais estavam armazenados no compartimento superior do cofre, dispostos verticalmente como livros em uma prateleira. Pareciam ser catorze, todos com encadernações do Conselho de Segurança.

A tomada da câmera permitiu que Gabriel e Lars Mortensen criassem uma réplica em escala do escritório de Petrov dentro da sede do PET. Independentemente do tipo de fechadura que usassem na porta externa, Ingrid conseguia retirar a diretriz simulada do cofre e colocá-la sob o abajur da mesa em menos de trinta segundos. Entretanto, somente uma vez ela conseguiu fotografar as oitenta páginas em menos de cinco minutos. Foi no mesmo dia em que Adrian Carter informou a Gabriel que estava a caminho de Copenhague. O tempo de preparação, ao que parecia, estava quase acabando. O agente russo de codinome Komarovsky havia feito sua jogada.

41

ESTAÇÃO DE COPENHAGUE

A Embaixada Norte-Americana, talvez o prédio mais horroroso de toda a Copenhague, ficava localizada na Dag Hammarskjölds Allé, a cerca de um quilômetro da sede da DanskOil. Carter recebeu Gabriel na sala de reuniões segura da estação da CIA, vestido com um blazer e uma calça amarrotada de gabardina. O voo noturno de Washington o havia maltratado. Parecia exausto e estressado, o que era sempre uma péssima combinação.

Ele extraiu uma xícara de café de uma garrafa térmica.

— O presidente manda cumprimentos. Quer agradecer a você por aceitar esta operação perigosa em nosso nome.

— Não sou eu que vou fazer, Adrian.

— Ela está pronta?

— Tão pronta quanto poderia estar.

— Quanto tempo ela vai levar?

— Tempo demais para o meu gosto.

— Dá para ser mais específico?

— Se a diretiva do Conselho de Segurança realmente tiver oitenta páginas, vai levar mais ou menos seis minutos do começo ao fim.

— E ela sabe que não pode tirá-la do escritório de Petrov?

— Ela sabe, Adrian.

Carter se sentou na ponta da mesa de reuniões.

— Gostei muitíssimo de sua campanha pública contra a DanskOil. A tinta vermelha na limusine foi um belo toque.

— Ainda tem mais a caminho.

— O Camarada Larsenov está se comportando?

— Parece que sim.

— Vigilância russa?

— Meus parceiros do PET dizem que não.

— Estamos prontos para iniciar? É isso que está dizendo?

— Eu tenho escolha?

— Na verdade, não.

— Tem algo que você não está me dizendo, Adrian?

— Um dos submarinos de mísseis balísticos mais novos da Rússia saiu da baía de Kola anteontem à noite, e os seus bombardeiros Tupolev pelo jeito não conseguem ficar fora do nosso espaço aéreo no Alasca.

— Mais alguma boa notícia?

— Achamos que podem estar levando algumas das armas nucleares táticas para mais perto da fronteira ucraniana.

— Vocês *acham*?

— Confiança baixa a moderada — disse Carter.

— E o urânio altamente enriquecido da África do Sul?

— Nosso melhor chute é que está em algum lugar entre a fronteira ocidental da Rússia e a península de Kamchatka, no Extremo Leste. O informante conhecido como Komarovsky, porém, tem quase certeza de que a diretiva 37-23\VZ do Conselho de Segurança não só vai nos dizer onde está o material, mas também para onde está indo e como os russos pretendem usá-lo.

— Quando ele fez contato?

— Prefiro não dizer.

— E eu prefiro estar em Veneza com minha esposa e meus filhos.

— Dois dias atrás. Mas não pergunte onde — adicionou Carter.
— Não vou contar.

— Na verdade, eu estava planejando ir direto para o nome real de Komarovsky.

O COLECIONADOR

— Nem se dê ao trabalho.

— Como Magnus vai fazer contato se não souber quem ele é?

— Vai ser Komarovsky que vai fazer contato com Magnus.

— Como?

— Com isto. — Carter colocou um antigo livro brochura em miniatura na mesa de reuniões. O título e o autor eram russos. — *Doutor Jivago*, de Boris Pasternak. A CIA fez com que fosse publicado em 1958, e circulou em Moscou e por todo o Pacto de Varsóvia. Peguei este emprestado do museu da Agência. Komarovsky também tem um exemplar, que vai entregar a Magnus se sentir que é seguro seguir com a operação. — Carter abriu o romance. — Esta passagem vai estar bem destacada.

— O que diz?

— "E lembre-se. Nunca, em nenhum caso, pode-se entrar em desespero. Ter esperança e agir: esses são nossos deveres no infortúnio."

— Que apropriado.

— Komarovsky se vê como um homem de destino. — Carter devolveu o volume de Pasternak à sua maleta. — Diga para Magnus aceitar todos os convites que receber, mesmo que seja para sua própria execução. Pode ser de Komarovsky.

— Ele consegue colocá-los na casa de Petrov?

— Confiança moderada a alta.

— E consegue tirá-los depois?

— Imagino que isso vá depender inteiramente da sua garota.

— Ela precisa de seis minutos para fotografar um documento de oitenta páginas, Adrian.

— Quando eles podem partir para a Rússia?

— Assim que meus parceiros dinamarqueses e eu terminarmos de explodir a *joint venture* DanskOil-RuzNeft.

— Faça logo. — Carter fechou a maleta. — Tenho um mau pressentimento.

★ ★ ★

DANIEL SILVA

O tom da primeira-ministra era espontâneo e inabalavelmente educado. Ela queria saber se ele podia passar no escritório dela no Borgen às cinco horas da tarde para debater a situação da DanskOil na Rússia.

— E fique tranquilo, Magnus. Quinze minutos serão mais do que suficientes.

Ela garantiu a ele que a visita não seria divulgada, mas várias centenas de manifestantes irados e um grande contingente da imprensa dinamarquesa o receberam na chegada. A reunião durou precisamente três minutos. A primeira-ministra lhe deu um ultimato e um prazo, e aí o dispensou. Lá fora ele encontrou sua limusine coberta de tinta azul e amarela, as cores da bandeira ucraniana. O vídeo dele saindo virou uma sensação global.

Na manhã seguinte, ele informou à equipe sênior que não tinha escolha a não ser desacelerar a operação da DanskOil na Rússia. Deu a notícia a seu Conselho naquela tarde, mas esperou mais um dia para ligar ao presidente da RuzNeft, Igor Kozlov, na sede da empresa em São Petersburgo.

— Não tem mesmo como resistir à pressão? — perguntou Kozlov, em russo.

— Sinto muito, Igor. Mas estou com a arma na cabeça.

— Por que você não vem a São Petersburgo? Com certeza conseguiremos pensar em uma solução.

— Não existe solução.

— Que mal há em tentar, Magnus?

— Quando?

— Semana que vem?

— Não sei se consigo segurar tanto tempo.

— Nesse caso, que tal depois de amanhã?

— Até lá — disse ele, e desligou.

Sua nova assistente pairava perto da mesa, com o bloquinho na mão. Ele a instruiu a fechar um voo privado de Copenhague a São Petersburgo e reservar duas suítes premium com vista para a catedral no Hotel Astoria, na praça de São Isaac.

O COLECIONADOR

— Duas suítes? — perguntou ela incisivamente.

— Você vai me acompanhar, srta. Sørensen. Pode planejar passar vários dias fora.

— Sim, claro — aceitou ela com um sorriso, e voltou à sua mesa.

Naquela noite, Gabriel e a equipe a fizeram passar pela sessão de treinamento mais dura até então. Ela passou trinta minutos abrindo fechaduras, mais trinta girando o disco de senha do cofre e quase duas horas fotografando a diretiva de oitenta páginas. Depois, Mikhail a levou ao andar de cima para conduzir um interrogatório simulado com sotaque russo enquanto Gabriel e Eli Lavon inteiravam Magnus sobre o básico de fazer contato com uma fonte clandestina. O CEO lançou vários olhares para seu caro relógio Piaget Altiplano Origin.

Irritado, Gabriel perguntou:

— Você precisa ir a algum lugar e estou atrapalhando, Magnus?

— Talvez seja uma surpresa para você, Allon, mas sou bem versado na etiqueta de espionagem russa. E não fico nada surpreso de esse tal Komarovsky querer manter sua identidade em segredo. Ele está fazendo um jogo muito perigoso.

— Algum candidato?

— Eu ia te perguntar a mesma coisa.

— Ele vai ser a última pessoa que você esperaria.

— Imagino que esse seria o próprio Nikolai Petrov. — Magnus de repente se distraiu com as perguntas que Mikhail gritava lá em cima. — Isso é mesmo necessário?

— Pelo seu bem, espero que não seja.

— É agora que você ameaça me destruir se alguma coisa acontecer com ela? — Magnus levantou os olhos para o teto. — Não precisa se preocupar com a srta. Sørensen, Allon. Vou fazer todo o possível para garantir que ela saia viva da Rússia.

Na manhã seguinte, um porta-voz da DanskOil anunciou que o CEO Magnus Larsen viajaria a São Petersburgo para iniciar as discussões sobre o encerramento da *joint venture* com a RuzNeft, petrolífera russa de propriedade do Kremlin. Apesar disso, a partida de Magnus da sede da DanskOil naquela noite mais uma vez foi manchada por um incidente desagradável envolvendo manifestantes. Ele passou no esconderijo para uma sessão final e um jantar comunitário que incluía vários oficiais do PET, entre eles o diretor-geral. Ingrid estava obviamente desconfortável com o que a esperava na Rússia. Escondeu o medo sob a fachada de extrema-direita de sua identidade falsa, discorrendo sobre vários assuntos incendiários, para o deleite de sua plateia.

— É tudo coisa científica — disse ela, pegando emprestada uma frase de Tom Buchanan. — A ideia é que se a gente não tomar cuidado, a raça branca vai desaparecer completamente.

Depois do jantar, Magnus voltou para sua casa em Hellerup, e Ingrid subiu para fazer as malas. Foi deitar em torno de meia-noite e, às cinco da manhã seguinte, havia desaparecido. Gabriel esperou até o avião fretado deles estar no ar antes de entrar no quarto dela para procurar pistas sobre o verdadeiro estado de suas emoções. O bilhete de despedida estava grudado na parede, escrito à mão numa ficha, perfurada com uma tachinha. Dizia apenas: "Não vou decepcionar você".

Parte Três

O CONTATO

42

SÃO PETERSBURGO

Na ampla praça em frente ao antigo Palácio dos Sovietes, Lênin estava no alto de seu pedestal, com o braço direito esticado para o oeste. Os russos costumavam brincar que o fundador da União Soviética parecia estar sempre tentando chamar um táxi. Mas uma corajosa dissidente das redes sociais chegou a uma nova teoria: a de que Lênin estava, na verdade, exortando os jovens e os que tinham condições físicas a fugir da Rússia antes que pudessem ser mobilizados para a esperada ofensiva do final do inverno na Ucrânia. O comentário em vídeo da dissidente não caiu nas graças das autoridades russas, que a enviaram para uma colônia penal nos montes Urais após um julgamento sumário. Seu marido e seus filhos não tiveram mais notícias dela desde então.

Ingrid tirou uma foto da enorme estátua de bronze com seu novo celular enquanto a limusine Mercedes estava parada no trânsito do final da manhã na Moskovsky Prospekt. O carro esperava por eles na pista do Aeroporto de Pulkovo. Um comitê de recepção da RuzNeft havia facilitado o processo de chegada. Ninguém se preocupou em inspecionar o passaporte de Ingrid, muito menos seu dispositivo móvel.

Ela encaminhou a fotografia por meio de uma mensagem de texto comum não cifrada para um amigo em Copenhague — amigo que, na verdade, não existia — e incluiu alguns comentários mordazes sobre a esquerda europeia, condizentes com sua nova imagem populista.

DANIEL SILVA

Também enviou a foto para o arrojado Magnus, sentado ao lado dela no banco de trás do Mercedes. Desta vez seu comentário foi de natureza sexual, o que provocou um sorriso nos belos traços do rosto dele.

— É o que eu mais gostaria — murmurou ele em dinamarquês. — Mas estão me esperando na RuzNeft.

— Tem certeza de que não deseja que eu vá com você?

A resposta dele foi bem ensaiada.

— Dadas as circunstâncias, provavelmente é melhor você não ir.

— O que vou fazer sozinha a tarde toda?

— São Petersburgo é uma das cidades mais bonitas do mundo. Faça uma caminhada longa e agradável.

— Está muito frio.

— Você é dinamarquesa. — O aperto brincalhão que ele deu na mão dela não passou despercebido pelo gorila da segurança da RuzNeft no banco do passageiro da frente. — Acho que vai sobreviver.

— Espero que sim — comentou Ingrid com calma, e olhou pela janela para os prédios residenciais orwellianos da era soviética agrupados em torno do Victory Park.

Para onde quer que olhasse, nas vitrines das lojas e nas laterais dos carros, ela via a letra Z, o símbolo de apoio à guerra na Ucrânia. Em nenhum lugar havia qualquer sinal de oposição, pois até mesmo uma leve oposição, uma camiseta, um gesto com a mão, havia deixado de ser tolerada. O presidente russo tinha se referido recentemente aos ativistas contra a guerra como escória e insetos. Foi bastante brando em comparação com os Dois Minutos de Ódio padrão que passavam todas as noites na televisão estatal.

Finalmente chegaram à praça Sennaya, e a estrondosa Moskovsky Prospekt deu lugar à elegância europeia importada do centro da cidade czarista. Magnus estava ao telefone com a sede da DanskOil quando eles pararam na entrada do histórico Astoria Hotel, com seu toldo vermelho. Ele silenciou a chamada quando Ingrid saía do carro.

— Com sorte, volto a tempo para o jantar. Eu te mando uma atualização se tiver um minuto livre.

O COLECIONADOR

— Por favor, faça isso — disse ela, e seguiu o porteiro até o saguão.

A moça da recepção examinou o passaporte dinamarquês de Ingrid com uma cara de desdém ensaiada antes de entregar dois conjuntos de chaves de quarto. Como solicitado, suas suítes premium eram adjacentes. Ingrid tirou uma foto da vista de sua janela e pediu conselhos a um amigo em Copenhague sobre como poderia passar algumas horas em uma das mais belas cidades do mundo. Ele a aconselhou a visitar o Hermitage. A Sala Monet, disse ele, era imperdível.

Ingrid tomou café e comeu um doce no Café Literário, o lendário refúgio dos escritores e intelectuais russos, depois caminhou sob o imponente Arco do Triunfo até a praça do Palácio, onde um contingente da Polícia do Pensamento, vestido de preto, estava prendendo vários jovens manifestantes antiguerra que haviam estendido uma faixa aos pés da Coluna de Alexandre. Vários espectadores exibiam símbolos Z e gritavam slogans pró-Kremlin enquanto os manifestantes eram levados.

Incomodada com o que havia testemunhado, Ingrid passou as duas horas seguintes perambulando pelas inúmeras salas e galerias do Hermitage, incluindo a 67, a Sala Monet. Depois disso, enquanto caminhava pelos palácios extravagantes que ladeavam a Millionaya, a rua dos milionários, ela se convenceu, com base apenas em seu instinto profissional bem afiado, de que estava sendo seguida.

Ela não fez nenhuma tentativa de localizar ou despistar a vigilância, pois tais contramedidas não estariam de acordo com seu personagem. Em vez disso, prestou respeito à chama eterna no Campo de Marte. Em seguida, visitou o Palácio de Mármore, que Catarina, a Grande, dera de presente ao seu amante Grigory Orlov, líder do golpe de 1762 que tirou o marido de Catarina do poder e a colocou como imperatriz da Rússia.

Ao sair do palácio, Ingrid chegou à conclusão de que, se tivesse nascido na Rússia no final do século XVIII, sem dúvida estaria entre as multidões de trabalhadores famintos que invadiram o Palácio de

DANIEL SILVA

Inverno em novembro de 1917, depois de ouvir o tiro disparado pelo navio de guerra *Aurora*. Ela também teve certeza de que vinha sendo seguida por pelo menos dois homens e uma mulher de cabelo curto, de uns 35 anos, que usava um casaco azul-escuro acolchoado com capuz de pele.

Foi essa mulher que acompanhou Ingrid em um tour pela colossal Catedral de São Isaac, onde ela observou o pôr-do-sol sobre o mar Báltico da cúpula no alto do domo dourado. Retornando à suíte no Astoria, enviou uma mensagem para seu amigo em Copenhague sobre a visita ao Hermitage — e sobre as prisões que havia testemunhado na praça do Palácio. Depois, como não tinha nada melhor para fazer, ligou a televisão e assistiu à programação do final da tarde na RT, a rede russa de língua inglesa. Guerra é paz. Liberdade é escravidão. Ignorância é força. Dois Minutos de Ódio.

Eram quase nove horas da noite quando Magnus enfim voltou ao hotel. Ele subiu para sua suíte pelo tempo suficiente de tirar o paletó e a gravata e vestir um suéter de lã. Ingrid tinha reservado uma mesa no restaurante italiano do vizinho Angleterre Hotel. O aposentado cansado parado atrás do bar parecia ter idade para se lembrar do cerco de Leningrado. O restante da equipe do salão era composto por mulheres. Olhavam entediadas para a televisão, ligada na NTV.

— Dmitry Budanov — disse Magnus. Então completou, melancólico: — Meu vizinho em Rublyovka.

— O que ele está dizendo?

— Evidentemente, forças russas estão avançando em todas as frentes. O regime nazista de Kiev logo será liquidado, e a Ucrânia será varrida do mapa como... — Magnus não terminou. — Não vou traduzir o resto, se você não se importar. Dmitry tem o mesmo amor do presidente russo por retórica política escatológica.

Eles estavam sentados numa mesa grudada na janela. Lá fora, caía uma neve contínua na praça de São Isaac. Não tinha mais ninguém no restaurante. Mesmo assim, Ingrid manteve a identidade falsa. Colocou a mão em cima da de Magnus e o olhou com devoção.

— Achei que eles nunca fossem deixar você ir embora.

— Eu também — respondeu ele baixinho. — Como pode imaginar, foi uma tarde bem tensa. No minuto em que eu me retirar da *joint venture*, o isolamento internacional da Rússia vai estar completo. Apesar de falar tanto em uma nova ordem mundial, Vladimir não deseja que isso aconteça. Está colocando uma enorme pressão no presidente da RuzNeft, Igor Kozlov, para achar um jeito de salvar o negócio.

— Pessoalmente?

Magnus fez que sim.

— E Igor Kozlov está colocando uma enorme pressão em mim.

— Que tipo de pressão?

— O tipo que pode ficar bem desagradável. Mas ele também me ofereceu um incentivo financeiro bem grande para continuar no acordo. Se eu aceitar, vou estar entre os homens mais odiados do planeta. Também vou ser bem rico, assim como os maiores acionistas da DanskOil.

— Você já é rico, Magnus.

— Mas vou ser rico no nível russo. Acredite, tem diferença.

— Você está considerando?

— Seria idiota não considerar. Igor deseja que eu permaneça uns dias na Rússia enquanto eles fazem as contas.

— E o ultimato da primeira-ministra?

— Um ponto de atrito, mas não é insuperável. Ela tem bem menos poder do que acha que tem.

— A imprensa está pedindo uma declaração.

— Talvez devêssemos dar uma.

Magnus pegou o celular e compôs um tuíte. Ingrid suavizou algumas das partes mais duras, mas, fora isso, manteve intacta a linguagem original. O primeiro dia de conversas entre a DanskOil e a RuzNeft sobre o futuro de sua *joint venture* tinha sido frutífero, e elas continuariam. Ela apertou o passarinho azul e esperou pela reação.

— E aí? — perguntou Magnus após um momento.

— Os twitteiros de plantão não aprovam.

A garçonete chegou com o vinho. Ingrid entregou o Genesis à mulher e lhe pediu para tirar uma foto deles, que enviou ao amigo em Copenhague.

— Vamos ficar aqui em São Petersburgo? — perguntou ela.

— Na verdade, eu estava pensando em passarmos uns dias em Moscou. Eu adoraria ver minha casa em Rublyovka.

Ingrid pegou de novo o celular.

— Avião ou trem?

— Trem.

— A que horas? — perguntou ela, mas não recebeu resposta. Magnus olhava a televisão, pálido. — O que seu vizinho está falando agora?

— Está lembrando seus muitos milhões de espectadores de que a Rússia tem o maior arsenal nuclear do mundo. Está se perguntando por que o país se dá ao trabalho de construir e manter essas armas se tem medo de usá-las.

Ingrid tirou mais uma selfie e a encaminhou ao amigo, junto de uma atualização tagarela do itinerário deles. Então abriu o cardápio e perguntou:

— O que você recomenda?

— O *linguini* com caranguejo e tomate-cereja. É absolutamente divino.

43

SEDE DO PET

—U m início promissor.

— Está cedo, Lars.

— Eu sempre acreditei no poder do pensamento positivo.

— É porque você é dinamarquês — disse Gabriel. — Eu acho reconfortante me preparar para uma calamidade e ficar agradavelmente surpreso se, em vez disso, vier um desastre comum.

Eles estavam sentados na última fileira do centro de operações do PET. Estavam lá, lado a lado, desde o momento em que o avião fretado levando Ingrid e Magnus Larsen pousou em São Petersburgo. Mortensen passara boa parte do dia arrebatado pela feitiçaria do Proteus, que lhes permitia monitorar com segurança cada palavra e movimento — incluindo a reunião, com muitas horas de duração, que acontecera na sede da RuzNeft no Aterro de Makarov. Mikhail e Eli Lavon tinham feito a interpretação simultânea. Lars Mortensen, atordoado pela conduta de um dos mais proeminentes empresários da Dinamarca, ordenou que seus técnicos imediatamente deletassem os registros da reunião dos computadores do PET.

No momento, o proeminente empresário jantava tranquilamente no Borsalino, um dos melhores restaurantes de São Petersburgo, com sua atraente assistente pessoal. Quando a refeição terminou, eles voltaram às suítes adjacentes no vizinho Astoria Hotel. Como instruído, mantiveram

DANIEL SILVA

os telefones ligados. Suas provocações familiares e bem-humoradas deixavam abundantemente claro que estavam envolvidos em um caso extraconjugal tórrido, ainda que inteiramente fictício.

À meia-noite, horário de São Petersburgo, ambos dormiam profundamente. Lars Mortensen foi para casa encontrar a esposa, e Eli Lavon e Mikhail voltaram ao esconderijo em Emdrup, lá perto. Gabriel, porém, decidiu passar a noite num sofá na sede do PET, para o caso de ser necessário quebrar algum vidro.

Pouco depois das sete da manhã, enquanto tomava café no refeitório de funcionários, ele recebeu uma mensagem da assistente do proeminente empresário dinamarquês. Anexa, havia a fotografia de um arrojado trem-bala russo esperando para partir da estação Moskovsky, em São Petersburgo. A fotografia seguinte chegou às 11h20 e mostrava o mesmo trem no terminal ferroviário Leningradsky, em Moscou. Foi seguida, duas horas depois, por uma foto do proeminente empresário e sua assistente parados na frente de uma mansão no endinheirado bairro de Rublyovka.

— A casa foi mesmo um presente do presidente russo? — perguntou Lars Mortensen.

— Acredite, era o mínimo que Vladimir podia fazer.

— Quanto vale?

— Graças à guerra, consideravelmente menos do que antes.

Mortensen contemplou a fotografia.

— Você tem que admitir, eles fazem um belo casal.

— Vamos torcer para que os amigos russos de Magnus achem isso também.

— Por que você sempre tem que ser tão fatalista, Allon?

— Evita que eu me decepcione mais tarde.

O condomínio fechado se chamava Colinas Balmoral — um nome curioso, pois a terra em que ficavam as quarenta propriedades era tão plana quanto a planície russa. A casa era a menor da rua, um chalé estilo

O COLECIONADOR

Carraway entre os palácios dos grotescamente ricos. Mesmo assim, a opulência era de escala czarista. Ingrid, rígida e exausta depois da longa viagem de trem, passou três horas na academia de primeira linha. Depois, subiu em busca de Magnus. Encontrou-o em seu escritório, numa ligação com os chefões da RuzNeft. Ele apertou o botão de mudo e permitiu que seus olhos vagassem pelo corpo tonificado e ensopado de suor que se apoiava no batente da porta. Era uma performance da parte dele. Sem dúvida, a casa estava lotada de câmeras e microfones escondidos.

— Bom treino? — perguntou ele.

— Podia ter sido melhor. — Ingrid lhe deu um sorriso sedutor. — Quanto tempo mais você vai ficar nessa ligação?

— Pelo menos uma hora.

Ela fez um biquinho bem-humorado.

— Por que não vai tomar um banho quente de banheira?

— Só se você prometer vir também depois.

Ela subiu a escadaria dupla de contos de fadas até o segundo andar. Mais uma vez as suítes eram adjacentes, com banheiros separados. Ingrid abriu a torneira da enorme *jacuzzi* e tirou a roupa de ginástica molhada. Demorou para pegar o roupão atoalhado com monograma pendurado atrás da porta. Só torcia para os *voyeurs* da FSB estarem gostando do show.

Quando a banheira estava cheia, ligou os jatos e permitiu que o roupão deslizasse dos ombros. A água em que entrou estava escaldante. Ela a esfriou alguns graus e fechou os olhos. Gradualmente seu medo recuou, o medo que a perseguia desde o instante em que seus pés tocaram solo russo. Ingrid ficara tentada a relaxar um pouco no trem — uma mulher com posses, uma bolsa sem supervisão —, mas, pelo bem da operação, tinha se segurado. Além do mais, lembrou a si mesma, já não era essa pessoa. Trabalhava para a divisão de contrainteligência do PET, o pequeno mas competente serviço de segurança e inteligência da Dinamarca, e estava posando como assistente pessoal e amante do CEO da DanskOil, Magnus Larsen, agora parado na porta.

257

DANIEL SILVA

Ingrid se sobressaltou, e uma onda de água se derramou pela lateral da banheira. Magnus estendeu uma toalha no piso de mármore e a cutucou com a ponta do mocassim.

— Perdão — disse ele, desviando os olhos. — Não quis te assustar.

— Eu só estava sonhando acordada.

— Com o quê?

— Você, claro. — Ela sorriu. — Como foi sua ligação?

— Mais do mesmo. A RuzNeft está tão desesperada para manter a *joint venture* que aumentou a aposta.

— Aumentou quanto?

— Mais uma cadeira no conselho e uma divisão significativamente melhor dos lucros. Eu falei que estava de mãos atadas.

— Quem dera — disse Ingrid, e saiu da banheira. Magnus baixou os olhos para o chão ao entregar o roupão a ela. Ingrid demorou para colocá-lo. — Estou faminta, Magnus. O que vamos fazer para jantar?

— Na verdade, recebemos um convite de última hora de um amigo.

— Precisamos ir mesmo? — perguntou Ingrid, com uma apatia fingida. — Eu preferiria passar um tempo só com você.

— Ele vai dar um pequeno jantar na casa dele — respondeu Magnus, apressando-se para a porta. — Só algumas pessoas do bairro. Bem casual.

44

RUBLYOVKA

O amigo de bairro era Yuri Glazkov, o presidente cheio de sanções do VTB Bank, controlado pelo Kremlin. Yuri era o orgulhoso proprietário de dois aviões particulares, apesar de seu superiate, o *Sea Bliss*, de 214 pés, ser bem modesto para os padrões russos. Pouco depois da invasão da Ucrânia, o governo italiano tomou a embarcação em Capri, onde Yuri possuía não uma, mas três *villas* valendo vários milhões de euros. Os italianos as haviam tomado também com base na suspeita, bem-fundamentada, de que o real proprietário fosse o amigo de Yuri, Vladimir Vladimirovich.

Alvo de uma proibição de viajar para o Ocidente, Yuri estava ilhado em sua Versalhes em miniatura em Rublyovka. Magnus decidiu dirigir até lá em seu Range Rover, já que o Bentley Continental GT não era adequado para a previsão de neve pesada naquela noite. Sob o sobretudo, vestia uma jaqueta esportiva de cashmere e um suéter de gola alta. Seu telefone estava ao lado do de Ingrid, no console central do Range Rover.

— Nós vamos *mesmo* ter esta discussão de novo? — perguntou ele, cansado, em dinamarquês.

— Você me fez uma promessa.

— E pretendo cumpri-la.

— Quando?

DANIEL SILVA

— Uma data certa? É isso que você está exigindo? Caramba, Astrid. Você está começando a parecer a primeira-ministra. — Ele ficou em silêncio enquanto passavam pelas luzes azuis piscantes de um posto de controle policial. — Sabe há quanto tempo Karoline e eu somos casados? Vinte e três anos. Vai ser mais fácil acabar com a *joint venture* com a RuzNeft do que desemaranhar nossas finanças conjugais.

— Não vou mais ser sua amante.

— Parece um ultimato.

— Talvez seja.

— Isto obviamente foi um erro.

— Obviamente — repetiu ela.

— Trazer você à Rússia, quero dizer. Pode ir embora amanhã, se quiser.

— Quero ficar com você, Magnus. — Aí, ela adicionou incisivamente: — Sozinhos.

— Acha que consegue se comportar hoje à noite?

— Improvável — respondeu ela, e tirou um fiapo imaginário da perna da calça preta de alfaiataria de marca.

Eles passaram por mais dois postos de controle policiais antes de enfim chegarem ao muro externo do condomínio fechado de Yuri Glazkov, cujo nome prometia um esplendor baronial francês. A frota de automóveis e SUVs de luxo parados na entrada circular da casa — e o pequeno exército de seguranças fortemente armados que cuidava deles — sugeria que eles não tinham sido convidados para um jantarzinho casual. Magnus encontrou um lugar para estacionar e desligou o motor. Ingrid hesitou antes de abrir a porta.

— Quem você deseja que eu seja hoje?

— Astrid Sørensen, imagino.

— Assistente pessoal ou namorada, Magnus?

— Ambos.

— Esse tipo de coisa não é malvisto?

— Não aqui. Garanto que a minha vida amorosa é a menos complicada de Rublyovka.

Ingrid encostou os lábios no ouvido dele.

— Nesse caso, provavelmente é melhor você me olhar da próxima vez que eu sair do banho.

Foi Anastasia, a terceira esposa de Yuri Glazkov, de 29 anos, quem abriu a imponente porta dourada para eles. A mão que ela estendeu a Ingrid em sinal de saudação era longa, fina e cheia de joias. Ingrid a segurou de leve, com medo de quebrá-la. A jovem Anastasia não comia muito. Tampouco falava uma palavra de outro idioma que não russo. Magnus fez as apresentações, e Anastasia balançou a cabeça de forma simpática antes de voltar sua atenção para outros recém-chegados: o porta-voz do Kremlin, Yevgeny Nazarov, e sua esposa, Tatiana. A sra. Nazarova, ex-corredora olímpica e atual cleptocrata, abraçou Magnus como se ele fosse um parente que não via há muito tempo, enquanto seu marido poliglota falava algumas palavras para Ingrid com seu inglês da Rádio Moscou. Funcionário do governo por toda a vida, ele usava um relógio Richard Mille de edição limitada, avaliado em mais de meio milhão de dólares. O relógio ainda estava em seu pulso quando ele chamou Magnus de lado para um *tête-à-tête* sobre a situação da RuzNeft — mas só porque Ingrid havia deixado passar a oportunidade perfeita para roubá-lo.

Anastasia não era a esposa mais jovem presente. Essa honra era da menina casada com o barão ladrão cujo relacionamento próximo com o presidente russo lhe custara seu time de futebol espanhol. Sua esposa mais recente, filha de um oligarca, começou uma invectiva contundente contra os ucranianos e a Otan um minuto depois de apertar a mão de Ingrid — tudo no inglês com sotaque norte-americano que havia adquirido ao se formar na ensolarada San Diego. Ingrid retribuiu com seu próprio discurso, que foi aprovado pela garota. Ela sugeriu que trocassem números de telefone, e ambas sacaram seus celulares. O aparelho da garota era banhado a ouro. De alguma forma, Ingrid conseguiu resistir.

DANIEL SILVA

Ela tirou uma selfie com a garota e, ao se virar, percebeu que havia se separado de Magnus. Viu-o do outro lado da sala de estar formal lotada, conversando com Gennady Luzhkov, o muito sancionado fundador e presidente do TverBank. Perto deles estavam Oleg Lebedev, o muito sancionado magnata do alumínio, e Boris Primakov, o muito sancionado proprietário da maior empresa química da Rússia.

De fato, Ingrid teve dificuldade para encontrar um oligarca presente que *não* tivesse sido sancionado pelos Estados Unidos e pela União Europeia por causa da guerra na Ucrânia. A apenas quatrocentos quilômetros ao sul, recrutas russos mal equipados estavam morrendo de forma horrível nas trincheiras congeladas de Donbas. Mas, aqui em Rublyovka, os cleptocratas que se tornaram extremamente ricos por sua associação com o novo czar da Rússia estavam tomando champanhe francês e mordiscando canapés de caviar. As comparações com novembro de 1917 eram deliciosas demais para serem ignoradas.

Magnus deu um aceno sutil, e Ingrid foi discretamente para o lado dele. Gennady Luzhkov, uma figura esguia com um rosto bem anguloso e cabelos brancos cuidadosamente penteados sobre a cachola, estava no meio de um discurso em russo. Ele parou no meio da frase e esperou que Magnus o apresentasse à bela jovem que havia entrado na conversa. Magnus o fez em inglês.

— O que traz você à Rússia no meio de uma guerra? — perguntou Luzhkov.

Ingrid passou o braço em volta da cintura de Magnus.

— Entendo — disse Luzhkov. Então olhou para Magnus e murmurou algo em russo.

— O que ele disse? — perguntou Ingrid.

Foi o próprio Luzhkov quem respondeu:

— Eu estava dizendo a Magnus que alguns homens parecem ter toda a sorte.

— Você viu meu vídeo viral mais recente? — perguntou Magnus.

O COLECIONADOR

— Mas você tem nos braços uma jovem que te adora — respondeu Luzhkov. — E também tem uma oferta bastante lucrativa para manter sua *joint venture* com a RuzNeft. Pelo menos é o que dizem.

— Tem algo que você *não* saiba, Gennady?

O sorriso de Luzhkov era inescrutável. Mas não havia nada nele que não fosse. Ele era um dos ex-oficiais da KGB que havia planejado a ascensão do presidente russo ao poder e, como resultado, sido ricamente recompensado. Seu banco era a quarta maior instituição financeira privada da Rússia — e uma das mais corruptas. O Departamento do Tesouro dos Estados Unidos impusera sanções severas ao TverBank no dia em que a Rússia invadiu a Ucrânia. Luzhkov havia perdido três quartos de seu patrimônio líquido quase que da noite para o dia, juntamente com seu avião particular, seu superiate e suas propriedades na Suíça e na França. No entanto, os laços com o presidente russo estavam mais fortes do que nunca.

— Você tem sido um grande amigo e parceiro da Rússia há muito tempo, Magnus. Ninguém sabe disso mais que Volodya.

— Espero que ele entenda que estou sofrendo uma pressão enorme para acabar o relacionamento com a RuzNeft.

— Acredite, ele sabe.

— Quando você falou com ele pela última vez?

— Almocei com ele hoje em Novo-Ogaryovo. Sou uma das poucas pessoas que ele ainda concorda em encontrar pessoalmente. No momento, está bem isolado. — Luzhkov pausou, antes de completar: — Talvez isolado demais.

Ele foi interrompido por uma salva de palmas que tomou a sala. Tinha sido causada pela chegada de Dmitry Budanov. Ele vestia uma jaqueta militar oliva-acinzentado de marca com um grande Z no ombro esquerdo, o que ficava voltado para a câmera durante suas transmissões de toda noite.

— Parece que ele acabou de voltar das trincheiras de Bakhmut — comentou Luzhkov baixinho. — Com exceção da maquiagem, lógico. Acho que ele não teve tempo de tirar depois de gravar a inspiradora mensagem de hoje ao povo russo.

263

DANIEL SILVA

— A transmissão de ontem foi bem perturbadora.

— A insistência dele em usarmos nosso vasto arsenal nuclear contra nossos primos ucranianos? Infelizmente, não é tão absurdo quanto parece.

— Você não acha que pode mesmo acontecer, né?

— Infelizmente, nem eu tenho acesso a esse tipo de informação. Mas pressinto que *ele* deva saber.

Luzhkov apontou o homem de sobretudo que tinha acabado de entrar na sala. Era Nikolai Petrov, o secretário do Conselho de Segurança da Rússia.

O toque de um sino convocou os convidados para o jantar no salão de banquetes cheio de lustres. A mesa em que se reuniram tinha o comprimento de um vagão de trem e estava iluminada com a luz de cem velas. Os garçons, em tradicionais túnicas *kosovorotha*, encheram as taças de vinho Château Margaux, e o anfitrião fez um brinde inflamado sobre a guerra na Ucrânia, que Magnus traduziu discretamente para o dinamarquês à Ingrid.

Por sorte, ela estava sentada ao lado da menina casada com o barão ladrão, que falava inglês e passou o resto da noite lamentando a situação difícil de sua família. Houve outras histórias de infortúnios causados por sanções ao redor da mesa — histórias de iates e casas apreendidos, de contas bancárias congeladas, de proibições de viagens e de vistos de residência ocidentais sumariamente revogados. Ninguém culpou o presidente russo; eles não ousavam. Uma dúzia de pessoas daquele meio que haviam criticado a guerra morrera em circunstâncias misteriosas, sendo "aparente suicídio" a explicação mais comum. Um deslize em um jantar em Rublyovka poderia muito bem ser fatal.

Dmitry Budanov, por exemplo, achava indecorosa a conversa sobre luxos perdidos. Um dos jornalistas de televisão mais ricos do mundo, Budanov havia perdido um iate e suas duas *villas* no lago de Como por conta de sanções. Mas era um preço pequeno a pagar, segundo ele, pela restauração da grandeza russa e pela destruição da Otan e do Ocidente decadente e contaminado pela ideologia de gênero.

— Tudo isso pode ser alcançado — continuou ele — se tomarmos as medidas necessárias para vencer na Ucrânia.

— E que medidas são essas, Dmitry Sergeyevich? — perguntou uma voz masculina de algum lugar ao longo da mesa.

— As medidas sobre as quais falo todas as noites em meu programa.

— A opção nuclear?

Budanov assentiu seriamente com a cabeça.

— E quando os norte-americanos destruírem nosso exército na Ucrânia? — Era o magnata da química, Boris Primakov.

— Aí não teremos escolha a não ser responder da mesma forma.

— E quando eles retaliarem?

— Eles não vão fazer isso.

— Como você pode ter tanta certeza, Dmitry Sergeyevich?

— Porque eles são covardes.

— Um jogo de roleta-russa? — perguntou Gennady Luzhkov. — É isso que você está sugerindo? — Sem receber resposta, ele se voltou para Nikolai Petrov: — E o que o secretário do Conselho de Segurança da Rússia tem a dizer sobre o assunto? Compartilha da opinião do nosso estimado apresentador de televisão de que os americanos jamais usariam seu arsenal nuclear contra nós?

— O que eu acho — disse Petrov, levantando-se devagar — é que está na hora de me despedir.

— Talvez você possa nos dar uma breve atualização sobre os combates antes de ir — sugeriu Yuri Glazkov.

A resposta concisa de Petrov provocou uma rodada de aplausos entusiasmados. Ingrid, no entanto, não tinha ideia do motivo; Magnus havia parado de traduzir para responder a uma mensagem que acabara de receber.

— O que ele disse? — perguntou ela por cima do barulho.

Magnus colocou o celular no bolso do paletó antes de responder:

— Evidentemente, as forças russas estão avançando em todas as frentes.

DANIEL SILVA

★ ★ ★

Já passava da meia-noite quando a festa finalmente terminou, e as estradas de Rublyovka estavam escorregadias com a neve recém-caída. Magnus dirigia em velocidade moderada com as duas mãos no volante. Ingrid desbloqueou o celular dele e leu as mensagens mais recentes. Em seguida, colocou o aparelho para dormir e observou a neve caindo nas faias que margeavam a estrada.

— Com quem você estava trocando mensagens durante o jantar? — perguntou ela com indiferença.

— Ninguém importante.

— Era sua esposa, Magnus?

— Um amigo, só isso.

— Qual é o nome do seu amigo?

— Não é da sua conta, Astrid.

A briga que se seguiu começou de forma bastante cortês, mas, quando chegaram à casa de Magnus, a intensidade era russo-ucraniana. Lá dentro, a jovem e vibrante Astrid subiu a escadaria de conto de fadas e se trancou em sua suíte. Ela esperou até estar na cama, enterrada sob dois grossos edredons, antes de enviar a mensagem para o número apropriado em seus contatos. A mensagem dizia que o CEO da DanskOil, Magnus Larsen, havia recebido um segundo convite. Dessa vez, era para um almoço no famoso Café Pushkin, em Moscou, à uma hora da tarde seguinte. Seu anfitrião seria o presidente do TverBank, Gennady Luzhkov.

Ou algo nesse sentido.

45
CAFÉ PUSHKIN

A neve caiu durante toda a noite, mas, no meio da manhã, o trânsito fluía normalmente ao longo da A106, a artéria de duas pistas que liga Rublyovka ao anel viário de Moscou. A rodovia de trinta quilômetros era a mais curta da Rússia, mas, sem dúvida, a mais bem cuidada. Os passageiros que a utilizavam diariamente incluíam os cidadãos mais ricos e poderosos do país, muitos dos quais viajavam em comitivas e trabalhavam atrás dos muros do Kremlin. Manter a rodovia livre de neve e gelo era uma prioridade, independentemente do consumo de mão de obra, que era cada vez mais escassa.

Quando Magnus saiu de Rublyovka, o trânsito da manhã já havia acabado. Ele chegou à movimentada Kutuzovsky Prospekt às 12h30, e ao Café Pushkin, localizado no Anel dos Boulevards, no histórico distrito de Tverskoy no centro de Moscou, quinze minutos antes do previsto. Lá dentro, foi escoltado até uma salinha no segundo andar do restaurante. A decoração e o ambiente eram da Rússia pré-revolucionária. Apenas uma das mesas estava ocupada — por Gennady Luzhkov, fundador e presidente do TverBank, amigo e confidente do presidente russo e ex-coronel do Comitê de Segurança do Estado, também conhecido como KGB.

Magnus se abaixou na cadeira em frente e colocou seu celular sobre a toalha de mesa branca, à vista de todos. Gennady chamou o garçom, que encheu suas taças com champanhe Dom Pérignon.

DANIEL SILVA

— Qual é a ocasião? — perguntou Magnus.

— Desde quando um russo rico como eu precisa de uma desculpa para beber champanhe?

— Você ainda é rico, Gennady?

— Não tanto quanto eu era. Mas, nesta fase da minha vida, o dinheiro não é tão importante quanto antes. — Gennady levou um punho pálido à boca e tossiu baixinho. — Conte-me mais sobre essa mulher encantadora chamada Astrid Sørensen.

Magnus repetiu a história que havia memorizado no esconderijo em Emdrup, de que ele e Astrid estavam envolvidos em um caso de idas e vindas há algum tempo.

— E obviamente estão na fase das vindas — disse Gennady.

— Obviamente — repetiu Magnus.

— Quais são suas intenções?

— Recebi um ultimato a caminho do jantar de ontem à noite.

— O que você vai fazer?

— Seguir o único caminho sensato.

— Não posso dizer que o culpo. Ela é muito bonita.

O garçom colocou uma variedade de aperitivos na mesa e se retirou. Magnus se serviu de um dos *pelmeni* recheados de carne.

— E a Raisa? — perguntou, mudando de assunto. — Como ela está?

— Morando em Dubai com todos os outros russos que têm condições de fugir. Comprei uma casa para ela em Palm Jumeirah. Custou só vinte milhões.

— Com que frequência você a vê?

— Uma ou duas vezes por mês. Aliás, estive lá tem alguns dias. Dubai está se tornando mais russa a cada dia. É um pouco como Moscou com o termostato no máximo.

— Por quanto tempo a economia pode suportar as sanções e a perda de tantos trabalhadores jovens e talentosos?

— Não por tanto tempo quanto o povo russo foi levado a acreditar. Esse é apenas um dos motivos por que é tão importante você continuar sua *joint venture* com a RuzNeft.

268

— Foi por isso que você me convidou para almoçar, Gennady? Para me pressionar a continuar no negócio?

— Você estava esperando outra coisa?

O banqueiro girou sua taça de champanhe entre o polegar e o indicador. Seu terno sob medida lhe servia perfeitamente, mas havia um espaço feio entre seu pescoço e a gola da camisa feita à mão. Sua pele era tão branca quanto a toalha de mesa. Ele não parecia nada bem.

— Não — disse Magnus com calma. — Acho que não.

— Se isso faz você se sentir melhor, a ideia não foi minha.

— De quem foi?

— De quem você acha?

— Vladimir?

Gennady assentiu com a cabeça.

— A preservação da *joint venture* da DanskOil com a RuzNeft é da maior importância para ele. Ele gostaria que você soubesse que haverá sérias repercussões se você desistir do acordo.

— Repercussões?

— Ele não especificou quais. Mas raramente especifica.

— Ele pretende me destruir? Como isso ajudaria?

— Caso você não tenha notado, Volodya não anda lá muito preocupado com danos colaterais hoje em dia. Seria sábio levar a sério a advertência e fazer todo o humanamente possível para continuar a *joint venture*.

— Mensagem recebida. — Magnus pegou o celular e se levantou abruptamente. — Foi maravilhoso ver você de novo, Gennady. Por favor, mande um abraço a Raisa.

— Mas não terminamos nosso almoço.

— Perdão, mas perdi o apetite.

— Pelo menos me deixe te dar isto. — Gennady abriu a maleta e removeu um pequeno objeto retangular embrulhado com papel dourado. — Uma lembrancinha de Vladimir, prova de sua estima.

— Obrigado, não — disse Magnus, e começou a ir embora.

DANIEL SILVA

— Você está cometendo um erro grave, Magnus. — Gennady colocou o objeto na mesa. — Abra.

Magnus voltou ao seu lugar e removeu o embrulho dourado. Embaixo, havia uma caixa de presente azul e, dentro da caixa, uma edição em miniatura em russo de *Doutor Jivago*, de Boris Pasternak. Magnus abriu o volume na página marcada e leu a passagem indicada pela flecha vermelha.

Ter esperança e agir: esses são nossos deveres no infortúnio...

— Você não concorda? — perguntou Gennady.

Magnus fechou o livro sem falar nada.

— Aqui na Rússia, temos o costume de agradecer a alguém que nos dá um presente. — Gennady empurrou o prato de *pelmeni* pela mesa. — E você devia mesmo comer alguma coisa, Magnus. Me desculpe por dizer, mas você parece pior do que eu.

Bem em frente ao Café Pushkin, ficava uma pracinha onde os soldados de Napoleão, depois de entrarem em Moscou no outono de 1812, montaram suas barracas e queimaram as tílias para se aquecerem. A mulher sentada no banco com vista para a fonte adormecida estava muito tentada a fazer o mesmo. Tendo chegado a Moscou no dia anterior, ela não estava acostumada com o clima frio da Rússia. O telefone em sua mão direita, sem luva, parecia um bloco de gelo. Parecia um iPhone 14 Pro Max comum. Não era.

Dois dos parceiros da mulher estavam dentro do icônico restaurante de Moscou, banqueteando-se com estrogonofe de carne e pato-do-mato grelhado. Ela sabia disso porque havia recebido uma foto da suculenta refeição às 12h47, quando Magnus Larsen chegara para seu almoço com o oligarca russo Gennady Luzhkov. O *maître* imediatamente levou o executivo dinamarquês do setor de energia a uma sala privativa no segundo andar. Os dois parceiros da mulher não o viram mais desde então.

Finalmente, às 13h15, ela recebeu outra foto — *blini* com sorvete, café bem quente — e uma atualização. Gennady Luzhkov estava em

O COLECIONADOR

movimento. A mulher, cujo nome era Tamara, avistou o oligarca um momento depois, saindo pela porta do restaurante. Ele foi seguido por dois guarda-costas, que o ajudaram a entrar no banco de trás de um sedã blindado da Mercedes e depois embarcaram em um SUV. Os dois veículos viraram rapidamente à direita na rua Tverskaya e desapareceram da vista de Tamara.

Mais cinco minutos se passaram até que Magnus Larsen deixasse o restaurante. Atrás do volante de um vistoso Range Rover preto, ele virou rapidamente à direita na rua Tverskaya. O mesmo fez um *hatchback* da Škoda. O motorista era outro parceiro de Tamara, um jovem especialista em vigilância chamado Noam. Ele havia sido escolhido para a operação em Moscou porque, assim como Tamara, falava russo fluentemente.

Vinte minutos depois, Noam lhe enviou uma foto. Ela imediatamente a encaminhou para o Boulevard Rei Saul, que, por sua vez, a enviou para Gabriel na sede do PET, no subúrbio de Søborg, em Copenhague. Sorrindo, ele a mostrou para Lars Mortensen, seu parceiro operacional.

— Onde eles estão? — perguntou o dinamarquês.

Quem respondeu foi Mikhail Abramov, cria de Moscou. O Colecionador e Komarovsky tinham ido ao Cemitério Novodevichy para caminhar entre os mortos.

46

CEMITÉRIO NOVODEVICHY

— Foi tudo culpa dele, sabe?

— Nem tudo, Gennady. Você e seus amigos da KGB certamente não ajudaram em nada.

Eles estavam diante do túmulo de Boris Yeltsin. Dois dos guarda-costas de Gennady os seguiram pela entrada de tijolos vermelhos do cemitério e estavam esperando longe do alcance da voz. Fora isso, estavam sozinhos.

— O Ocidente adorava Yeltsin porque ele prometeu transformar magicamente a Rússia em uma democracia de estilo ocidental — disse Gennady. — E por isso desviaram os olhos para o fato de que ele e os membros de seu círculo íntimo estavam roubando tudo da Rússia. Ele escolheu Volodya como seu sucessor só porque Volodya prometeu não o processar. E aí Volodya elevou a corrupção a uma forma de arte.

— Você se deu muito bem, se me lembro corretamente.

— Todos nós. Mas hoje em dia não é preciso abrir uma empresa para ficar rico na Rússia. Basta conseguir um emprego nos níveis mais altos de nosso governo. O porta-voz do Kremlin tem centenas de milhões de dólares. Mas ele é um pobretão em comparação com o secretário do Conselho de Segurança. Nikolai Petrov passou a carreira toda trabalhando no governo e, ainda assim, de algum jeito vale aproximadamente três bilhões de dólares. Eu sei bem. A maior parte da fortuna de Nikolai está escondida no meu banco.

Eles refletiram sobre o memorial por um momento em silêncio. Era, sem dúvida, o mais feio do cemitério, uma bandeira tricolor russa ondulante que os críticos haviam declarado parecer um bolo de aniversário gigante e bamboleante.

— É horrível — declarou Gennady finalmente.

— É mesmo.

— Onde está seu celular?

— Parece que o deixei no carro.

— Pelo jeito, eu cometi o mesmo erro.

Eles caminharam por uma trilha coberta de neve sob olmos e abetos imponentes. Havia túmulos à esquerda e à direita, pequenos lotes delimitados por cercas baixas de ferro. Poetas e dramaturgos, assassinos e monstros jaziam lado a lado atrás dos muros de Novodevichy.

Gennady estava tossindo em sua mão enluvada.

— Quanto tempo você tem? — perguntou Magnus.

— Tenho o resto da tarde livre.

— De vida, Gennady.

— Está tão óbvio assim?

— Hoje está, mas ontem à noite você escondeu muito bem.

— Tenho dias bons e ruins.

— Câncer de pulmão?

— E insuficiência cardíaca também. Meu médico me informou que já estou no cheque especial.

— Foi por isso que você sugeriu que viéssemos para cá.

— Acho o lugar muito tranquilo em dias como este. Me dá a chance de pensar em como quero ser lembrado. Serei um herói da história russa ou apenas mais um vilão? Serei celebrado por minha coragem ou condenado por minha ganância e minha corrupção?

— Qual é a resposta?

— Se eu morresse neste minuto, seria desprezado como um vilão ganancioso. Um homem que usou sua proximidade com o poder para enriquecer. Um cãozinho leal que não fez nada quando centenas de meninos russos eram massacrados todos os dias nos campos de extermínio da Ucrânia. Esse retrato, no entanto, não seria totalmente justo.

— Porque você é Komarovsky.

— E você — disse Gennady — é o Colecionador. Seu controlador é Konstantin Gromov, da SVR, mas seu recrutamento original foi um assunto interno tratado pela FSB. Nem é preciso dizer que você não se voluntariou para se tornar um peão do governo russo. Tinha uma garota envolvida. O nome dela era...

— Já chega, Gennady.

Eles caminharam em silêncio por um momento.

— Não há motivo para ficar envergonhado, Magnus. Essas coisas acontecem o tempo todo na Rússia. É a maior conquista do governo de Volodya. Ele transformou a Rússia em um estado de *kompromat*. Ninguém tem as mãos limpas nesta nossa cleptocracia. Todos estão comprometidos. Alguns de nós mais que outros.

— Você não, Gennady?

— A maior parte dos meus pecados é financeira — admitiu ele. — Mas o pior erro que já cometi foi ajudar a tornar Volodya o presidente da Federação Russa. Ele nos levou à beira do desastre e precisa ser detido antes que possa causar mais danos. — Ele baixou o tom de voz. — Foi por isso que contei à CIA sobre uma diretriz do Conselho de Segurança da Rússia relativa ao uso de armas nucleares na Ucrânia, uma diretriz tão alarmante que só existe uma única cópia.

— A que está no cofre de Nikolai Petrov.

Gennady concordou com a cabeça.

— É essencial que os norte-americanos e o restante do mundo civilizado saibam o que Volodya e Nikolai Petrov estão planejando. Eu falei aos norte-americanos que os ajudaria a adquirir o documento. Só precisava, eu disse, de uma equipe de agentes experientes. — Ele direcionou suas próximas palavras ao túmulo do compositor Shostakovich:

— Imagine a minha surpresa quando me disseram que iam mandar o CEO da DanskOil e sua linda e jovem assistente.

— A minha também — disse Magnus.

— Quem é ela?

— Uma ladra profissional.

— E você? — perguntou Gennady. — Como se envolveu nisto?

— *Kompromat.*

— Deles ou nosso?

— Ambos.

— Pelo amor de Deus, o que você fez?

— Tem uma bomba, Gennady. É só isso que importa. É um dispositivo de baixo rendimento feito de urânio sul-africano altamente enriquecido adquirido no mercado clandestino. Volodya vai usar como pretexto para lançar um ataque nuclear contra os ucranianos.

— E tudo isso está explicitado na diretiva.

— Você consegue colocar a gente na casa de Petrov?

— Na verdade, estão nos esperando amanhã às dez horas da noite.

— Como diabos você conseguiu isso?

Gennady sorriu.

— Eu sou profissional.

Tamara chegou a Novodevichy em um táxi pirata dirigido por um rapaz de dezoito ou dezenove anos com barba rala. Seu Kia velho e surrado cheirava a tabaco russo barato e estava decorado com a letra Z. O garoto também. Ele usava um moletom com a letra Z, um pingente com a letra Z no pescoço e um gorro de lã com a letra Z que cobria seus olhos. Os ucranianos, disse voluntariamente, eram nazistas sub--humanos que precisavam ser exterminados. Seu irmão mais velho havia sido morto na guerra, assim como muitos de seus amigos. Insistiu que tinha um desejo profundo de também morrer pela pátria. Tamara enfiou um maço de rublos gordurosos em sua mão — tatuada com a letra Z — e lhe desejou boa sorte.

DANIEL SILVA

Do lado oposto da rua à entrada do cemitério, havia dois imensos prédios residenciais com um pátio e um estacionamento no meio. Noam estava sentado no capô do Škoda, conversando com dois moleques locais que andavam de skate — sobre a guerra, é claro. O que mais? Tamara se recusou a participar. Em vez disso, repreendeu Noam por não a ter buscado no apartamento de sua mãe. Apesar de sua mãe atualmente morar em Ashdod, no sul de Israel.

Do outro lado da rua, os mesmos dois guarda-costas estavam mais uma vez ajudando Gennady Luzhkov a entrar no banco de trás de seu Mercedes blindado. Ele parecia cansado, frágil. Ao contrário do escandinavo alto que emergiu do cemitério cinco minutos depois: Magnus Larsen era a própria imagem da saúde. E estava de bom humor, observou Tamara. Parecia que seu encontro com o oligarca havia corrido bem.

Seu Range Rover estava na esquina, em uma vaga na rua. Ele se dirigiu à Kutuzovsky Prospekt e se juntou ao rio de trânsito de fim de tarde que fluía para o oeste. Tamara e Noam haviam sido proibidos de segui-lo até o condomínio fechado e de alta segurança de Rublyovka. Mas o complexo Barvikha Luxury Village, localizado algumas centenas de metros depois do primeiro posto de controle da polícia, era uma questão totalmente diferente. Magnus fez uma breve visita a uma das poucas joalherias ocidentais ainda dispostas a fazer negócios na Rússia. Por seis milhões de rublos, o anel de diamante de quatro quilates com lapidação *cushion* era uma pechincha.

Tamara achou a compra notável o bastante para justificar uma mensagem segura via satélite para o Boulevard Rei Saul, uma mensagem que chegou alguns segundos depois ao telefone de Gabriel na sede do PET. Logo em seguida, ele recebeu uma foto do anel de diamante em questão, enviada pela mulher que o estava usando. A mensagem não criptografada que a acompanhava, em um tom exuberante, fornecia uma explicação totalmente imprecisa.

Pelo jeito, o rico e arrojado Magnus havia finalmente pedido a jovem e vibrante Astrid em casamento. Astrid, claro, havia concordado, desde que Magnus se divorciasse da esposa, o que ele havia se comprometido a fazer. Eles estavam planejando comemorar o noivado naquela noite, na casa do presidente do TverBank, Gennady Luzhkov. "Mais detalhes em breve", escreveu ela. "Estou muito, muito feliz."

47

RUBLYOVKA

Gennady morava numa subdivisão de Rublyovka só para bilionários chamada Jardins Mayendorf. Sua casa de doze quartos, um chalé de vidro e madeira, certa vez avaliado em mais de oitenta milhões de dólares, estava entre as menos ofensivas do empreendimento. Ele mesmo atendeu a porta, vestido com uma calça de flanela feita sob medida e um suéter de cashmere. O aperto de mão que deu em Magnus foi uma mera formalidade, mas Ingrid o cumprimentou afetuosamente com um beijo em cada bochecha, ao estilo russo.

À luz do hall de entrada de teto alto, ele admirou o anel na mão esquerda dela.

— Uma adição nova, se não estou enganado.

— O senhor é muito perspicaz, sr. Luzhkov.

— E você também, srta. Sørensen. Ou é o que me dizem. — Ele olhou para Magnus. — Por que um anel tão pequeno para uma mulher tão linda?

— Caramba, tem quatro quilates.

— Aqui em Rublyovka, nos referimos a esses diamantes como bijuterias.

O interior da casa era totalmente moderno. Gennady os levou até o salão principal e, com a mão instável, encheu três taças de Domaine Ramonet Montrachet Grand Cru, um dos vinhos brancos mais caros

O COLECIONADOR

do mundo. A conversa furada era para os dispositivos de escuta que a FSB — ou talvez um de seus rivais nos negócios — tivesse conseguido fazer passar despercebidos. Ele não parecia ter pressa de falar do assunto em questão.

— Espero que entenda, Magnus, que eu estava brincando sobre o anel. É mesmo muito lindo.

— Eu teria preferido comprar na Tiffany ou na Harry Winston, mas elas fecharam as lojas em Moscou.

— Assim como Hermès, Louis Vuitton e Chanel — falou Gennady. — Mais uma consequência involuntária de nossa operação militar especial na Ucrânia.

— Infelizmente, a DanskOil é a próxima.

— Me disseram que você teve uma conversa bem desagradável com seu ministro de Negócios hoje à tarde.

— Quem disse? — quis saber Magnus. — Volodya?

— Na verdade, Nikolai Petrov.

— Petrov?

Gennady fechou os olhos e assentiu uma vez.

— Por que o secretário do Conselho de Segurança está monitorando minhas ligações?

— Porque o secretário requer sua assistência numa questão pessoal sensível e gostaria de garantir que você será confiável. — Gennady virou-se para Ingrid e a considerou com atenção por um momento. — Você joga bilhar, srta. Sørensen?

— Infelizmente não.

— Não acredito em você.

Ela sorriu.

— Faz muito bem, sr. Luzhkov.

A sala de jogos ficava no andar inferior do chalé. A porta, ao ser fechada, emitiu um som sólido de caixão. Ingrid checou o celular e viu que estava sem serviço.

DANIEL SILVA

A sala era uma instalação segura para conversas.

Gennady começou a dispor as bolas em sua mesa de bilhar, um lindo modelo Guilherme IV de mogno com superfície de baeta vermelha, talvez do início do século XIX.

— É mesmo necessário? — perguntou Ingrid.

— Essencial.

— Por quê?

— Porque não tenho intenção alguma de colocar minha vida em suas mãos sem saber se você consegue lidar com a tarefa.

— O que bilhar tem a ver com roubar um documento de um cofre?

— Tudo. — Gennady levantou o triângulo de madeira antigo com cuidado. — Quer tornar as coisas mais interessantes?

— Acredite, sr. Luzhkov. Elas já estão.

— Financeiramente — explicou ele.

— O que você está pensando?

— Se você conseguir limpar esta mesa sem errar, eu te pago um milhão de dólares.

— E se não conseguir?

— Magnus me paga a mesma quantia.

— Não parece muito justo. Nem interessante — completou Ingrid. — Que tal três triângulos por dez milhões?

— Feito — concordou Gennady, e se sentou ao lado de Magnus.

Ingrid selecionou um taco e encaçapou três bolas na abertura. Seguiram-se mais seis em rápida sucessão.

— Onde você a encontrou? — perguntou Gennady.

— Ela me encontrou — respondeu Magnus.

— Ela vai errar?

— Acho difícil.

Ela limpou o resto do primeiro triângulo, cantando cada jogada baixinho antes de executar, e aí seguiu para o segundo, que despachou com velocidade e confiança iguais. Gennady não se deu ao trabalho de montar um terceiro. Já tinha visto mais que o suficiente.

O COLECIONADOR

Ele destrancou um armário e tirou uma arma.

— Você é muito boa com um taco, srta. Sørensen. Mas e com algo assim? — Ele colocou a arma na superfície de baeta vermelha da mesa.

— É uma SR-1 Vektor de fabricação russa, a arma-padrão da FSB, da GRU e do Serviço de Segurança Presidencial. Tem um alcance efetivo de cem metros e é capaz de perfurar múltiplas camadas de proteção corporal. O pente contém dezoito balas. Apesar do enorme poder, o silenciador é muito eficiente.

Ingrid pegou a Vektor e, com confiança, preparou a arma para atirar.

Gennady ficou devidamente impressionado.

— Imagino que você nunca tenha matado ninguém antes, certo?

— Receio que não. — Ingrid acionou a trava de segurança e pôs a Vektor em cima da mesa de bilhar. — E com certeza não pretendo matar ninguém amanhã à noite.

— Pode ser que você não tenha escolha. Pelo menos se ainda quiser estar viva na manhã seguinte. — Gennady devolveu a arma ao armário e pegou uma brochura imobiliária em papel brilhante do escritório da Sotheby's International em Moscou. — Pouco depois da morte da esposa de Nikolai, ele colocou a casa dele à venda, anonimamente, claro. O valor pedido era de noventa milhões, e houve pouco interesse. A brochura da Sotheby's inclui plantas e fotos de cada cômodo da casa, com exceção do escritório de Nikolai. Fica...

— No segundo andar da mansão, com vista para o jardim dos fundos.

Gennady abriu a brochura e apontou um ponto na planta.

— A porta fica aqui, no topo da escadaria principal, a alguns passos para a direita.

— E a fechadura?

Gennady apontou para a porta da sala de jogos.

— Nikolai e eu usamos o mesmo empreiteiro. Nossas fechaduras e ferragens são todas iguais. É um modelo alemão. Bem difícil de arrombar, ou foi o que me fizeram acreditar.

Ingrid pegou a bolsa.

281

DANIEL SILVA

— Posso tentar?

— Fique à vontade.

Ela saiu e fechou a porta. Gennady a trancou por dentro.

— Quando quiser, srta. Sørensen.

Houve dois baques levemente audíveis, e ela entrou.

— Lá se vai a história de as fechaduras serem difíceis de arrombar — disse Gennady.

— Algumas são — falou Ingrid. — A maioria não é.

— E cofres?

— Os cofres da maioria dos quartos de hotel são uma piada, mas o do escritório de Nikolai Petrov é para valer.

— Como você vai entrar nele?

— Com a senha. De que outro jeito seria?

— Como você...

— Fontes e métodos, sr. Luzhkov.

— Você aprende rápido. Mas tem certeza de que tem a senha certa?

— Com margem de erro de um ou dois dígitos à esquerda ou à direita de cada número. Não vai me levar mais de um minuto para acertar.

— Qual você *acha* que é o número?

Ela disse a verdade.

— Nem se dê ao trabalho de testar outra senha. Tenho certeza de que essa é a correta.

— Por quê?

— Os números correspondem ao aniversário da falecida esposa dele. Mas destrancar o cofre é só metade do problema. Depois que você entrar, vai ter que escolher a diretiva do Conselho de Segurança *correta*. Provavelmente vai ter cópias de várias outras.

— Da última vez que checamos, tinha catorze. Mas fique tranquilo, eu vou pegar a certa. Diretiva 37-23\VZ do Conselho de Segurança da Rússia, datada de 24 de agosto, apenas para o presidente do Estado da Federação Russa.

— Me disseram que tem aproximadamente cinquenta páginas. Depois que você terminar de fotografar, volte lá para baixo e espere Magnus e eu terminarmos nossos assuntos.

282

O COLECIONADOR

— E quais assuntos são esses? — perguntou Magnus.

— Parece que o secretário do Conselho de Segurança tem preocupações relacionadas à estabilidade de seus ativos aqui na Rússia. Por esse motivo, está bem ansioso para transferir a maior parte de sua fortuna para o Ocidente o mais rápido possível.

— Ele está na lista de sanções do Departamento do Tesouro. Se tentar mover o dinheiro, os norte-americanos e os europeus vão apreendê-lo.

— E é por isso que ele está tão grato por você, um amigo em quem o povo russo confia, ter concordado em guardar secretamente o dinheiro para ele.

— De quanto estamos falando?

— Cerca de dois bilhões e meio de dólares. No fim de nossa reunião, você e a srta. Sørensen vão imediatamente para o Aeroporto de Pulkovo, em São Petersburgo. Um avião particular estará esperando por vocês no FBO de manhã. Deixe seu veículo no estacionamento. Você não vai mais precisar dele.

— Para onde vai o avião?

— Por causa das sanções e das restrições de viagem, nossas opções são muito limitadas. Imagino que poderíamos mandar vocês ao Uzbequistão ou ao Quirguistão, mas Istambul pareceu bem mais atraente. Seus amigos da CIA podem encontrar vocês lá.

— E você, Gennady?

— Planejo dar mais uma caminhada em Novodevichy e pensar em como desejo ser lembrado.

— Independentemente do que vá fazer — disse Magnus —, não fique muito tempo pensando.

Gennady deu um sorriso triste.

— Não tem como.

48

COPENHAGUE

As transmissões de áudio dos celulares de Ingrid e Magnus Larsen silenciaram às 19h36, horário de Copenhague, e voltaram 49 minutos depois. A localização deles não havia mudado nesse ínterim: estavam dentro da casa do presidente do TverBank, Gennady Luzhkov, no exclusivo condomínio fechado de Rublyovka conhecido como Jardins Mayendorf. Um jantar estava em andamento. A conversa era vã e banal, e não continha nenhuma pista sobre o que havia acontecido antes. Ingrid acabou enviando uma foto, sem codificação, do vinho que estavam tomando com a refeição. Era um Château Le Pin Pomerol. No centro de operações da sede do PET, bocas se encheram de água.

Ingrid esperou até sair da casa de Luzhkov para enviar a próxima mensagem, dessa vez usando o recurso de satélite do dispositivo de comunicação Genesis. A mensagem dizia que ela e Magnus eram esperados na residência do secretário Nikolai Petrov, em Rublyovka, às dez horas da noite seguinte e partiriam da Rússia no início da manhã consecutiva a bordo de um avião particular fretado por Gennady Luzhkov. O avião não partiria de Moscou, mas do Aeroporto de Pulkovo, em São Petersburgo. Seu destino, de acordo com a mensagem, seria Istambul.

Era uma conquista notável da parte de Luzhkov. Conforme prometido, o oligarca havia conseguido acesso à casa de Nikolai Petrov.

O COLECIONADOR

Mas quais eram as circunstâncias da visita tarde da noite? Gabriel não sabia. E como Luzhkov pretendia manter Petrov ocupado enquanto Ingrid abria o cofre e fotografava a diretriz do Conselho de Segurança? Gabriel não fazia a menor ideia. E qual era o plano de Luzhkov para o caso de algo dar errado? Muito provavelmente, ele não tinha um plano. E Gabriel também não, o que significava que a vida de uma mulher que enviara para a Rússia estava nas mãos de um homem que ele nunca havia conhecido.

Ele permaneceu no centro de operações do PET até meia-noite, depois foi para a embaixada americana, onde passou as duas horas seguintes em uma linha segura falando com Langley. Eram quase três da manhã quando finalmente retornou ao esconderijo. Conseguiu dormir algumas horas de sono extremamente necessário e, no meio da tarde, já estava de banho tomado, vestido e andando pelas salas com um grave caso de nervosismo pré-operacional.

Normalmente, ele teria se confortado com a solidez de seu plano e o cuidado com que o havia montado e ensaiado. Mas o plano para esta noite, se é que havia um, estava nas mãos de Gennady Luzhkov. Gabriel não seria nada mais que um observador distante, incapaz de influenciar o curso dos acontecimentos. Para um mentor operacional de sua estatura, era o equivalente a dirigir um carro sem volante ou acelerador.

No entanto, ele tinha certeza de que não poderia passar o resto da tarde andando pelos pavimentos do esconderijo, então ligou para Lars Mortensen e solicitou um destacamento de segurança do PET. Às 16h30, com a luz da tarde se esvaindo, os dois guarda-costas o seguiam pela Strøget, a famosa rua comercial apenas para pedestres de Copenhague. Eli Lavon, com um chapéu e um sobretudo de lã, caminhava ao lado dele. Os olhos do observador estavam inquietos.

— Eles são o povo mais feliz do mundo, os dinamarqueses. Sabia?

— O segundo mais feliz — disse Gabriel.

Lavon ficou incrédulo.

— Quem é mais feliz do que os dinamarqueses?

— Os finlandeses.

DANIEL SILVA

— Pensei que os finlandeses fossem os mais deprimidos.

— E são.

— Então como eles podem ser as pessoas mais felizes do mundo e também as mais deprimidas?

— É uma anomalia estatística.

Gabriel diminuiu a velocidade até parar em frente a uma loja de artigos esportivos. No segundo andar do prédio, com as janelas escurecidas, ficava o Antiquário Nielsen.

Ele olhou para Lavon e sorriu.

— Parece que não existe escândalo grande demais para ser varrido para debaixo do tapete, afinal.

— Temos uma longa noite pela frente.

Eles entraram em um café do outro lado da rua. Gabriel pediu seus cafés em um inglês com sotaque alemão, enquanto Lavon fazia um inventário dos clientes nas mesas ao redor.

— Está procurando alguma coisa? — perguntou Gabriel.

— Um assassino russo se preparando para matar você.

— Eles já tentaram isso.

— Você sabe o que dizem. A quarta vez é a da sorte.

— Ninguém diz isso, Eli.

Eles levaram os cafés a uma mesa na rua. Os dois guarda-costas ficaram por perto.

Lavon acendeu um cigarro.

— Quanto tempo você acha que eles levariam para sacar as armas de baixo dos casacos?

— Vários segundos a mais do que eu levaria para sacar a minha. A menos, claro, que eu não consiga ver por causa da fumaça.

Lavon apagou lentamente o cigarro.

— Espero que tenha percebido que isso é um comportamento de deslocamento.

— É?

— Deslocamento é um mecanismo de defesa psicológica no qual...

O COLECIONADOR

— Eu sei o que é, Eli. Eu estava prestando atenção naquele dia na academia.

— Então, o que realmente está te incomodando? E não me diga que é o meu único hábito ruim.

— Estou preocupado com Ingrid.

— Ela sabe o que está fazendo — respondeu Lavon. — E nós a treinamos até a exaustão. Também a lembramos, várias vezes, de se afastar, se necessário.

— Ela tem um traço de teimosia.

— Mas ela é mais disciplinada do que você imagina. E tem um talento que só a natureza pode dar.

— Ou um transtorno mental — disse Gabriel.

— Você tem um distúrbio semelhante. Ele só se manifesta de forma diferente.

— Por favor, conte mais, dr. Lavon.

— Sua infância te deixou com um caso exemplar de síndrome do sobrevivente do Holocausto de segunda geração, o que, por sua vez, instilou em você uma necessidade quase incontrolável de consertar as coisas.

— Ou de impedir que os russos desencadeiem o Armagedom.

— Eu estive lá há algumas semanas.

— Na escavação de Tel Megiddo?

Lavon assentiu com a cabeça.

— Fico aliviado de informar que não vi nenhum sinal de que o fim dos tempos está próximo.

— Você não deve ter procurado no lugar certo.

O telefone de Gabriel vibrou. Ingrid estava malhando em preparação para as festividades da noite na casa do secretário do Conselho de Segurança da Rússia. A foto que acompanhava a mensagem mostrava sua mão esquerda enrolada em um haltere.

— Belo anel — comentou Lavon.

— Bela garota.

— Ela é uma ladra.

287

DANIEL SILVA

— Eu também sou — disse Gabriel. — Passei toda a minha carreira roubando segredos e vidas.

— Para o seu país, não por dinheiro.

— Ela doa tudo.

— Exceto pelo dinheiro que usou para comprar a casa à beira-mar na Dinamarca e a casa de férias em Mykonos.

— Onde vai passar os próximos anos escondida por causa de seu trabalho hoje à noite.

— Ela não me parece o tipo de pessoa que fica escondida por muito tempo. Nem preciso dizer — acrescentou Lavon — que você também sofre desse distúrbio.

— O médico da Leah me informou que não sou uma pessoa normal e que nunca *serei* uma pessoa normal.

— Uma observação astuta. Mas, bom, ele, de fato, estudou medicina. — Lavon observou os pedestres que passavam na rua. — Eles certamente *parecem* felizes.

— Mas não tão felizes quanto os finlandeses.

— Você já esteve lá?

— Na Finlândia? — Gabriel fez que não com a cabeça. — E você?

— Uma vez.

— Escritório?

— Uma conferência de arqueologia em Helsinque. Devo dizer que as pessoas não me pareceram particularmente alegres.

— Provavelmente tinha a ver com o fato de que a cidade estava lotada de arqueólogos.

Lavon acendeu outro cigarro e perguntou:

— O que foi agora?

— O bilhete que Ingrid deixou no quarto na manhã em que partiu para a Rússia.

— Aquele que dizia que ela não te decepcionaria?

Gabriel assentiu com a cabeça.

— Ela não vai — disse Lavon.

— É exatamente disso que eu tenho medo, Eli.

49

RUBLYOVKA

No final do treino, Ingrid nadou algumas voltas na piscina coberta de Magnus, depois subiu para tomar banho e se vestir. Suas
roupas para a noite estavam dispostas sobre a cama. Calça jeans *stretch*,
um pulôver e uma jaqueta pretos, botas de camurça de salto baixo.
A bolsa Givenchy preta, que havia comprado mais cedo no Barvikha
Luxury Village, era grande o suficiente para acomodar um molho extra
de chaves, uma chave de fenda com o cabo enrolado em fita adesiva e
uma pistola Vektor de fabricação russa com silenciador.

Naquele momento, a arma estava trancada no armário da sala de
jogos de Gennady Luzhkov. Ele esperava Ingrid e Magnus às oito horas
da noite, para um jantar leve e uma última passada nas informações.
Ingrid não estava ansiosa para aquilo. Não acreditava em ensaios de
última hora e nunca comia antes de um trabalho. A comida a deixava
mais pesada, apagava a chama. Ela a esteve sentindo a tarde toda. Sua
pele estava febril, as pontas dos dedos, formigando. Não tomou nenhuma medida para aliviar os sintomas. Eles diminuiriam quando o
documento fosse dela.

As tarefas mundanas de secar o cabelo e passar maquiagem geralmente proporcionavam algum alívio, mas não esta noite; ela estava
possuída. Depois, olhou o resultado no espelho. Seus ombros e suas
coxas eram firmes e duros. Sua pele cor de mel, impecável. Não havia

DANIEL SILVA

uma gota de tinta em lugar algum. Nada que pudesse ser usado para identificá-la. A garota invisível.

Ela se vestiu sem fazer barulho, pegou a bolsa e desceu a escada. Encontrou Magnus, com um sobretudo de lã, andando pelos cômodos de seu palácio russo pela última vez. Sua mão tremeu ao verificar as horas no relógio de pulso Piaget, dado a ele pelo presidente russo.

Ele se lembrou de dizer algumas palavras dirigidas à Polícia do Pensamento:

— Está pronta, Astrid? Gennady deve estar se perguntando onde estamos.

Magnus já havia colocado as bagagens dos dois no porta-malas do Range Rover e enchido o tanque de gasolina. Alguns flocos de neve caíam em frente ao brilho dos faróis, durante o trajeto até o chalé de madeira e vidro de Gennady. Lá dentro, ele os levou direto para a sala de jogos e fechou a porta pesada. A pistola Vektor estava sobre a superfície vermelha da mesa de bilhar, com o silenciador parafusado na extremidade do cano. Ao lado dela havia uma maleta de alumínio.

— Abra — disse Gennady.

Ingrid abriu as travas e levantou a tampa. Dentro dela havia maços de notas de cem dólares bem embalados.

— Um adiantamento de meio milhão de dólares do dinheiro que te devo — explicou Gennady. — Vou transferir o restante da quantia para um banco de sua escolha.

— Não foi uma aposta de verdade, sr. Luzhkov.

— Isso é o que deveria dizer o perdedor de uma aposta de dez milhões de dólares, não a vencedora. No mínimo, aceite o dinheiro como pagamento pelo que está prestes a fazer. Você merece cada centavo.

— No meu ramo, geralmente somos pagos no final do trabalho. E só se formos bem-sucedidos.

— Mesmo assim, uma aposta é uma aposta, srta. Sørensen.

— Banca Privada d'Andorra. Meu gerente é um homem chamado Estevan Castells.

O COLECIONADOR

Gennady sorriu.

— Eu o conheço bem.

Ingrid fechou a maleta e verificou as senhas das trancas. A da esquerda estava configurada para 2-7-1. A da direita estava em 1-5-5.

— Você reconhece os números? — perguntou Gennady.

Eram os mesmos seis dígitos da combinação do cofre de Nikolai Petrov. 27, 11, 55. Ingrid trancou a maleta e mexeu nos mostradores. Em seguida, desrosqueou o silenciador do cano da Vektor e colocou ambos em sua bolsa.

— Por favor, coloque a bolsa no ombro — pediu Gennady. — Gostaria de dar uma olhada nela.

Ingrid fez o que ele pediu. A arma pesava quase um quilo, mas a bolsa tinha uma estrutura robusta o suficiente para esconder sua presença.

— A maioria das pessoas nunca teria permissão para se aproximar de Nikolai Petrov com uma arma — disse Gennady. — Mas, como se trata de uma visita social e como você vai estar comigo, um membro de confiança do círculo mais íntimo do presidente russo, tenho certeza de que os seguranças de Nikolai não vão insultá-la exigindo uma revista em sua bolsa.

— Ele está me esperando?

— Na verdade, ele insistiu que você fosse. Apesar de toda a arrogância ultranacionalista, Nikolai pode ser bastante charmoso, especialmente na companhia de mulheres jovens e bonitas. Mas em hipótese alguma ele vai discutir negócios na sua frente. Nem eu, aliás. Depois de alguns minutos de conversa agradável, vou sugerir que encontremos um lugar tranquilo para conversar, deixando você livre para ir até o escritório dele.

— E tem certeza de que não há câmeras?

— Dentro da residência particular dele? Nikolai jamais permitiria.

— E os membros da equipe de segurança?

— Os guardas vão estar do lado de fora da casa, inclusive no jardim dos fundos. Por isso, é essencial que você se certifique de que as persianas

DANIEL SILVA

estejam fechadas no escritório de Nikolai antes de ligar o abajur da mesa para fotografar o documento.

— A diretriz 37-23\VZ do Conselho de Segurança da Rússia, datada de 24 de agosto, apenas para o presidente do Estado da Federação Russa.

— Esse mesmo. — Gennady verificou a hora. — Vamos sair para a casa de Nikolai em meia hora ou mais. Por que não comemos alguma coisa e tentamos relaxar?

A equipe de Gennady havia deixado uma bandeja de tradicionais sanduíches e saladas russos na cozinha. Ingrid só tomou café preto. Estava tentada a roubar alguma coisa, qualquer coisa, só para aliviar a tensão. Os dedos de sua mão direita mexiam no mostrador imaginário do cofre de Nikolai Petrov. Quatro voltas para a direita, três para a esquerda, duas para a direita. 27, 11, 55.

Magnus e Gennady estavam alheios ao fogo que a consumia. Assistiam ao discurso noturno de Dmitry Budanov na NTV — cada vez mais alarmados.

Magnus xingou baixinho.

A mão de Ingrid ficou imóvel.

— Aconteceu alguma coisa?

Foi Gennady quem respondeu:

— Dmitry Sergeyevich está ouvindo coisas sinistras de suas fontes na inteligência russa. Evidentemente, essas fontes disseram a ele que os ucranianos conseguiram adquirir uma arma nuclear bruta e de baixo rendimento. Dmitry Sergeyevich parece achar que a Rússia deveria lançar um ataque preventivo contra os ucranianos.

— Ele sabe de alguma coisa?

O celular de Gennady tocou antes que ele pudesse responder. Ele levou o aparelho ao ouvido, falou algumas palavras baixinho em russo e depois interrompeu a ligação.

— Nikolai está atrasado. Ele está com Volodya em Novo-Ogaryovo. É um assunto de extrema urgência. Vai nos ligar quando a reunião terminar.

O COLECIONADOR

Ingrid enviou rapidamente uma mensagem segura via satélite em seu telefone Genesis, aconselhando o destinatário a assistir à NTV. Em seguida, pôs a mão no mostrador imaginário do cofre de Nikolai Petrov. Quatro voltas para a direita, três para a esquerda, duas para a direita.

27, 11, 55.

50

RUBLYOVKA

Quando mais 45 minutos se passaram sem nenhuma notícia de Petrov, Ingrid invadiu a sala de jogos de Gennady com sua chave micha e jogou bilhar para acalmar os nervos. Ela jogou cinco mesas seguidas e tinha uma única bola restante na sexta quando Magnus finalmente avisou que era hora de ir embora. A última bola era a temida treze, mas a tacada era direta em um canto próximo, do tipo que ela conseguiria encaçapar nove em cada dez vezes de olhos fechados. Em vez de tentar o destino, colocou o taco sobre a mesa e subiu a escada.

Magnus e Gennady estavam esperando no hall de entrada de casacos e luvas. Ingrid foi rapidamente até a cozinha para pegar suas coisas. Ela fez um inventário final desnecessário, apenas para deixar pelo menos uma parte de sua mente tranquila. A chave micha estava no bolso dianteiro direito de sua calça jeans. Na bolsa, uma chave de fenda com cabo enrolado em fita, junto à arma e ao silenciador. O celular, ela carregaria à vista de todos. A função de câmera escondida estava ativada. Esperaria até que estivessem a caminho de São Petersburgo para transmitir as fotos com segurança para Gabriel.

Vestiu o sobretudo e, pegando a maleta cheia de dinheiro, seguiu Magnus e Gennady na noite gelada. A neve caía com mais força agora, grandes flocos felpudos vindos diretamente de um céu negro. Gennady, de cabeça baixa, dirigiu-se à porta traseira aberta de seu Mercedes. Ingrid colocou a maleta no banco de trás do Range Rover e subiu no banco do passageiro. Magnus deslizou para trás do volante e ligou o motor.

— Petrov estava saindo de Novo-Ogaryovo quando ligou. Devemos chegar à casa dele mais ou menos na mesma hora.

— Sobre o que você acha que eles estavam conversando?

— Nikolai e Volodya? Por que você não pergunta a ele?

— Talvez eu pergunte.

— Eu estava só brincando. — Ele lhe deu um olhar de soslaio. — Você pode pelo menos fingir que está um pouco nervosa?

— Eu não fico nervosa.

— Mas eu fico — disse Magnus. — Muito nervoso, por sinal.

— Não fique. — Ela apertou a mão dele de forma tranquilizadora. — Vai ficar tudo bem.

Mas só se ela conseguisse arrombar a fechadura da porta do escritório de Nikolai Petrov, abrir o cofre dele, encontrar a diretriz correta do Conselho de Segurança da Rússia, fotografar o documento e devolvê-lo ao cofre sem que Petrov ou seus capangas da segurança percebessem. Todos eles eram ex-soldados das Spetsnaz e estariam armados com o mesmo tipo de arma escondida na bolsa de Ingrid, uma SR-1 Vektor, supostamente capaz de perfurar trinta camadas de colete à prova de balas. Seu pulôver e sua jaqueta pretos ofereceriam pouca defesa. *Se fosse forçada a sacar a arma*, pensou, *estaria morta*. Assim como Gennady e Magnus. A morte deles, no entanto, seria mais lenta do que a dela — e exponencialmente mais dolorosa.

Eles seguiram a comitiva de Gennady pelas tranquilas ruas privadas de Jardins Mayendorf e saíram pelo portão da frente do empreendimento. A comunidade de alta segurança conhecida como Residencial Somerset ficava localizada nos limites mais a oeste de Rublyovka, ao longo das margens do rio Moskva. Os moradores se referiam a ela coloquialmente como "o Kremlin". Seu muro defensivo externo era da cor de terracota e tinha pelo menos seis metros de altura. A única entrada

DANIEL SILVA

era ladeada por dois campanários em estilo gótico com pináculos verdes. *Só estão faltando*, pensou Ingrid, *as estrelas vermelhas luminosas*.

Magnus reduziu a velocidade até parar atrás do SUV da Mercedes com os guarda-costas de Gennady. O oligarca havia lhes garantido que a verificação de segurança na entrada do complexo seria superficial. Mas, quando se passou um minuto sem nenhum movimento, Ingrid retirou a arma e o silenciador da bolsa e deslizou-os para baixo do banco.

Mais um minuto se passou antes que Gennady e seus guarda-costas tivessem permissão para entrar no complexo. Um segurança com uma submetralhadora PP-2000 pendurada no peito acenou para Magnus e, em seguida, levantou uma mão enluvada. Magnus freou e, baixando a janela, deu boa-noite ao guarda.

Seguiu-se uma conversa, da qual Ingrid não conseguiu entender uma única palavra. Então o guarda começou a contornar lentamente o veículo. O facho de sua poderosa lanterna permaneceu por um momento no rosto de Ingrid — e na maleta de alumínio que estava no banco traseiro. Voltando à janela aberta de Magnus, ele perguntou sobre o conteúdo da maleta. Disso, Ingrid tinha certeza. Ao ouvir a resposta de Magnus, o guarda lhes deu sinal para que seguissem em frente.

Ingrid colocou a arma de volta em sua bolsa.

— Ele perguntou o que tinha na maleta?

— Sim, claro.

— O que você falou?

— A verdade.

— Ele não achou estranho?

— Em Rublyovka? Você só pode estar brincando.

A comitiva de dois carros de Gennady esperava alguns metros além do portão, com os escapamentos soltando fumaça. Magnus a seguiu, passando por um desfile de iluminados palácios que reproduziam Buckingham e Blenheim aqui, Élysée e Schönbrunn ali. Havia também uma miniatura do Palácio de Kensington, incluindo até um portão ornamentado com folhas de ouro, pelo qual os três veículos puderam passar sem inspeção.

O COLECIONADOR

Naquele momento, o proprietário do imóvel saía do banco de trás de um Aurus Senat, uma elegante limusine de fabricação russa. Era uma versão menor do carro usado pelo homem com quem acabara de se encontrar em Novo-Ogaryovo. Nikolai Petrov estava com um telefone no ouvido e carregava sua própria maleta. Como nevava muito, entrou apressadamente pela porta da frente de sua casa sem antes cumprimentar seus três visitantes de fim de noite.

A limusine se afastou com a lentidão de um carro fúnebre, mas alguns membros da equipe de segurança de Petrov ficaram para trás, no pátio. Um deles estava conversando com Gennady, que segurava a própria maleta. Dentro dela havia documentos financeiros relacionados à reunião daquela noite. O segurança não sabia disso. Mesmo assim, parecia não ter interesse em olhar dentro da maleta. O homem que a segurava era ex-oficial da KGB e membro de confiança do círculo mais íntimo do presidente russo. Também era o banqueiro de Nikolai Petrov e gestor de uma parte significativa de sua riqueza ilícita. Estava acima de qualquer suspeita, assim como seu amigo Magnus Larsen.

Magnus desligou o motor do Range Rover e abriu a porta.

— Espere aqui — disse ele a Ingrid. — Já venho.

Ele saiu e começou a atravessar o pátio em direção a Gennady. Ingrid, demonstrando irritação, baixou o para-sol e retocou a maquiagem no espelho iluminado. De seu posto no gramado coberto de neve, um segurança com roupas de frio observou seus esforços.

Julgando que estava com uma aparência satisfatória, ela levantou o espelho e viu Magnus voltando para o Range Rover. Ele abriu a porta e disse baixinho:

— Vamos.

Ela pegou sua bolsa e saiu. Magnus colocou um braço em volta dos ombros dela enquanto caminhavam até Gennady, que estava com um sorriso profissional na cara. Os seguranças no pátio permitiram que eles se aproximassem da frente da residência sem impedimentos. O guarda na entrada abriu a porta para eles e depois se afastou.

Eles estavam dentro.

DANIEL SILVA

Gennady abriu o caminho para o saguão, e, atrás deles, a porta se fechou. Ingrid se orientou com rapidez. O exagerado saguão central da mansão era exatamente como havia aparecido no folheto da Sotheby's. Passagens em arco à esquerda e à direita, a escadaria principal curva bem em frente. O piso de mármore era da cor de uma barra de ouro, assim como as horrorosas paredes texturizadas. A luz do lustre de cristal era de um branco cirúrgico.

Eles seguiram o som da voz de Nikolai Petrov por uma passagem à esquerda, até uma sala de estar cavernosa. O espaço havia sido mobiliado de forma luxuosa, mas sem bom gosto. Petrov continuava ao telefone e ainda não havia tirado o paletó. Ele colocara sua maleta em um aparador. Era um belo modelo de couro, preto, com duas travas protegidas por senha.

Petrov encontrou o olhar de Gennady e apontou para a bandeja de prata com bebidas que estava em uma das grandes mesas de centro. Gennady tirou a tampa de uma garrafa de Johnnie Walker Blue Label e serviu três copos. Ingrid aceitou o seu com um sorriso relaxado.

Gennady serviu um quarto copo de uísque e o entregou a Nikolai Petrov. Mais dois minutos se passaram até que ele finalmente encerrou a ligação telefônica. Seus olhos se fixaram imediatamente em Ingrid. Ele se dirigiu a ela em um excelente inglês.

— Por favor, me perdoe, srta. Sørensen. Mas, como pode imaginar, ando bem ocupado no momento. — Deslizou o celular para o bolso do peito do paletó e estendeu a mão. — É um prazer finalmente conhecê--la. Só sinto muito por não termos sido apresentados no jantar de Yuri Glazkov. Eu talvez tivesse conseguido evitar que você cometesse um erro terrível.

— Que erro, secretário Petrov?

— Casar-se com Magnus, claro. Uma mulher como você conseguiria coisa muito melhor.

Por sugestão de Petrov, eles tiraram os casacos e se sentaram. Ingrid se acomodou ao lado de Magnus, com a bolsa Givenchy ao seu lado. Nikolai Petrov a olhava por cima do drinque.

O COLECIONADOR

— Me disseram que você trabalha com Magnus na DanskOil.

— Correto, secretário Petrov.

— E não tem jeito de convencê-lo a não dissolver a *joint venture* com a RuzNeft?

— Estou tentando, mas nossa primeira-ministra *woke* está colocando uma pressão enorme no coitado do Magnus para abandonar os investimentos russos.

Petrov sorriu.

— Gennady me contou que você é meio populista.

— Populista? Ah, não, secretário Petrov. Sou uma verdadeira extremista.

— Por favor, não a faça começar — lamentou Magnus. — Astrid me faz parecer um justiceiro social-ambientalista.

— Que coisa boa — disse Petrov. — Me diga uma coisa, srta. Sørensen. Quantos gêneros existem?

— Existem dois, secretário Petrov.

— É possível escolher o próprio gênero?

— Só no mundo de fantasia esquerdista que o Ocidente virou.

— E qual é o seu gênero? Ou essa pergunta é uma microagressão?

— Eu sou uma mulher.

— Talvez haja esperança para o Ocidente, afinal.

— Só se a Rússia vencer a guerra na Ucrânia.

— Não precisa se preocupar com isso, srta. Sørensen. — Petrov lançou um olhar para seu relógio de pulso Tag Heuer e ficou de pé. — Eu adoraria continuar esta conversa, mas está ficando tarde e tenho negócios a discutir com meu banqueiro e seu futuro marido.

— Eu entendo — respondeu Ingrid.

— Você se importa de esperar aqui? — perguntou Petrov. — Prometo não segurar demais o Magnus.

Ingrid sorriu.

— Leve todo o tempo que precisar.

Gennady e Magnus se levantaram ao mesmo tempo e, depois de um breve diálogo em russo, seguiram Nikolai Petrov para a sala adjacente.

A biblioteca com paredes em painel de madeira, pensou Ingrid, lembrando-se da brochura da Sotheby's. Elegância artesanal, estilo e graça do Velho Mundo. Foi Gennady, com uma piscadela marota, que fechou a porta atrás deles, deixando Ingrid totalmente sozinha. A pele dela estava febril. As pontas de seus dedos, formigando.

51

RUBLYOVKA

Em se tratando de operações russas de lavagem de dinheiro, aquela realmente não era tão complicada. A explicação de Gennady, no entanto, foi bizantinamente detalhada.

O processo começaria, segundo ele, com uma série de transferências eletrônicas para uma casa financeira de má reputação em Dubai, com a qual o TverBank estava fazendo negócios cada vez mais rápidos. Para evitar a detecção pelo FinCEN e por outros órgãos de fiscalização internacionais, as transferências seriam pequenas, de algumas centenas de milhões de rublos, não mais do que isso. A casa de finanças corrupta com sede em Dubai converteria esses rublos em dirhams e os dirhams em dólares, tudo em um piscar de olhos. Em seguida, os dólares seriam enviados para o Argos Bank, na cidade de Limassol, no sul do Chipre, onde seriam depositados na conta de uma holding de propriedade clandestina de Magnus Larsen, CEO da maior produtora de petróleo e gás natural da Dinamarca.

— Eu vou supervisionar tudo da sede do TverBank — continuou Gennady. — Mas Magnus tem que voar para o Chipre logo pela manhã, para assinar a papelada necessária no Argos Bank. Ele vai permanecer em Limassol até que os fundos tenham sido transferidos com sucesso. Espero que não leve mais do que 48 horas.

— E quando terminar? — perguntou Nikolai Petrov.

DANIEL SILVA

— Magnus vai controlar secretamente uma parte significativa da sua riqueza. Vai investir sabiamente em seu nome, usando uma série de empresas de fachada anônimas. Como ele é um cidadão dinamarquês que não está atualmente sob sanções norte-americanas ou europeias, o dinheiro não pode ser apreendido nem congelado. Ele é a carteira ideal para um homem na sua posição.

— Eu preciso ter aprovação sobre todos os investimentos.

— Impossível, Nikolai. É essencial que você não tenha nenhum contato com Magnus. Para todos os efeitos, o dinheiro ficará em um fundo fechado. Pense em Magnus como seu gerente de investimentos secreto.

— Gerente de um fundo de *hedge* de 2,5 bilhões de dólares?

— De certa forma, sim.

Eles estavam sentados em sofás de couro opostos, Gennady e Magnus em um, Nikolai Petrov no outro. Sobre a mesa baixa entre eles, havia um relógio de ouropel dourado do século XIX. Eram 23h30. Sete minutos haviam se passado desde que deixaram Ingrid para trás e entraram na biblioteca.

Petrov estava contemplando seu uísque.

— E que tipo de taxa meu gerente pretende cobrar por seus serviços? Os habituais dois e vinte?

— Os banqueiros em Dubai e no Chipre vão pedir uma parte — disse Gennady. — Mas Magnus deixou claro que não aceitará pagamento.

— Generoso da parte dele. Mas, ainda assim, preciso de garantias.

— Que tipo de garantias?

— Do tipo que geralmente se recebe ao confiar 2,5 bilhões de dólares a um homem.

— Magnus tem sido um grande amigo e apoiador da Rússia. E ele nunca fez nada que violasse nossa confiança.

— Isso porque Magnus é um homem muito comprometido. — Petrov olhou para a maleta de Gennady. — Presumo que você tenha alguns papéis que gostaria que eu assinasse.

— Para dizer o mínimo.

— Pretendo ler cada palavra de cada documento.

— É o que eu espero mesmo.

Gennady retirou uma pasta grossa da maleta e a colocou sobre a mesa ao lado do relógio de ouropel.

Eram 23h35.

A porta estava onde Gennady havia prometido que estaria, no topo da escada central, a alguns passos à direita. Ingrid inseriu a chave micha na fechadura de fabricação alemã e deu um único toque com o cabo da chave de fenda. Não foi necessária uma segunda batida: a fechadura cedeu imediatamente. Ela girou o trinco, e a porta abriu para dentro sem fazer barulho.

Entrou e fechou a porta atrás de si. Do andar de baixo, ouviu um murmúrio de barítonos masculinos, mas, fora isso, não havia som algum. Também não havia luz. Petrov havia deixado as cortinas fechadas, um golpe de sorte para economizar tempo.

Ela colocou a chave micha e a chave de fenda na bolsa e, em seguida, pegou o celular Genesis. Usando apenas o brilho da tela inicial, iluminou o ambiente. A sala era imediatamente familiar: já havia entrado em outra versão dela centenas de vezes em um prédio de escritórios no subúrbio de Copenhague. A escrivaninha, a cadeira e o pufe, a mesa com abas laterais.

O cofre...

Agachou-se diante dele e colocou a mão sobre o disco. Quando Petrov o usara pela última vez, ele havia parado no número 49. Ela o girou cinco vezes no sentido anti-horário para reiniciar as rodas da fechadura, depois parou no número 27. O restante da senha, ela digitou como se fosse algo natural. A última etapa do processo foi girar o botão no sentido horário de novo até parar. O ferrolho se retraiu com um leve baque.

A senha estava correta.

DANIEL SILVA

Ingrid abriu a pesada porta e iluminou o interior com a lanterna do Genesis. Lingotes de ouro, maços de dinheiro, documentos do Conselho de Segurança da Rússia armazenados verticalmente, como livros em uma prateleira.

Ela retirou o primeiro documento, examinou a folha de rosto e o devolveu ao cofre. Fez o mesmo com o documento vizinho, o seguinte e o seguinte também. E assim por diante, documento após documento, até chegar ao final da fila. Em seguida, fechou e trancou a porta e reiniciou o mostrador em 49.

A diretriz 37-23\VZ do Conselho de Segurança da Rússia não estava no cofre de Nikolai Petrov.

A planta baixa do folheto da Sotheby's mostrava quatro quartos grandes no segundo andar da mansão, todos com banheiros privativos. Depois de sair do escritório de Petrov, Ingrid virou à direita e se dirigiu a um par de portas duplas. O trinco cedeu e ela entrou. A luz externa entrava pelas janelas altas, com as cortinas abertas. Ingrid reconheceu os móveis: fotografias do quarto haviam aparecido na brochura de vendas. Ao que tudo indicava, era um quarto de hóspedes. Não havia nada fora do lugar, nada pessoal — e nenhum sinal de uma diretriz do Conselho de Segurança datada de 24 de agosto de 2022, apenas para o presidente do Estado da Federação Russa.

Saindo do quarto, Ingrid foi em direção às portas duplas no lado oposto do patamar. Atrás delas encontrava-se o quarto de Nikolai Petrov. Mais uma vez, estava parcialmente iluminado pela luz externa. Ingrid espiou pela beirada de uma das janelas e viu dois guardas, apenas silhuetas, vigiando o jardim coberto de neve abaixo. Sua busca foi rápida, mas minuciosa; a busca de uma ladra profissional — as mesas de cabeceira, o closet, a banheira e a cômoda. A diretriz do Conselho de Segurança não foi encontrada em lugar algum.

Ela não se deu ao trabalho de procurar nos outros cômodos; não havia tempo. Em vez disso, desceu em silêncio a escadaria central e voltou a se sentar na sala de estar. Uma das vozes masculinas de barítono na biblioteca agora emitia o que parecia ser uma ameaça de violência, um elemento obrigatório de qualquer reunião envolvendo russos e dinheiro. Com as pontas dos dedos formigando, Ingrid esvaziou seu copo de Johnnie Walker Blue Label e olhou para a maleta que estava sobre o aparador. A maleta que Nikolai Petrov havia levado para a reunião daquela noite com o presidente russo. Um belo modelo de couro preto, com duas travas protegidas por senha.

Nikolai Petrov não cumpriu sua promessa de ler cada palavra dos documentos, mas mesmo assim deu uma boa revisada neles e até cortou algumas passagens que achou questionáveis. Gennady tinha se certificado de incluir algumas declarações desnecessárias a mais para serem assinadas, e todas exigiam sua própria contra-assinatura desnecessária. Magnus atrasou ainda mais as coisas, se opondo a uma cláusula sobre sua responsabilidade por perdas em investimentos. Ele estava mais do que disposto a guardar o dinheiro do cliente sem cobrar nada, mas sob nenhuma circunstância concordaria em compensar o cliente por uma ou duas apostas ruins.

Eram 23h52 quando Petrov assinou seu nome no último dos documentos. Gennady entregou uma cópia a Magnus. Ele precisaria daquilo para ativar as contas no Argos Bank. Pelo menos era a explicação que Gennady dera a Nikolai Petrov, da qual nenhuma palavra era verdadeira. Tampouco o era a descrição do itinerário de viagem de Magnus — um voo antes do amanhecer de Moscou ao Cairo pela EgyptAir, uma conexão no meio da tarde para Lárnaca.

Petrov exigiu saber onde Magnus se hospedaria no Chipre.

— No Four Seasons de Limassol — mentiu ele.

— Sozinho?

— Astrid vem comigo.

— Ela é mesmo uma mulher extraordinária — disse Petrov ao ficar de pé. — Seria uma pena se algo acontecesse com ela.

DANIEL SILVA

— Fique tranquilo. Vou cuidar muito bem do seu dinheiro.

— Certamente espero que sim, senão você vai ter uma morte lenta e dolorosa. Uma morte russa — completou Petrov. — Acredite, Magnus. Tem diferença.

Eles colocaram os sobretudos e as luvas, e Nikolai Petrov, tendo feito uma ameaça de assassinato só alguns minutos antes, os levou graciosamente para a noite lá fora. No pátio coberto de neve, com os seguranças olhando, Gennady apertou a mão de Magnus. O último de seus três beijos russos formais se demorou na bochecha esquerda de Ingrid.

— Estava lá? — perguntou ele, em silêncio.

— Corra, Gennady — foi só o que ela disse.

Sem expressão, ele se sentou no banco traseiro do Mercedes, e Ingrid e Magnus subiram no Range Rover. Dois minutos depois, ao passarem entre as torres gêmeas em estilo gótico do portão da frente, estavam acelerando para o leste pela rodovia mais bem-cuidada de toda a Rússia. Seus celulares estavam entre eles no console central. Ingrid falou como se a FSB estivesse escutando.

— Como foi sua reunião? — perguntou com uma indiferença profunda, ainda que contrita.

— Melhor do que eu esperava. Nikolai só ameaçou me matar uma vez. Você, porém, o impressionou muito. Ele acha que você é uma mulher extraordinária.

— E sou mesmo.

— O que você fez agora?

— Tenho uma coisinha para levarmos na nossa viagem ao Chipre.

Ingrid pôs a mão na bolsa e tirou a única cópia da diretiva 37-23\ VZ do Conselho de Segurança da Rússia. Magnus relanceou o documento, aí olhou para a frente, segurando o volante com as duas mãos.

— É lindo — disse ele com calma. — Mas não precisava, mesmo.

— Não consegui resistir. — Ingrid colocou o documento no colo e pegou o celular. — A que horas sai nosso avião amanhã de manhã?

306

O COLECIONADOR

— Às 5h30, infelizmente.

Ingrid resmungou e fotografou a folha de rosto do documento.

— Melhor irmos direto para Sheremetyevo.

— Tenho que dizer: estou bem ansioso para passar uns dias à beira-mar em Limassol.

— Não tanto quanto eu — respondeu Ingrid, e fotografou a página seguinte.

52

RUBLYOVKA-COPENHAGUE

Nikolai Petrov colocou mais dois dedos de uísque Johnnie Walker Blue Label no copo e, pegando a maleta do aparador, subiu a escada até a porta de seu escritório. O cômodo em que entrou estava escuro. Ele colocou a maleta na mesa e acendeu o abajur. Então tirou do gancho seu telefone seguro, levou-o ao ouvido e discou de memória o número do oficial de plantão na sede da FSB em Lubyanka.

A voz do oficial, ao atender, estava pesada de fadiga — ou talvez de álcool. O tom dele mudou abruptamente quando Petrov se identificou.

— Boa noite, secretário Petrov. Como posso ajudar?

Petrov disse ao oficial o que queria, uma checagem de rotina do manifesto de passageiros de uma companhia aérea.

— Qual voo?

— EgyptAir 725. Amanhã de manhã.

Petrov ouviu o barulho de um teclado. Quando parou, o oficial de plantão disse:

— Estão na primeira classe. Assentos 2A e 2B.

A próxima ligação de Petrov foi para o Four Seasons Hotel, em Limassol. Ele a fez de seu celular pessoal.

— Larsen — informou à operadora da central telefônica. — Magnus Larsen.

O COLECIONADOR

— Sinto muito, mas não há ninguém com esse nome hospedado.

— Tem certeza? Me disseram que ele estava aí.

— Um minuto, por favor. — A operadora voltou à linha alguns segundos depois. — O sr. Larsen e a esposa fazem check-in amanhã.

— Erro meu — respondeu Petrov, e desligou.

A esposa...

As coisas tinham dado muito certo para Magnus. E pensar que vinte anos atrás ele estava sentado numa sala em Lubyanka vendo um vídeo de si mesmo com uma garota russa nua que tinha menos da metade da sua idade. Ele não se revoltou, não chorou, não pediu para lhe darem uma colher de chá. Em vez disso, fez tudo o que lhe era solicitado, não importando quão degradante ou sujo — até mesmo a missãozinha na África do Sul. Petrov tinha que dar o braço a torcer: Magnus havia jogado uma mão horrível com considerável habilidade. E olhe só para ele agora. Um palácio em Rublyovka, uma noiva linda e jovem.

E 2,5 bilhões de dólares do dinheiro de Nikolai Petrov...

Uma reviravolta notável do destino. Ainda assim, Petrov se via em vantagem. A mulher era sua apólice de seguro. Magnus nunca faria nada que colocasse a vida dela em perigo.

Petrov deu um longo gole no uísque e, talvez de forma imprudente, despejou logo depois o resto em sua garganta. Colocou o copo vazio sobre a mesa com abas laterais ao lado de sua poltrona de leitura e verificou a senha de seu cofre. Estava ajustada para o número 49, que era como ele mesmo havia deixado naquela manhã. As trancas resistentes de sua maleta também estavam ajustadas com os números corretos. Esses números nunca variavam. A esquerda estava configurada para 9-3-4, a direita, para 8-0-6.

Ele selecionou as combinações corretas — 2-7-1 na esquerda, 1-5-5 na direita — e abriu as travas. Estava prestes a levantar a tampa, mas parou quando seu telefone seguro tocou. Era Semenov, um de seus assessores seniores, ligando do Kremlin com os números noturnos de vítimas da Ucrânia. Os números reais, e não a mentira com que eles alimentavam o povo russo por meio de pessoas como Dmitry

DANIEL SILVA

Budanov. Os combates de hoje haviam sido particularmente custosos. Outros seiscentos mortos e feridos, a maioria deles recrutas e condenados que haviam sido despedaçados por metralhadoras ucranianas em Bakhmut e Soledar.

Aquilo não podia continuar por muito mais tempo, pensou Petrov ao desligar o telefone. E, se tudo corresse conforme o planejado, não prosseguiria. O documento em sua maleta continha detalhes extensos. A provocação de bandeira falsa, a represália tática comedida, a provável reação americana e da Otan, a escalada inevitável que levaria o mundo à beira da aniquilação nuclear pela primeira vez desde a crise dos mísseis de Cuba.

Petrov havia simulado todos os cenários, calculando a probabilidade matemática de cada resultado potencial. Estava confiante de que os norte-americanos jamais usariam suas armas nucleares contra a Rússia, arriscando a destruição de suas cidades e a perda de milhões de vidas inocentes. Não em defesa de um país que a maioria dos cidadãos norte-americanos não conseguiria encontrar em um mapa. O resultado da crise, portanto, seria uma vitória russa na Ucrânia, o que, por sua vez, levaria a uma desordem civil e política generalizada no Ocidente e ao colapso da Otan. O resultado dessa reviravolta histórica seria uma nova ordem global, com a Rússia, e não os Estados Unidos, no comando.

E isso começaria, pensou Petrov ao apagar a lâmpada de seu escritório, *dentro de algumas horas, com uma única palavra.* Foi só quando estava esticado em sua cama que ele percebeu que havia esquecido de trancar a diretriz do Conselho de Segurança em seu cofre. Não importava: sua casa ficava no condomínio fechado mais seguro da Rússia e estava cercada por um pequeno exército de assassinos treinados. O documento não iria a lugar algum. Ou assim Nikolai Petrov garantiu a si mesmo, à 00h38, horário de Moscou, quando fechou os olhos e dormiu o sono dos mortos.

★ ★ ★

O COLECIONADOR

A primeira fotografia chegou ao centro de operações na sede do PET com o impacto de um míssil balístico russo errante. Numerais e letras cirílicos 37-23\VZ estavam claramente visíveis; quase com certeza era a folha de rosto da diretiva do Conselho de Segurança russo. Mas, por motivos que ainda não estavam claros, o documento parecia estar nos joelhos da mulher que o havia fotografado. Ainda mais perturbadoras eram a localização e a direção atuais, mostradas pela luz azul piscando no notebook de Eli Lavon.

— Por favor, me diga que ela não fez isso — falou ele, sério.

— Sem dúvida parece que fez — respondeu Gabriel. — Mas talvez você devesse checar os dados de GPS, só para garantir.

Lavon extraiu as coordenadas da imagem anexada.

— Ela fez — disse ele. — Definitivamente fez.

Gabriel xingou baixinho. Ingrid tinha removido a diretiva do Conselho de Segurança da mansão de Nikolai Petrov em Rublyovka.

— Quanto tempo você acha que temos até ele descobrir que sumiu?

— Quem disse que ele já não sabe?

— Ela deve ter tido uma boa razão.

— Tipo qual?

— Vamos descobrir num minuto, Eli.

Bem naquele momento, outra fotografia apareceu nas telas deles. Era a página de abertura da diretiva, um breve resumo do que estava por vir. Lavon e Mikhail traduziram o material para Gabriel e Lars Mortensen.

— Santo Deus — disse o chefe de inteligência dinamarquês.

— E ainda nem chegamos à parte boa — completou Gabriel, sombrio.

— Não — falou Lavon quando a próxima página apareceu em seu computador. — Mas com certeza estamos perto.

— O que diz?

— Diz que Ingrid precisa nos mandar o resto do documento antes que Petrov a encontre.

As imagens começaram a chegar em intervalos regulares, uma página da diretiva a cada dez ou quinze segundos. Gabriel as disparou por meio seguro a Langley, onde foram examinadas por analistas e tradutores

DANIEL SILVA

da Casa da Rússia. Em poucos minutos, o que sobrava dos cabelos de Adrian Carter estava pegando fogo. E por bons motivos: a diretiva não deixava nada para a imaginação. Era um mapa meticulosamente detalhado para travar uma guerra nuclear na Ucrânia, uma guerra que começaria com uma provocação de bandeira falsa com o codinome Plano Aurora. *Os ponteiros do Relógio do Juízo Final*, pensou Gabriel, *diziam que faltava um minuto para a meia-noite.* Talvez menos do que isso.

Nove minutos depois de receberem a primeira fotografia, eles receberam a última. Nesse ponto, a luz azul que piscava na tela do computador de Eli Lavon tinha chegado ao Rodoanel de Moscou. Cinco minutos depois, à 00h30, horário local, estava indo para o norte na M11, a autoestrada Moscou-São Petersburgo. O Google Maps estimava o tempo de trajeto até o Aeroporto de Pulkovo em sete horas. A chance de encontrar neve no caminho, segundo a última previsão, era de cem por cento. A probabilidade de Ingrid e Magnus Larsen saírem vivos da Rússia, calculava Gabriel, estava em torno de zero.

E prestes a piorar.

— O que foi agora? — perguntou Eli Lavon.

— Adrian quer que eu vá até a Embaixada Norte-Americana para darmos uma palavrinha em particular pela rede de Langley.

— Sobre o quê?

— A página 36 da diretiva.

— Vai acontecer?

— Talvez.

— Você não acha que os norte-americanos...

— Sim, Eli. Acho que vão.

Com exceção de um breve desvio perto da cidade de Tver e um zigue--zague pelos lagos do Parque Nacional Valdaysky, era essencialmente uma linha reta radiando da posição das onze horas no Rodoanel de Moscou e terminando nos portões sul de São Petersburgo. Esconder-se era impossível: havia pedágios a pagar e câmeras monitorando o fluxo de tráfego — que, à 1h20, numa noite horrível de inverno, estava leve. Magnus dirigia a 115 quilômetros por hora e fazia um tempo excelente.

Ingrid desligou o telefone dele e removeu o chip.

— Pare no acostamento.

— Por quê?

— Porque não dá para ler dirigindo.

— Você acha inteligente?

— Seu celular está desabilitado.

— E o seu?

— Não está conectado à rede celular.

Magnus guiou o Range Rover para o acostamento e freou. Aí olhou no retrovisor lateral, a mão esquerda descansando na maçaneta.

— Que raios você está esperando?

Um caminhão russo do tamanho de um mamute passou com estrondo numa nuvem rodopiante de neve e sal da estrada.

— Isso responde à sua pergunta? — indagou Magnus, e desceu.

Ingrid deslizou por cima do console central e se acomodou atrás do volante. Magnus, depois de passar pelo brilho dos faróis do Range Rover, assumiu o lugar dela no banco do passageiro.

Franzindo o cenho, ele disse:

— Acho que eu gostava mais quando você era minha secretária que me adorava.

Ingrid ajustou rapidamente o banco e os espelhos e pisou forte no acelerador. A estrada diante dela estava vazia e muito iluminada. Por enquanto, pelo menos, era livre de neve e gelo.

Magnus ligou a luz de leitura do teto e segurou a diretiva do Conselho de Segurança.

— Vamos começar pelo começo.

— Não estava no cofre.

— Onde estava?

— Na maleta dele.

— Por que você não fotografou?

— Não daria tempo.

DANIEL SILVA

— Suas instruções eram bem específicas, se me lembro direito.

— Nikolai Petrov levou esse documento à sua reunião com o presidente russo hoje à noite por um motivo.

— E pode ter certeza de que ele está se perguntando onde esse documento está agora.

— A não ser que não tenha percebido que sumiu.

— Já, já vai descobrir. — Magnus abriu a diretiva do Conselho de Segurança e começou a ler. Depois de um momento, sussurrou: — Meu Deus do céu.

— O que diz?

— Diz que você fez exatamente a coisa certa hoje, srta. Sørensen.

ESTAÇÃO DE COPENHAGUE

Em geral, levava quinze minutos para atravessar os dez quilômetros que separavam a sede do PET da Embaixada Americana na Dag Hammarskjölds Allé, mas o motorista de Gabriel os percorreu em menos de dez. Paul Webster, chefe da estação de Copenhague da CIA, estava esperando no lobby. Seus sapatos Oxford de couro rangiam enquanto ele levava Gabriel por um corredor deserto até a entrada de seu reino seguro. Lá dentro, disparou um link criptografado de vídeo para Langley. Adrian Carter apareceu na tela alguns minutos depois, com o rosto repuxado de tensão.

— Você ia dizendo? — perguntou Gabriel.

— Página 36 — repetiu Carter. — A parte sobre como esses loucos de merda estão planejando apagar um de seus próprios vilarejos com um ataque nuclear de bandeira falsa. É um lugarzinho de nada a cerca de um centímetro da fronteira ucraniana chamado Maksimov.

— Mas os loucos de merda não falaram *quando* o ataque ia acontecer.

— Verdade. Mas foram bem específicos sobre o ponto do disparo.

— Sokolovka.

— Um local muito agradável — disse Carter. — Paul tem uma imagem de satélite para mostrar.

O chefe da estação estava sentado à frente de um computador, fora do limite de alcance da câmera. Com alguns cliques do mouse, ele puxou a foto.

DANIEL SILVA

— O que estou olhando? — perguntou Gabriel.

— Aquela casinha rural no canto inferior esquerdo da imagem.

— Parece uma casa rural normal.

— Era como ela estava no dia do início da guerra. Mas é assim que está agora.

Webster puxou mais uma imagem no computador. Dessa vez havia dois caminhões militares Kamaz gigantes estacionados em frente à casa no quintal esburacado. Estavam cercados por mais ou menos uma dúzia de homens armados.

— Não parece tão normal agora, né?

— Não — concordou Gabriel. — E esses soldados russos também não.

— Meus homens acham o mesmo. Acreditam que devem ser das Spetsnaz GRU. — As Spetsnaz GRU eram as forças especiais de elite do serviço de inteligência militar da Rússia. — Se você olhar com atenção, pode ver que eles estabeleceram um perímetro em torno daquele anexo de metal corrugado. Tem mais um caminhão Kamaz lá. O interessante é que parece um caminhão comercial. É com esse que estamos preocupados.

— Se vocês atingirem aquele prédio...

— Não é esse o plano — interrompeu Carter.

— Qual *é* o plano?

— Estamos monitorando de perto.

— Como é a cobertura de satélite?

— Basta dizer que temos mais agentes na região do que admitimos publicamente. Se aquele caminhão sair da fazenda, vamos ver. E, se fizer uma parada em Maksimov, os ucranianos vão botar fogo nele com vários mísseis HIMARS. Com nossa assistência considerável, lógico.

— Tempo de trajeto de Sokolovka a Maksimov?

— Cerca de duas horas. O que significa que teremos tempo suficiente de aviso.

— Quanto tempo os mísseis vão levar para atingir o alvo?

O COLECIONADOR

— Dez minutos. Estamos confiantes de que consigam destruir a arma sem disparar uma detonação nuclear secundária.

— Mas vocês vão disparar uma reação russa. Uma reação — completou Gabriel — que vai incluir uma avaliação de como os ucranianos sabiam da trama.

— Mais um motivo pelo qual você precisa tirar seus amigos do país o mais rápido possível.

— Eles estão tentando, Adrian.

— Onde estão agora?

— Mais ou menos no meio do caminho entre Moscou e São Petersburgo.

— Como está o clima no aeroporto?

— Você é diretor da CIA. Me diga você.

— Acho que tem pelo menos cinquenta por cento de chance de que eles devam considerar meios alternativos de viagem.

— Eu diria que está mais perto de 75.

— Opções?

— Pedir para os ucranianos botarem fogo na casa de Nikolai Petrov em Rublyovka, de preferência antes de ele notar que a diretiva sumiu.

— Tome cuidado com o que você deseja — disse Carter, e a tela ficou escura.

Gabriel ficou olhando a foto de satélite. Uma fazenda velha e destruída no meio do nada. Dois caminhões Kamaz gigantes no quintal esburacado, outro Kamaz no prédio anexo — o caminhão com que Langley estava preocupado. Era o que tinha a bomba.

Os dezesseis homens alojados na casa rural no vilarejo de Sokolovka estavam ligados à Terceira Brigada de Guardas Spetsnaz, uma unidade de reconhecimento de elite da GRU. Seu comandante era o capitão Anatoly Kruchina, veterano das guerras na Chechênia e na Síria e um dos misteriosos "homenzinhos verdes" que haviam tomado a Crimeia

DANIEL SILVA

em 2014. Até então, a contribuição mais significativa de Kruchina para a chamada operação militar especial havia ocorrido em Bucha, onde ele ajudou o 234º Regimento de Assalto Aéreo a massacrar várias centenas de civis inocentes. Foi um pesadelo, a pior atrocidade que ele já havia testemunhado. Mas guerra era guerra, especialmente quando envolvia russos.

Kruchina e sua unidade tinham recebido ordens de se instalar na fazenda no final de novembro. O caminhão Kamaz branco chegou dois dias depois. Na parte traseira havia um objeto cilíndrico de cerca de três metros de comprimento, montado em uma estrutura de aço e conectado por um fio enrolado a uma fonte de energia externa. Kruchina não havia sido informado sobre a natureza desse objeto de aparência peculiar, apenas que não deveria permitir que nada acontecesse a ele — e que nunca deveria, em nenhuma circunstância, acionar o interruptor da fonte de alimentação externa. Conforme as instruções, ele colocou o caminhão no galpão de metal corrugado da fazenda e trancou a porta com cadeado. E lá o veículo ficou a maior parte das últimas duas semanas, vigiado por dezesseis dos agentes mais altamente treinados da GRU.

A única quebra na monotonia havia ocorrido na tarde anterior, quando receberam uma visita surpresa do próprio diretor da GRU, o general Igor Belinsky. Ele estava vestido com o uniforme de um coronel humilde e acompanhado por dois engenheiros em trajes civis. Eles inspecionaram o objeto na parte traseira do caminhão e verificaram o nível da bateria na fonte de alimentação externa. Em seguida, o diretor da GRU disse a Anatoly Kruchina que ele havia sido escolhido para realizar a missão mais importante da operação militar especial na Ucrânia, talvez a mais importante da história da própria GRU.

Não era uma tarefa complexa. A única coisa que Kruchina tinha de fazer era dirigir o caminhão até o vilarejo de Maksimov, deixá-lo em um posto de gasolina da Lukoil e acionar o interruptor na fonte de alimentação. A detonação ocorreria trinta minutos depois, mas a essa altura Kruchina já estaria longe: outro agente da GRU estaria esperando para levá-lo em segurança para fora da zona de explosão. Após a conclusão bem-sucedida de sua missão, Kruchina seria promovido ao posto de coronel e receberia a mais alta condecoração da GRU. Seu futuro, garantiu o diretor, era brilhante.

— Quantos morrerão?

O general Belinsky deu de ombros. Afinal, eram apenas seres humanos.

— Mas são cidadãos russos.

— Assim como as pessoas que estavam naqueles prédios residenciais em 1999. Trezentas foram mortas, apenas para garantir que Volodya ganhasse a primeira eleição.

Ao final de sua reunião, o general Belinsky deu a Kruchina um pacote de roupas civis. Ele deveria permanecer na fazenda até receber a ordem para prosseguir. Ela viria do próprio general Belinsky e seria precedida pela senha AURORA. Belinsky previu que a transmissão ocorreria em algum momento depois das seis da manhã. Ele sugeriu que Kruchina tentasse descansar um pouco. Era essencial que nada desse errado. Ele precisava estar em sua melhor forma.

Mas já eram quase cinco da manhã e Anatoly Kruchina não havia dormido nem um minuto. Ele estava sentado à mesa de linóleo da cozinha, vestido com roupas civis, com uma *papirosa* letal queimando entre o primeiro e o segundo dedos da mão direita. Seus olhos estavam fixos em seu rádio via satélite seguro, deixado sobre a mesa à sua frente, ao lado da chave do cadeado do anexo de metal corrugado. Seus pensamentos estavam concentrados em uma única pergunta.

Por que o capitão Anatoly Kruchina, o ceifador de Grozny, o açougueiro de Bucha? O que ele havia feito para merecer essa grande honra? Por que *ele* havia sido escolhido pelo general Igor Belinsky para essa missão tão delicada? A resposta era óbvia. Eles o tinham escolhido por seguir todas as ordens e cumprir todas as tarefas de merda que lhe eram impostas. E, no entanto, ele estava certo, tão certo quanto um

DANIEL SILVA

homem poderia estar, de que seu diretor o havia enganado. Não haveria nenhuma promoção, nenhuma citação, nenhum agente da GRU esperando em um carro estacionado no posto da Lukoil — e nenhum atraso de trinta minutos antes da detonação. *Guerra era guerra*, pensou Anatoly Kruchina. Especialmente quando envolvia russos.

54

O KREMLIN

Não tinha nada de incomum na maneira como a manhã começou, nenhum presságio ou indício do que estava por vir. O chefe de gabinete do presidente entrou no Grande Palácio do Kremlin no seu horário habitual, às seis em ponto, com sua típica personalidade malévola. O falacioso porta-voz do Kremlin, Yevgeny Nazarov, entrou alguns minutos depois, parecendo não estar nem aí para o mundo, o que não era verdade. Ele havia passado todo o trajeto de quarenta minutos desde sua mansão em Rublyovka negando as notícias de que a Rússia havia sequestrado milhares de crianças ucranianas e as trancado em uma rede de campos de reeducação. A funcionária encarregada do programa — que por acaso era a comissária russa para os direitos das crianças — já estava trabalhando arduamente em seu escritório no segundo andar.

Nikolai Petrov, o secretário do Conselho de Segurança, estava alguns minutos atrasado, mas apenas porque havia trânsito na Torre Borovitskaya, a entrada comercial do Kremlin. Normalmente, Petrov teria repreendido seu motorista, mas o Plano Aurora exigia dele um comportamento falsamente sereno, de modo que continuou lendo seu resumo diário das notícias globais como se não estivesse incomodado com o atraso. Sua maleta estava no lado oposto do banco traseiro. A tampa estava aberta, mas o compartimento interno onde ele guardava documentos confidenciais estava bem fechado com zíper.

DANIEL SILVA

Finalmente o impasse se desfez, e a limusine de Petrov entrou pela passagem em arco da torre até o pátio do Grande Palácio do Kremlin. Com a maleta na mão, ele subiu a escada para seu escritório, que era presidencial em tamanho e grandeza. Pavel Semenov, seu ajudante de ordens, tirou-lhe o casaco. Como sempre, um tradicional café da manhã russo o aguardava. Semenov, sempre atento, serviu a primeira xícara de café.

— Uma noite tranquila, secretário Petrov?

— Sim, Semenov. E você?

— Não muito bem. Meu filho está com uma tosse terrível.

— Sinto muito por isso. — Petrov colocou a maleta em sua mesa e abriu as travas. — Nada sério, espero.

— Acho que não, mas Yulia está bastante preocupada. — Semenov colocou o casaco de Petrov sobre o antebraço. — Precisa de alguma coisa para a reunião matinal da equipe?

— Um café da manhã e alguns minutos para organizar meus pensamentos.

— É claro, secretário Petrov.

Semenov se retirou, fechando a porta atrás de si. Sozinho, Petrov sentou-se à mesa e levantou o receptor de seu telefone seguro. Apertando um botão, ligou para o general Igor Belinsky. O diretor da GRU emitiu sua saudação monossilábica padrão.

— Como foi a viagem ontem? — perguntou Petrov.

— Mal podia esperar para sair daquele lugar de merda.

— Você tem um homem bom para cuidar da entrega?

— Um homem muito bom. Ele está esperando a ordem.

— Então talvez você deva emiti-la.

— Tem certeza, secretário Petrov?

— Tenho certeza.

— E o presidente do Estado?

— Deu sua aprovação ontem à noite.

— Nesse caso, secretário Petrov, por favor, me dê a senha correta, para que não haja mal-entendidos mais tarde.

O COLECIONADOR

— Aurora.

— Perdão?

— Aurora — repetiu Nikolai Petrov, e desligou o telefone.

No vilarejo de Sokolovka, o vento estava forte e havia partículas de neve no ar. De cabeça baixa, Anatoly Kruchina trotou pela lama congelada do pátio até a porta do anexo de metal corrugado. Os homens que a guardavam estavam quase mortos de frio. Kruchina os informou de que estavam dispensados e, em seguida, enfiou a chave no cadeado.

A maldita coisa estava tão congelada que Kruchina levou um minuto para puxar o gancho do corpo e mais um minuto para abrir a porta enferrujada. A cabine de nariz chato do KamAZ-43114 preenchia quase toda a abertura. Kruchina passou pelo para-choque resistente, batendo o olho esquerdo no retrovisor em meio ao processo, e abriu a porta do lado do motorista.

Havia um degrau embutido na frente da cabine, descendo até cerca de três quartos da altura da roda. Kruchina colocou o pé esquerdo no degrau e, xingando baixinho de raiva, se içou para dentro da cabine. Seu olho latejava de dor. Era seu primeiro ferimento em toda a campanha. Um começo nada auspicioso para sua histórica missão. O que viria a seguir? Um tanque de combustível vazio? Uma bateria descarregada?

Ele conseguiu fechar a porta da cabine sem causar mais ferimentos a si mesmo e colocou seu rádio por satélite no banco do passageiro. A chave estava na ignição. Kruchina a girou uma vez para a direita e o motor ganhou vida. Um momento depois ele estava indo para o oeste por uma estrada congelada de pista simples, com destino à fronteira com a Ucrânia.

Demorou apenas cinco minutos para que a notícia da partida do caminhão chegasse a Gabriel no centro de operações do PET, no subúrbio de Copenhague. Foi Adrian Carter, em uma linguagem velada, quem

DANIEL SILVA

deu a notícia. O caminhão havia saído da casa rural às 6h12. Se a cidade fronteiriça de Maksimov fosse seu destino, chegaria em algum momento entre 8 horas e 8h15. No instante em que o caminhão parasse, os mísseis HIMARS subiriam ao ar. E, dez minutos depois disso, voltariam a descer.

— Nesse momento — disse Gabriel a Lars Mortensen após a ligação —, Nikolai Petrov e seu amigo Vladimir Vladimirovich vão ficar loucos.

— Eles podem presumir que o dispositivo não funcionou como deveria.

— A menos que as defesas aéreas russas detectem o lançamento dos mísseis ucranianos. Aí eles vão saber exatamente o que aconteceu.

Eli olhava para a luz azul piscando na tela do computador.

— Onde eles estão agora? — perguntou Gabriel.

— A cerca de uma 1h15 ao sul de Pulkovo.

— O que significa que vão estar a bordo do avião antes que os mísseis caiam sobre o caminhão.

— Duvido muito. — Lavon apontou para a tela do computador. Pulkovo tinha acabado de cancelar todas as decolagens. — Posso sugerir uma alternativa?

— Não há alternativa, Eli.

Lavon olhou para Lars Mortensen.

— Poderíamos usar o consulado dinamarquês em São Petersburgo como um bote salva-vidas.

— Talvez consigamos colocá-los no consulado — disse Mortensen —, mas levará anos para tirá-los de lá.

— Então, acho que só nos resta uma única opção.

Lavon ampliou o mapa na tela do computador e apontou um ponto a noroeste de São Petersburgo.

Gabriel olhou para Mortensen.

— Preciso de um avião.

55

MAKSIMOV

O posto de gasolina da Lukoil ficava a cerca de mil metros da fronteira, agora inútil, entre a Rússia e o *oblast* de Donetsk, na Ucrânia. Anatoly Kruchina chegou às 8h19. *Nada mal, dadas as péssimas condições da estrada*, pensou ele, *mas com alguns minutos de atraso*. Ele estacionou o caminhão na beira do amplo asfalto e desligou o motor, deleitando-se com o silêncio repentino. Não pela primeira vez, agradeceu a Deus por não ganhar a vida como caminhoneiro.

Acendeu uma *papirosa* e observou o ambiente ao redor. Dois clientes estavam enchendo o tanque nas bombas. Um deles era um idoso castigado pelo tempo, o outro era um adolescente que mascava chiclete. Um terceiro carro estava estacionado na frente da entrada da loja de conveniência. Esse veículo tinha duas crianças no banco de trás. Kruchina tinha dois filhos. Eles moravam com a mãe em Volgogrado. Ele não os via desde o início da guerra. Seus filhos achavam que ele era um herói. Um defensor da pátria, um lutador do tio Vova. Kruchina havia implorado à mãe deles para quebrar a televisão.

Ele verificou a hora. Eram 8h22. Desceu da cabine e entrou na loja de conveniência. A mãe das duas crianças estava parada no caixa. Aparentava ter uns vinte e poucos anos e sem dúvida era viúva da guerra. Estavam por toda parte. Ela lançou a Kruchina um olhar de desaprovação, como se estivesse se perguntando por que ele não estava

DANIEL SILVA

de uniforme. Kruchina, por sua vez, se perguntou se a mulher e seus dois filhos logo estariam mortos.

Ele vagou pelos corredores por alguns minutos, acumulando alimentos e bebidas, e voltou ao caixa. A mulher do outro lado parecia não dormir havia um mês.

— A que horas você sai? — perguntou ele.

— Quando a guerra acabar — brincou ela, e escaneou os itens dele.

Kruchina pagou em dinheiro e saiu. As duas crianças no banco de trás do carro mostraram a língua para ele enquanto a mãe manobrava o carro. Saindo do posto de gasolina, ela seguiu em direção ao leste da Rússia. *Continue dirigindo*, pensou Kruchina. *Haja o que houver, não pare.*

Ele abriu a porta do Kamaz e entrou na cabine. Seu rádio criptografado tocou enquanto ele abria o primeiro saco de batatinhas. O homem do outro lado da conexão distante não se deu ao trabalho de se identificar.

— Você chegou ao seu destino? — perguntou o general Igor Belinsky, diretor da GRU.

— Cheguei.

— O dispositivo está armado?

— Ainda não.

— Por que não?

— Minha carona deve ter se perdido.

— Ele chegará a qualquer momento. Arme o dispositivo imediatamente.

— É claro — respondeu Kruchina. — Imediatamente.

Ele deixou o rádio de lado e olhou para o leste ao longo da rodovia. Não havia nenhum carro à vista. *Nem nunca haveria*, pensou ele. Pelo menos não um destinado a ele.

Deu uma última olhada na hora. Eram 8h28. Então desenroscou a tampa de um refrigerante norte-americano e, levando a garrafa aos lábios, deixou de existir.

★ ★ ★

O COLECIONADOR

Na periferia sul de São Petersburgo, Ingrid havia reconectado seu telefone Genesis à rede celular MTS da Rússia por tempo suficiente para consultar na internet o quadro de partidas do Aeroporto de Pulkovo. Não era de surpreender que, dadas as péssimas condições climáticas do lado de fora da janela, o quadro não mostrasse nenhum voo pousando ou decolando. Alguns minutos depois, ela recebeu uma confirmação adicional desse fato por meio de uma mensagem segura via satélite de Gabriel, que a instruiu a seguir para a fronteira com a Finlândia. No momento estava fechada para russos sem vistos válidos da UE, mas Ingrid e Magnus, como cidadãos da Dinamarca, estavam livres para fazer a travessia. Claro, desde que seus anfitriões russos lhes permitissem sair.

Eles contornaram o centro de São Petersburgo pela estrada de alta velocidade com pedágio e seguiram para a E18, a principal ligação rodoviária entre a Rússia e a Finlândia. Magnus estava ao volante desde a última parada para abastecer e ingerir cafeína, cerca de quatro horas antes, em um posto de gasolina que funcionava a noite toda em um buraco infernal chamado Myasnoi Bor. Ingrid havia planejado enfiar a diretriz nuclear russa na lixeira do banheiro feminino, mas fugira horrorizada assim que abriu a porta.

O documento estava agora trancado na maleta de Gennady Luzhkov, junto com o meio milhão em dinheiro. A poderosa pistola Vektor de Gennady ainda estava na bolsa de Ingrid. Quanto ao paradeiro do próprio Gennady, Ingrid e Magnus não sabiam de nada. Não sabiam se ele havia sido preso, nem mesmo se estava vivo ou morto. *Se ainda não estava morto*, pensou ela, *estaria em breve* — tudo porque ela havia roubado a diretriz do Conselho de Segurança.

Ela olhou para o telefone desativado de Magnus.

— Nem pense nisso — disse ele baixinho.

— Preciso saber.

— Pressuponha o pior.

— Você sabe o que vão fazer com ele?

DANIEL SILVA

— O mesmo que vão fazer comigo se formos presos. Além do mais, Gennady sabia no que estava se metendo. Só espero que, quando escreverem a história deste caso, ele receba o crédito que merece.

— E o que vão escrever sobre nós? — perguntou Ingrid.

— Depende, imagino. Se o guarda da fronteira russa vai permitir que a gente saia. — Magnus esfregou o para-brisa embaçado com a manga do sobretudo. — Me ocorre que você sabe tudo o que tem para saber sobre mim, e eu não sei nada sobre você.

— Sim — respondeu ela.

— Me conta *alguma* coisa, pelo menos.

— Eu cresci numa cidadezinha na Jutlândia, perto da fronteira alemã.

— Bom começo. O que seu pai faz?

— É professor numa escola.

— E sua mãe?

— Uma santa.

— Você obviamente é inteligente. Por que virou ladra?

— Por que você virou executivo de energia?

— Não me diga que você é ambientalista.

— Devota.

— Imagino que seja toda sustentável. Carbono zero, esse tipo de coisa.

— E se eu for?

— Eu te aconselharia a buscar ajuda profissional.

— É tudo uma farsa?

— Olha a neve caindo ao seu redor.

— Estamos no norte da Rússia, seu imbecil.

— Vou dar o braço a torcer: o clima está esquentando. Mas a queima de combustíveis fósseis não tem nada a ver com isso.

— Não foi o que você escreveu num memorando interno da DanskOil em 1998. Aliás, você disse o exato oposto.

Ele girou a cabeça para a direita.

— Como é que você sabe disso?

— O que você acha que eu estava fazendo o tempo todo que passei sentada em frente ao seu escritório?

O COLECIONADOR

— Achou mais alguma coisa interessante?

— Inúmeras violações de segurança nas suas plataformas de petróleo e vários vazamentos não relatados.

— Essas coisas acontecem quando se está extraindo óleo debaixo do mar do Norte. — Ele olhou para a frente. Os limpadores funcionavam na velocidade máxima. O desembaçador rugia. — O que você vai fazer quando isto acabar?

— Achei que fôssemos nos casar.

— Na verdade, tem uma coisa que eu estava querendo te contar.

— Cafajeste — cochichou ela.

— Culpado. Mas tenho que tentar consertar meu casamento antes que seja tarde demais.

— Acha que ela vai te aceitar de volta?

— Quando eu contar o que você e eu fizemos aqui na Rússia, tenho a sensação de que talvez.

Ingrid tirou o anel do dedo.

— Pode ficar — disse Magnus. — Assim, você vai ter algo para se lembrar de mim.

O clima piorava a cada minuto. Ingrid ligou o rádio. Os apresentadores do programa pareciam apopléticos.

— Do que eles estão falando? — perguntou ela.

— Os ucranianos acabaram de disparar vários mísseis num vilarejo russo perto da fronteira.

— É mesmo? — Ingrid deslizou o anel de diamante para o dedo. — Que pena.

56

O KREMLIN

A notícia de um ataque de mísseis ucranianos no vilarejo de Maksimov, na fronteira russa, surpreendeu acima de tudo o secretário do Conselho de Segurança da Rússia, Nikolai Petrov. No início, ele supôs que os relatórios estivessem equivocados. Sua opinião mudou, porém, quando viu o vídeo de celular na NTV. Era evidente que o dano fora resultado de armas convencionais, não de um dispositivo nuclear de baixo rendimento montado com urânio sul-africano altamente enriquecido de décadas atrás.

Mais alarmante para Petrov era o aparente alvo do ataque, um posto da Lukoil a cerca de mil metros da fronteira ucraniana, o ponto exato onde deveria começar o Plano Aurora naquela manhã. Sugeria a Petrov que tinha um furo na segurança operacional, que houvera um vazamento. Mas como? O Aurora tinha sido bem escondido — tanto, aliás, que só um punhado de *siloviki* seniores sabiam da existência do plano. O próprio Petrov mantivera controle pessoal da única cópia da diretiva que autorizava a operação.

Estava em sua maleta, aberta na mesa. Ele abriu o zíper do compartimento interno onde guardava documentos sensíveis e olhou dentro.

A diretiva 37-23\VZ do Conselho de Segurança da Rússia havia desaparecido.

★ ★ ★

O COLECIONADOR

A Força Aérea Real Dinamarquesa mantinha uma frota de jatos Bombardier Challenger para uso da primeira-ministra e outros oficiais seniores do governo, mas Lars Mortensen providenciou, em vez disso, o fretamento de um jato comercial Dassault Falcon. A aeronave partiu do Aeroporto de Copenhague às 6h30 e, noventa minutos depois, estava em solo em Helsinque. Mikhail e Eli Lavon entraram na Finlândia como cidadãos da Polônia, Gabriel, do Canadá. Se os oficiais de imigração finlandeses o tivessem submetido a uma busca minuciosa, coisa que não fizeram, teriam descoberto que portava uma Beretta 92FS carregada e dois pentes de munição extra. Mikhail estava com a Jericho calibre .45.

Um agente da CIA chamado Tom McNeil os encontrou no lounge do FBO. McNeil parecia mais finlandês do que os finlandeses e falava o idioma como um nativo. Dirigiu-se a Gabriel em inglês, com o sotaque de um nova-iorquino nativo.

— Colocamos três mísseis HIMARS diretamente no alvo. Não teve detonação secundária do material físsil e só casualidades colaterais limitadas.

— Alguma reação russa?

— Ainda não.

O FBO tinha providenciado um carro, um Audi Q5 híbrido. Mikhail entrou atrás do volante do SUV; Tom McNeil, no banco do passageiro. Gabriel subiu no banco traseiro, ao lado de Eli Lavon. Cinco minutos depois, estavam indo para leste na E18. A velocidade de Mikhail era inteiramente inadequada às condições.

Tom McNeil checou seu cinto de segurança.

— Você tem muita experiência dirigindo na neve? — perguntou.

— Eu nasci em Moscou.

— Agora, pergunte se os pais dele tinham carro — disse Gabriel.

— Tinham? — indagou McNeil, mas Mikhail não respondeu.

Gabriel olhou para Lavon, que estava de olhos fixos na tela de seu notebook.

— Onde eles estão?

— Norte de São Petersburgo.

DANIEL SILVA

— Quanto tempo para chegarem à fronteira?

— Neste clima? Pelo menos três horas.

— E nós?

— Depende se Mikhail vai conseguir manter o carro na estrada.

Gabriel ficou olhando pela janela. Eram quase 9h30, mas parecia meia-noite.

— Acha que vai clarear hoje, Eli?

— Não — respondeu ele. — Não hoje.

A TverBank Tower, outrora o arranha-céu mais alto de Moscou, agora um distante quarto lugar, pairava sobre a rua Bolshaya Spasskaya, logo além do Anel de Jardins. De formato cilíndrico com um topo afunilado, lembrava um falo gigante. Ou fora essa a reclamação dos críticos quando o presidente do TverBank, Gennady Luzhkov, deslindou uma maquete em escala do prédio num pomposo evento para a imprensa ao qual foram vários ilustres do Kremlin, incluindo o presidente russo.

O escritório de Gennady ficava no último andar, o quinquagésimo quarto. Estava sentado à sua mesa pouco depois das nove quando seu assistente o informou que o secretário Nikolai Petrov estava na linha. Gennady, por um sem-número de motivos, estava à espera da ligação.

— Seu filho da puta traidor! — gritou Petrov. — Você está morto! Entendeu? Morto!

— Não vai demorar — respondeu Gennady, calmo. — Mas qual parece ser o problema?

— Ela roubou um documento da minha maleta ontem à noite.

— Quem, Nikolai?

— A mulher que você trouxe para minha casa.

— A srta. Sørensen? Você ficou maluco?

— O documento estava em minha maleta quando cheguei em casa e *não* estava em minha maleta quando cheguei hoje de manhã no Kremlin.

— Me diga uma coisa, Nikolai. A maleta em questão estava trancada?

O COLECIONADOR

— É claro.

— Então como você acha que a srta. Sørensen conseguiu roubá-lo?

— Ela deve ter arrombado as trancas de alguma forma.

Gennady expirou pesado.

— Você precisa mesmo se recompor, Nikolai. O país está contando com você. Não viu as notícias? Os ucranianos acabaram de atacar um vilarejo perto da fronteira. Se bem que não dá para entender por que gastariam mísseis preciosos num posto de gasolina.

— Onde eles estão, Gennady?

— Os ucranianos? Estão na Ucrânia, Nikolai. Se é que sobrou algum.

— Magnus Larsen e a mulher — disse Petrov.

— Na cama dormindo, imagino.

— Por que eles não foram ao aeroporto?

— Porque tiveram bom senso. Você viu o clima? Agora, se me der licença, nosso homem em Dubai está esperando ansiosamente a primeira transferência.

— Esse dinheiro não vai a lugar nenhum. Exceto para outro banco — completou Petrov. — Vou entregar a Yuri no VTB.

— Você já assinou as ordens de transferência. Infelizmente, é tarde demais. A bala está engatilhada, por assim dizer.

— Rasgue essas ordens de transferência, seu filho da puta.

— Se você insiste — falou Gennady. — Mas precisarei das suas assinaturas na ordem de cancelamento. Não deve levar mais que alguns minutos. A que horas devo esperá-lo?

Depois de suportar mais uma torrente de xingamentos, Gennady desligou e imediatamente telefonou para Magnus Larsen. A ligação caiu direto na caixa postal. Magnus, pelo jeito, tivera o bom senso de desligar o celular.

O gerente do FBO no Aeroporto de Pulkovo, porém, atendeu a ligação de Gennady sem demora. As notícias não eram promissoras. O clima tinha forçado o aeroporto a um fechamento total. O FBO esperava que as condições melhorassem em torno de meio-dia, mas voos comerciais teriam prioridade. Só no fim da tarde, previu, aeronaves privadas receberiam um horário de partida.

O que significava que Magnus e Ingrid agora estavam presos dentro da Rússia. Gennady lhes garantira alguns minutos adicionais, mas com certeza não tempo suficiente para fugirem. O que eles precisavam era de uma garantia de passagem segura concedida por um membro poderoso do *siloviki* — alguém como o secretário do Conselho de Segurança da Rússia. Gennady estava confiante de que era possível fazer um acordo. Ele só precisava de algo para usar como vantagem.

E foi assim que Gennady Luzhkov, com uma única ligação para um subalterno alguns andares abaixo, transferiu a maior fatia da fortuna pessoal de Nikolai Petrov — 205 bilhões de rublos russos, nenhum dele por direito — para uma conta de certa Raisa Luzhkova no Royal GulfBank de Dubai. Petrov foi automaticamente notificado por e-mail da enorme transação.

— Cadê meu dinheiro, seu filho da puta?

— Você não viu o e-mail, secretário Petrov? Seu dinheiro está no Royal GulfBank. Mas não vai ficar lá por muito tempo. E, quando sumir, você nunca vai encontrá-lo. Ao contrário de você, eu sou muito bom em esconder coisas.

— O que você quer?

— Uma promessa de que você e seus amigos da FSB não vão tentar impedir Magnus Larsen e a srta. Sørensen de sair do país.

— Imagino que eles não estejam na cama em Rublyovka.

— Não.

— Para onde estão indo?

— Não faço ideia.

— Melhor chute?

— Cazaquistão — respondeu Gennady.

— Aposto meu dinheiro na Finlândia.

— Você não tem dinheiro nenhum, Nikolai.

Houve um longo silêncio.

O COLECIONADOR

— Transfira o dinheiro ao VTB Bank — disse Petrov, enfim —, e eu os deixo sair.

— Ao contrário. Você os deixa sair, e eu transfiro o dinheiro. E, aí, pode fazer o que quiser comigo.

— Fique tranquilo, é o que pretendo.

A conexão caiu.

Gennady ligou de novo para o número de Magnus, mas não houve resposta. Precisava dizer-lhes que era seguro cruzar a fronteira. Só tinha uma opção.

Ele achou o número da central na internet e ligou. Uma mulher que parecia alegre atendeu, num inglês com sotaque americano.

— Embaixada dos Estados Unidos.

— Meu nome é Gennady Luzhkov. Sou presidente do TverBank e informante da Agência Central de Inteligência, codinome Komarovsky. Agora, preste atenção.

57

SUL DA FINLÂNDIA

Parecia loucura demais para não ser verdade. Pelo menos, essa foi a conclusão da telefonista da embaixada, que tinha ouvido uma grande quantidade de bobagens com sotaque russo nas linhas telefônicas desde o início da chamada operação militar especial na Ucrânia. Ela imediatamente passou a mensagem para seu superior — era mais ou menos uma transcrição palavra por palavra do que o sr. Luzhkov havia dito —, e o superior a levou para o escritório do vice-chefe da missão. Não significava nada para ele, mas o homem teve o bom senso de levar o fato ao conhecimento do chefe da estação da CIA, que colocou a informação em um telegrama instantâneo para a Casa da Rússia em Langley, que a enviou de volta através do Atlântico para Helsinque.

Passariam mais cinco minutos até que a notícia chegasse a Tom McNeil por um e-mail criptografado. A mensagem informava que Gennady Luzhkov, fundador e presidente do TverBank e informante da CIA com o codinome Komarovsky, havia conseguido, de alguma forma, providenciar uma passagem segura de saída da Rússia para Ingrid e Magnus Larsen — sem dúvida, com enorme risco pessoal para si mesmo. McNeil ficou entusiasmado com a notícia, Gabriel nem tanto. A experiência lhe ensinara que os negócios com os russos invariavelmente

O COLECIONADOR

davam errado, muitas vezes como resultado de nada mais do que a cega incompetência russa. Portanto, ele se absteve de qualquer comemoração ou expressão de alívio até que seus dois agentes estivessem em segurança do outro lado da fronteira.

No entanto, ele os informou sobre o desenvolvimento encorajador — com uma mensagem clandestina via satélite enviada ao dispositivo de comunicação segura Genesis de Ingrid. A resposta dela foi instantânea.

— E então? — perguntou Eli Lavon.

— Ela quer saber se deve tentar atravessar com a diretriz para o outro lado da fronteira.

— Pode ser um problema.

— Mas seria bom ter a cópia real, não acha?

— Muito arriscado — disse Lavon.

Gabriel enviou a mensagem. Seu celular recebeu uma resposta um momento depois.

— Ela está inclinada a guardá-la.

— Que surpresa.

Outro alerta.

— O que é agora? — perguntou Lavon.

— Aparentemente, ela também tem meio milhão de dólares em dinheiro.

— É mesmo? Onde você acha que ela conseguiu?

Gabriel colocou o telefone no bolso.

— Tenho medo de perguntar.

McNeil tinha o número do celular particular do diretor do serviço de segurança e inteligência da Finlândia. Ele discou quando estavam a mais ou menos uma hora da fronteira e informou o diretor que dois agentes da CIA cujos disfarces haviam sido descobertos estavam indo para lá.

— Eles são russos, esses seus agentes?

DANIEL SILVA

— Dinamarqueses, na verdade.

— Nomes?

— Prefiro não os identificar numa conexão insegura.

— Como eles foram descobertos, sr. McNeil, não acho que seja um problema.

McNeil recitou os dois nomes.

— O Magnus Larsen.

— Em toda a sua glória.

O chefe de inteligência finlandês, cujo nome era Teppo Vasala, queria ajudar. Mas também estava decidido a manter seu país fora de um tiroteio com os russos. Naqueles dias, era sua principal obsessão.

— E você tem mesmo certeza de que concederam passagem segura? — perguntou ele.

— Tanta certeza quanto possível.

— Vou acreditar quando vir. Mas, se o Serviço de Fronteira russo permitir que passem pelos postos de controle do lado deles da fronteira, é claro que vamos deixá-los entrar na Finlândia.

— Você tem nossa gratidão — disse McNeil.

— A que distância Larsen e a mulher estão da Finlândia?

— Noventa minutos.

— Suponho que você gostaria de recebê-los depois de atravessarem, certo?

— Eles tiveram uma noite longa e difícil.

— Vou ter que combinar com a Guarda de Fronteira. Quantos no seu grupo?

— Quatro.

— Quem são os outros três?

— Pessoa A, Pessoa B e Pessoa C.

— Norte-americanos?

— Vou deixar isso a seu critério, diretor Vasala.

★ ★ ★

O COLECIONADOR

O chefe de espionagem finlandês deu a McNeil a localização de um ponto de espera adequado a cerca de dez quilômetros da fronteira e o instruiu a esperar lá até segunda ordem. O lugar era um estacionamento compartilhado por um supermercado e uma pousada. McNeil entrou no hotel em busca de café quente e comida e, voltando ao Audi alguns minutos depois, encontrou Mikhail enfiando um pente na coronha de uma pistola Jericho.

— Para que isso? — perguntou McNeil.

— Atirar em russos.

— Só para deixar claro — disse o norte-americano tranquilamente —, nenhum russo vai levar tiros hoje.

— A não ser que tentem algo idiota.

— Tipo o quê?

— Dê uma boa olhada no homem sentado bem atrás de mim — respondeu Mikhail.

Eli Lavon, de olhos no notebook, explicou:

— A operação desta manhã, sr. McNeil, tem dois objetivos. O retorno seguro de Ingrid e Magnus Larsen é nossa prioridade número um. Mas é igualmente importante que Gabriel Allon, o homem que o presidente russo mais odeia no mundo, continue na Finlândia. Sinceramente, ele já está até perto demais da Rússia.

— Estamos a dez quilômetros da fronteira.

— Exatamente — disse Lavon. — E, em poucos minutos, vamos estar a dez *metros* na fronteira. E é por isso que Gabriel e Mikhail vão estar armados.

— Você não?

— Ah, não — respondeu Lavon. — Eu nunca gostei dessa parte violenta.

McNeil entregou um copo de papel térmico e um saquinho a Gabriel. O copo estava cheio de café com leite finlandês. O saco continha algo crocante e escuro. Gabriel olhou desconfiado.

— É um pastel da Carélia — explicou McNeil. — Massa de centeio com recheio de mingau de arroz. Bem tradicional.

Faminto, Gabriel experimentou.

— O que acha?

— Acho que você provavelmente devia atender seu telefone.

Era Teppo Vasala, ligando de Helsinque. McNeil ouviu em silêncio por um momento, aí cortou a ligação.

— Vamos.

Mikhail colocou a Jericho no bolso do sobretudo e virou na rodovia. Uma placa azul e branca, mal visível em meio à neve que caía, dava a distância até a fronteira em Vaalimaa.

— Só para registrar — disse Eli Lavon —, você agora está nove quilômetros mais próximo da Rússia do que deveria.

Acenaram para eles passarem por dois postos de controle e se dirigirem ao posto de comando da Guarda de Fronteira. Um gigante nórdico chamado Esko Nurmi aguardava em frente. Ele usava uma Glock no quadril e, no rosto, uma expressão de desdém por seres inferiores. Depois de trocar algumas amabilidades em finlandês com Tom McNeil, estendeu uma mão enorme para Gabriel.

— Qual deles é você? — perguntou o enorme finlandês. — Pessoa A, Pessoa B ou Pessoa C?

— E importa?

— Só se der algo errado.

— Nesse caso, sou a Pessoa A.

— A por acaso é de Allon?

— Talvez seja, sim.

A expressão insolente do finlandês mudou para uma de admiração.

— É uma honra ter você aqui em Vaalimaa, diretor Allon. Venham comigo, por favor.

Eles entraram no posto de comando, onde um oficial com um suéter elegante estava sentado na frente de uma fileira de monitores de vídeo. Eram alimentados por uma série de câmeras de segurança

O COLECIONADOR

apontadas para o complexo de Torfyanovka, do lado russo da fronteira. Uma das câmeras estava focada em um grupo de veículos do Serviço de Fronteiras Russo, estacionados na pista em frente às faixas de inspeção.

— Eles chegaram faz mais ou menos uma hora — explicou Nurmi.

— Não são os típicos inspetores de passaporte que víamos quando a fronteira ainda estava aberta. São membros de uma unidade especial tática. E muito bem armados.

— A que distância estamos da fronteira de fato?

— Mais ou menos 1,5 quilômetro. — O finlandês levou Gabriel a uma janela próxima e apontou para algumas luzes amarelas acesas à distância. — Temos uma subestação a cerca de 150 metros da fronteira.

— Alguém de plantão?

— Um único oficial.

— Eu gostaria de me juntar a ele, se não se importar.

— Sinto muito, diretor Allon. Isto é o mais perto que vai chegar.

Eles voltaram à sala de controle. A situação do lado russo da fronteira não havia mudado. Esko Nurmi checou o horário em seu relógio de pulso.

— Segundo meus cálculos, seus dois agentes devem estar a uns quinze minutos.

Gabriel olhou para Eli Lavon, que assentiu em concordância.

— Ele é a Pessoa B ou C? — perguntou Esko Nurmi.

— Ele é a C, acho.

Os finlandeses olharam para Mikhail.

— A Pessoa B parece encrenca.

— Com certeza.

— Ele está armado?

— Bolso direito da frente do casaco.

— E você?

Gabriel deu um tapinha na lombar.

— Como você entrou no país?

— Eu não estou no país.

341

— Gostou de sua estadia?

Gabriel ficou olhando os caminhões russos esperando na pista do lado oposto da fronteira.

— Eu te falo em quinze minutos.

58

TORFYANOVKA

O vilarejo de Chulkovo foi o último lugar onde eles viram um par de faróis se aproximando. A meio quilômetro a oeste, encontraram uma viatura do Serviço de Fronteiras da Rússia estacionada ao longo da margem arborizada, com os limpadores de para-brisa em ritmo lento e os faróis acesos. O policial ao volante estava falando em seu rádio. Ele não fez nenhuma tentativa de impedir o progresso deles.

— Um sinal encorajador — disse Magnus. — Eles estão claramente nos esperando.

Ingrid deu uma olhada por cima do ombro, mas não havia nada para ver: a janela traseira estava coberta de neve e sujeira.

— Com certeza eles não vão deixar a gente simplesmente *dirigir* através da fronteira.

— Vamos saber em breve.

— Como você acha que eles conseguiram nos tirar daqui?

— Conhecendo os russos, tenho certeza de que o acordo envolveu dinheiro.

— De Nikolai Petrov.

Magnus fez que sim com a cabeça.

— Gennady deve tê-lo transferido para o exterior. Presumo que ele vá devolver assim que atravessarmos a fronteira.

DANIEL SILVA

— E depois?

— Gennady sofrerá uma queda misteriosa do topo da TverBank Tower.

Eles avistaram uma segunda viatura estacionada em frente a uma loja de pneus usados no vilarejo de Kondratevo, e uma terceira do lado de fora do sombrio Motel Medved. Mais uma vez, nenhum dos policiais tentou impedi-los de chegar a uma fronteira internacional que estava efetivamente fechada e militarizada havia muitos meses.

Magnus fez uma série final de curvas suaves, e o enorme ponto de passagem de Torfyanovka surgiu de repente por trás de um véu de neve que caía. Antes do início da guerra, dois milhões de carros e caminhões passavam por essa instalação anualmente. Naquele momento estava deserta, exceto por alguns veículos de estilo militar do Serviço de Fronteiras e cerca de vinte homens uniformizados parados na pista brilhantemente iluminada em frente à estação de inspeção.

Os guardas de fronteira russos, com gritos e gestos, instruíram Magnus a parar e, em seguida, cercaram rapidamente o Range Rover. Um dos homens olhou de soslaio para Ingrid pela janela, mas ela olhou para a frente — para as luzes distantes do complexo de fronteira finlandês em Vaalimaa.

Sim, pensou ela ansiosa, *eles estavam mesmo sendo esperados.*

No posto de comando finlandês, a quatro quilômetros a oeste, Gabriel assistia, cada vez mais alarmado, às imagens de vídeo do impasse no lado russo da fronteira. Um dos russos andava de um lado para o outro na pista, com um rádio apoiado no maxilar. Os outros estavam parados como estátuas ao redor do Range Rover imóvel. Esko Nurmi tinha razão: eles não eram carimbadores de passaporte comuns.

— Parece que há um problema — comentou o finlandês.

— Geralmente é assim quando os russos estão envolvidos.

Eles assistiram à transmissão de vídeo por mais um minuto.

344

O COLECIONADOR

— Talvez devêssemos descer o morro correndo até a subestação — disse Nurmi. — Só por segurança.

— Talvez seja uma boa ideia levar a Pessoa B também — falou Gabriel. — Só para garantir.

O que estava com o rádio parecia estar no comando. Por fim, ele foi até a porta do lado do motorista do Range Rover e deu duas batidas firmes na janela com a lateral da mão enluvada.

Magnus baixou a janela um ou dois centímetros.

— O que está havendo? Amigos em Moscou nos garantiram que teríamos permissão para atravessar a fronteira.

As observações provocaram um discurso violento do russo do outro lado do vidro. Magnus fez uma tradução dinamarquesa simultânea para Ingrid.

— Ele diz que ninguém em Moscou poderia nos dar tais garantias, porque a passagem da fronteira está fechada. Diz que entramos em uma zona militar restrita e agora estamos sujeitos a prisão.

— Tente mostrar a ele seu passaporte.

Magnus deslizou seu passaporte dinamarquês vermelho-escuro pela fresta estreita.

— Meu nome é Magnus Larsen. Sou o CEO da DanskOil.

O russo aceitou o passaporte e, com suas luvas pesadas, folheou as páginas desajeitadamente. Em seguida, entregou o documento a um colega e disse algo a Magnus em russo. Ele traduziu as instruções para Ingrid.

— Ele quer ver seu passaporte também.

Ingrid o entregou, e Magnus, por sua vez, deslizou-o pela abertura. A inspeção do passaporte pelo russo foi breve. Depois, ele se afastou da porta e disse mais algumas palavras em russo conciso. Não precisavam de tradução. O guarda de fronteira queria que Magnus saísse do Range Rover.

— Nem pense em abrir essa porta — disse Ingrid. — Se abrir, você está morto.

E aí eles a matariam também. Mas só depois de se divertirem um pouco com ela. Ingrid achava que aquele que estava em sua janela seria o primeiro da fila. Ele puxava a maçaneta, tentando abrir a porta. Ingrid o ignorou. Observava um par de faróis descendo a encosta da colina no lado finlandês da fronteira.

Ela tirou o telefone Genesis da bolsa e o reconectou à rede celular da MTS — enquanto o homem na janela gritava com ela em russo.

— Ele gostaria que você guardasse seu telefone — disse Magnus.

— Eu entendi.

O Genesis tinha achado um sinal fraco, mas suficiente para fazer uma chamada. Ela discou um número de seus contatos e levou o telefone ao ouvido. Gabriel atendeu imediatamente.

— É você do outro lado da fronteira? — perguntou ela.

— Onde mais eu poderia estar?

— Você está ciente da nossa situação?

— Minha visão está distante e um pouco obstruída.

— Eles estão dizendo que nunca houve um acordo para nos deixar sair da Rússia. Gostariam que saíssemos do carro para poderem nos prender. Posso estar enganada, mas acho que eles têm outros planos.

— Você não está enganada, Ingrid.

— Algum conselho?

A conexão foi perdida antes que ele pudesse responder.

Ingrid devolveu o Genesis à bolsa e colocou a mão em volta da coronha da pistola Vektor. Depois, olhou para Magnus e disse:

— Dirija.

Gabriel guardou o celular no bolso do casaco e sacou a Beretta do cós da calça. Mikhail também sacou sua arma e depois olhou para Esko Nurmi.

— O que você está esperando?

Nurmi entrou na subestação e saiu um momento depois, com um fuzil de assalto Heckler & Koch G36. Juntos, eles caminharam os 150 metros até a fronteira. Esko Nurmi traçou uma linha na neve com o cano do HK.

— Se algum de vocês colocar os pés do outro lado dessa linha, estará por conta própria.

Mikhail pôs a ponta do pé em solo russo e depois o retirou para o lado finlandês da fronteira.

— Ele é encrenca — disse Nurmi.

— Sim — concordou Gabriel. — Mas você ainda não viu nada.

Talvez não fosse surpreendente, dado o desempenho catastrófico das tropas russas na Ucrânia, que os dezesseis oficiais do Serviço de Fronteira que cercavam o Range Rover no ponto de passagem de Torfyanovka tenham errado na dispersão de suas forças, colocando quatro homens na popa do veículo e apenas dois na proa. A aceleração repentina de Magnus Larsen pegou os dois homens desprevenidos, e ambos logo se viram embaixo de 1.500 quilos de maquinário automotivo de fabricação britânica.

Seus colegas não se deram ao trabalho de emitir uma ordem verbal para que Magnus parasse. Em vez disso, imediatamente abriram fogo com seus rifles de assalto de fabricação russa, quebrando o vidro traseiro do Range Rover. Ingrid girou para a esquerda e retornou o fogo com a Vektor, fazendo com que os russos assustados mergulhassem em busca de proteção.

— Talvez seja bom você se segurar! — gritou Magnus.

Ingrid girou no banco e viu que eles estavam se aproximando da estação de inspeção do ponto de passagem. Magnus guiou o Range Rover para a pista mais central e passou pela barreira de proteção rebaixada.

Era o último obstáculo entre eles e a fronteira finlandesa, que ficava a dois quilômetros a oeste. Magnus pisou fundo no acelerador. Mesmo assim, haviam diminuído para a velocidade de sessenta quilômetros por hora. A estrada estava coberta de neve.

DANIEL SILVA

— Mais rápido! — gritou Ingrid. — Você tem que ir mais rápido.

— Estou indo o mais rápido que consigo.

O Range Rover tremeu com o impacto de vários tiros de calibre grosso. Ingrid girou no banco e viu dois veículos off-road ganhando terreno sobre eles. O pente duplo da Vektor continha dezoito cartuchos. Ingrid calculou que restavam cerca de dez. Ela distribuiu os disparos igualmente entre os dois veículos, mas não adiantou: eles ainda estavam se aproximando.

Outra rajada de fogo atravessou o Range Rover. Ingrid ejetou o pente gasto e, virando-se, procurou o sobressalente em sua bolsa. Mas desistiu quando percebeu que eles estavam se desviando da estrada em um ângulo de 45 graus.

— Magnus! — gritou ela, mas não houve resposta.

Ele estava inclinado à frente por cima do volante, arrastando-os para a direita, com o pé como um tijolo sobre o acelerador.

Eles mergulharam em uma depressão e bateram em uma moita de bétulas de troncos brancos. O airbag foi acionado no rosto de Ingrid.

— Mais rápido, Magnus — murmurou ela enquanto caía na inconsciência. — Você tem que dirigir mais rápido.

Mais tarde, um inquérito secreto do governo finlandês estabeleceria com certeza que Gabriel Allon, o recém-aposentado diretor-geral do serviço secreto de inteligência de Israel, adentrou o território russo às 10h34, Hora-Padrão da Europa Oriental — no mesmo instante em que o Range Rover se desviou irrevogavelmente em direção às bétulas que margeiam a E18. Ele foi seguido por Mikhail Abramov, que logo o ultrapassou, e por Esko Nurmi, da Guarda de Fronteira da Finlândia.

Os dois veículos russos chegaram primeiro ao local do acidente, e nove homens emergiram. Todos estavam alheios ao fato de que Mikhail se aproximava deles com uma pistola Jericho calibre .45 apontada na mão. Ele derrubou dois dos russos a uma distância de cerca de trinta

348

O COLECIONADOR

metros e matou mais dois à queima-roupa. Sobraram cinco para Gabriel. Foi um pouco como naquela manhã no bosque da Alemanha central. Um em cada canto do alvo, outro na tachinha. Cinco russos mortos em um piscar de olhos.

Esko Nurmi não chegou a disparar um tiro. Em vez disso, abriu a porta do lado do motorista do Range Rover e retirou Magnus Larsen como se ele fosse feito de papel-machê. Gabriel foi para o lado oposto do veículo e abriu a porta do passageiro. Ingrid estava jogada no assoalho, semiconsciente, encharcada de sangue. Gabriel procurou por um ferimento de bala, mas não encontrou. O sangue era de Magnus.

Mikhail se juntou a Gabriel ao lado do Range Rover e olhou para dentro.

— Que bagunça do cacete.

— Me ajude a tirá-la daqui.

Eles puxaram Ingrid para fora do carro e a colocaram de pé na neve.

— A diretriz — murmurou ela.

— Onde está?

Ela não respondeu.

— Onde, Ingrid?

— Maleta.

Mikhail a encontrou no assoalho do banco traseiro. O peso da maleta sugeria que continha mais do que apenas um documento do governo russo.

— E o Genesis? — perguntou Gabriel.

— Minha bolsa — disse ela.

Estava no assoalho dianteiro, ao lado da arma que Ingrid havia usado para lutar por sua vida, uma SR-1 Vektor de fabricação russa.

— Onde raios ela conseguiu isso? — perguntou Mikhail.

— Gennady — respondeu ela.

Mikhail mostrou a maleta.

— E o meio milhão em dinheiro?

Ela deu um meio sorriso.

349

DANIEL SILVA

— Sete na caçapa do canto.

Gabriel enfiou a mão no Range Rover e tirou a bolsa de Ingrid. O Genesis estava lá dentro. Ele colocou o dispositivo no bolso do casaco e olhou para Mikhail.

— Leve-a até a fronteira.

— Não — disse ela. — Eu consigo andar.

Gabriel e Mikhail colocaram um braço em volta da cintura dela e começaram a subir a encosta da colina. O ponto de passagem de Vaalimaa estava repleto de luzes de emergência azuis piscando. Esko Nurmi, com Magnus Larsen sobre seus enormes ombros, estava prestes a cruzar a fronteira. Atrás dele, um rastro de sangue se estendia.

Mikhail carregava a maleta com a mão livre.

— Sabe — comentou ele —, em todos os anos em que trabalhei para o Escritório, nunca saí de uma operação com meio milhão de dólares em dinheiro.

— Só verifique se continua com seu relógio quando chegarmos à Finlândia.

Ingrid não conseguiu segurar uma risada.

— Como você consegue fazer piada em um momento como este?

— Prática — respondeu Gabriel.

O passo de Ingrid vacilou.

— Coitado do Magnus. Nada disso teria acontecido se eu não tivesse roubado a diretriz.

— Conseguimos parar o ataque. Você salvou dezenas de milhares de vidas ontem à noite.

— Mas os russos vão matar Gennady. — Ela olhou para as mãos manchadas de sangue. — Ele vai ter uma morte terrível por minha causa.

— Gennady conhecia os riscos.

A cabeça de Ingrid caiu no ombro de Gabriel. As pontas de suas botas de camurça estavam abrindo sulcos paralelos na neve.

— Ainda estou andando? — perguntou ela.

— Você está indo muito bem.

O COLECIONADOR

— Onde estamos?

— Ainda na Rússia.

— Quanto tempo falta para chegarmos à Finlândia?

Gabriel olhou para as luzes azuis piscando.

— Só mais alguns passos.

59

CEMITÉRIO NOVODEVICHY

Quando Gabriel e Mikhail finalmente arrastaram Ingrid para o outro lado da fronteira, eram 10h42 na Finlândia. Tom McNeil alertou Helsinque imediatamente, e Helsinque passou a notícia para Langley, que a enviou para Moscou. O chefe da estação convocou a mesma telefonista da central telefônica para ligar para Gennady Luzhkov. Ela deu a ele uma versão altamente editada da calamidade no ponto de travessia de Torfyanovka, o suficiente para que ele soubesse que não havia ocorrido como prometido.

Talvez não fosse de surpreender que Gennady tivesse ouvido uma versão muito diferente dos eventos quando o secretário Nikolai Petrov telefonou vinte minutos depois. Segundo Petrov, a travessia havia sido normal em todos os aspectos, exceto a cordialidade. Ele então exigiu que Gennady devolvesse o dinheiro que havia transferido para Dubai naquela manhã. Gennady respondeu a Petrov que seu dinheiro havia sumido para sempre.

— Nós tínhamos um acordo.

— E você o quebrou, Nikolai.

— Eles conseguiram atravessar a fronteira. É só isso que importa.

— O que deu errado?

— Com certeza você deve ter alguma ideia.

— Acho que você ligou para o diretor da FSB, e o diretor da FSB ligou para Volodya. E então Volodya ordenou que eles fossem mortos.

O COLECIONADOR

— Nada mal, Gennady. A propósito, você é o próximo.

— Quanto tempo eu tenho?

— Volodya concordou em só te matar depois que você me der meu dinheiro.

— Que gentil da parte dele. Com quanto ele vai ficar?

— Meio bilhão.

— É só isso que eu valho? E para que Volodya precisa de outro mísero meio bilhão?

— Não se trata de dinheiro, você sabe disso. Volodya quer tudo.

— Incluindo a Ucrânia — disse Gennady. — Ou você é o verdadeiro culpado por esse pesadelo?

— Eu quero meu dinheiro de volta! — gritou Petrov de repente.

— E vai ter, Nikolai. Com uma condição.

— Você não está em posição de fazer exigências.

— *Au contraire.*

— O que você quer?

Gennady lhe disse.

— Que apropriado — comentou Petrov, e desligou o telefone.

Ele já estava colocando seus negócios em ordem havia algum tempo — Deus, como odiava essa frase —, então restava muito pouco a fazer. Alguns papéis finais para assinar, algumas cartas para postar, meia dúzia de ligações que queria fazer. Foi cuidadoso para quem ligou e o que disse; não queria que ninguém mais contraísse sua doença. Enganou até Raisa, prometendo se juntar a ela no exílio a tempo para as férias de inverno. Como estava sua saúde? Melhor do que nunca.

Ele deu uma última volta em torno do perímetro de seu escritório circular, com vista panorâmica de Moscou, e de sua mesa absurda retirou um único item, que enfiou no bolso de seu sobretudo. Seus guarda-costas estavam na antessala do lado de fora do escritório, flertando com a mais jovem de suas três secretárias. Ela lhe entregou uma pilha de mensagens telefônicas e o lembrou de sua conferência telefônica às

DANIEL SILVA

três horas da tarde com vários dos maiores investidores do TverBank. Ele a instruiu a cancelar a chamada, mas não explicou o motivo. As mensagens, ele depositou em uma lixeira a caminho do elevador. *Homens mortos não retornavam ligações telefônicas*, pensou.

A última viagem em seu Mercedes foi bastante agradável, mas a mulher enrugada na bilheteria de Novodevichy aceitou seus rublos com indiferença soviética. Atrás dos muros de tijolos vermelhos do cemitério, o barulho incessante de Moscou diminuiu. A neve que cobria as trilhas estava intacta. Enquanto Gennady caminhava entre os mortos, ele pensou em sua frase favorita de *Jivago* — a frase que o inspirou a embarcar em seu caminho traiçoeiro.

Ter esperança e agir: esses são nossos deveres no infortúnio...

Ele chegou ao túmulo de Gorbachev, destruidor da União Soviética, e, às três horas da tarde, ouviu uma comoção, algo que soava vagamente como o bater de asas. Virando-se lentamente, viu Nikolai Petrov e sua equipe de segurança vindo em sua direção por entre as sempre-vivas. Atrás deles, havia um contingente de capangas da FSB vestidos de preto, do tipo que lidava com traidores como Gennady.

Petrov diminuiu a velocidade até parar a cerca de dez metros de onde estava. Seus seguranças ficaram por ali, com os sobretudos abertos. Os capangas da FSB estavam satisfeitos em permanecer em segundo plano por enquanto — *como chacais*, pensou Gennady. Suas mãos estavam agora nos bolsos do sobretudo. Afinal, fazia muito frio, e ele não se sentia bem. A mão direita estava enrolada no objeto que havia retirado da escrivaninha.

Ter esperança e agir é a nossa obrigação numa desgraça...

Petrov, mentor da invasão da Ucrânia, facilitador dos piores instintos do presidente russo, estava olhando para seu relógio de pulso.

— Vamos logo com isso, certo, Gennady? Tenho que voltar para o Kremlin.

— Ainda está procurando aquele documento que você perdeu, secretário Petrov? — Gennady conseguiu sorrir. — A diretriz 37-23\ VZ do Conselho de Segurança da Rússia.

O COLECIONADOR

Petrov baixou o braço.

— Por que você fez isso? Por que jogou sua vida fora?

— Porque era uma loucura. E eu era a única pessoa na Rússia que poderia impedi-la.

— Você não impediu nada, seu tolo. Vou fazer o que for preciso para vencer esta guerra.

— E eu tenho que fazer o mesmo, Nikolai.

Era Volodya que Gennady queria matar, mas Volodya agora estava inacessível, então Petrov teria que servir. Seria muito fácil atirar de dentro do sobretudo — *como um gângster de cinema*, pensou ele —, mas, em vez disso, sacou a arma e olhou atentamente para o alvo pelo cano. Ele nunca soube se conseguiu acertá-lo ou mesmo se conseguiu puxar o gatilho. Não importava: por um momento magnífico, foi um herói russo em vez de um vilão russo.

Ele não tinha ideia de quantas vezes atiraram nele — devia ter sido uma centena, pelo menos —, mas não sentiu nada. Caiu diante do túmulo de Gorbachev, com a face contra a neve, e por um instante pensou ter visto Petrov deitado ao seu lado. Depois escureceu, e uma parte dele se levantou e foi dar um passeio entre os túmulos. Agora ele era um cidadão de Novodevichy; havia conquistado seu lugar aqui. Havia escolhido ter esperança e agir. Seu infortúnio não exigia nada menos que isso.

355

Parte Quatro

A CONCLUSÃO

60

MOSCOU-VENEZA

Tudo começou, como a maioria dos assuntos importantes na Rússia, com um boato. Por fim, chegou aos ouvidos de dois repórteres do jornal independente *Moskovskaya Gazeta*, que haviam encontrado refúgio na Letônia depois que o Kremlin tornou o jornalismo um crime com pena de morte. Sua reportagem, quatro parágrafos de especulações cuidadosamente redigidas, resultou em um ataque imediato de negação de serviço que tornou o site da *Gazeta* inoperante. Os repórteres não tinham dúvidas sobre quem estava por trás do ataque — nem de que estavam no caminho certo.

Mas nada poderia tê-los preparado para a notícia de que Nikolai Petrov, o poderoso secretário do Conselho de Segurança da Rússia, havia sido assassinado durante uma visita ao Cemitério Novodevichy, em Moscou. Também foi morto Gennady Luzhkov, presidente do quarto maior banco da Rússia. Os dois homens, ambos membros do círculo íntimo do presidente russo, foram mortos a tiros. Os atiradores, de acordo com o Kremlin, eram agentes do serviço de inteligência ucraniano.

Como a declaração foi emitida por Yevgeny Nazarov, um dos maiores mentirosos do mundo, os jornalistas russos independentes e seus colegas ocidentais automaticamente presumiram que se tratava de uma invenção. A mídia estatal russa, no entanto, relatou-a na íntegra e

DANIEL SILVA

com uma indignação adequada ao momento. O propagandista da NTV, Dmitry Budanov, chorou ao ler a notícia para seus milhões de espectadores e, em seguida, exigiu retaliação imediata. Em poucos minutos, mísseis foram lançados contra alvos civis em Kiev. O ataque teve curta duração. A Rússia, ao que parecia, estava ficando sem munição.

Pela manhã, até mesmo a dócil mídia estatal russa começava a fazer perguntas. Por que os dois homens tinham ido ao cemitério, para começo de conversa? E como os assassinos ucranianos sabiam que estariam lá? Dmitry Budanov, por sua vez, estava mais preocupado com o fato de que eles tinham sido mortos perto do túmulo de Mikhail Gorbachev, a cujo funeral o atual presidente russo não achara conveniente comparecer. Também era suspeito o momento do incidente, ocorrido no mesmo dia em que vários mísseis caíram — aparentemente sem explicação — no pequeno vilarejo fronteiriço de Maksimov.

Acrescentando mais uma camada de intriga à situação que se desenrolava, foi publicada no *Helsingin Sanomat* uma reportagem sobre uma troca de tiros entre guardas de fronteira russos e finlandeses no ponto de passagem Vaalimaa-Torfyanovka. O presidente finlandês rapidamente negou a reportagem, chegando a chamá-la de perigosa e irresponsável. No entanto, no fôlego seguinte, ele anunciou o deslocamento de várias centenas de soldados finlandeses adicionais até a fronteira, para que os russos não tivessem nenhuma ideia tola de ampliar sua já desastrosa guerra.

Mas o presidente finlandês logo se viu na defensiva quando foi divulgado que Magnus Larsen, CEO da empresa de energia dinamarquesa DanskOil, lutava por sua vida em um hospital de Helsinque depois de ser baleado nas costas. Era o mesmo Magnus Larsen, segundo a imprensa, que havia ido à Rússia vários dias antes para retirar sua empresa da polêmica *joint venture* com a petrolífera RuzNeft, de propriedade do Kremlin. O paradeiro da assistente pessoal de Larsen, Astrid Sørensen, de 36 anos, era desconhecido. Seus colegas da sede da DanskOil em Copenhague, que pouco ou nada sabiam sobre ela, temiam o pior.

As autoridades finlandesas se recusaram a revelar as circunstâncias nas quais o proeminente executivo dinamarquês do setor de energia

O COLECIONADOR

havia chegado a Helsinque, deixando os repórteres sem nenhum recurso a não ser preencher as lacunas com especulações. A conclusão lógica era que Larsen havia sido baleado na Rússia, talvez como resultado de sua determinação em romper os laços da DanskOil com a RuzNeft. O porta-voz da DanskOil não pôde dar nenhuma orientação à imprensa, pois sabia muito menos do que os finlandeses. A RuzNeft emitiu uma declaração concisa, desejando ao CEO uma rápida recuperação. O porta-voz do Kremlin, Yevgeny Nazarov, pela primeira vez, não tinha nada a dizer. Os especialistas russos descreveram seu silêncio como equivalente a uma admissão de cumplicidade do Kremlin no atentado contra a vida de Larsen.

Grande parte da cobertura subsequente concentrou-se no longo e indecoroso relacionamento do CEO com o presidente da Rússia. No entanto, esse assunto foi encerrado com uma grande matéria investigativa no *Politiken* que revelou os laços de longa data de Larsen com a inteligência dinamarquesa e, por extensão, com a CIA. Durante duas décadas, disse o jornal, o executivo dinamarquês do setor de energia fora um ativo clandestino que operava nos altos escalões do mundo político e empresarial russo. Ele havia preservado a *joint venture* RuzNeft a pedido de seus controladores e retornado à Rússia em uma missão perigosa para reunir informações sobre as intenções do Kremlin na Ucrânia. A mulher que o acompanhava não era sua assistente pessoal, mas uma agente secreta do PET. Ela estava viva e bem, de acordo com o *Politiken*, e de volta à Dinamarca.

Nem o serviço de inteligência dinamarquês, nem a CIA decidiram comentar a reportagem, o que a maioria dos analistas considerou uma confirmação irrefutável de que cada palavra do artigo era verdadeira. Uma semana após sua publicação, Larsen também estava de volta a solo dinamarquês. Devido a preocupações com sua segurança, não havia ninguém à sua espera no aeroporto de Copenhague além da esposa, Karoline. Trinta minutos depois, eles estavam em segurança atrás dos muros de sua casa em Hellerup, cercados por policiais do serviço de proteção do PET. Larsen encaminhou todas as perguntas da imprensa

DANIEL SILVA

ao porta-voz da DanskOil, que não quis fazer comentários. O assunto, segundo ele, já estava encerrado.

A imprensa, como de costume, tinha outras ideias. Os repórteres queriam saber a natureza exata da missão que Larsen e a oficial do PET haviam realizado na Rússia — e as circunstâncias exatas do tiroteio envolvendo o CEO. Estaria o fato de alguma forma ligado à morte dos dois membros do círculo íntimo do presidente russo? Teria acontecido na passagem da fronteira russo-finlandesa? E o que dizer do misterioso ataque com mísseis a um posto de gasolina na cidade russa de Maksimov? Certamente, raciocinaram os repórteres, a história devia ser mais complexa.

Eles estavam certos, claro. Mas, não importava quantos telefonemas fizessem ou quantas fontes questionassem, nunca conseguiram descobrir. Ainda assim, as pistas estavam ao redor deles — em um antiquário escuro de livros em Copenhague, atrás do balcão de um café na ilha da Fiônia e no Museu Isabella Stewart Gardner, em Boston, onde os visitantes da Sala Holandesa, no segundo andar, olhavam para uma moldura vazia medindo 72,5 por 64,7 centímetros.

Outra pista importante foi revelada na primeira semana de dezembro, quando o general Cesare Ferrari, comandante do Esquadrão da Arte dos Carabinieri, anunciou a recuperação do *Autorretrato com a orelha cortada*, de Vincent van Gogh. A notícia causou um choque no mundo da arte, embora alguns tenham ficado preocupados com a nítida falta de abertura de Ferrari em relação aos principais detalhes do caso, incluindo sua recusa em dizer onde ou como a icônica pintura havia sido encontrada. Isso deu origem a especulações sobre quais outras obras desaparecidas poderiam ressurgir em breve. O general Ferrari se recusou a participar.

Mas o quadro era realmente o Van Gogh desaparecido? O Esquadrão da Arte afirmou que sim, bem como o estimado diretor da Galeria Courtauld, que viajou a Roma para a coletiva de imprensa. Ele ficou aliviado ao encontrar a tela em condições excepcionalmente boas. No entanto, era necessário fazer um pequeno retoque antes que ela pudesse ser devolvida ao seu lugar na galeria. O general Ferrari, por acaso, tinha alguém em mente para o trabalho.

— Ele está disponível? — perguntou o diretor.

— Está trabalhando no retábulo de Santa Maria degli Angeli, em Veneza.

— Não, o Pordenone?

— Infelizmente sim.

— Não está à altura dele.

— Eu disse a mesma coisa — falou o general Ferrari com um suspiro.

— Ele é meio careiro — comentou o diretor. — Não tenho certeza de que tenho esse orçamento.

— Na verdade, tenho a impressão de que ele estaria disposto a fazer *pro bono*.

O que era de fato verdade — desde que, claro, conseguisse a aprovação de sua supervisora imediata na Companhia de Restaurações Tiepolo. Para surpresa dele, ela concordou sem hesitar. A pintura partiu de Roma na manhã seguinte em uma caravana de veículos dos Carabinieri e, ao cair da noite, estava apoiada em um cavalete em seu estúdio. Ele inseriu um CD em seu sistema de áudio de fabricação britânica — o *Quarteto de cordas em ré menor* de Schubert — e apertou PLAY. Em seguida, enrolou um pedaço de algodão na extremidade de uma cavilha de madeira, mergulhou-o em uma mistura cuidadosamente calibrada de acetona, metil proxitol e aguarrás mineral e começou a trabalhar.

61

SAN POLO

Gabriel acreditava que a arte da restauração era um pouco como fazer amor: melhor quando feito lentamente e com atenção aos mínimos detalhes, com pausas ocasionais para descanso e hidratação. Mas, numa urgência, se o artesão e seu objeto se conhecessem adequadamente, uma restauração podia ser feita em velocidade extraordinária, com mais ou menos o mesmo resultado.

Gabriel certamente tinha intimidade para chamar Vincent pelo primeiro nome — ele o havia restaurado, forjado e até roubado —, mas trabalhava deliberadamente em um ritmo de tartaruga. O icônico autorretrato logo se tornaria uma das pinturas mais vistas no mundo. Não uma *Mona Lisa*, é claro, mas certamente atrairia uma multidão. Era inevitável, dada a natureza fofoqueira do mundo da arte londrino, que o nome do conservador que o deixou em forma vazasse para a imprensa. *Era essencial*, pensou Gabriel, *que ambos dessem o melhor de si*.

A maneira mais segura de atrasar seu progresso era limitar o tempo que ele passava no cavalete. Gabriel conseguiu isso levando as crianças para a escola todas as manhãs, pegando-as de novo todas as tardes e tomando *un'ombra* ou duas nos intervalos para o café. Mesmo assim, seu tempo diário de trabalho chegava a impressionantes cinco horas. Ele reduziu ainda mais esse tempo impondo a Chiara que passasse no apartamento todos os dias para almoçar. Invariavelmente, isso incluía uma discussão sobre sua operação mais recente.

— Mas e se ela não tivesse retirado o documento da maleta de Nikolai Petrov? — perguntou Chiara em uma tarde fria e chuvosa. — O que teria acontecido?

— Os russos teriam realizado um ataque nuclear de bandeira falsa no vilarejo de Maksimov, matando algumas centenas de seus próprios cidadãos no processo. Várias horas de indignação popular altamente coreografada teriam se seguido, deixando o pobre Vladimir Vladimirovich sem escolha a não ser usar seu enorme arsenal de armas nucleares táticas contra os militares ucranianos.

— Como os norte-americanos teriam reagido?

— Destruindo os militares russos no leste da Ucrânia com um ataque convencional avassalador, o que deixaria o pobre Vladimir Vladimirovich sem escolha a não ser varrer Kiev do mapa. Nesse ponto — disse Gabriel —, as coisas teriam se tornado realmente interessantes.

— Uma troca nuclear entre os Estados Unidos e a Rússia?

— Uma possibilidade distinta.

— Uma ladra profissional salvou o mundo? É isso que você está dizendo?

— O mundo ainda não está fora de perigo.

— Isso ainda pode acontecer?

— Lógico. Mas as chances foram bastante reduzidas.

— Por quê?

— *Kompromat* — respondeu Gabriel.

— A diretriz do Conselho de Segurança?

— Exatamente.

— O presidente russo sabe que está com vocês?

— Por sugestão minha, Lars Mortensen, do PET, apresentou algumas páginas do documento ao *rezident* da SVR em Copenhague. Ele também deu ao *rezident* provas de que a SVR estava por trás do desaparecimento de Rikke Strøm.

DANIEL SILVA

— É por isso que os russos ainda não expuseram Magnus Larsen como um agente russo de longa data.

Gabriel assentiu com a cabeça.

— E a irmã de Rikke? — perguntou Chiara.

— Magnus fez um depósito bem grande recentemente na conta bancária de Katje. Ele também fez uma doação substancial para uma organização dinamarquesa que combate violência contra mulheres e crianças.

Gabriel conseguiu trabalhar no Van Gogh por apenas duas horas no dia seguinte, em parte porque um adido de inteligência da embaixada finlandesa em Roma insistiu em ir a Veneza para interrogá-lo sobre o incidente na travessia da fronteira. Chiara continuou o interrogatório naquela noite, enquanto eles terminavam o vinho na *loggia* com vista para o Grand Canal.

— E exatamente até onde você se aventurou na Rússia? — perguntou ela, com a cabeça apoiada no ombro dele.

— Uns cem metros, eu diria. Sem um visto válido, é claro.

— Você disparou sua arma?

— Talvez sim.

— Quantas vezes?

— Cinco.

— E quantos guardas de fronteira russos você matou?

— Cinco.

— Você tem sorte de não ter iniciado uma guerra entre a Rússia e a Finlândia.

— Não foi por falta de tentativa.

Os finlandeses conseguiram manter o nome dele fora da imprensa, assim como os dinamarqueses e os norte-americanos. Uma parte sua ficou desapontada: ele teria gostado de ver a cara do presidente russo ao saber que foi Gabriel Allon quem pôs um fim ao Plano Aurora. Ainda assim, era melhor que seu papel no caso permanecesse oculto. A última coisa de que precisava naquela fase de sua vida era mais um confronto com os russos.

O COLECIONADOR

Além disso, como costumava acontecer, ele estava atrasado em uma restauração. O diretor da Courtauld, depois de receber um relatório do progresso, implorou a Gabriel que acelerasse o ritmo. Assim como a gerente-geral da Companhia de Restaurações Tiepolo, que o informou que não haveria mais encontros no almoço até que ele retomasse o trabalho no retábulo de Pordenone. Imediatamente, seu tempo de trabalho saltou para abismáveis oito horas por dia.

No final da tarde, quando desejava contemplar o rosto de sua mãe em vez do de Vincent, bastava olhar para a criança deitada a seus pés, com uma apostila aberta diante de si e um lápis em punho. Apenas uma vez ela tentou descobrir o motivo da ausência de semanas de seu pai em Veneza. A resposta dele, de que estava tentando evitar uma liberação cataclísmica de gases de efeito estufa, foi recebida com um olhar de reprovação.

— Não precisa ser condescendente — disse ela.

— Onde foi que você ouviu uma palavra dessas?

Ela lambeu a ponta do dedo indicador e virou para a próxima página de sua apostila.

— A Ultima Generazione vai fazer um protesto na Piazza San Marco neste fim de semana. Meus amigos e eu estamos planejando participar.

— A Ultima Generazione não é o grupo que bloqueou o tráfego na Via della Libertà há alguns meses?

— Eles garantiram à polícia que esse protesto será totalmente pacífico. — Irene se juntou a ele diante da tela. — Por que as pinceladas dele são tão grossas?

— Ele pintava direto do tubo, molhado sobre molhado. Ou, como diriam os italianos, *alla prima*. Às vezes, até usava uma espátula em vez de um pincel. Isso dava às pinturas dele uma textura única. Também as torna um pouco difíceis de limpar. — Gabriel apontou para o botão do paletó de Vincent. — A poeira da superfície e o verniz sujo tendem a se esconder nas cavidades.

— Quando vai estar finalizado?

— O diretor da Galeria Courtauld vem buscar na sexta-feira.

DANIEL SILVA

O que deixava Gabriel com apenas mais três dias para cumprir seu prazo. Milagrosamente, a tela havia sobrevivido ao roubo e a duas vendas ilícitas com apenas pequenas perdas. Ele concluiu a pintura na quarta-feira e, na quinta, aplicou uma nova camada de verniz. Também produziu uma cópia exata da obra — ainda que só para demonstrar sua capacidade, caso tivesse essa inclinação, de ganhar a vida como falsificador de arte. O diretor da Galeria Courtauld chegou ao apartamento no início da tarde de sexta-feira e encontrou as duas pinturas expostas no estúdio de Gabriel.

— Qual deles é o verdadeiro Van Gogh? — perguntou ele.

— Você é o especialista. Me diga você.

O erudito historiador de arte pensou longamente em sua resposta. Por fim, indicou a tela à esquerda.

— Tem certeza? — indagou Gabriel.

— Absoluta — respondeu o diretor. — A pintura da direita é uma cópia óbvia.

Gabriel virou a versão da esquerda, revelando uma tela imaculada e um chassi moderno.

— Fique tranquilo, vai ser nosso segredinho.

O diretor colocou o verdadeiro Van Gogh em um estojo de transporte feito sob medida.

— A imprensa vai querer saber quem cuidou da restauração. Como devo responder?

— Diga a eles que foi *aquele* Gabriel Allon.

— Eu estava torcendo para essa ser sua resposta. — O diretor fechou e trancou o estojo de transporte. — Vejo você em Londres para a revelação?

Gabriel sorriu.

— Eu não perderia isso por nada.

62

HARRY'S BAR

O general Ferrari acompanhou o Van Gogh em sua breve jornada pela *laguna* até o Aeroporto Marco Polo. Uma vez que estava seguro no ar em direção a Londres, ele ligou para Gabriel e sugeriu que se encontrassem para um drinque no Harry's Bar. Gabriel, precisando muito de um Bellini, concordou.

— Existe bebida mais perfeita? — perguntou o general quando o garçom entregou a primeira rodada à mesa de canto.

— Não — respondeu Gabriel. — E também não tem lugar mais perfeito para consumir a bebida perfeita. — Ele olhou o bar deserto. — Especialmente no inverno, quando nós, venezianos, temos a cidade quase só para nós.

Ferrari levantou a taça em saudação.

— O diretor da Courtauld me disse que você tirou um sarro da cara dele.

— O diretor da Courtauld precisa de óculos novos.

— Quantos livros ele escreveu sobre Van Gogh? Foram três ou dois?

Gabriel sorriu, mas não disse nada.

— Talvez eu deva tomar posse da cópia — falou o general. — Só para não haver mal-entendidos.

— Vou adicionar uma assinatura para evitar qualquer possível confusão.

DANIEL SILVA

— Não a de Vincent, espero.

— Ah, não — garantiu Gabriel. — Eu nunca sonharia.

O general riu baixinho.

— Eu só queria que você pudesse assinar seu nome naquela situação na Rússia. O resto do mundo precisa saber que foi você que nos salvou de um apocalipse nuclear.

— Na verdade, é você que merece todo o crédito.

— Eu? O que eu fiz?

— Você me arrastou a Amalfi para autenticar o Van Gogh.

— Um pretexto da minha parte.

— E bem óbvio, aliás.

— Tenho que admitir, sua teoria do caso acabou sendo mais precisa do que a minha. — O general Ferrari tirou uma foto de vigilância de sua maleta e a colocou na mesa. Mostrava um homem de talvez 45 anos almoçando na Piazza Duomo de Amalfi. Estava acompanhado por uma mulher de cabelos claros cujo rosto se encontrava obscurecido por óculos de sol grandes. — Reconhece?

Era Grigori Toporov, o assassino da SVR que Gabriel havia matado em Kandestederne.

— Eles entraram na Itália com passaportes ucranianos — explicou Ferrari. — Evidentemente, estavam posando como residentes ricos de Kiev que tinham decidido fugir de sua terra natal em vez de lutar por ela. Alugaram uma *villa* bem substancial, não muito longe da de Lukas van Damme. O interessante é que foram embora de Amalfi bem repentinamente na noite do assassinato.

— Ladra foi jantar, ladra roubou o quadro, assassino russo matou Van Damme.

— Infelizmente, não podemos provar.

— E nem gostaríamos — disse Gabriel.

— Porque isso ameaçaria revelar seu elaborado acobertamento do que realmente aconteceu.

— Ladra roubou o quadro, ladra salvou o mundo.

O COLECIONADOR

— Com a ajuda do executivo de energia dinamarquês que encomendou o roubo a mando de seus mestres em Moscou. E agora o executivo de energia dinamarquês está sendo tratado como um herói conquistador.

— E a ladra está escondida em sua *villa* luxuosa em Mykonos.

— Quanto ela ganhou nessa missão?

— Dez milhões pelo trabalho em Amalfi e mais dez milhões jogando bilhar em Moscou.

O general franziu a testa.

— E quem disse que o crime não compensa?

— Foi você que me concedeu o poder de absolvição.

— Em troca de informações que levassem à recuperação de *O concerto* de Johannes Vermeer. Nem é preciso dizer que o quadro continua desaparecido.

— E Coetzee?

— Dei o nome e a descrição dele às autoridades sul-africanas e pedi que investigassem com discrição. Eles me informaram ontem que não conseguiram encontrá-lo. — Ferrari balançou a cabeça devagar. — Ele e sua parceira se deram muito bem, né? Um bilhão de dólares e um dos quadros mais valiosos do mundo.

— Mas a oitava arma nuclear sul-africana não contabilizada foi tirada do mercado clandestino. E a melhor parte é que a operação foi financiada pelo Kremlin.

— Mas e o Vermeer?

Gabriel não respondeu.

— Não há chance de você considerar ir à África do Sul procurá-lo? — perguntou Ferrari.

— Infelizmente, tenho assuntos urgentes aqui em Veneza.

— Achar um comprador para sua última falsificação?

— Evitar que minha filha seja presa no protesto da Ultima Generazione em San Marco amanhã.

— Sua filha é ativista?

— Irene? Ela é uma verdadeira radical.

— E você?

DANIEL SILVA

— Estou preocupado com o mundo que vamos deixar para ela, Cesare.

— Se alguém consegue consertá-lo, meu amigo, é você.

Gabriel levantou a taça.

— Qual será a pegada de carbono de um Bellini?

— Bem pequena, imagino.

— Nesse caso, provavelmente devíamos tomar mais um.

O general Ferrari fez sinal para o garçom.

— Imagino que existam formas piores de uma história terminar. Você não concorda?

— Sim — disse Gabriel. — Bem piores.

O *Il Gazzettino* parecia achar que haveria problemas. O prefeito concordava e pediu que seus cidadãos evitassem a San Marco a todo custo. Era todo o encorajamento de que Gabriel precisava para proibir a filha de ir. Sua esposa pediu que ele reconsiderasse.

— Por favor, Gabriel? A menina quer muito.

— Não tem como eu te convencer do contrário?

— Disse o homem que acabou de voltar da Rússia.

— Mas eu estava salvando o mundo.

— Agora é a vez da Irene.

— Não podemos só almoçar, em vez disso?

— Primeiro, vamos deixar Irene e os amigos dela salvarem o mundo. Aí, almoçamos todos juntos.

— Vou fazer uma reserva. Aonde podemos ir?

— Faz séculos que não vamos ao Arturo.

Eles foram a San Marco no Número 1 e, chegando à *piazza*, encontraram vários milhares de manifestantes reunidos aos pés do campanário. Chiara e Irene se juntaram à multidão de roupas coloridas, mas Gabriel e Raphael sabiamente se retiraram para uma mesa no Caffè Florian, onde teriam uma visão de camarote se as coisas ficassem interessantes.

Raphael tinha levado sua lição de matemática, deixando Gabriel sem nada para fazer exceto imaginar o que aconteceria se uma arma nuclear pousasse no meio da enorme praça. Ou na praça da Independência em Kiev. Ou na praça da Liberdade em Carcóvia.

Ele percebeu, após um momento, que o filho olhava para ele com seus olhos cor de jade e cílios longos.

— No que você está pensando? — perguntou o menino.

— Em absolutamente nada.

— Isso é impossível — disse Raphael, e retomou a lição.

Apesar do alerta do prefeito, a manifestação foi inteiramente pacífica. Porta-vozes falaram, um canto foi entoado, uma música foi cantada, uma linda interpretação de "Imagine", de John Lennon, que encheu a *piazza* da basílica até o Museo Correr. Quando acabou, Chiara e Irene foram até o Florian. Estavam acompanhadas por quatro colegas de turma de Irene, e aparentemente todos se juntariam à família Allon para almoçar no Vini da Arturo.

O restaurante ficava localizado na Calle dei Assassini. Gabriel telefonou durante a caminhada de San Marco até lá para alertar o proprietário de que seu grupo de quatro tinha inesperadamente crescido para oito. O espaço limitado do salão de jantar exigiu que adultos e crianças se sentassem a mesas separadas. O proprietário sugeriu às crianças um menu fixo tão tentador que Gabriel e Chiara pediram o mesmo. Mal falaram durante a refeição, preferindo, em vez disso, escutar a conversa da mesa oposta.

— Você ouviu isso? — perguntou Chiara. — Seus filhos perderam qualquer traço de sotaque. São venezianos agora.

— Eles são felizes aqui?

— Agora que você voltou para casa, sim. Mas ficaram arrasados enquanto você esteve fora. Especialmente Irene.

— É imaginação minha ou ela tem alguma ideia do que eu estava fazendo?

— Sua filha é muito observadora. E bem séria. Os dois são. Não tenho dúvidas de que vão ter uma vida similar à sua.

DANIEL SILVA

— Eu imploro que você não deixe isso acontecer.

Chiara deu um sorriso triste.

— Por que você sempre tem que menosprezar suas conquistas?

— Porque fico infinitamente entediado com quem se apega às suas. E porque às vezes eu queria...

— Ter nascido em Berlim e se chamar Frankel em vez de Allon? Ter estudado na melhor academia de arte da Alemanha e virado um importante pintor alemão? Que sua mãe não tivesse passado a guerra em Birkenau e seu pobre pai não tivesse sido morto na Guerra dos Seis Dias?

— Você se esqueceu de mencionar Viena.

— Mas é quem você é, Gabriel.

— Eli diz que eu tenho uma necessidade incontrolável de consertar as coisas.

— Por que você acha que sua filha insistiu em ir à manifestação?

— Ela contraiu minha doença?

— Junto com seu brilhantismo, sua decência, seu senso de certo e errado.

— Eu me preocupo com ela.

— Ela também se preocupa com você.

— Por quê?

— Porque você não é tão competente em esconder seu luto quanto acha que é. — Chiara apertou a mão dele. — Como foi estar de volta?

— Mudou.

— Você viu Leah?

— Sim, claro.

— Como ela está?

— O médico dela me deu uma bronca por deixar que se passasse quase um ano desde a minha última visita.

— Sinto muito.

— Não sinta. Você não tem culpa.

Chiara puxou um fio solto da toalha de mesa.

— Se eu não tivesse perguntado, você teria me contado?

— Em algum momento.

— Quando?

— Não enquanto estivesse fazendo amor com você na nossa cama com vista para o Grand Canal.

O olhar de Chiara era estável e tranquilo.

— Este é o ponto da conversa...

— Em que eu te digo que sou o homem mais sortudo do mundo. Você me fez muito feliz, Chiara. Não consigo imaginar como teria sido minha vida se não tivéssemos nos conhecido.

— Eu consigo — disse ela. — Você teria se casado com aquela maluca.

— Eu abandonei aquela maluca.

Chiara passou o polegar delicadamente pelo dorso da mão dele.

— E você nunca foi apaixonado por ela?

Gabriel olhou para os dois filhos e sorriu.

— Já foi perguntado e já foi respondido.

NOTA DO AUTOR

O *Colecionador* é uma obra de entretenimento e não deve ser lida como nada mais do que isso. Nomes, personagens, lugares e incidentes retratados na história são produto da imaginação do autor ou foram usados de forma fictícia. Qualquer semelhança com pessoas, vivas ou mortas, negócios, empresas, eventos ou locais reais é coincidência.

Os visitantes do *sestiere* de San Polo procurarão em vão pelo palácio convertido com vista para o Grand Canal onde Gabriel Allon fixou residência com sua esposa e os dois filhos pequenos. Também é impossível encontrar o escritório da Companhia de Restaurações Tiepolo, pois essa empresa não existe. Tampouco há uma organização sem fins lucrativos com sede em Londres conhecida como Sociedade de Preservação de Veneza. O Vini da Arturo, na Calle dei Assassini, é um de nossos restaurantes favoritos em Veneza, e o Adagio, localizado próximo ao campanário no Campo dei Frari, é um local adorável para um *cicchetto* e *un'ombra* no final da tarde. Minhas mais sinceras desculpas à equipe do restaurante Hjorths, em Kandestederne, pelo humor irritadiço de Gabriel durante o jantar. Quanto ao assassino russo morto no fim da Dødningebakken, bem, essas coisas acontecem.

O romance se passa em um período de várias semanas durante o outono de 2022. O pano de fundo factual desse período — a situação do campo de batalha na Ucrânia, as sanções e as proibições de viagem,

O COLECIONADOR

a fuga das empresas petrolíferas ocidentais da Rússia de Vladimir Putin — está, em sua maior parte, reproduzido fielmente. Quando necessário, eu me concedi licença. Também ficcionalizei várias empresas e lugares. Por exemplo, não existem condomínios fechados conhecidos como Colinas Balmoral e Residencial Somerset no exclusivo subúrbio de Moscou conhecido como Rublyovka.

Tampouco existe um restaurante na rue de Miromesnil, em Paris, chamado Brasserie Dumas, ou uma corretora de diamantes na Antuérpia com o nome de uma montanha no leste da Turquia. O Jørgens Smørrebrød Café, em Vissenbjerg, também é fictício, assim como o TverBank, a RuzNeft e a empresa dinamarquesa de energia DanskOil. Na verdade, optei especificamente por basear minha empresa de petróleo e gás na Dinamarca porque ela não poderia ser confundida com nenhuma outra empresa ocidental que tenha feito negócios na Rússia. Maior produtora de petróleo da União Europeia, a Dinamarca proibiu novas explorações no mar do Norte e pretende acabar com toda a extração de combustíveis fósseis até 2050. No momento em que esta nota foi escrita, o país escandinavo de 5,8 milhões de habitantes obtinha 67% de sua eletricidade de fontes renováveis, principalmente a eólica.

A breve biografia do pintor da era de ouro holandesa Johannes Vermeer que aparece no capítulo 10 é precisa, assim como a descrição do assalto de março de 1990 ao Museu Isabella Stewart Gardner, o maior roubo de arte da história. Mais de três décadas após o crime, o paradeiro das treze obras de arte roubadas continua sendo um mistério. Anthony Amore, diretor de segurança do Gardner, disse ao *New York Times* em 2017 que as obras desaparecidas provavelmente estavam em um raio de cem quilômetros de Boston. Mas o falecido Charles Hill, lendário ex-detetive da Scotland Yard especializado em arte, estava convencido de que elas tinham ido de Boston para a Irlanda. Não há evidências que sugiram que estavam nas mãos do cartel Kinahan, uma notória organização criminosa sediada em Dublin com ligações com a Camorra e a 'Ndrangheta, da Itália. *Autorretrato com a orelha cortada*, de Vincent van Gogh, exposto na Galeria Courtauld, em Londres, nunca

DANIEL SILVA

foi roubado — exceto nas páginas de *O caso Rembrandt*, meu romance de 2010 que apresenta o ladrão de arte parisiense Maurice Durand.

O programa de armas nucleares do governo de minoria branca da África do Sul é uma questão de registro histórico, assim como a decisão do regime, tomada durante os últimos dias do *apartheid*, de abrir mão de suas armas. Há muito tempo Israel nega relatos de que tenha fornecido assistência à África do Sul, assim como nega que possua um poderoso arsenal nuclear próprio. As armas sul-africanas — seis prontas e uma em construção — foram desmanteladas sob supervisão internacional, mas o governo de maioria negra mantém o controle de mais de 220 quilos de urânio altamente enriquecido. O governo Obama tentou e não conseguiu convencer Pretória a entregar seu estoque. O material físsil, que foi derretido e fundido em lingotes, está armazenado em um antigo cofre de prata no Centro de Pesquisa Nuclear de Pelindaba, onde continua sendo alvo convidativo para ladrões e terroristas. Especialistas nucleares afirmam que o choque de duas peças do material em alta velocidade provavelmente resultaria em uma explosão nuclear de grande porte.

A Rússia, claro, é uma potência nuclear avançada, com o maior estoque de armas nucleares do mundo — armas que Vladimir Putin e seus propagandistas favoritos ameaçaram repetidamente usar na Ucrânia. Entre os defensores mais belicosos da opção nuclear está Dmitry Medvedev, o élfico ex-presidente, antes considerado um reformador ocidental, que agora atua como vice-secretário do Conselho de Segurança da Rússia. Quando lhe perguntaram, em março de 2023, se a ameaça de conflito nuclear entre a Rússia e o Ocidente havia diminuído, Medvedev respondeu: "Não, não diminuiu; aumentou. A cada dia que eles fornecem armas estrangeiras à Ucrânia, o apocalipse nuclear se aproxima".

Essa retórica incendiária tem, sem dúvida, a intenção de enfraquecer a determinação ocidental e semear divisões dentro da aliança pró-Ucrânia, mas não é de forma alguma vazia. Ou, nas palavras de Dmitry Medvedev, "certamente não é um blefe". A doutrina nuclear russa foi modificada para permitir um primeiro ataque em reação a uma ameaça percebida, e as forças armadas da Rússia possuem cerca de duas mil armas nucleares táticas, dez vezes o número de armas semelhantes no arsenal dos Estados Unidos. Essas armas menores e de baixo rendimento poderiam ser usadas para atingir um objetivo limitado no campo de batalha — capturar a cidade de Bakhmut, por exemplo —, ou para realizar uma escalada "gerenciada" da crise na Ucrânia a fim de alcançar as ambições territoriais e geoestratégicas da Rússia.

No outono de 2022, com as forças russas em retirada e o aumento das baixas, as autoridades dos Estados Unidos ficaram alarmadas com o fato de Putin e seus conselheiros militares estarem procurando um pretexto para usar armas nucleares na Ucrânia — ou de eles mesmos talvez criarem esse pretexto com uma operação de bandeira falsa. As tensões aumentaram depois que o ministro da Defesa russo, Sergei Shoigu, telefonou para quatro colegas da Otan — incluindo o secretário de Defesa americano, Lloyd Austin — para dizer que a Ucrânia estava se preparando para detonar uma bomba suja em seu próprio território e culpar o Kremlin pelo ataque. A Ucrânia reagiu acusando a Rússia de construir as próprias bombas sujas usando material radiológico de uma usina nuclear ucraniana capturada. O presidente Joseph Biden tomou a medida extraordinária de advertir publicamente Vladimir Putin de que ele estaria cometendo um "erro gravíssimo" se usasse armas nucleares táticas na Ucrânia. Na Casa Branca e no Pentágono, autoridades militares e de segurança nacional ansiosas se prepararam para uma possível crise nuclear participando de simulações de tabuleiro.

Mas será que Vladimir Putin realmente puxaria o gatilho nuclear — e arriscaria um confronto potencialmente cataclísmico com os Estados Unidos e seus aliados da Otan — para prevalecer na Ucrânia? A maioria dos diplomatas, oficiais de inteligência e analistas militares insiste que é improvável, mas a opinião está longe de ser universal. Na verdade, um ex-funcionário sênior da inteligência dos Estados Unidos me disse que as chances de um ataque nuclear russo à Ucrânia estavam em algum lugar "entre 25% e 40%". O nível de ameaça aumentaria significativamente,

DANIEL SILVA

acrescentou o ex-funcionário, se Putin fosse confrontado com uma derrota militar catastrófica que pudesse levar à sua remoção do poder e à perda de seus bilhões adquiridos de forma corrupta.

Vladimir Putin agora é acusado de crimes de guerra na Ucrânia pelo Tribunal Penal Internacional em Haia. Mas observadores de longa data do líder russo dizem que o que ele mais teme é uma chamada revolução colorida — como a Revolução Laranja que eclodiu na Ucrânia em 2004 ou o levante na Líbia que derrubou o forte Muammar Gadhafi, a cujo brutal assassinato gravado em vídeo Putin assistiu obsessivamente. Cada vez mais paranoico e isolado, ele recorreu a um nível de repressão interna que não é visto desde os dias mais sombrios do comunismo soviético. Dissidências de qualquer tipo não são mais toleradas. Opor-se à guerra na Ucrânia é crime.

Nas raras ocasiões em que Putin se aventura em público, seus discursos são cada vez mais divorciados da realidade. Para justificar a invasão da Ucrânia após o fato, ele adotou a linguagem da extrema-direita populista europeia e norte-americana, reformulando sua guerra de agressão não provocada como uma batalha sagrada entre a Rússia cristã e as elites ocidentais sem Deus e os globalistas. O povo russo, entretanto, sabe a verdade — que Vladimir Putin é o único culpado pela calamidade que se abateu sobre a Rússia. Se a história servir de guia, é bem possível que ele consiga sua revolução colorida, afinal de contas.

AGRADECIMENTOS

Sou grato à minha esposa, Jamie Gangel, que ouviu pacientemente enquanto eu elaborava o enredo de *O Colecionador* e depois editou habilmente a pilha de papel que eu chamo eufemisticamente de meu primeiro esboço, tudo isso enquanto dava notícias quase diariamente na CNN. Minha dívida com Jamie é imensurável, assim como meu amor por ela.

Estou eternamente em dívida com David Bull, por seus conselhos sobre todos os assuntos relacionados a arte e restauração. Um dos mais importantes conservadores do mundo, David restaurou obras de Johannes Vermeer e Vincent van Gogh. Ao contrário do fictício Gabriel Allon, ele nunca teve a oportunidade de limpar uma pintura do implacavelmente ambicioso maneirista da escola veneziana conhecido como Il Pordenone.

Mark Hertling, que serviu como comandante-geral do Exército dos Estados Unidos na Europa, foi uma fonte inestimável de informações sobre a guerra na Ucrânia, assim como James G. Stavridis, o 16º comandante supremo aliado da Otan e ele mesmo um romancista best-seller. Não é preciso dizer que qualquer erro ou licença poética em *O Colecionador* é obra minha, não deles.

Meu superadvogado, Michael Gendler, foi uma fonte de conselhos sábios e risadas muito necessárias. Meu querido amigo Louis Toscano, autor de *Triple Cross* e *Mary Bloom*, fez inúmeros aprimoramentos no romance, e minha editora pessoal com olhos de águia, Kathy Crosby, certificou-se de que não houvesse erros tipográficos e gramaticais. David Koral e Jackie Quaranto conduziram habilmente meu texto datilografado pelo processo de produção dentro dos prazos mais apertados.

Um agradecimento sincero ao restante da equipe da HarperCollins, especialmente a Brian Murray, Jonathan Burnham, Leah Wasielewski, Leslie Cohen, Doug Jones, Josh Marwell, Robin Bilardello, Milan Bozic, Frank Albanese, Leah Carlson-Stanisic, Carolyn Bodkin, Chantal Restivo-Alessi, Julianna Wojcik, Mark Meneses, Beth Silfin, Lisa Erickson, Amy Baker, Tina Andreadis, Diana Meunier, Ed Spade e Kelly Roberts.

Por fim, gostaria de agradecer aos meus filhos, Lily e Nicholas, que foram uma fonte constante de amor, apoio e inspiração enquanto eu lutava para cumprir meu prazo. A última frase de *O Colecionador* foi escrita pensando neles.

Este livro foi impresso pela Vozes,
em 2024, para a HarperCollins Brasil.
O papel do miolo é Avena 70g/m²
e o da capa é cartão 250g/m².